ŒUVRES

DE

JEAN RICHEPIN

MADAME ANDRÉ

PARIS

MAURICE DREYFOUS, ÉDITEUR

13, RUE DU FAUBOURG-MONTMARTRE, 13

1887

MADAME ANDRÉ

IL A ÉTÉ TIRÉ

30 Exemplaires sur beau papier de Hollande.
10   —   sur papier Whatman.
10   —   sur papier de Chine.
5   —   sur papier du Japon.

ÉVREUX, IMPRIMERIE DE CHARLES HÉRISSEY.

JEAN RICHEPIN

MADAME ANDRÉ

PARIS

MAURICE DREYFOUS, ÉDITEUR

13, RUE DU FAUBOURG-MONTMARTRE, 13

1887

A PAUL BOURGET

Mon ami Paul, je te dédie
Le premier né de mes romans.
Il m'a pris beaucoup de moments ;
Ma dextre en est encor raidie.

C'est peu gai. Toute tragédie
Roule sur des riens assommants.
Par les si, les mais, les comments
La vie est toujours enlaidie.

Heureux ceux dont les yeux bornés
Ne voient que le bout de leur nez !
Heureux le simple ! heureux le cancre !

Nous autres, nous voulons tout voir,
Puis sur tout nous versons de l'encre.
Nous voyons mal et tout en noir.

Octobre 1878.

J. R.

MADAME ANDRÉ

I

Lucien Ferdolle fut orphelin à dix-huit ans. Il n'avait pas connu sa mère, morte en le mettant au jour ; mais en revanche il avait été élevé par un père déjà vieux, bon jusqu'à la faiblesse, et qui lui prodiguait toutes les gâteries d'un grand-père. C'est à la mollesse de cette éducation dans la ouate qu'il devait de paraître et d'être encore un enfant à l'âge où d'ordinaire la personne vague de l'adolescent commence à prendre la forme d'un homme. Avec sa figure rose toute naïve, ses pâles cheveux blonds aux boucles quasi féminines, ses yeux bleus indécis, il offrait presque l'apparence de ces anges de missel qui planent dans un ciel de rêve, et il ne semblait guère fait pour marcher et jouer des coudes dans la mêlée de l'existence. Aussi la mort de son père le laissa-t-elle tout effaré devant la vie comme un bambin perdu dans une foule.

Cette fleur tendre et sans soutien fit pitié à un

ami qui se sentait des dispositions à devenir un
tuteur. En cela ce compatissant obéissait sans
doute à la loi sur l'affinité des extrêmes. En effet,
Pierre Fresson était tout l'opposé de Lucien. Solide, carré, épais au moral comme au physique,
cet étudiant en médecine ressemblait peu à un
ange. Même, s'il est vrai qu'il y ait en nous de
l'ange et de la bête, il tenait surtout de la bête.
Non qu'il fût sans esprit; il en avait, mais du
pratique seulement, et beaucoup trop. Ce sage
de vingt-cinq ans comptait bien de plus que
Lucien au moins un demi-siècle, tant il se grimait
dans son sérieux. Il était de ces jeunes gens sans
jeunesse qui étranglent en eux toute fantaisie en
mettant leur premier faux col. Il semblait mûr
avant d'avoir poussé, et même plutôt blet que
mûr, sorte de fruit hâtif talé par le coup de soleil d'une expérience préconçue. Son caractère
pouvait faire songer au héros des légendes mon-
goles, venu au monde en cheveux blancs. Il était
vieux de naissance. Aussi ne sut-il résister au
plaisir de faire le Mentor avec ce pauvre Lucien.
Il trouvait là une merveilleuse occasion de prendre l'air grave, de débiter des conseils, d'endoc-
triner quelqu'un. En consolant l'orphelin, il cédait beaucoup moins à un pur mouvement
d'amitié qu'à sa vocation pour le rôle de père
noble. Il rendait ce service parce que cela lui
donnait de l'importance, comme certaines femmes
portent le deuil parce que le noir leur va bien.

— Et d'abord, mon cher, dit-il à Lucien, il ne
faut pas rester ici, dans la maison où ton père
est mort. Si légitime que soit un chagrin, on ne

doit pas s'y éterniser ; il est bon de s'en distraire.

Et comme il avait un faible pour les aphorismes, il ajouta en souriant :

— Le temps est le diachylon de la douleur.

Ce mot d'infirmier choqua un peu Lucien, qui
avait le cœur délicat ; mais, comme il poussait
la considération pour son ami jusqu'au respect,
il se laissa persuader. D'ailleurs il aimait à obéir,
ce qui lui épargnait la peine de se résoudre. Tous
deux partirent donc pour Ablon, où M. Ferdolle
père avait depuis peu acheté une villa.

C'était à la fin du mois de mai, quand la sève
déploie sa verdeur épanouie, quand les feuilles
déjà drues et larges font une ombre rafraîchis-
sante aux blessures des branches encore gercées
par les pointes des bourgeons d'avril. Cette ombre fut bonne aussi à la blessure de Lucien, et
cette verdeur, cet épanouissement, cette sève peu
à peu le pénétrèrent. La vie à la campagne est
monotone et douce comme un bercement. En
quelques jours, les deux amis avaient déjà pris
des habitudes, et presque réglé l'emploi de leur
temps sans le vouloir. Ils passaient la matinée
à lire des journaux, à causer, à discuter, à faire
de la musique, et Lucien aurait aimé à laisser
écouler ainsi tout son temps. Mais Pierre le forçait à l'action. Avant le déjeuner il lui faisait
faire des armes. L'après-midi, il l'emmenait en
barque, sur la Seine, du côté de Juvisy, où le
courant est plus dur. Il fallait ramer au grand
air et en plein soleil, se briser les muscles, se
tanner la peau, et prendre un vigoureux appétit.

Le soir, après avoir feuilleté quelque roman, Lucien fatigué se couchait de bonne heure et dormait d'un sommeil fortifiant.

La promenade en canot avait aussi pour lui d'autres charmes que ceux d'un exercice corporel, et il les goûtait à l'insu de Fresson. Souvent, quand ils étaient las de ramer, ils abordaient pour se reposer, dans quelque bel endroit frais et silencieux, au fond de ces criques perdues qui se cachent dans les herbes et les arbres de la rive. La proue entre comme un coin dans le fouillis des joncs qui courbent en sifflant leur tête neigeuse, chatouillent avec des frissons le ventre du bateau, et se referment derrière lui en redressant lentement leurs tiges froissées. On amarre à quelque saule creux qui vous frôle de sa pâle chevelure. Sous son ombre maigre qui laisse passer les caresses du ciel on s'étend au fond de la barque endormie sur un lit de nénuphars, et on se laisse envahir avec délices par une douce somnolence qui assoupit les membres et le cœur. Tandis que la rivière se couvre peu à peu de vapeurs chaudes et molles, on contemple à travers la fumée d'une cigarette l'horizon qui semble se fondre dans le crépuscule rose. On reste ainsi, absorbé par la fraîcheur mystérieuse du soir, l'esprit noyé dans des pensées d'une brume indécise, jusqu'au moment où le chœur coassant des grenouilles vient sonner l'heure du retour et chanter d'une voix rauque la diane aux rêveries qui s'envolent.

Un jour, fatigués d'une longue course à pied qu'ils avaient faite le matin, ils se contentèrent de traverser la Seine. Une rangée de hauts peupliers, qui semblait émerger de l'eau, les attira. Une surprise les attendait. Ils ne connaissaient pas ce site, qu'ils trouvèrent charmant. Le rideau de peupliers masquait une étroite et profonde prairie, enclose de toutes parts, à gauche et à droite par des taillis, au fond par une mignonne maison de campagne. Le soleil passait entre la colonnade des arbres, et la prairie apparaissait zébrée sous les bandes d'ombre et les bandes de lumière. La brise venait par bouffées chanter dans les feuilles grêles et sonores des taillis et traînait sur l'herbe étoilée de pâquerettes une odeur fraîche d'eau courante.

— Nous étions de bien grands fous, dit Lucien, d'aller chercher si loin ce qui était si près de nous ! Vois donc cette solitude. Quelle tranquillité ! Quel charme ! C'est un vrai paradis.

— Ma foi ! oui, répondit Fresson, un vrai paradis ! Et rien n'y manque, tiens ! Voici là-bas une Ève. En voici même deux.

Deux femmes en effet venaient vers la rivière, suivant un sentier qui partait de la maison et longeait le bosquet de droite.

L'une d'elles était une paysanne. L'autre, vêtue de coutil blanc, portait un de ces grands chapeaux de paille très larges, dont les ailes flexibles battent l'air à chaque pas ainsi que des éventails, et dont le bord en avant forme comme un parasol bombé qui cache la figure. Elle lisait en marchant, et se retournait de temps à autre vers la paysanne, qui tenait dans ses bras un enfant abrité sous une grande ombrelle de toile grise.

Les deux amis étant cachés par les peupliers,
la promeneuse arriva vers eux sans les voir. Ce
n'est que lorsqu'elle fut à deux pas qu'elle releva brusquement la tête, avec ce mouvement de
surprise des personnes distraites qui se heur-
tent à quelque objet inattendu. Les jeunes gens
n'eurent que le temps de la saluer en s'effaçant
pour lui laisser le sentier libre, et elle était
passée.

C'était une femme d'environ trente ans, et qui
peut-être même avait doublé le cap. Mais à son
allure ferme, à sa taille élégante et ronde, à sa
nuque chaude violemment plantée de frisons
drus, on sentait qu'elle était, comme on dit, bâtie
à chaux et à sable, et capable de soutenir encore longtemps la bataille contre les années. Sa
peau mate avait ce grain solide qui fait songer
à certains marbres que le temps polit de sa pa-
tine sans pouvoir y marquer son ongle. Son
front étroit et bas ne cachait pas un pli sous ses
cheveux noirs, épais, lisses et plaqués. Aucune
ride ne flétrissait le contour de ses yeux, ses
paupières dorées, son cou un peu gras. Le nez
droit et pur avait des narines roses et palpitantes comme celles d'une toute jeune fille. Les
lèvres pleines et rouges laissaient voir des dents
de loup. Le regard faisait l'impression d'un diamant dans du velours.

Lucien demeura sans bouger, le corps plié en
avant, le chapeau à la main, la saluant encore
et la suivant des yeux après la rapide apparition.
Outre le plaisir de contempler une fort belle
femme, un autre sentiment plus vague l'occu-

pait et lui donnait cet air ébloui. Il croyait qu'en passant elle l'avait considéré avec une certaine insistance, comme si elle le reconnaissait. Lui-même avait senti, en la voyant, sourdre dans sa mémoire une image obscure. Un nom était monté à ses lèvres, mais sans pouvoir en sortir. Il restait donc là immobile, craignant en quelque sorte d'effaroucher le souvenir qui semblait prêt à ressusciter.

Au bout de quelques pas, la promeneuse se retourna sous prétexte de regarder l'enfant. Mais, en réalité, le coup d'œil fut pour Lucien, il n'y avait pas à s'y méprendre. En voyant que le jeune homme demeurait dans la même attitude, elle fut gênée par cette attention prolongée, rougit subitement, et, pour dissimuler son embarras, se mit à rire et à causer avec le bébé.

A sa voix, l'image confuse qui s'était à demi réveillée dans l'esprit de Lucien se précisa tout à coup; et sans qu'il eût le temps de réfléchir à ce qu'il faisait, il s'avança, en la saluant par son nom, vers madame André, qu'il avait reconnue.

Il lui rappela la circonstance à laquelle il avait dû le plaisir de la voir pour la première fois. Elle ne fit pas difficulté d'avouer qu'elle s'en souvenait. Il lui apprit en quelques mots par suite de quel malheur il se trouvait à Ablon. Il présenta son ami en disant combien Pierre lui était bon et dévoué. Elle répondit qu'elle aussi avait éprouvé un malheur, qu'elle était veuve, qu'elle habitait la maison de campagne située au fond de la prairie et qu'elle y vivait toute seule avec sa petite fille à peine âgée de dix

mois. Fresson, qui était sur le point de passer
son doctorat en médecine, fit ses compliments à
la mère sur la belle santé de l'enfant. Lucien
s'étonna de la solitude absolue à laquelle la
jeune femme se condamnait. Puis la conversation continua sur le thème banal des plaisirs de
la campagne, le temps de faire une dizaine de
tours sous l'allée de peupliers. En somme,
madame André ne paraissait pas autrement ra-
vie d'avoir renoué connaissance avec ce jeune
homme, qu'un pareil entretien montrait sous un
jour tout à fait insignifiant, et sans doute leurs
relations se fussent brisées de nouveau sans
qu'elle en conçût le moindre regret. C'est une
hardiesse enfantine de Lucien qui les rattacha
tout à coup, au moment où madame André
se préparait à rentrer chez elle.

— Me permettez-vous, lui dit-il, de traverser
quelquefois la rivière pour venir vous ennuyer
de mon bavardage?

Madame André pensa, en effet, que ce bavardage ne serait guère amusant pour elle ; mais
comme elle était aimable et du monde, elle ne
put s'empêcher de répondre :

— Certainement, avec plaisir, monsieur. Je
vous autorise à me traiter en bonne voisine, en
amie. N'ai-je pas été autrefois votre camarade
pendant une heure?

II

— C'est une charmante femme, dit Pierre à Lucien dès qu'ils furent seuls.

— N'est-ce pas? répliqua vivement Lucien. Elle est admirablement belle, et cependant on n'y pense pas en la voyant, tant elle est noble. Elle est gracieuse et il semble qu'on n'ose pas s'en apercevoir. On se sent porté avec elle à une sorte de familiarité respectueuse comme avec une mère, douce comme avec une sœur.

— Et ardente comme avec une maîtresse, hein? Ah! mon gaillard, j'espère que tu t'emballes!

— Mais non, je t'assure. Je ne mêle aucun désir au sentiment que j'éprouve. Je trouve madame André parfaite, voilà tout.

— Et il y a longtemps que tu la connais?

— Je l'ai vue pour la première fois il y a six ans, et je la vois aujourd'hui pour la seconde. C'est curieux qu'elle se soit souvenue de moi, car notre unique entrevue n'avait rien eu de bien remarquable pour elle. Pour moi, c'est différent. J'avais douze ans alors, et tu sais comme les mémoires d'enfant sont bizarres : certaines choses y restent vivantes sans qu'on puisse savoir pourquoi, et ma visite à madame André a été une de ces choses-là. Je me la suis toujours rappelée et je pourrais te la conter comme si elle était d'hier. Mon père avait avec monsieur André, avocat consultant, un rendez-vous d'affaires, et, comme j'insistais toujours pour ne pas rester seul à la maison, il m'avait emmené. Pauvre père ! il cédait à tous mes caprices. Sa première parole, en arrivant, fut pour s'excuser de ce que j'étais avec lui. Monsieur André le trouva tout excusé, et, pensant que je m'ennuierais à entendre parler chiffres, il appela sa femme pour me tenir compagnie. Tandis que mon père le suivait dans son cabinet d'affaires, je restai seul avec madame André. J'étais alors ce que sont tous les collégiens de douze ans, un petit diable sous une enveloppe gauche et timide. Madame André n'avait pas encore été mère, et me traita avec cette bonté tendre que ressentent pour les enfants les jeunes femmes qui en désirent. Ses manières de tout à l'heure, si affables qu'elles soient, sont des cérémonies à côté de celles qu'elle eut alors. Elle me parla tout de suite comme si elle me connaissait depuis longtemps. Malgré la sauvagerie sotte de mon âge, je me trouvai vite à l'aise, et me laissai aller à mon espièglerie naturelle. Je bavardais comme une pie borgne. Je racontais mes bonnes histoires de potache, les scies montées au pion, les farces de la classe d'allemand ; j'imitais la voix aigre du censeur, la tournure guindée du proviseur ; je donnais la comédie à madame André qui m'écoutait en riant. Tout cela était nouveau pour elle. Ma verve de gamin l'amusait. Un volume de Balzac, qui traînait sur la cheminée et qui me tomba sous la main, fit tourner mon babillage vers la littérature. Là, je fus tout à fait divertissant avec mes idées de collégien. A cette époque, mon dieu était Gustave Aymard, que je lisais en cachette et dont les romans étaient pour moi paroles d'Evangile. Oh ! être trappeur ! S'en aller tout seul, loin des Visages-Pâles, chasser le bison ! Marcher sous bois, l'oreille tendue, le rifle armé, l'œil fixé sur une piste, et relever l'herbe derrière soi pour effacer la trace de ses pas ! Le soir, dans la prairie immense, se coucher au milieu d'un cercle de feu qui sert de rempart contre les loups ! Etre libre, fier, fort, comme le *Cœur-Loyal*. Tuer le *Renard-Subtil*, quelle joie ! Être scalpé, quel délire ! Un front sous un diadème me semblait moins beau qu'une tête essorillée. Madame André m'écoutait maintenant avec un regard doucement mélancolique, sans rire de mes divagations d'enfant, qui faisaient sans doute chanter en elle toutes ses rêveries de jeune fille. Et moi, j'allais, je m'échauffais, je lui racontais, comme si elle ne l'avait jamais lue, l'éternelle histoire des romans d'aventures qui se passent au Nouveau Monde, les Sioux pillant l'hacienda, la jeune Pepita enlevée au galop des mustangs, le trappeur qui la délivre. Je faisais le portrait de la captive, ce portrait stéréotypé qui me semblait d'une originalité si étrange : les cheveux plus noirs que l'aile du corbeau, les yeux luisants comme des escarboucles, le corps indolent, la figure pâle. J'en parlais, ma foi ! de façon à laisser croire que je l'avais vue. «— Eh ! parbleu, madame, m'écriai-je brusquement, tout comme vous, tenez ! Aussi belle que vous ! C'est étonnant comme vous lui ressemblez. » — Surprise de ce compliment étourdi jeté à brûle-pourpoint, elle rougit tout à coup, sans réfléchir qu'il sortait de la bouche d'un enfant. J'ajoutai, avec le plus grand sérieux du monde, en la regardant jusqu'au fond des yeux : « — Vous êtes Mexicaine, n'est-ce pas ? Oh ! ne dites pas non. J'en suis sûr. » — Elle partit d'un fou rire, qui me gagna sans que j'en comprisse la cause, et qui ne fut arrêté que par l'arrivée de monsieur André et de mon père. « — Eh bien ! monsieur, dit l'avocat, vous voyez que votre fils ne s'est pas trop ennuyé. » « — En effet, lui répondit mon père, heureux de ma joie, il n'a pas l'air d'avoir trouvé le temps long. Pourvu que madame...» « — Oh ! moi non plus, interrompit madame André. Vous avez un fils charmant, monsieur, d'un caractère bien gai, d'une imagination bien vive. Il m'a fait passer une heure délicieuse. » — Et, tandis que mon père lui faisait ses adieux, elle me tendit sa main, que je serrai vivement comme celle d'un bon camarade avec qui je venais de prendre une belle récréation. Une fois dehors, comme je demandais à mon père de me ramener la prochaine fois qu'il viendrait, il me répondit que son affaire était terminée, et qu'il ne connaissait pas assez monsieur et madame André pour retourner les voir. Cela me causa une grande peine. — « C'est bien ennuyeux ! répliquai-je en faisant la moue. Madame André est si gentille ! je l'aime tout plein, moi, cette dame-là. »

III

Deux semaines environ après cette confidence de Lucien, Pierre Fresson dut se résoudre à regagner Paris, où depuis longtemps déjà l'appelaient ses études. Il avait reculé, de jour en jour, le moment de son départ, pour faire plaisir à Lucien, qui ne voulait plus quitter la campagne, et un peu aussi pour se faire plaisir à lui-même ; mais il se reprochait de s'attarder si longtemps dans l'oisiveté. D'ailleurs son mentorat devenait moins utile, Lucien ne se trouvant plus tout à fait seul. La promenade sous les peupliers s'était en effet changée bien vite en promenade journalière, et cela procurait une agréable compagnie au jeune homme. Pierre pouvait donc partir maintenant sans manquer, comme il disait, aux saints devoirs de l'amitié. C'est ce qu'il fit comprendre à madame André en prenant congé d'elle.

— Lucien n'a plus besoin de moi, madame, et moi j'ai besoin de me remettre au travail. Je n'ai déjà perdu que trop de temps. Je ne le regrette pas, puisque je l'ai employé à consoler un ami et puisque j'ai eu le plaisir de vous connaître. Mais il faut que je le rattrape. J'ai beaucoup à faire.

Puis se tournant vers Lucien :

— Et toi aussi, mon ami, tu as beaucoup à

faire. Tu as à devenir un homme. Il faut secouer tes habitudes rêveuses et penser un peu à regarder la vie en face, telle qu'elle est. Tu as le bonheur d'être suffisamment riche pour éviter l'obligation de gagner ton pain. Mais il ne serait pas bon que cela te fit mener une existence oisive. Nul n'a le droit de ne rien faire. Tu dois travailler, t'assigner un but. Tu as fini tes études d'enfant, tu as maintenant à commencer tes études d'homme. Sois avocat, médecin, homme de lettres si tu veux, puisque tes goûts te portent vers cette carrière épineuse et puisque ta fortune te permet d'y entrer sans passer par la bohème ; sois quelqu'un enfin, mais garde-toi d'être un paresseux. Je prends la liberté de te donner ces conseils et je ne crains pas d'avoir l'air trop solennel. Si je te dis tout cela, c'est parce que je te connais et parce que tu m'as en quelque sorte autorisé à te témoigner cette sollicitude de frère aîné. Je te parle d'ailleurs devant madame André, et je le fais à dessein. Je sais combien elle est bonne pour toi, j'ai pu apprécier ce que sa conversation a de solide, j'espère qu'elle sera de mon avis en ce qui te concerne, et je suis sûr que son opinion aura du poids sur ta conduite.

Lucien était fort gêné par cette espèce de sermon dont l'autorité sévère lui donnait l'air d'un petit garçon. Madame André comprit cet embarras et voulut le secourir.

— Mais il me semble, dit-elle, monsieur Fresson, que vos bons conseils ont déjà porté leur fruit. Monsieur Ferdolle n'est plus du tout un enfant.

— Si, si, madame, interrompit Fresson, beau-

coup plus que vous ne croyez. Nous qui sommes
des gens sérieux, nous devons le lui dire nettement. C'est un grand bébé; et si vous avez
quelque affection pour lui, madame, il faut le
traiter comme tel. Je lui sers de frère aîné, c'est
bien. Mais un frère, ce n'est pas assez.

Et il ajouta d'un air aimable :

— Une mère, à la bonne heure !

Ce mot jeta un froid. Lucien eut un mouvement de dépit. Madame André dissimula un léger
froncement des lèvres dans un sourire un peu
forcé, répondit par une banalité quelconque, et
tendit gravement la main à Pierre Fresson.

— Es-tu fou? dit Lucien à son ami en s'en
retournant. Quel maladroit tu fais ! En voilà une
idée saugrenue de vouloir que madame André soit
pour moi une mère ! Tu n'as donc pas senti que
tu la froissais en disant cela? Mère d'un grand
garçon de dix-huit ans? Où diable avais-tu la
tête?

— Voyons, voyons, Lucien, c'est toi qui dérai-
sonnes. Madame André est une femme trop sage
pour s'être fâchée d'une parole si naturelle. Il
n'y a que les coquettes qui n'aiment pas qu'on
fasse allusion à leur âge.

— Eh! mon cher, sur ce point-là toutes les
femmes sont coquettes.

— Ma foi! si elle m'en veut, elle a bien tort.
Je n'avais nullement l'intention de la vexer. Et
puis, d'ailleurs, quoi! Elle pourrait être ta mère,
à la rigueur, n'est-ce pas? Elle a bien trente-cinq
ans, après tout.

— Tu es ridicule, mon ami. Madame André,

trente-cinq ans ! Mais tu ne l'as donc jamais re-
gardée. Elle n'en a pas seulement trente.

— Ah ! ça, par exemple !... Mais, ma parole !
tu en parles comme si tu étais amoureux
d'elle !

Lucien comprit qu'il faisait une sottise en défendant avec tant de chaleur l'âge de madame
André. Il ramena le débat sur la coquetterie
naturelle aux femmes, et protesta d'ailleurs
fort vivement contre tout soupçon d'amour.
Il se bornait à regretter que Pierre eût commis un manque de tact ; mais, personnellement, cela ne le blessait guère, et il ferait à son
ami le même reproche quand même madame
André serait laide comme les sept péchés capitaux.

Fresson, satisfait de voir que sa prétendue
découverte sur les sentiments amoureux de Lucien était fausse, ne voulut pas disputer plus
longtemps et convint qu'il était coupable d'une
maladresse.

— Mettons que j'aie eu la langue trop longue,
dit-il pour finir ; mais cela ne m'empêche pas
d'avoir raison au fond. Tu feras bien de considérer madame André comme une mère et de lui
demander des avis et des encouragements. Elle
ne peut t'en donner que de bons. Malgré quelques
petits restes d'esprit féminin, que tu veux voir
en elle et que je n'y trouve heureusement pas,
c'est une personne raisonnable, sérieuse, et qui
paraît d'excellent conseil. Je ne vois pas de mal
à ce que tu la consultes le plus souvent possible ;
au contraire.

— Eh bien ! dit Lucien réconcilié, je te promets de l'écouter comme une mère. Là, es-tu content ?

IV

Lucien croyait plaisanter en faisant cette promesse. Mais il la tint très sérieusement, bien malgré lui.

Certes, s'il n'avait écouté que son cœur d'adolescent, il eût tout de suite déclaré son amour à madame André. Car il l'aimait, comme on aime la première femme désirable avec qui les circonstances vous donnent des relations intimes et quotidiennes. Mais, d'autre part, la dignité sans affectation et naturellement grave de madame André imposait le respect. D'ailleurs Lucien, privé du soutien que lui offrait l'amitié sévère de Fresson, éprouvait surtout le besoin d'en chercher un autre, et prenait instinctivement des allures d'être faible plutôt que des airs conquérants d'amoureux. Quoi qu'il fît pour laisser voir sa passion, elle affectait donc plutôt les apparences d'une tendresse filiale, et madame André la considéra comme telle.

Aussi laissa-t-elle Lucien multiplier ses visites, les rendre de plus en plus longues, prendre pied dans la maison presque comme un enfant. Elle-même, du reste, trouvait une véritable distraction et un charme singulier dans le commerce de ce jeune homme qui avait l'esprit autrement mûr et formé que le caractère. Doué d'une imagination vive et d'une mémoire extraordinaire, ayant beaucoup lu, beaucoup rêvé, ouvert à toutes les jouissances de l'art et sachant les faire partager aux autres, naturellement poète, excellent musicien, d'une éducation parfaite, d'une humeur douce et enjouée, d'un cœur très bon, Lucien était vraiment un compagnon fort aimable et qu'il eût été difficile de ne pas apprécier.

Presque toujours, l'après-midi, il menait madame André faire un tour en bateau. Il la faisait asseoir à l'arrière, à côté de la bonne, qui portait la petite fille, et il lui parlait tout en ramant. Elle avait un peu peur de l'eau, ce qui donnait à Lucien l'occasion de faire l'homme. Quand madame André, toute rose sous son ombrelle ensoleillée, se penchait vers lui comme pour lui demander secours, à une oscillation trop brusque du bateau, il était fier et joyeux, il se sentait protecteur, et ce sentiment le ravissait. Quand il ramenait au bout de sa rame une flamme de glaïeul, un calice de nénuphar, un pompon de jonc, et le donnait à l'enfant, il était remercié par un doux regard de la mère et par le gazouillis de la petite fille qui agitait ses menottes en secouant l'eau de la fleur sur le visage de sa bonne. Dans ces moments, il semblait parfois à Lucien que cet enfant était à lui, et que madame André était sa femme. Il contemplait avec délices ce riant tableau ; ses bras mollissaient en tirant l'aviron, et il s'oubliait dans un rêve dont il était réveillé par ce cri :

— Monsieur Lucien, faites donc attention ! Vous allez nous cogner contre un canot.

Les soirées étaient plus charmantes encore. Là il était seul avec madame André. Tandis qu'elle brodait ou chiffonnait des rubans sous la lampe, il lisait à haute voix quelque passage d'un poète aimé. Comme toutes les femmes, même les plus intelligentes, madame André écoutait plutôt la musique que le sens des vers, et avait besoin qu'on lui fît toucher du doigt la poésie. Lucien trouvait un grand plaisir à lui voir goûter ce qu'il admirait. Il lui expliquait sans pédanterie les beautés du rhythme ou de l'expression, et là, comme en bateau, il avait la joie de se sentir plus fort qu'elle. Mais elle prenait sa revanche quand il lisait un chapitre de roman, de ces chapitres faits d'observations pénétrantes comme il y en a dans Stendhal, dans Balzac, dans Flaubert. C'est elle alors qui lui faisait voir et comprendre les choses qui échappent à un esprit novice, peu au courant de la réalité. Elle connaissait la vie, et commentait certaines phrases par des confidences, des anecdotes, des aperçus qui ouvraient à Lucien mille idées vraies sur le monde.

— Ah ! pensait-il en l'écoutant, comme Pierre avait raison, en somme, de voir en elle une mère pour moi ! Malgré sa beauté si jeune et si fraîche, comme elle est mon aînée par l'expérience ! Quel enfant je suis à côté d'elle ! C'est vraiment fou de l'aimer. Elle ne pourra jamais me prendre pour un homme.

Mais un instant après, quand il était au piano
avec elle, il ne songeait plus qu'au charme de la
voir, et s'abandonnait à l'espoir de la posséder.
Elle avait une fort belle voix de contralto. Tout
en l'accompagnant, Lucien frémissait aux vibra-
tions des notes. Elle était d'ailleurs tout proche
de lui, presque appuyée sur son épaule ; quand
elle se penchait pour lire un mot sur la parti-
tion, leurs deux joues semblaient près de se
toucher, et la gorge de la chanteuse frôlait le
bras du jeune homme, qui sentait passer en lui
des chaleurs rapides et des frissons voluptueux.
Bien des fois, en de pareils moments, il eut envie de prendre la main de madame André qui
tournait la page, et de baiser cette main. Mais, en
même temps que ce désir, il lui venait la crainte
de perdre tout d'un coup toute une chère affection, et il n'osait riquer un tel enjeu ; il ne savait
pas que les femmes aiment l'audace, et que,
même lorsqu'elles n'y cèdent pas, elles n'ont
pas le courage de garder rancune à une hardiesse qui est un hommage.

Lorsqu'il avait de ces velléités amoureuses, il
s'en accusait intérieurement comme de sottises,
et il arrivait à les considérer presque comme des
indélicatesses. Il s'en voulait d'avoir auprès de
cette femme si noble des idées de sensualité et
de possession. N'était-ce pas abuser de son hospitalité si gracieuse, de sa familiarité si franchement offerte? Et Lucien se morigénait et se
contraignait alors à des airs si contrits de soumission respectueuse que madame André les prenait pour de la froideur. Elle devenait, dans ces

circonstances, tout à fait maternelle, et lui reprochait doucement ce qu'elle appelait une humeur fantasque.

— Qu'avez-vous donc ce soir? lui disait-elle.
Encore quelque diable bleu, quelque lubie? Vous
me rappelez mes tristesses de petite fille, quand
je pleurais en croyant ma poupée malade.

Lucien ne se fâchait pas de ces innocentes railleries, mais il y trouvait un nouveau prétexte pour
se montrer plus réservé. Il craignait de laisser voir
le sentiment qu'il refoulait, il éteignait le feu de ses
regards, il se montrait plus enfant encore, si bien
que madame André aurait été forcée d'y mettre
du sien pour s'apercevoir qu'elle était aimée.

Aussi, quand Pierre Fresson vint revoir son
ami, et il revint à plusieurs reprises, il fut tout
à fait convaincu de s'être trompé en pensant que
Lucien pourrait devenir amoureux. Il fut seulement frappé d'une sorte de gravité sérieuse que
donnait à Lucien un commencement de mélancolie, et il en fit des compliments aux bons soins
de madame André.

— J'en étais sûr, dit-il un jour, que vous auriez
sur mon ami une heureuse influence. Je le trouve
tout changé, grandi moralement. C'est à vous
qu'il devra d'être un homme.

V

Cette phrase, que Pierre Fresson avait dite sans y entendre malice, devint pour madame André la source de réflexions auxquelles elle ne s'était jamais arrêtée. Elle remarqua que Lucien avait perdu sa gaîté enfantine, mais elle ne s'y trompa pas comme Fresson. Elle comprit tout à coup que la cause de ce changement était l'amour. Elle n'y avait pas prêté d'attention jusqu'alors, n'étant pas de ces femmes qui croient que tous les hommes leur font la cour. D'ailleurs elle voyait toujours l'enfant dans Lucien. Maintenant, elle se rappela beaucoup de détails de leur vie intime qui lui semblèrent de sûrs indices : certains regards qu'elle avait surpris, longuement fixés sur elle, des pâleurs subites, ces variations d'humeur qu'elle prenait pour des caprices puérils, ces réserves trop soudaines qu'elle ne s'expliquait pas.

— Où avais-je la tête? se dit-elle. Je ne m'apercevais pas que ce pauvre garçon est amoureux de moi. Il n'y a pas à en douter, c'est cela qui le tourmente, le cher enfant! Mais me voici prévenue, et je vais y mettre bon ordre. Le petit fou!

Le malheur est qu'en amour les plus forts, comme les plus novices, ne font que des sottises, et que les habiletés y deviennent des maladresses.

Si madame André avait eu la simple idée de s'expliquer catégoriquement avec Lucien, de le railler en douceur, et de le renvoyer à Paris auprès de Fresson, peut-être eût-elle tout terminé. A l'âge de Lucien, on n'éprouve guère que cet amour léger qui ressemble aux rêves fugitifs du matin. Ce sentiment vague s'était précisé grâce à la vue et à la familiarité quotidiennes d'une femme charmante ; mais ce commencement de liaison était encore aisé à rompre. Madame André eut peur de faire mal à Lucien par cette brusque opération, et elle préféra guérir peu à peu cette passion naissante par des calmants. Elle se mit à être moins intime, plus froide, presque fière, et elle laissa voir ainsi qu'elle savait l'amour de Lucien.

Au cas où sa passion serait découverte, Lucien s'était attendu, de la part de madame André, à une indignation hautaine. Il croyait être congédié comme un malhonnête homme. Voyant qu'on se contentait d'une sorte de bouderie un peu sévère, il reprit confiance. Il lui sembla qu'il avait fait un aveu et qu'on ne l'avait pas repoussé. L'amour des tout jeunes gens, quand il n'est gâté par aucune débauche précoce, a de ces naïvetés dans la crainte et dans l'espoir.

Dès lors, Lucien ne dissimula plus le sentiment qui l'occupait, et se mit franchement à faire sa cour, avec une gaucherie audacieuse qui n'était pas sans charmes et qui montrait bien toute la pureté de son cœur. Un roué aurait répondu à la froideur de madame André par une froideur plus grande et aurait feint de renoncer à la lutte. De-

vant une semblable manœuvre, la moins coquette des femmes se serait sentie piquée au jeu,
vexée d'avoir cru découvrir une passion dont elle
ne verrait plus traces ; et, ne voulant pas en avoir
le démenti, elle eût été forcée de la réveiller par
quelques concessions, c'est-à-dire en quelque
sorte de la partager. Mais Lucien était loin de
songer à ces complications de sentiment. Il manifesta donc son amour, sans toutefois oser parler, mais par tous les signes naturels qui l'indi-
quent si clairement. Quand madame André lui
donnait une poignée de main, il mettait tout son
cœur dans cette étreinte. Quand leurs yeux se
rencontraient, et cela arrivait à chaque instant,
il rougissait ou pâlissait sans scrupule. Il laissait
son regard s'arrêter complaisamment sur des
détails qui le ravissaient et qu'il semblait boire
avec gourmandise. Surpris dans ces muettes
extases, il ne se gênait pas pour balbutier et s'a-
bandonnait à son trouble tout à son aise. Il
aimait aussi naïvement qu'une fleur s'épanouit.
Quelque affectation que voulût mettre madame
André à ne point remarquer ces éloquents témoignages, il lui devint bientôt impossible de n'y pas
faire attention. Mais, comme elle craignait toujours de causer une trop grande peine à Lucien,
elle attendit encore pour lui défendre ces mar-
ques d'amour. Elle ne songea pas que c'était
une façon de les autoriser ; et toute sa prudence
aboutit à la rendre en réalité complice d'une
passion qu'elle ne voulait pas ressentir. L'innocence de Lucien eut le même résultat qu'un manége de roué. Il y a des mazettes qui, sur le ter-

rain, trouvent par ignorance des attaques imprévues aussi habiles que celles des meilleurs tireurs.

Lucien s'aperçut aisément des progrès qu'il avait faits. Aussi, peu à peu et de plus en plus enhardi, il prit une fois sur lui de risquer un coup d'audace, après un grand mois de patience. Un beau soir que madame André s'était laissé contempler plus longtemps et plus amoureusement que de coutume sans répondre par un air trop sévère à cette insistance significative, il lui saisit tout à coup les deux mains et les couvrit de baisers.

Madame André fut sur le point de se fâcher. Mais elle n'en eut pas le courage, tant Lucien mit dans cet acte de tendresse respectueuse. Ce n'était pas la décision brutale d'un homme qui cède à un désir; c'était l'emportement irrésistible d'une affection sincère. Le pauvre garçon avait comme des regrets de sa hardiesse en la commettant, et ses yeux étaient pleins de pleurs qui se mêlaient à ses baisers comme pour en demander pardon. Madame André se dégagea doucement, et lui dit d'une voix lente où parlait beaucoup plus la pitié que la colère :

— Eh bien! qu'est-ce que vous avez, mon ami? Etes-vous fou? Grand enfant !

Lucien répondit comme un grand enfant, en effet, par un déluge de larmes, et avoua au milieu de ses sanglots tout son amour. Il n'y avait vraiment pas moyen de recevoir un tel aveu comme une offense. La femme la plus vertueuse et la plus rigide aurait été bien embarrassée pour prendre une contenance rébarbative. Madame André eut cependant le courage de ne pas trop céder à l'attendrissement. Elle comprit que, pour couper court dès maintenant à cette passion naissante, il fallait lui opposer un refus vigoureux.

— Voyons, mon cher Lucien, lui dit-elle, ne pleurez pas, je vous en prie. Cela me fait de la peine. Je ne veux pas vous gronder. J'en serais incapable en ce moment. Je veux seulement vous répondre. Mais il faut m'écouter avec calme, bien sagement, bien gentiment, et ne pas faire le bébé comme cela. Je crois que vous m'aimez, puisque vous me le dites, et d'un accent si convaincu. Je ne saurais vous en vouloir; car ce n'est pas votre faute si vous m'aimez. Vous me rendrez cette justice de reconnaître que ce n'est pas la mienne non plus. Il y a déjà quelque temps que je me suis aperçue de ce sentiment, et que je tâchais à l'empêcher de croître. Je pensais, et je pense encore, sans vouloir vous faire injure, mon cher enfant, que c'est là un feu naturel à votre âge, mais passager. J'espérais pouvoir l'éteindre par ma prudence avant qu'il en arrivât à une explosion. Je vois que je m'y suis mal prise. Mais je serais désolée de vous paraître coquette. Ma réponse sera donc aussi franche que votre aveu, et il faudra la considérer comme définitive. Je vous la donne sans colère, sans arrière-pensée, pour votre bien. Un tel amour, mon pauvre ami, est absolument impossible. Ne prenez pas cet air désolé, je vous en conjure! je ne cherche pas à vous faire du chagrin. Je veux que vous m'écoutiez comme un homme, que vous raisonniez, et qu'en y réfléchissant vous soyez convaincu que ce que je vous dis est sage. Vous êtes extrêmement jeune, et moi je suis une femme mûre. Inutile de vous récrier! J'ai passé la trentaine. J'ai treize ou quatorze ans de plus que vous. Je ne puis donc pas être votre femme. Tout au plus pourrais-je être votre maîtresse pendant quelques années. Mais en ce cas je considérerais comme un crime d'abuser de votre folie pour vous river à une liaison qui ne saurait être que malheureuse. Peut-être aurais-je la lâcheté de commettre ce crime si je vous aimais. Mais il vaut mieux que je vous le dise tout de suite, et durement : je ne vous aime pas. Ne pleurez pas, de grâce ; soyez courageux. Vous savez combien j'ai d'affection pour vous. Cette affection n'est pas de l'amour, voilà tout. Voyons, donnez-moi la main, loyalement, en homme, et oubliez ce rêve pour ne songer qu'à la réalité. Plus tard, quand vous serez tout à fait raisonnable, vous me remercierez d'avoir agi ainsi; et cela fera bien plaisir à votre petite maman qui vous chérit beaucoup.

Puis, prenant un ton délicieux d'enjouement attendri, elle ajouta dans un sourire :

— Allons, bébé, faites une belle risette.

Mais Lucien, débouté de tous ses espoirs, se mit à pleurer plus violemment encore. Il ne songeait pas, d'ailleurs, à réfuter les considérations de madame André. Il répétait seulement, en se prenant la tête et en sanglotant :

— Vous ne m'aimez pas! vous ne m'aimez pas! J'en mourrai.

Sa douleur était si profonde, si vraie, qu'elle faisait mal à voir. Il était bien touché à fond.

Cette fois, madame André ne put pas y résister. Elle regretta sa réponse trop tranchante, son refus trop catégorique. Elle avait exagéré à dessein, car elle n'était pas si éloignée d'aimer Lucien qu'elle avait bien voulu le dire; et elle se reprocha cette exagération. Elle fut donc obligée, par bonté et presque par justice, d'atténuer ce que son ordre avait eu de plus brutal qu'il ne fallait. Elle revint sur ce qu'elle avait dit, et laissa entendre qu'on ne devait jamais désespérer, qu'elle ne voulait pas briser le cœur de Lucien, qu'elle ne lui défendait pas d'être amoureux d'elle, et qu'en attendant la guérison elle consentait à laisser le malade dire sa souffrance, mais en tout bien tout honneur. C'étaient des concessions, des atermoiements qui rendaient inutile sa ferme déclaration de tout à l'heure, et remettaient tout en cause. C'était une faiblesse. Elle le sentait bien en parlant, et essayait de retenir les mots sur ses lèvres, comprenant qu'elle manquait de prudence. Il eût mieux valu être sans pitié, si elle désirait que tout fût fini. Mais quelque chose en elle, plus fort que sa raison, l'empêchait d'être dure, la forçait à s'engager plus qu'elle n'aurait voulu, et lui faisait faire cette sorte de demi-aveu.

Lucien en profita. Les yeux brillants, le cœur aux lèvres, il reprit les mains de madame André et y déposa de nouveaux baisers, plus ardents cette fois.

— Oh! merci, merci, lui disait-il. Vous êtes

bonne. Je ne vous demande rien de plus. Laissez-moi vous aimer seulement. Laissez-moi espérer qu'un jour vous ne trouverez plus cet amour impossible. Il ne m'en faut pas davantage pour être heureux. Maintenant, je ferai risette tant que vous voudrez.

VI

La vie devint tout à fait charmante pour Lucien. Il pouvait dorénavant jouir sans contrainte de son amour, c'est-à-dire en parler, et il ne lui fallait pas encore davantage pour être satisfait. Un sourire, un regard tendre, une réponse donnant quelque espoir si léger qu'il fût, le droit de serrer et quelquefois de baiser une main qui ne résistait pas trop, et il était au comble de ses vœux. Quoique élevé à Paris et dans un lycée, malgré la précocité d'imagination que lui avaient donnée les livres, Lucien avait le cœur absolument vierge et pur. Peut-être des idées charnelles lui seraient-elles venues plus tôt avec une femme plus coquette, pour peu qu'elle eût été raffinée. Cet adolescent si frais, si neuf, sentant encore l'enfance, était fait pour tenter les désirs d'une veuve qui avait plus de trente ans. Mais c'est précisément la crainte de tomber dans cette dépravation qui empêchait madame André de s'a-

bandonner plus complètement. Elle avait une
sorte de honte quand elle pensait qu'elle pourrait
devenir la maîtresse de Lucien. Elle s'en défendait
intérieurement et appelait à son secours toute
son honnêteté. Ce n'était pas d'ailleurs une
femme sensuelle, ou du moins elle n'avait jamais
connu le trouble des sens. Mariée par convenance
à monsieur André, elle avait trouvé auprès de lui le
bonheur du ménage, mais rien de plus, et elle
avait toujours vécu en femme froide. Cette absence de passion, qui sans doute avait conservé
sa beauté comme la glace conserve les corps,
la garantissait de certaines émotions physiques,
qu'une autre femme eût éprouvées auprès de
Lucien, et auxquelles Lucien eût répondu naturellement. Pour toutes ces raisons, leur amour
fut platonique, et ni l'un ni l'autre n'en souffrit
tout d'abord.

Lucien, le premier, sentit le besoin de quelque
chose de plus. En dépit des naïves remontrances
qu'il se faisait touchant la noblesse et la vertu
de madame André, il fut obligé de s'avouer à lui-
même qu'il la désirait. Sans doute il était doux
de passer des heures, des journées, à deviser
avec elle, d'avoir libre accès dans son esprit et
un peu dans son cœur; mais cela n'empêchait
pas qu'elle eût une bouche, des yeux, une poitrine,
une peau, une chair enfin. Et cette bouche appelait le baiser, ces yeux tentaient, cette poitrine
était provocante, cette peau fleurait bon, cette
chair ne pouvait pas ne pas être possédée. Les désirs qui naguère agitaient Lucien et qui étaient
alors les légers préludes de sa passion, lui reve-

naient peu à peu en motifs plus chauds, plus irrésistibles. Il avait soif de ce beau corps. Ce n'était plus sur les doigts qu'il avait envie de poser un baiser, mais sur les lèvres. Il lui sautait par moments de violentes secousses au cœur. Il se sentait prêt à prendre madame André par la taille et à l'envelopper de caresses. A force de respirer les parfums de ce fruit capiteux, il voulait y mordre.

Elle s'aperçut de ce changement, en fut toute troublée, et par contagion cela la transforma aussi. Elle éprouva des besoins encore vagues, mais nouveaux. Si elle avait pu apporter la même fougue que Lucien, si seulement elle avait été du même âge que lui, c'est-à-dire plus facile au premier mouvement, elle se fût certainement rendue. Elle ne partageait pas la frénésie du jeune homme, mais elle sentait en elle des langueurs, des faiblesses, une pente à s'abandonner. On se grise à mettre du vin en bouteilles, moins vite sans doute, mais aussi sûrement qu'à en boire. Le danger, c'est qu'il est trop tard, quand on se voit pris, pour sortir de la cave : on a déjà la cervelle qui tourne. Elle eut peur et voulut réagir. La hauteur qu'elle essaya de témoigner à Lucien aurait suffi à le rendre sage un mois auparavant. Maintenant elle ne fit que l'exciter. De son cœur, chargé de passion comme une pile chargée de fluide électrique, le moindre choc devait faire jaillir l'étincelle.

Un soir qu'il la contemplait fixement sans rien dire, avec des yeux luisants de convoitise, les narines frémissantes, les lèvres entr'ouvertes, sans dissimuler ce qu'il voulait, elle lui commanda aigrement de cesser.

— Lucien, dit-elle, je vous défends de me regarder ainsi, ou je me fâcherai. J'ai été trop bonne pour vous, je le vois, et vous m'en faites repentir. Je veux, entendez-vous, je veux absolument que vous me respectiez. En ce moment, vos regards ne me respectent pas. Il y a de quoi en rougir. Vous avez l'air d'un fou.

Et elle tourna le dos avec un geste dédaigneux, presque dégoûté.

Sans rien répondre, brusquement, il lui empoigna la tête à pleines mains, la renversa en arrière et lui planta un baiser sur la bouche.

Elle se débarrassa de cette étreinte, le repoussa, et se leva toute droite, blanche de surprise et de colère. Elle eût peut-être cédé à une caresse lentement amenée. Elle se révoltait contre une conquête si brutale.

— Oh! c'est honteux ! s'écria-t-elle. Vous vous conduisez comme un sauvage. Vous m'avez fait mal.

— Je vous veux, répondit Lucien en se précipitant de nouveau sur elle.

Il ne savait pas ce qu'il faisait. Il était ivre, en proie à ce paroxysme de désir auquel les natures les plus douces sont parfois sujettes comme les autres. Il n'aurait pas reculé devant la violence, devant le viol. Il regardait la robe de madame André ainsi qu'un taureau furieux regarde une loque rouge, avec du sang plein les yeux. Madame André fut terrifiée de le voir ainsi, et ne songea plus qu'à fuir. Elle évita le bond qu'il fit vers elle, et, avant qu'il eût le temps de recommencer, elle sortit de la chambre en tournant la clef dans la serrure.

Lucien resta seul, enfermé dans le salon comme un enfant en pénitence. Toute sa chaleur tomba devant ce dénoûment ridicule d'une scène qui avait failli devenir tragique. Son exaltation se cassa le nez contre la porte. Il se réveilla à la façon des somnambules, étourdi, hébété, se rendant à peine compte de ce qu'il avait fait. Quand la mémoire lui revint complète, il fut si épouvanté et si désolé de sa conduite qu'il n'essaya même pas de rappeler madame André pour lui demander pardon. Il ouvrit la fenêtre qui donnait sur la prairie, sauta du premier étage dans l'ombre, et se sauva comme un homme qui vient de faire un mauvais coup.

Il passa la nuit à se traiter de brute, de goujat, à regretter amèrement son inconcevable audace, à pleurer son bonheur perdu. Car, maintenant, il le voyait bien, c'en était fait de cette vie si charmante, de ces soirées si douces, et c'en était fait surtout de l'espérance! Comment réparer cette faute? Comment l'expliquer même? Un moment d'oubli, d'égarement, de frénésie! Mais madame André accepterait-elle ces excuses? Voudrait-elle même les entendre? De quel front oserait-il la revoir? Toutes ses timidités le reprenaient, d'autant plus vives qu'il les avait domptées pendant le quart d'heure fatal. Il se laissait couler dans l'affaisement qui suit les moments d'ivresse, dans la lassitude énervante qui est le prix des efforts ratés.

La journée du lendemain s'écoula sans qu'il eût le courage de traverser la rivière pour aller apprendre son sort. Il se contenta d'écrire une lettre où il s'accusait du fond du cœur et affirmait le plus sincère repentir. Il craignait que cette lettre ne lui fût renvoyée sans avoir été ouverte. Ne l'ayant pas reçue dans la soirée, il reprit un peu d'espoir, et en écrivit une seconde où il demandait la permission d'aller chercher sa grâce.

— Ce serait plus que je ne mérite, disait-il en finissant, si vous daigniez me répondre un mot de pitié. Mais je n'ai pas le droit d'attendre même cela. Vous êtes déjà trop indulgente d'avoir bien voulu lire ma première lettre. Soyez assez clémente pour ne pas me renvoyer celle-ci, et cela me suffira pour savoir que vous ne me refusez pas la permission que je vous supplie à genoux de m'accorder, la permission d'aller vous exprimer humblement tous mes regrets de mon action méprisable.

Cette seconde lettre ne lui revint pas plus que la première. Plein de reconnaissance pour la bonté de madame André, il se décida enfin à aller sonner à la porte. Le cœur lui battait bien fort quand la porte s'ouvrit ; mais il s'arrêta de battre à cette phrase de la bonne :

— Madame est partie en voyage hier matin, avec la petite, et ne m'a pas dit où elle allait.

VII

Ainsi elle n'avait pas même reçu les deux lettres. Le lendemain de la soirée maudite, elle s'était enfuie sans laisser rien qui pût aider à la retrouver. Elle voulait échapper à Lucien pour toujours. Il n'y avait pas à garder le moindre espoir. Lucien fut atterré de ce coup irremédiable. Il n'eut pas la force de rester seul à le supporter. Il lui fallait un ami, un cœur à qui confier sa souffrance, et il courut à Paris chez Pierre Fresson. En arrivant, il se jeta dans les bras de son ami et lui raconta avec des sanglots tout ce qui s'était passé.

Fresson éclata en accusations contre madame André.

— Oh ! toi, disait-il, je t'excuse. Tu n'as aucune part de responsabilité dans tout cela. Mais je ne pardonne pas à cette femme. Elle a agi en coquette, et avec un enfant ! C'est indigne.

Lucien essayait de la défendre. Il savait bien qu'elle n'était pas coupable.

— Eh ! répliquait Fresson, tu ne feras croire à personne que c'est un blanc-bec tel que toi, timide comme une jeune fille, naïf comme un premier communiant, qui a entraîné une femme de cet âge et de cette expérience. C'est elle qui a tout mené, et tu n'y as vu que du feu. J'aurais dû me méfier. Ce n'était pas naturel qu'une veuve de trente ans bien sonnés, encore agréable, eût renoncé à se faire faire la cour. Mais comme elle a bien joué son jeu, la mâtine ! Avec ses airs maternels ! Quelle hypocrite ! Un bambin de dix-huit ans, à cette matrone ! Ah ! ne cherche pas à la disculper. Tiens, veux-tu que je te dise ? Eh bien ! c'est une gueuse, une...

Fresson était furieux. Certes, il y avait dans sa colère un peu d'affection pour Lucien ; mais il y avait plus encore le dépit de n'avoir pas vu clair. Il s'imaginait avoir été *roulé* par madame André, lui, l'homme sage, prudent. Son gros bon sens d'ailleurs n'était pas capable d'imaginer la vérité, c'est-à-dire les subtilités de sentiment par lesquelles avait dû passer cette femme qui aimait Lucien et qui ne voulait pas l'aimer. Il ne voyait qu'une chose, c'est que Lucien était amoureux, et il ne pouvait pas admettre qu'elle n'en fût pas la cause.

— Raconte ton histoire à qui tu voudras, de ceux qui connaissent la vie, et tout le monde te dira, comme moi, que c'est une infâme coquette.

Lucien était ébranlé par le ton ferme et indigné de son ami. Cependant il lui en coûtait d'accuser madame André.

— La preuve, disait-il, qu'elle n'est pas une gueuse, comme tu le prétends, c'est qu'en somme elle m'a résisté. Une femme dépravée fût devenue ma maîtresse.

Mais l'impitoyable Fresson redoublait d'arguments :

— Voilà bien où est sa plus grande rouerie, parbleu ! Si elle t'avait cédé, tu ne l'aimerais plus aujourd'hui. Elle sait bien ce que c'est qu'un amour de jeune homme, un feu de paille. Ce n'est pas cela qu'elle veut. Je ne la crois pas une passionnée vulgaire, désirant se donner le plaisir d'un détournement de mineur. Elle est trop forte pour se contenter de si peu. Son plan est de se faire épouser.

— Mais je lui ai proposé le mariage! Elle a refusé.

— Je crois bien! tu n'as pas vingt ans. Et ton tuteur? Et ton conseil de famille? Tu t'imagines donc qu'ils t'auraient laissé faire? Elle savait bien que non, et elle a préféré avoir le bénéfice d'un refus généreux.

— Pourtant, si tu penses que son but était de m'enjôler, comment expliques-tu son départ?

— Mais tu me sembles suffisamment enjôlé comme cela! Et puis, sois tranquille, elle ne sera pas longtemps absente. Ce qu'elle en fait n'est que pour attiser le feu, non pour l'éteindre.

Si prévenu qu'il fût en faveur de madame André, Lucien trouva quelque raison dans le réquisitoire de Pierre. On croit si aisément au mal! Il ne l'avouait pas; il protestait toujours; mais au fond il se laissait influencer. Les légères concessions que lui avaient faites madame André, par pure indulgence d'abord, par tendresse naturelle ensuite, n'étaient pas loin maintenant de lui paraître des coquetteries. Le combat qu'elle avait dû soutenir intérieurement, et qui se trahissait au dehors par une réserve mêlée d'abandon, une sévérité tempérée de demi-caresses, faisait à la réflexion l'effet d'un savant manège.

4

Lucien ne put se résoudre du premier coup à ne voir que cet aspect de surface. Il sentait son cœur se révolter contre une telle découverte. Mais plusieurs entretiens à ce sujet avec le terrible raisonneur Pierre finirent par le convaincre.

— Imagine-toi, lui disait celui-ci, que tu n'es pas Lucien Ferdolle, qu'on te raconte ce que tu m'as raconté, et juge toi-même. Juge sans prévention, sans regrets, comme si tu étais devant une aventure qui te serait étrangère. Juge comme tout le monde enfin, comme le premier venu, à la lumière du sens commun.

Pierre Fresson avait une façon à lui de prononcer solennellement ce mot de sens commun. Il y mettait une sorte de respect, de religion. On sentait que ce fameux sens commun était pour lui un dieu, et on comprenait aussi que lui, Pierre Fresson, apprenti docteur, jeune encore, mais d'une sagesse mûre, homme posé portant lunettes, ennemi de la passion et du désordre, donneur de bons conseils, se croyait un des grands prêtres en communion directe avec ce dieu.

Lucien, quoique d'un esprit autrement délicat et original, n'avait pas encore assez vécu pour savoir que l'opinion du sens commun est souvent celle des imbéciles, qu'elle se fonde sur des apparences et des préjugés, et qu'elle a beaucoup de chances d'être fausse et injuste. Comme son ami la lui présentait avec autorité, avec majesté presque, ainsi qu'on présente une hostie, il ferma les yeux pour l'avaler. Il regarda ce qui lui était arrivé à travers les paupières closes de ce myope qui s'appelle tout le monde, et il en vint à penser sur son propre cas ce qu'aurait pensé le premier venu.

Fresson appelait cela faire un grand progrès dans la science de la vie. Et il le prouvait à la faveur de ces maximes banales, de ces aphorismes solennellement stupides qui sont l'apanage de l'expérience.

— Au fond, disait-il, ce qui t'arrive là est un bien. La perte de la première illusion est la vaccine du cœur. Maintenant tu sais ce que c'est que les femmes. *Experto crede Roberto.*

Et il racontait à Lucien comment lui-même avait aussi éprouvé dans sa vie une passion : une fille de brasserie qu'il avait eue pour maîtresse et qui avait essayé de l'entortiller pour se faire acheter un petit fonds de commerce. Mais il avait eu l'œil ; on ne le mettait pas dedans comme ça ; il s'était dépêtré de Félicie ; certes, cela n'avait pas été sans douleur ; mais il n'y pensait plus maintenant ; cela lui avait servi de leçon, et depuis il connaissait les femmes. Et il comparait cette liaison à l'amour de madame André.

Il fallut un grand mois à Lucien pour en arriver là ; mais enfin il y vint. Il finit par considérer cette noble femme comme une intrigante, des griffes de laquelle il était heureusement sorti, et pourtant Lucien n'était ni un sot, ni un ingrat, ni un mauvais cœur. Mais il avait pour guide un sage imbécile, et rien n'est plus cruel que la contagion de la bêtise.

Cependant, tout en accusant madame André, Lucien ne pouvait se défendre d'y penser souvent.

Il était obsédé surtout du souvenir physique de
cette beauté perdue. Il ne regrettait pas les causeries charmantes où il avait goûté des joies
pures et qui lui semblaient maintenant des manœuvres faites pour le suborner. Mais il se rappelait avec amertume les désirs sensuels qu'il
avait éprouvés si violemment et qu'il n'avait pas
satisfaits. Il ne pouvait détacher sa mémoire de
ces yeux profonds qui promettaient tant de
choses, de cette chair savoureuse dont le parfum
le poursuivait. L'unique baiser qu'il avait pris
sur ces lèvres adorables lui brûlait encore la
bouche et lui avait laissé la soif d'en boire d'autres. Il déshabillait en esprit cette femme qu'il
avait si longtemps respectée. Dans son imagination, il contemplait à nu la peau excitante,
la gorge qu'il avait touchée de l'épaule étant au
piano, les hanches dont il avait senti le balancement voluptueux contre lui quand il lui donnait le bras, les genoux sur lesquels il avait posé
la main, sans oser serrer les doigts. Il retrouvait
mille détails où s'échauffait son sang de jeune
homme. Le soir, quand madame André, sans
corset, en robe d'été flottante, penchait la tête
sur sa broderie, il avait souvent plongé d'un
coup-d'œil dans le sillon ambré qui partait de
la nuque, au milieu des petits cheveux follets·
pareils à des plumes frisées, et qui descendait
dans l'ombre jusqu'à la cambrure des reins.
Pendant les promenades au bord de l'eau, quand
elle restait en arrière pour cueillir une fleur, il
arrivait parfois que le vent fouettât la mousse-
line légère au point de la plaquer sur elle comme

une chemise. Pour monter en bateau, il fallait bien montrer, et plus haut qu'on n'aurait voulu souvent, la cheville et le mollet, ces bavards qui disent les secrets du reste. Lucien se pâmait en évoquant ces images, et laissait ses appétits inassouvis se couler le long de ce dos tiède et grimper autour de cette jambe provocante, dans les secrets du corsage et dans le mystère des jupes.

— Ah! se disait-il, je suis une brute d'avoir manqué cette proie. Et moi qui me reprochais la tentative que j'ai faite pour l'avoir! Je n'ai pas été assez audacieux encore. Quand je la tenais par la tête, mes lèvres sur ses dents, je n'aurais pas dû la lâcher. J'ai senti que je lui faisais mal et j'ai eu peur. Il fallait brusquer la chose. Si c'était à recommencer!...

Puis il songeait qu'après tout il pourrait retrouver une occasion semblable. Car madame André n'était pas perdue, n'est-ce pas? Puisqu'elle voulait se faire épouser par Lucien, elle reviendrait. Pierre Fresson ne l'avait-il pas assuré? Et Pierre Fresson connaissait les femmes.

Cependant madame André ne revenait pas et ne donnait même pas signe de vie.

Depuis trois mois qu'il avait quitté Ablon, Lucien n'y était jamais retourné. Il avait juré à son ami de ne pas commettre ce que celui-ci appelait une lâcheté. Il avait fait ce serment volontiers pendant le temps de sa rancune première, quand il s'estimait heureux d'avoir échappé au danger que lui avait si bien expliqué Fresson. Sous l'impression de ce sentiment, il n'avait pas

eu de peine tout d'abord à tenir sa promesse.
Mais aujourd'hui que ces désirs s'étaient ra-
vivés, elle lui devenait pesante, comme la diète
au malade qui reprend de l'appétit. Si, comme
le prétendait Fresson, madame André était
revenue là-bas, ou du moins y avait laissé maintenant quelque indice qui pût la faire retrouver,
fallait-il négliger ce moyen sûr de la revoir et
renoncer comme un niais à l'espérance de la
posséder ? Lucien était prévenu, mis en garde
contre les coquetteries, et il saurait s'y prendre
de façon à rendre madame André sa maîtresse
sans se laisser dominer par elle. Au besoin, il lutte-
rait de ruse et la tromperait, quitte à se faire haïr
après s'être fait aimer. Il ne voyait plus en elle
qu'une femme à duper, et dans son amour qu'un
besoin à satisfaire. Voilà ce qu'avaient produit
les conseils de l'honnête Fresson, les aphorismes
de l'expérience et la morale du sens commun.

Un beau jour, il n'y put résister, et, sans rien
dire à son ami, il résolut de retourner à Ablon.
Quoiqu'il y arrivât avec des dispositions de Love-
lace, il se sentit ému en approchant de la prairie
où il avait connu de si doux bonheurs. On respirait ici un autre air que dans la chambre du
moraliste pratique Pierre Fresson. Lucien était
enveloppé de tendres et purs souvenirs qui ne
parlaient ni d'intrigues, ni de périls, ni d'intérêt,
ni même de désirs sensuels, mais bien de délicate affection, de charmantes causeries, de joie
intime. Si, en ce moment, il eût rencontré
madame André, toutes ses velléités de conquête
se fussent fondues sous un coup d'œil à la fois ca-

ressant et sévère, et il n'aurait pas même songé
à baiser la belle main qu'on lui aurait tendue.

— Comme Pierre se moquerait de moi, se
dit-il, s'il voyait mon trouble! Et il aurait raison. Je n'ai pas pour deux liards d'énergie. Bah!
c'est bien naturel, après tout. C'est le premier
mouvement. Mais quand je serai auprès d'elle,
quand je respirerai l'odeur de sa peau, quand
je verrai les beaux fruits mûrs de son corps, je
n'entendrai plus ces voix de sentimentalité bête
qui me donnent envie de pleurer.

Et, comme les poltrons, qui pour prendre
courage chantent un refrain obscène dans la
nuit, il prononça tout haut ce petit discours où
il mit autant qu'il put de cynisme :

— Allons donc! J'en ai assez des bonbons fon-
dants de l'amour platonique. Cela vous affadit
le cœur. Je viens avec les dents aiguisées pour
manger le rôti et les truffes. Elle y passera cette
fois, la poularde! Je ne suis plus un enfant,
puisque je vais peut-être en faire un.

En lançant ce mot gaillard, Lucien dévisagea
fièrement la petite maison, qu'il n'avait pas encore osé regarder. La petite maison était toujours au fond de la prairie, encadrée dans les
feuilles que l'automne commençait à dorer, et
semblable à un nid d'oiseau. Mais l'oiseau n'y
était point de retour. Le nid restait désert. Avec
sa façade blanche et ses fenêtres fermées sous
les contrevents, comme des yeux clos sous les
paupières, la petite maison avait l'air d'une
morte. Lucien en fit le tour, pour tâcher de trouver quelque indice de vie. Il put se convaincre alors

qu'il n'y était venu personne depuis longtemps. Le jardin négligé avait laissé pousser ses cheveux de plantes folles à tort et à travers. L'entrée de la tonnelle était encombrée de glycines qui traînaient jusqu'à terre leurs boucles à l'abandon. Une vitre de la marquise avait été cassée par quelque branche envolée au vent et les éclats du verre gisaient encore sur le perron du vestibule. Des araignées avaient tendu dans les encoignures de la porte leur toile envahissante, pareille aux nuages que l'oubli tisse devant les serrures rouillées de nos souvenirs.

Lucien revint mélancoliquement à Paris et raconta son expédition à Pierre.

— Tu t'étais trompé, vois-tu, lui dit-il ; madame André ne reviendra pas.

— Eh bien ! tant mieux ! répondit Fresson. Elle aura renoncé à son plan, voilà tout. Elle aura réfléchi.

— Mais si elle ne revient pas, ce n'est pas une coquette comme tu le pensais. Elle n'avait pas ce plan dont tu parles.

— Allons, tu vas encore la défendre, n'est-ce pas ? Tu ne sauras donc jamais voir la réalité, comprendre le fin des choses ? Tu t'imagines bonnement que madame André ne s'est pas inquiétée de toi depuis votre séparation. Ah ! tu n'es pas malin ! Moi, je suis certain qu'elle a cherché à savoir ce que tu faisais. Alors elle aura appris que tu vivais avec moi. Elle aura bien pensé que tu m'avais tout dit. Et elle me connaît ! Elle te sent protégé par mon expérience. Elle doit bien se dire que j'ai vu clair dans son jeu et que je t'ai fait y voir clair aussi. Sûre de la victoire quand elle n'avait à manœuvrer que contre toi, elle ne s'y fie plus à présent que je me suis mis entre vous deux. Elle a vu qu'elle perdait son temps et sa jeunesse, s'il lui en reste. Elle a lâché pied. Ah ! les femmes savent bien à qui elles ont affaire !

Pierre Fresson se pavanait dans l'orgueil de son prétendu triomphe avec une sécurité telle que Lucien y crut.

— Ma foi ! pensa-t-il, tant pis ! c'est une femme que je n'aurai pas. Mais, une de perdue, dix de retrouvées ! Peut-être vaut-il mieux, en somme, que je ne l'aie pas revue à Ablon. Je suis si faible ! je me serais peut-être laissé reprendre encore. Oublions cela !

Ses désirs, qui s'étaient rallumés à l'espoir que madame André reviendrait, s'éteignirent peu à peu quand il se fut bien convaincu qu'elle était partie sans retour. Il eut l'imagination de moins en moins occupée aux souvenirs et aux regrets sensuels, qui sont les plus immédiatement vivaces après un amour rompu. Il cessa de s'abandonner à des convoitises qui n'avaient plus de sujet. Sans douleur il se détacha du rêve qui ne devait plus se réaliser, comme les oiseaux abandonnent l'arbre qui va mourir.

VIII

Les vacances étaient terminées. Les étudiants revenaient au quartier latin, sur lequel soufflait le vent de folie de la rentrée.

Pierre Fresson n'avait plus rien à y faire, car il avait passé ses derniers examens et sa thèse. Mais il attendait la nouvelle année pour aller prendre la clientèle de Landry-la-Ville, dans l'Aisne. Il profita donc des loisirs qu'il avait et du retour de ses camarades pour fêter la fin de ses études et initier un peu Lucien aux plaisirs qu'un jeune homme, disait-il sentencieusement, doit connaître.

Lui-même, malgré sa fameuse expérience, ne les connaissait guère que de vue, comme l'eunuque connaît les dames du harem. C'était un piocheur, assidu aux cours, aux cliniques, aux amphithéâtres, et qui pour toute débauche se permettait de digérer son dîner au café Tabourey, en fumant une pipe et en faisant une partie de whist. Cinq ou six fois par an il se laissait entraîner à ce qu'il appelait avec emphase des orgies, quelque pomponnette, une nuit de bal masqué, un souper de réveillon. A part sa liaison avec Félicie, *son roman*, il n'avait goûté de l'amour que ce qu'en vendent les filles de raccroc qui servent d'abreuvoir à la soif publique. Il sacrifiait à la chair, seulement en sa qualité de médecin, par hygiène. En cela comme en tout c'était un garçon rangé. Ce qui lui servait de cœur était tenu aussi régulièrement que son carnet de blanchisseuse.

— Tu sais, dit-il à Lucien, que je ne suis pas un noceur. Je crois qu'on a autre chose à faire que de courir les brasseries et de courtiser les gueuses. Mais je ne suis pas un saint non plus. Il est bon de tâter un peu des voluptés, de s'amuser un brin, quand cela ne serait que pour acquérir le droit de l'interdire à ceux qui en abusent. Puis, en tant que médecin, je me dois d'expérimenter un peu le fameux précepte de l'école de Salerne : *Ruere bis in hebdomade, ebriari semel in mense.* Il faut avoir passé par là, pour être un homme. Si tu veux, nous enterrerons ensemble ma jeunesse.

Et il se mit à l'enterrer, persuadé qu'elle avait jamais vécu, cette malheureuse morte en naissant. Cet enterrement d'ailleurs était des plus modestes, un véritable enterrement de troisième classe. Il consistait à boire force bocks, à faire des dîners chez Foyot ou chez Magny, à revenir de Bullier bras dessus bras dessous en chantant quelque refrain stupide et à se finir dans une de ces maisons qui sont la *Belle-Jardinière* de l'amour. La société de Fresson se composait de bons provinciaux en train de jeter leur gourme à Paris. De la graine de bourgeois, et de la mauvaise, rien de plus ! Ces braves gens avaient beau être jeunes et vouloir le paraître, on sentait qu'ils devaient devenir notaires, substituts,

praticiens, et rester quand même toujours médiocres. Le béret arboré par les plus crânes avait
de faux airs de calotte grecque. Leur barbe semblait une barbe postiche, sous laquelle on devi-
nait leur futur menton glabre. Pour enterrer
une jeunesse comme celle de Fresson, on ne
pouvait rêver de meilleurs croquemorts. Les pa-
naches de leur gaité faisaient penser à ceux des
corbillards.

Mais tout cela était nouveau pour Lucien, et
la joie de vivre est si belle qu'il trouvait un
charme même à celle-ci, qui était pourtant bien
factice. Sans prendre garde à ce que ces plaisirs
avaient de banal, il s'y livra avec toute la fougue
d'un tempérament nerveux et d'une chaude imagination. Son esprit, sa bonne humeur, se réveillèrent, fouettés par le gros rire de ses compagnons. Il perdit sa timidité dans le coudoiement
des cafés. Toujours aussi facile à entraîner, prêt
à prendre comme une cire l'empreinte des gens
qu'il fréquentait, il devint bientôt, en apparence,
leur semblable, et laissa s'émousser sa délicatesse de sentiments. Il eut quatre maîtresses de
suite, et sans que Pierre Fresson y trouvât à re-
dire ; car la plus aimée fut gardée deux semaines. D'ailleurs, grâce à sa jolie figure et aussi
à son gousset bien garni, il était fort recherché
des femmes dans ce monde des étudiantes où
l'on se prend et se quitte à la diable. Deux ou
trois des plus fameuses eurent pour lui des bé-
guins, et il s'offrit même le plaisir d'en refuser
un. Il s'habitua à se faire faire la cour plutôt
qu'à la faire, et cette habitude lui donna natu-

rellement le plus souverain mépris des femmes.

— A la bonne heure ! lui disait Fresson. Voilà que tu connais la vie. Diable ! je commence même à croire que tu l'étudies un peu trop.

— Peuh ! répondit Lucien, cela ne durera pas toujours. Ce sont mes débuts. J'avoue que le précepte de l'école de Salerne est un peu outre-passé. Mais cela m'a si bien guéri de mes idées stupides !

— Je te l'avais bien dit.

— Et tu avais raison. Quand je pense que j'ai été sur le point de me laisser mener par le nez, et que j'ai fait du platonisme, et du gnian-gnian, et avec une femme qui aurait pu être ma mère ! Y mettait-elle assez de fierté, du reste, et de mauvaise humeur ! Quel air de biche effarouchée, quand je la regardais dans le blanc des yeux ! M'a-t-il fallu en inventer de ces courbettes res-pectueuses, avant d'obtenir de lui baiser la main ! Et quelle indignation, quand je l'ai em-brassée ! Quelle bégueule !

— Ah ! sans moi, mon pauvre Lucien, tu te laissais joliment empaumer, hein !

— Ne parlons plus de cela. Je suis dégoûté de moi en voyant que j'ai pu être aussi bête.

Ils en parlèrent en effet de moins en moins, même pour en rire. Cela ne les amusait plus d'y songer. Ils avaient bien d'autres choses à se dire ! Lucien s'était décidé à devenir homme de lettres et il faisait partager ses espérances de succès à son ami. Fresson causait de son pro-chain établissement à Landry-la-Ville, de l'argent qu'il y gagnerait, du bon mariage qu'il comptait y

dénicher. Tous deux se croyaient de sérieux personnages, fort au courant de la vie. Quand Fresson partit, il prit un air ému pour dire à Lucien,
en lui serrant la main d'un geste solennel :

— Mon cher, tu es maintenant un homme, et
j'ai le droit d'en être fier.

Il y avait de quoi ! Madame André était remplacée dans l'esprit et le cœur de Lucien par Maria
Mange-Tout ou Nana la Balocheuse.

IX

Lucien mena pendant toute l'année cette vie
de brasserie et de caboulot. Il finit par la trouver ennuyeuse. Il n'était vraiment pas fait pour
la société de médiocres où Fresson l'avait introduit. Dans le premier emportement du plaisir,
englué à leurs habitudes, il était devenu un des
leurs ; mais il s'aperçut à la longue de leur nul-
lité, de leur vulgarité. Sous le vernis de la jeunesse, qui donne à l'esprit aussi une sorte de
beauté du diable, il découvrit leur crasse bourgeoise. A coup sûr, il y avait parmi eux de bons
garçons, et tous non plus n'étaient pas de francs
imbéciles. Plus d'un pouvait arriver à faire un
avocat, un médecin un peu au-dessus de l'ordinaire. Mais aucun n'était doué de cette intelligence, qui est la vraie, ouverte à toutes les idées,
sensible aux jouissances variées de l'art, épa-

nouie comme une fleur à tous les rayons du soleil de la pensée. Leur bagage philosophique et
littéraire se composait des bribes classiques in-
gurgitées au collège et mal digérées depuis, de
quelques romans dont le meilleur était la *Vie de
Bohême,* et de Musset qu'ils avaient lu par mode,
mais qu'ils ne comprenaient pas. Les plus curieux
faisaient leur pâture habituelle de journaux et
prenaient pour un solide aliment ces tartines à
la viande creuse, qui trompent la faim intellectuelle, mais qui ne nourrissent pas l'esprit. En
musique, ils paraissaient au premier abord plus
instruits et quelques-uns même se piquaient
d'être connaisseurs. En cela ils étaient bien de
leur province, de ces bonnes villes où on se flatte
de *posséder le répertoire,* chose trop naturelle si
on songe au nombre de fois que les gens y ont
entendu seriner toutes les rengaînes d'opéra et
d'opéra-comique. Mais leur science était une
science de perroquets et de merles. Il ne fallait
pas songer à tirer un sentiment musical quelconque de ces orgues de Barbarie. Quant à la
peinture et aux arts plastiques, bouche close.
Lucien, qui aimait d'instinct toutes ces belles
choses, se trouvait donc dépaysé au milieu d'eux
dès qu'il voulait parler de ce qu'il aimait. Les
conversations roulaient surtout sur les potins du
quartier latin, les souvenirs du pays, la politique.
Les plus grandes discussions avaient pour objet
le dernier examen, la prochaine élection, et plus
souvent encore un coup douteux au piquet. Quand
par hasard Lucien entreprenait une digression littéraire ou artistique, on lui répondait par des

âneries si énormes qu'il n'avait pas même le courage de les réfuter. Cela le refroidit peu à peu à l'égard de ses compagnons et lui fit trouver pénible d'abandonner son esprit à la promiscuité de leurs bêtises.

A ce dégoût tout intellectuel se joignit aussi une grande lassitude physique. Il s'était un peu détraqué la santé à faire le fanfaron de débauche. Il avait laissé ses fraîches couleurs au fond des bocks et aux lèvres des filles. Les nuits passées, les indigestions de choucroûte, les noyades de boisson, les coucheries excessives, lui avaient délabré l'estomac, alourdi la tête, usé la poitrine. Il se trouvait fourbu comme un poulain qui, à sa première sortie, a essayé de fournir une trop longue course.

Il vit donc arriver les vacances avec plaisir. Elles allaient le débarrasser de ses vulgaires camarades et l'arracher pour un temps aux joies fausses et banales où il s'épuisait. Mais, d'autre part, elles allaient le rendre à lui-même, et la solitude lui faisait peur. Il avait besoin de se sentir toujours les coudes avec quelqu'un. Naturellement il pensa à demander l'aide de son seul ami, de Fresson, avec qui il avait toujours entretenu une correspondance assez régulière. Fresson lui répondit en l'invitant à venir se mettre au vert pendant un mois ou deux à Landry-la-Ville.

Landry-la-Ville est un petit chef-lieu d'arrondissement de la haute Picardie. Le pays est plat, bien cultivé, mais nullement pittoresque. La ville est plus plate encore que le pays, et les habitants sont plus plats que la ville. C'est le trou de province dans toute sa triste laideur, sans aucun plaisir, sans la moindre distraction, sans société possible. Fresson d'ailleurs n'avait guère le temps de fréquenter du monde. Il passait ses journées en cabriolet, pour visiter une clientèle disséminée dans une douzaine de villages et hameaux. Le soir, il rentrait harassé, et se couchait sur le tournant de neuf heures, la pâtée dans le ventre. Aussi Lucien trouva-t-il Landry-la-Ville extrêmement ennuyeuse et Fresson à peu près aussi récréatif. Le docteur était devenu encore plus solennel, plus épais. Autrefois, tout en préparant ses examens, il lisait, il se tenait un peu au courant. Elevé à Paris, frotté aux idées, aux goûts d'hommes intelligents, il était alors capable de causer avec Lucien. Aujourd'hui, tout ce semblant de supériorité était tombé. Lucien s'en aperçut dès les premiers jours, et il constata que Fresson, dont il avait subi l'autorité si bénévolement, n'était pas même en état de le comprendre. Il n'essaya donc pas de lui expliquer l'ennui qu'il éprouvait. Il lui parla seulement de sa santé fatiguée. Fresson, d'ailleurs, ne vit pas autre chose dans Lucien, et comme, après tout, il l'aimait à sa manière, il s'alarma de le retrouver en effet si changé, si pâli, si énervé, si vieilli en un an.

— Diable! diable! lui dit-il, tu t'amuses trop. Voyons que je t'ausculte!... Eh! eh! tu n'as pas les poumons pris, mais il faut y faire attention. Tu n'es pas un hercule, mon pauvre Lucien. Le treizième travail n'est pas ton affaire.

Et il se mit à lui débiter gravement de la morale au point de vue hygiénique, avec anecdotes à l'appui, quelque histoire de tel ou tel de ses clients, qui justement souffrait ds la même façon, etc., etc... Lucien l'écouta patiemment ; mais il était convaincu d'avance, puisqu'il avait quitté Paris avec le dégoût de ces plaisirs dont Fresson cherchait à le dégoûter.

Eh ! il le savait bien que cela lui faisait du mal, et il avait renoncé à continuer cette vie, qu'il trouvait encore plus bête que fatigante. Ce qu'il aurait voulu demander à Fresson, ce n'étaient pas ces conseils-là, c'étaient des consolations, des encouragements délicats. Au fond, il était tourmenté surtout par cette sorte de spleen vague qui prend les jeunes gens de vingt ans quand ils ont goûté les premières jouissances et qu'ils devinent les futures amertumes. Il sentait cette maladie de son âge qui est comme la nausée de la vie à laquelle on vient de mouiller ses lèvres. Il lui aurait fallu, pour confier cet ennui, un autre esprit que celui de Fresson ; il lui aurait fallu un donneur d'espoir et non un donneur de purges.

Alors il se ressouvint de madame André. Elle seule aurait été capable de le comprendre et de le consoler. L'image des bonnes soirées d'antan, qu'il croyait embrumée dans la fumée des pipes, noyée dans la mousse des bocks, éclipsée par les flamboiements de gaz des nuits folles, reparut dans son cœur, douce et lointaine comme une étoile. Il ne se mêlait plus ni désir ni rancune à ce souvenir. Lucien songeait seulement

à l'affection protectrice, tendre, dont il avait tant
besoin, lui, si jeune encore, et pourtant si las
déjà, et surtout si tristement isolé ! Il revoyait
la petite maison de la prairie, ainsi que l'on se
représente la maison où l'on a passé son enfance,
et il pensait à madame André comme on pense à
une mère charmante et câline qu'on a perdue il
y a longtemps.

X

De retour à Paris, Lucien n'eut plus qu'une
idée, qu'un désir : retrouver madame André. Il lui
demanderait humblement pardon, lui représen-
terait combien il était seul, combien il avait
besoin d'être consolé, encouragé, la supplierait
d'avoir pitié de lui, et se soumettrait à tout pour
reconquérir un peu de cette chère affection qu'il
n'avait pas su conserver.

Tout d'abord il se rendit à Ablon, quoique
sans grande espérance de réussite dans ses recherches ; car on était au commencement de
l'hiver et il était peu probable que madame André
fût encore à la campagne, à supposer qu'elle eût
gardé la petite maison. Mais peut-être si elle ne
l'habitait plus, les locataires nouveaux sauraient
sa demeure actuelle. La villa était toujours déserte. Elle portait l'écriteau : *A vendre ou à
louer*. Lucien prit sur cet écriteau l'adresse du

propriétaire, qu'il alla voir, mais qui ne put lui donner aucun renseignement sur madame André.

Plus excité encore par la difficulté, n'ayant pas une trace, pas un indice qui pût lui venir en aide, Lucien se mit alors à courir dans tout Paris une véritable chasse. Cela devint une occupation qui lui prit tout son temps. Il passait ses journées à errer par les rues, s'ingéniant à deviner quels pouvaient être les endroits où il aurait le plus de chances de rencontrer madame André. Il allait le soir dans plusieurs théâtres. On le voyait successivement aux deux côtés du balcon, fouillant de sa lorgnette les fauteuils bondés, les loges, les baignoires obscures. Il restait quelquefois des après-midi entières à faire le pied de grue devant la porte des grands magasins de nouveautés, et il regardait avidement défiler le flot de femmes qui entraient et sortaient sans relâche comme des guêpes pillant une ruche. D'autres jours, quand il faisait beau, il allait dans les jardins publics, où les jeunes mères conduisent leurs enfants. Souvent il crut reconnaître madame André, mais toujours en vain. Une fois, il fut absolument sûr de l'avoir vue. Elle montait en voiture dans la rue Montmartre. Il se précipita en avant, se cogna contre un gros monsieur, perdit son chapeau, voulut le ramasser, fut pris dans une bousculade et un encombrement, et ne put savoir où était passé le fiacre. Au moins il avait maintenant la certitude que madame André était à Paris; il redoubla d'activité à la poursuivre.

Plus il cherchait et plus il s'obstinait à trou-

ver. Ce n'avait d'abord été qu'un désir ; ce fut
dès lors un besoin, une passion. Sa volonté
s'exaspérait. En même temps, comme il ne pensait plus qu'à madame André, il vivait perpétuellement avec les mille souvenirs qui lui revenaient
chaque jour plus vivaces et plus précis. Le regret
de l'avoir perdue, le remords de l'avoir offensée,
l'espoir d'obtenir un pardon qui ramènerait le
bonheur d'autrefois, s'aiguisaient à ces souvenirs. Lucien s'imaginait de bonne foi qu'il voulait seulement regagner une amitié maternelle.
Mais, sans qu'il y prît garde, sans qu'il pût même
s'en douter, c'était l'amour qui lui emplissait
le cœur. Au lieu de lui apparaître comme une
image lointaine et douce, madame André lui apparaissait aujourd'hui radieuse, comme un soleil
dont il ne pouvait se passer pour vivre. Il la
cherchait avec l'inquiétude d'une aiguille qui a
perdu le pôle.

Il comprit combien il l'aimait le jour où il la
revit.

Ce fut au Luxembourg. Il regardait du haut
de la terrasse un groupe d'enfants qui jouaient
dans le sable, autour d'un banc de pierre. Une
petite fille grimpa sur le banc et se mit à y
sauter en poussant des cris de joie.

— Henriette, Henriette, tu vas tomber ! Prends
garde !

C'était la voix de madame André, la voix qui
disait autrefois à Lucien :

— Monsieur Lucien, faites donc attention !
Vous allez nous cogner contre un canot.

Madame André était cachée derrière une caisse

d'oranger. Lucien changea de place et la vit. Il
fut obligé de s'accrocher à la balustrade. Ses
jambes tremblaient sous lui.

C'était bien elle. Elle avait repris sa lecture
après avoir vu descendre du banc la petite fille.
Le dos appuyé contre la caisse, les pieds sur le
barreau d'une chaise, son livre sur ses genoux,
elle avait la tête baissée et remuait doucement
les lèvres par moments. Ses beaux bandeaux
noirs plaqués sur son front luisaient comme
deux ailes de geai sous sa voilette. Sa figure
mate était légèrement rosée par les rayons
obliques du soleil couchant. Sur le profil de sa
nuque la brise faisait frissonner ces petits frisons drus qui avaient si longtemps troublé les
rêves de Lucien.

Il demeura immobile à la contempler, à se
repaître les yeux, à se griser le cœur. Il
n'osait descendre pour lui parler. Comment lui
dire en effet tout ce qu'il avait à lui dire, là,
dans ce lieu public, devant tout ce monde qui
passait? Comment l'aborder même? Par quel
mot commencer? Avait-il le droit seulement de
lui adresser la parole? Il ne le pensa pas et il
n'en aurait pas eu le courage. Bien plus, il craignait d'être aperçu par elle, et il se dissimula
derrière une urne de fleurs pour pouvoir la regarder à la dérobée. Il lui semblait que ce simple
bonheur était plus encore qu'il ne méritait et il
ne trouvait pas l'audace de désirer davantage.

Toutefois, quand madame André s'en alla, il la
suivit de loin, admirant cette taille parfaite, cette
marche gracieuse, cet imperceptible balancement

des hanches, ondulant et voluptueux, qu'il avait senti autrefois en lui donnant le bras. Il s'enivrait de nouveau à cette seule vue, comme les gens, pris de boisson la veille, qui se regrisent en se levant rien qu'avec un doigt de vin. Quand il rentra chez lui, sachant l'adresse de madame André, il avait les sens en feu. Cette femme qu'il avait cru oublier, cette amie avec qui il voulait simplement renouer connaissance, cette mère qu'il espérait retrouver, c'était une maîtresse qu'il adorait comme un chien et qu'il désirait comme un fou.

XI

Il se leva le lendemain matin rompu, fiévreux. Toute la nuit il avait rêvé de madame André, et son rêve l'avait incessamment ramené à la dernière soirée d'Ablon qu'il poussait cette fois jusqu'au bout. S'il avait suivi son premier mouvement, il aurait été dès l'aube se poster sous les fenêtres de madame André. Mais l'agitation de son sommeil et l'impression si énergique qu'il avait reçue au Luxembourg lui firent comprendre qu'il était en ce moment hors d'état d'entreprendre quoi que ce fût de sage et de raisonnable. Il sortit pour rafraîchir un peu ses idées et calmer son excitation, et, une fois apaisé par le grand air et la promenade, il put réfléchir sainement à la conduite qu'il allait tenir.

Tout d'abord il s'agissait de ne pas effaroucher

madame André par un retour qu pût paraître
offensif. Il fallait à tout prix lui cacher un amour
dont elle avait eu à se plaindre et qu'elle considé-
rerait sans doute comme une nouvelle injure. Il
était nécessaire d'user de politique pour reconquérir l'entrée chez elle. La prétendue science des
femmes que Lucien croyait posséder se trouva
tout à fait insuffisante quand il voulut s'en servir en cette occurrence. Il n'aurait pas mieux
demandé que de jouer au séducteur habile, au
roué. Il ne le put vraiment pas. Il n'aurait su
comment s'y prendre avec une telle femme. Il
retourna dans sa tête plusieurs moyens plus in-
génieux les uns que les autres ; mais il n'osa s'arrêter à aucun. Tous ses calculs aboutirent à une
lettre bien naïve, sans hypocrisie, et qui par
cela même valait mieux que les plus adroites
combinaisons.

Il écrivit à madame André la vérité toute simple,
se taisant seulement sur ce que sa passion avait
de trop fougueux et de trop matériel. Il lui dit
comment il l'avait rencontrée et suivie la veille,
après l'avoir cherchée si longtemps, et pourquoi
il l'avait tant cherchée ; qu'il était seul, triste,
sans amitiés consolantes, et que le souvenir des
charmantes et maternelles causeries d'autrefois
faisait sa joie et son désespoir tout ensemble ;
combien il était reconnaissant de les avoir goû-
tées et combien repentant de les avoir perdues
par sa faute. Il raconta sa vie depuis lors, sans
rien atténuer des sottises qu'il avait faites, des
grossiers plaisirs qu'il avait connus. Il exprima
avec éloquence l'ennui qu'il y avait trouvé, les

dégoûts auxquels il était en proie, le besoin qu'il éprouvait d'être encouragé, soutenu, guidé, grondé. Il fut sincère. Cela se sentait dans sa lettre. Il y avait des aveux, des regrets, des remords, des larmes, et sans comédie, sans fausses habiletés, sans le moindre artifice. C'était une belle et touchante franchise, et rien n'était plus propre à émouvoir une femme aussi noble que madame André.

Elle fut émue en effet, et, comme elle était bonne, elle ne crut pas devoir se garder de son émotion. D'ailleurs la lettre de Lucien était si respectueuse, si filialement tendre, si raisonnable, somme toute, qu'il n'y avait pas moyen de penser à mal en la lisant. Madame André se dit qu'elle l'avait puni assez durement d'une première faute pour l'empêcher d'en commettre une seconde, que la situation du pauvre garçon était réellement bien digne de pitié, qu'il y aurait cruauté à lui tenir rancune d'un instant d'égarement dont il demandait pardon avec un repentir si vrai, et qu'après tout elle était assez forte et assez sûre d'elle-même pour ne pas se refuser le plaisir de faire une bonne action en servant de mère à ce malheureux enfant. Elle répondit donc à Lucien; et lui rendant générosité pour franchise, elle lui permit de revenir la voir.

Lucien était déjà en train de regretter les termes trop sincères de sa lettre et il se reprochait d'avoir agi comme un niais, quand il reçut cette réponse. Il fut surpris d'un succès aussi prompt. Il en conçut tout d'abord une sorte d'orgueil et comme un léger mépris pour madame André.

Elle lui parut moins digne de respect et de
crainte, ayant cédé ainsi dès la première prière. Il
ne put s'empêcher de croire qu'elle était contente
de ce retour et même qu'elle l'avait désiré. Une
telle opinion lui donna précisément le courage
d'affronter cette entrevue qu'il redoutait tant la
veille, et lui rendit la libre disposition d'esprit
qui permet de se conduire en politique. Madame
André ayant l'air de courir au-devant de lui, il
pensa moins à prendre d'assaut une affection
qui s'offrait si bénévolement. Cela lui épargna
la violence ou la timidité trop grande qu'il aurait
témoignée en rencontrant quelque résistance, et
qui aurait laissé voir en plein son amour. Il dut
à un excès de fatuité de paraître raisonnable et
de prendre l'attitude tendre, mais un peu réservée, qui pouvait le mieux rassurer madame
André et lui enlever tout soupçon.

Il lui fit part seulement de ses ennuis et aussi
des bonnes résolutions qu'il avait prises de travailler. Elle le consola et l'encouragea avec cette
affabilité délicate et grave qui faisait le charme
de sa parole. Elle le gronda doucement de s'être
livré comme un gamin aux premiers plaisirs
qu'il avait rencontrés dans la vie, et elle le féli-
cita d'y avoir renoncé de lui-même. Elle lui pro-
mit d'être pour lui une amie bien bonne, bien
dévouée, qui remplacerait la famille perdue et
près de qui il trouverait toujours les conseils,
les causeries, même les gâteries, dont il disait
avoir besoin. Elle était tout à fait séduite par
l'air sérieux de Lucien et touchée en même temps
de sa respectueuse soumission, de sa confession

naïve, de son isolement. Aussi ne mit-elle aucune fausse honte à lui rendre du premier coup toute son affection. Lorsqu'il voulut exprimer de nouveau son repentir et revenir humblement sur la faute qu'il avait commise, elle lui ferma la bouche en lui disant gracieusement que tout était oublié.

— Vous êtes un homme aujourd'hui, dit-elle, et je ne veux pas que vous puissiez rougir d'un enfantillage passé. N'y songeons plus, n'en parlons jamais.

Et elle lui donna une cordiale poignée de main.

On reprit donc les chères habitudes d'Ablon, et on y retrouva les mêmes plaisirs, tempérés toutefois par de nouvelles façons d'être. Grâce à l'âge de Lucien, qui ne pouvait plus avoir les allures d'un enfant, grâce aussi aux exigences, aux distractions, aux convenances de la vie parisienne, l'intimité ne fut pas rétablie aussi complète qu'à la campagne. Il ne fallait pas songer à mêler comme là-bas les deux existences dans une familiarité quotidienne. Puis la réserve même qu'avait manifestée Lucien, et dont il ne pouvait se départir sans une apparence de trahison, lui défendait de faire quoi que ce fût qui ressemblât à des témoignages d'amour. Cette contrainte imposée par les circonstances lui donna la patience de refouler ses désirs. D'autre part, la noblesse réelle de madame André, sa générosité, son affection, lui rendirent vite tout son prestige, qu'elle semblait avoir un moment compromis par une trop facile indulgence.

Quelle que fût l'impression de sa beauté sur les sens, l'impression de son esprit sur l'esprit était plus forte, et Lucien la subit sans y prendre garde. Malgré ses idées de possession et ses partis-pris de rouerie, il en vint à se soumettre doucement à cette autorité qui excluait toute passion trop vive. Les relations nouvelles furent ainsi maintenues dans les limites d'un commerce purement spirituel et dans les jouissances d'une solide amitié. Le torrent fougueux se canalisait en une belle rivière aux flots tranquilles.

XII

Lucien avait promis à madame André de travailler. Il se mit à l'œuvre. Rien n'est difficile comme l'apprentissage du travail. Il avait la ferme intention de devenir homme de lettres ; mais jusqu'alors son goût pour les arts était plutôt une velléité d'amateur qu'une véritable vocation. Dès les premiers essais il comprit son insuffisance et il s'aperçut de la différence considérable qu'il y a entre le dilettantisme et la production. Certes il lui arrivait de faire, par ci, par là, quelques vers agréables ; mais il reconnut vite que ce n'étaient en somme que des imitations, et qu'il prenait souvent pour des idées de simples souvenirs de ses lectures. Il éprouva surtout une grande peine quand il s'avisa de vouloir écrire du roman ou du théâtre ; il vit qu'il lui manquait, pour faire des choses vivantes, précisément l'étude de la vie. Il fit part de ces décourageantes découvertes à madame André.

— Et cet imbécile de Fresson, dit-il, qui s'imaginait connaître la vie et qui m'avait fait croire que moi aussi je la connaissais !

— Ne vous plaignez pas de cette ignorance, répondit madame André. On ne connaît la vie qu'en vivant et cette science-là est une preuve de vieillesse. Croyez-moi, mon cher Lucien, renoncez pour le moment à vouloir rendre ce que vous n'avez pas vu. Contentez-vous de traduire ce que vous rêvez. Vous serez romancier et dramaturge plus tard. Soyez poëte maintenant.

Mais si Lucien trouvait auprès de madame André de bons conseils sur la direction générale de son esprit, il ne pouvait en espérer de sûrs jugements sur son labeur poétique en particulier. Il pensait, en dépit de ce qu'affirment les artistes eux-mêmes, que l'art n'est point de la compétence des femmes ; que les questions d'idée, de forme, d'esthétique, de lyrisme, leur sont une pure algèbre ; et qu'elles inspirent le poëte, comme les roses, sans le comprendre. Or, ainsi que tous les esprits qui produisent, il avait soif de discussion, de jugements, de théories. Il ne pouvait trouver cela qu'avec ses pairs. Madame André, d'ailleurs, fut la première à le reconnaître.

— Je pourrai vous admirer, mon cher ami, lui dit-elle, mais je ne saurai jamais raisonner mon sentiment. Je ne suis pas un bas-bleu. Il faut absolument, si vous voulez travailler avec fruit, que vous fréquentiez les gens de votre métier, qui vous serviront de juges et de guides. D'ailleurs, il ne serait pas bon pour votre inspiration de vivre dans la seule société d'une femme. Voyez un peu vos semblables. Cela vous empêchera d'enjuponner votre esprit.

Lucien retourna au café Tabourey, qu'il avait fréquenté jadis avec Fresson, et qui servait alors de lieu de rendez-vous à une bande de jeunes écrivains qu'il espéra y retrouver. Ce n'est point un café où l'on s'amuse, et il ne ressemble en rien aux bruyantes brasseries du quartier latin, bien qu'il soit situé en plein pays d'étudiants, à côté de l'Odéon. Il se compose d'une grande salle où on ne peut fumer qu'à partir de deux heures de l'après-midi, et d'une petite salle nommée, comme en province, l'estaminet. La grande salle a gardé la physionomie des vieux cafés de la Restauration. Les chaises sont massives ; le gros poêle dissimule son tuyau dans un palmier aux dorures pâles ; les tables sont couvertes des journaux les plus graves et des revues les plus compactes. Ce luxe sobre et bourgeois, ce calme quasi-solennel donnent au café l'apparence d'un cabinet de lecture où de vieilles gens viennent dormir. Les garçons servent silencieusement, lentement, avec une sorte de dignité qui ressemble à de la mauvaise humeur. A l'époque où Lucien y allait, on vous apportait encore la bière dans de petites bouteilles au lieu de la tirer par bock à la pompe, et c'était un des rares établissements de Paris où l'on trouvât du vespetro. Néanmoins le café Tabourey est célèbre. C'est un

café littéraire. Il y a passé des générations d'é-
crivains. On y a élaboré la gloire de Ponsard.
Baudelaire y a péroré. Barbey d'Aurevilly y
flamboie quelquefois encore. Les soirs de première à l'Odéon, c'est là qu'on vient pendant les
entr'actes discuter la pièce et dire du mal de
l'auteur. En somme, c'est un des cafés où l'on
cause plus qu'on ne boit, et où on ne se grise
que de salive.

Lucien y retrouva, dans la petite salle, faisant
des théories autour de la cheminée, la société
qu'il y avait remarquée quand il y allait avec
Fresson. Une douzaine de jeunes gens y conti-
nuaient les traditions littéraires de la maison.
C'étaient pour la plupart des poëtes, et quelques-uns d'entre eux étaient déjà connus. De
temps en temps on y voyait aussi des peintres,
deux ou trois musiciens, et d'anciens camarades
maintenant arrivés, qui avaient lâché la poésie
pour le journalisme, ou qui avaient fait leur
chemin au théâtre, et qui revenaient pour savoir
ce qu'on pensait d'eux dans le petit cénacle.
Lucien n'eut pas trop de peine à se faire admettre dans ce milieu pour lequel il était fait.
S'il ne pouvait encore paraître qu'un apprenti
comme créateur, il avait des connaissances, des
goûts, des aptitudes, qui faisaient de lui un critique et un raisonneur remarquable dans les
discussions d'art, et qui lui permirent de prendre pied dans la conversation dès qu'il s'y mêla.

— Ce n'est pas un Philistin, dit de lui Jacques
Nargaud. Il est du bâtiment.

Jacques Nargaud fut précisément celui de tous

à qui Lucien s'attacha le plus vite. Avec son
instinct d'être faible, instinct qui restait toujours
le fond de sa nature, il se laissa séduire par les
airs dominateurs de ce bohême, qui, d'ailleurs,
jouissait dans le cénacle d'une véritable puissance que lui donnaient ses saillies souvent caus-
tiques. Jacques Nargaud passait pour un homme
de génie, et peut-être l'était-il, bien qu'il fût le
plus inconnu de la bande. C'était en tout cas un
être singulier, qui semblait original même dans
cette société où personne n'était commun. Son
esprit était vaste, profond, subtil ; son imagination disloquée, pailletée, bondissante comme un
clown. Il abondait en paradoxes étincelants, en
ironie lyrique. Il semait les idées et les images
avec la profusion d'un millionnaire de l'intelligence. Mais il se dépensait en improvisations, et
parlait ce qu'il aurait dû écrire. Peut-être d'ailleurs lui manquait-il, pour écrire, des qualités
d'équilibre intérieur. Sa tête était un capharnaüm
de mots et de pensées qui s'agitaient dans une
perpétuelle fermentation sans jamais trouver de
position définitive. Il avait les couleurs, les im-
prévus d'un kaléidoscope, et il en avait aussi le
désordre. Quand il parlait, cela faisait un feu
d'artifice éblouissant. C'était un causeur merveilleux. Grand, maigre, pâle, le nez fouilleur, les
yeux petits et brillants de fièvre, la figure glabre
tiraillée de tics sous de longs cheveux noirs et
plats, le corps tout en gestes, il jouait ses conversations en cabriolant sur le tremplin des
phrases. Il avait passé la trentaine, vivant de misère et d'orgueil, toujours prêt à produire son

œuvre et n'aboutissant à rien. Il l'avouait, mais pour s'en faire gloire.

— Moi, disait-il, je suis un commenceur. Je trouve des étoiles et cela m'embête d'en faire des bijoux. J'ai volé le feu, comme Prométhée, mais je ne sais pas m'en servir pour faire cuire ma soupe.

Lucien fut fasciné par ce charmeur qui prêchait la paresse et le rêve, et blaguait l'action.

— Il n'y a que deux façons d'être poëte, disait Nargaud : être fakir ou empereur romain. Si vous êtes Néron, Héliogabale, vous vivez la poésie, vous avez des épopées de puissance, des odes de volupté, des drames de caprices, vous êtes le lyrisme en fleurs. Mais sinon, soyez le fakir, et rêvez tout ce que vous n'êtes pas. Qu'est-ce que nous sommes, nous autres, dans le monde, aujourd'hui ? Des pauvres. La poésie ne pousse pas dans la pauvreté. Ceux qui disent que si sont des imbéciles riches. Est-ce que la lumière sort de la crotte ? Le poëte est né riche. Il lui faut le luxe, le faste, le droit et la puissance de faire toutes ses fantaisies. Il ne respire que là. L'opulence absolue, voilà notre oxygène. Les privations, c'est l'asphyxie. Pour que le cerveau pense, il n'est pas absolument nécessaire d'avoir mal à l'estomac. Or, nous avons tous mal à l'estomac. Qui est-ce qui est riche à présent ? Rothschild n'est qu'un va-nu-pieds. Il travaille plus que moi, le pauvre diable ! Un empereur romain, passe encore ! Et cependant, il ne peut pas tout ce qu'il veut. Au fond il est aussi sans le sou qu'un autre. Tant qu'il y a une chose qu'on dé-

sire en vain, on demeure un gueux. Donc il ne
reste qu'à être fakir. Moi je suis fakir, je regarde le bout de mon nez et j'y trouve la toute-
puissance. Je n'ai qu'à loucher pour être le maître du monde. Quel livre vaut ou vaudra mes
rêves ? J'ai vécu dans le Soleil. J'ai couché avec
la Lune. J'ai bu un verre de ce lait d'ânesse que
vous appelez la voie lactée. J'ai passé ma main
dans les cheveux des comètes et Vénus m'a
donné des noms d'oiseaux. J'ai été Adam. Je
peux devenir le diable. Je serais Dieu, s'il existait. Vous sentez-vous du génie ? Faites comme
moi. Rêvez ! voilà le beau.

Lucien essayait de lui répondre en parlant de
la gloire à acquérir, et disait que, lorsqu'on a
du génie, il faut forcer les hommes à le reconnaître.

— Vous en êtes encore là ! ripostait Jacques.
Seriez-vous donc un bourgeois, comme Shakespeare, comme Napoléon ? Eh ! que m'importe
l'opinion des hommes ? Le soleil se fiche un peu
de ce que nous pensons de lui. Ainsi c'est pour ce
tas de crétins, qui sont les autres, que vous tra-
vaillerez ! Mais qu'est-ce que nous avons de commun avec ces gens-là ? Nous ne sommes pas de
leur race. Si je dis que deux et deux font cinq,
ils ne me comprennent pas. Ils ne savent même
pas que nos larmes sont des diamants, et nos
éclats de rire des coups de tonnerre. Moïse avec
ses cornes de lumière leur fait l'effet d'une tête
de bœuf. Ouvrez-leur un cœur, ils n'y verront
que des ventricules. Ils ont de la fiente dans les
yeux. Un pâté de langues de rossignols, à ces

brutes! Ce qu'il leur faut, c'est une salade de pu-
naises. Ce ne sont pas des hommes. Est-ce que
par hasard vous prendriez pour une bouche par-
lante le trou à viande qu'ils ont sous le nez, et
ne savez-vous pas qu'ils ont le cerveau où les
poules ont l'œuf? Les hommes, c'est nous. Si
vous avez du génie, ce n'est pas à ces galapiats
qu'il faut le montrer; et moi, je n'ai pas besoin
que vous me le montriez pour le voir. Alors, à
quoi bon des œuvres? Pour qui? Déploie tes ailes,
moulin à vent, et tourne, tourne, broie le grain,
écrase des constellations et les gouttes de ton
sang sous les meules! Tu fais de la farine pour
des gens qui ne mangent pas de ton pain. Eh!
sacrebleu! quitte donc la terre, cela vaudra mieux.
Arrache-toi du sol infâme; tu as des ailes, ce n'est
pas pour moudre, c'est pour voler; deviens oiseau
et plane dans le rêve.

Lucien se taisait, se laissant ballotter aux flots
de cette parole étourdissante.

— Et ne pas croire que les songes soient vains,
ajoutait Jacques. Tout ce qu'on pense est doué
de vie. Les mots que je jette sont de la semence.
Les images que je vois resplendissent quelque
part. Il n'y a que les faits qui meurent. Les idées,
non pas. Ce qui est en moi ne peut plus ne pas
être. Je crée. Voilà la vraie, la seule gloire. C'est
ce qui a donné l'idée de Dieu. Oui, moi, Jacques
Nargaud, là, entre mon bock et ma pipe, pendant
que je bavarde, savez-vous ce que je fais? Des
phrases? Allons donc! Je fais des êtres. J'en-
grosse l'espace et le temps. J'ai pour maîtresse
l'éternité. Le grand Tout tient dans une minute

de mon rêve. J'ai l'infini dans une goutte de ma salive. Je crache des mondes.

Lucien était grisé par cette éloquence fougueuse, baroque, puissante, où se mêlaient des cris d'ode et des sarcasmes de pamphlet. Il n'avait pas le temps d'analyser, de discuter ces idées tourbillonnantes. Il en était enveloppé et se laissait emporter par elles. Les affirmations quelquefois apocalyptiques qui, à la lecture, lui eussent paru incompréhensibles, prenaient un sens grâce au débit de Jacques, à son regard profond, à son accent convaincu, à son geste empoignant. Ce diable d'homme avait des façons à lui de faire flamboyer les mots comme des épées, et de vous les planter dans l'esprit à coups redoublés après vous avoir ébloui de leurs éclairs.

Il eut une naturelle influence sur Lucien, que son manque d'énergie prédisposait à la paresse, et qui fut heureux de voir la paresse réduite en système. Lucien se dégoûta du travail avant même d'en avoir sérieusement tâté. En même temps il se gonfla d'orgueil et se crut aussi un génie destiné à resplendir dans la solitude et le rêve. Mais il n'avait pas la débordante imagination de Jacques, et au fond de son oisiveté superbe il ne trouva que l'impuissance et l'ennui. Il éprouva ce qui arrive aux fumeurs d'opium, à qui la première pipe procure, au lieu de songes merveilleux, un grand mal de tête et des nausées. Il n'avait pas le cœur assez solide pour respirer cette fumée de folie.

XIII

Il ne reprenait un peu de courage qu'auprès de madame André. Au sortir de l'atmosphère troublante des discussions esthétiques, après les déclamations de Jacques, il se reposait dans la conversation légère de son amie. C'était pour lui comme un bain de sagesse, rafraîchissant et fortifiant, où il laissait sa fièvre. Quelquefois même il se fâchait d'y oublier si vite les enivrements de ses divagations avec Jacques. Il en voulait à madame André de lui rendre le calme et de dissiper les nuages d'orgueil dans lesquels il s'était enveloppé. Un jour même il le lui fit comprendre.

— Vous autres femmes, lui dit-il, vous n'êtes pas lyriques.

Madame André s'amusa beaucoup de ce reproche. Elle convint d'ailleurs qu'il était fondé.

— C'est vrai, répondit-elle, nous n'avons rien de sublime dans les idées. Nous ne sommes pas du bois dont sont faits les prophètes. Mais la passion est aussi sublime que l'art. Nous pensons par le cœur.

Il lui riposta par des paradoxes à la façon de Jacques, car il commençait à avoir la clef de ce langage bizarre. Madame André ne le comprit point, et reçut la bordée de phrases étonnantes avec une franche explosion de moqueries.

— Pour le coup, dit-elle, si je ne suis pas lyrique, mon cher ami, vous l'êtes en revanche un peu trop. De quel Sinaï descendez-vous! Sur quel Baruch avez-vous marché? Tout ce que vous venez de me dire est pour moi du haut allemand. Je n'y vois goutte. Vous m'éclaboussez de métaphores. Vous me jetez aux yeux de la poudre apocalyptique. Ayez pitié d'une pauvre aveugle.

Lucien fut d'autant plus piqué qu'il sentit parfaitement combien il avait été ridicule. Mais il n'en voulut pas démordre, et il redoubla au contraire, avec cette obstination enfantine qui fait qu'on s'enfonce dans une sottise précisément parce qu'on la reconnaît. Il parla avec aigreur de l'esprit prosaïque des femmes, et fit un éloge enthousiaste de Jacques, dont il raconta les idées, les théories, le génie transcendant.

— Voilà, disait-il, le Baruch sur lequel j'ai marché! Et le Sinaï qu'il m'a fait voir n'est pas fait pour tout le monde.

Madame André ne se fâcha pas de ces impertinences. Elle se contenta de sourire, traita Jacques de fou, et déclara qu'elle ne pouvait prendre au sérieux ce pontife d'estaminet, ce métaphysicien à coups de bocks. Elle l'appela malicieusement une sibylle d'écume.

Cela devint entre eux un fréquent sujet de discussion. Lucien défendit d'abord très sincèrement les paradoxes de son ami, dans lesquels il avait foi. Madame André ne les combattit que par des railleries légères. Elle savait bien que l'esprit de Lucien était trop foncièrement raisonnable pour demeurer longtemps entiché de pareilles doctrines. Et, en effet, il s'en détacha peu à peu. Bientôt il ne les soutint plus que par amour-propre, pour ne pas avoir l'air de céder. Il avait encore de temps en temps des accès, quand il arrivait tout chaud d'une causerie avec Jacques. Mais, au fond, il n'était pas trempé pour vivre de la vie étrange que menait ce cerveau puissant et détraqué. Il sentit tomber naturellement l'exaltation factice que lui avait communiqué le bohème. Il se retrouva tel qu'il était, une intelligence vive, une imagination bien équilibrée, un poëte doux, et non pas un frénétique de la fantaisie. Il retomba sous l'influence de madame André, qui convenait mieux à ses facultés agréables. Il se reprocha d'avoir été injuste en croyant vulgaire ce bon sens délicat, et s'y soumit de nouveau avec plaisir et avec confiance. Il se remit au travail qu'il avait abandonné, écouta les conseils encourageants qui lui parlaient d'espérance, de gloire, et en fut récompensé par un contentement intérieur qui lui parut autrement délicieux que les jouissances d'un orgueil stérile. Ainsi le palais brûlé par un alcool trop fort trouve une saveur exquise à l'eau.

Il fut payé aussi de son courage par un redoublement de bonté gracieuse de la part de madame André. Insensiblement l'intimité s'était rétablie aussi entière qu'autrefois, et Lucien la sentit devenir de jour en jour plus familièrement affectueuse. Chaque après-midi il allait prendre madame André pour la conduire avec Henriette au Luxembourg. La petite fille était maintenant une gamine qui allait avoir deux ans et demi. Elle adorait son grand camarade, qui jouait avec elle

comme un enfant, qui lui faisait des fromages
de sable et qui la menait au bord du bassin voir
les bateaux. Madame André en savait gré à Lucien et le lui témoignait par un plus tendre abandon d'amitié.

Alors revinrent à Lucien ses anciens rêves de
vie commune, de ménage complet, suggérés par
la douceur de cette existence. Quand il se promenait donnant le bras à madame André et la main
à Henriette, il était délicieusement pénétré d'une
joie calme qui lui donnait le désir de la sérénité
domestique. Il oubliait la différence d'âge qui le
séparait de cette femme restée belle et fraîche.
Cette différence d'ailleurs ne sautait pas aux yeux
d'une façon choquante. Plus d'une fois, quand il
achetait des gâteaux pour la petite, les mar-
chandes l'avaient pris pour le mari de madame
André, qui semblait toujours une jeune femme.
Elle riait de ces méprises. Lui en jouissait et y
trouvait des raisons d'espérance. Qu'y aurait-il
de si anormal, après tout, dans un tel mariage?
Et n'était-ce pas le bonheur assuré? Madame André était la femme qu'il lui fallait, bonne, intelligente, spirituelle, instruite, autant que désirable, une femme qui serait à la fois l'épouse et
l'amie. Il se voyait traversant la vie avec une
telle compagne. Il serait homme de lettres, bien
tranquille dans son coin, travaillant à loisir, à
côté de ce guide sûr et dévoué, compris et soutenu par cet esprit solide, aimé par ce cœur noble,
choyé par ces mains adorables qui jetteraient
sur ses fatigues les fleurs de mille caresses. Il
s'arrangeait ainsi un avenir de médiocrité ber-

ceuse et charmante où se satisfaisaient d'avance les paresses et les faiblesses de son caractère. Il trouvait en madame André à la fois une maitresse et un maître.

— Ah! ça, lui dit un jour Jacques, vous êtes donc emburelucoqué, vous? Je vous ai vu hier au Luxembourg avec une femme et une petite fille. Vous aviez un air époux. Vous faisiez des yeux vicaire de Wakefield. Un soleil devenu fromage mou!

Lucien répondit en rougissant qu'il était avec une de ses parentes.

— Mon petit, répondit Jacques, vous êtes amoureux, je vois ça. Vous avez des confitures de groseilles sur les joues. C'est signe que vous en avez dans le cœur. Vous devenez tartine. Vous êtes fini. La passion est l'éteignoir du cerveau. Il n'y a que les bourgeois de passionnés. Ils appellent cela avoir du cœur, pour se consoler de n'avoir pas d'esprit. Mais nous autres, qui avons de l'esprit, nous devons en faire un gloria dans le mazagran de l'amour. Nous ne devons épouser que l'idée. Maintenant, quand vous aurez une envie de ciel, vous ne trouverez au-dessus de vous qu'un ciel de lit, et vous vous y casserez le nez. Vous changez votre auréole en bonnet de coton. Bonsoir, le génie! Un homme à l'amour, un homme à la mer.

XIV

— V'lan! c'est moi, je viens te surprendre et je t'emmène.

Lucien fut réveillé un matin par ces paroles, que prononçait Fresson. Depuis longtemps il n'avait pas écrit au docteur. La vérité est qu'il ne pensait plus que rarement à son ancien ami.

— Je t'emmène à Landry-la-Ville, reprit Fresson. Je me marie et je veux que tu sois mon garçon d'honneur. Et d'abord tu vas me donner ton avis sur les achats que je viens faire pour la corbeille. Je tiens à avoir ton opinion d'artiste. Il faut bien que les poëtes servent à quelque chose.

Fresson parlait par phrases courtes, joyeuses, sautillantes qui contrastaient singulièrement avec son langage ordinaire, si prétentieusement grave. On eût dit un corbeau jouant à la linotte.

— Tu es donc amoureux? fit Lucien.

— Est-ce que tu es fou? répondit le docteur. Non, mais je suis content. Un mariage superbe, mon cher! Le plus riche parti de la contrée. Et une maison! j'en raffole. Tu la connais d'ailleurs. Tu l'as vue. C'est cette belle façade sur la grand' place, avec une porte cochère et un balcon à sculptures. La maison la plus conséquente de Landry.

— Et ta future, tu n'en dis rien?

— Mais si, je te dis que c'est la reine des héritières de là-bas. Oh! entre nous, tu sais, elle n'est pas aussi belle que la façade. Moi, d'abord, je ne comprends pas qu'on épouse une jolie femme. Mais comme parti, voilà un parti. Je vais avoir une situation de premier ordre. C'est pour cela que tu me trouves l'air évaporé.

L'intérêt produisait, en effet, sur lui le même effet que la passion produit chez d'autres. Il semblait parler d'une maîtresse en parlant d'une porte cochère.

Lucien fut obligé d'aller à la noce et ne put pas refuser d'être garçon d'honneur.

La cérémonie et les fêtes furent célébrées avec un luxe tout provincial, une opulence de mauvais goût qui s'étalait comme si on voulait bien montrer qu'il s'agissait d'un mariage d'argent. La future appartenant à une vieille famille bourgeoise, Lucien put contempler tout ce que Landry-la-Ville comptait de personnages notables. Il y avait d'abord le maire, un gentilhomme campagnard enrichi dans la culture des betteraves et les sucreries, qui affectait de toujours parler d'industrie et laissait comprendre qu'il l'avait honorée de sa noblesse. Il y avait un grand monsieur sec, à l'air profond, qui passait pour la plus forte tête du pays, et qui dit à Lucien la phrase suivante : « Oui, monsieur, j'ai été au séminaire avec monsieur Renan. Je le connais beaucoup. C'est un garçon qui a des moyens. » Un seul homme était écouté avec presque autant de respect que cet idiot : c'était un vieux petit monsieur, avec une perruque, des lunettes rondes à branches d'or, ridé comme un pruneau, le teint semé de taches jaunes semblables à celles des bouquins piqués. Il parlait d'une voix bredouillante, faisant des gestes de marionnette, fixant sur vous un regard de maniaque. C'était le comte de Pressayre, le fameux archéologue qui avait découvert l'emplacement du camp de César auprès de Landry-la-Ville. Il coupait à chaque instant la conversation pour y jeter une date, un renseignement géographique, que l'on se répétait avec componction. Il avait pour auditeur perpétuel un ancien mercier, celui qui avait fondé le premier grand magasin du pays. Une bonne figure, ce commerçant retiré ! Au premier abord, on se sentait attiré par son sourire aimable. Mais, au bout de quelques instants, on voyait que ce sourire était à demeure fixe sur des lèvres qui ne disaient jamais rien. Le vieillard qui avait cet air bon n'était que bête, un demi-gâteux qui végétait dans une décrépitude béate. Personne cependant ne semblait s'en apercevoir, comme si l'imbécilité était l'état normal de tout ce monde. Par ci par là cependant se détachaient quelques figures rusées et chafouines qui suintaient la malice et l'intelligence. Mais il était aisé de deviner que cette malice et cette intelligence n'avaient jamais été employées qu'à des besognes viles ou mesquines. Il y avait parmi ces têtes de bœufs, de veaux, de moutons, quelques museaux de renards et de belettes ; il y avait à peine une ou deux faces humaines. Fresson ne détonnait pas dans un tel milieu. Il était d'un ridicule achevé. Ce jour-là plus que

jamais, son dieu le sens commun s'était incarné
en lui pour lui donner cet aspect magistralement
niais et pédant. Cravaté de blanc et de gravité,
gourmé dans le col raide qui guillotinait sa tète
banale, il se carrait dans un habit noir d'une
coupe abominablement sérieuse, un sac plutôt
qu'un frac. Ce monument avait l'air d'être sa
peau naturelle. Le docteur semblait né là-dedans,
venu au monde en toilette de marié. Il s'épanouissait dans sa laideur bourgeoise. Bouffi
d'importance et crevant de vulgarité, il portait
la majesté solennelle de sa bètise comme un os-
tensoir. Sa femme, vieille fille à la figure de cire
enluminée de couperose, faisait penser à un
cierge tombé dans de la confiture. Mais ce cierge
était beau pour Fresson, puisqu'il sortait d'un
candélabre d'or, et cet affamé de dot le montrait sans honte, le contemplait mème avec orgueil comme son bàton de maréchal.

Lucien sentit tout ce ridicule et il lui revint à
la mémoire plus d'une phrase sanglante de Nargaud contre les horribles Philistins. Cependant
il fut dupe de l'air satisfait et heureux qu'avaient
tous ces êtres nuls. Puis il voyait dans ce mariage une sorte d'encouragement pour celui qu'il
projetait. En effet, la femme de Fresson était
plus âgée que le docteur et personne ne trouvait
cela déraisonnable. Lucien en conçut de l'indulgence pour les gens qui absolvaient, sans le savoir et d'avance, son propre cas. Il n'osa pas
pourtant se servir de cet argument pour parler
à Fresson des idées matrimoniales qu'il avait sur
madame André. Il essaya seulement de le sonder

adroitement à ce sujet, en amenant la conversation sur les mariages faits dans ces conditions
de différence d'âge. Tout en s'avouant que Fresson était le plus ordinaire des esprits, il était
lâchement poussé à lui demander un avis, et il
aurait été heureux d'avoir l'approbation d'un
homme qu'il ne pouvait que mépriser.

— Tu as fait un beau mariage, lui dit-il. Je te
félicite de tout mon cœur. Ta femme a l'air d'une
personne de mérite avec qui tu seras heureux.

— Je le crois aussi, répondit Fresson. Ma
femme est plus âgée que moi; mais cela n'empêche pas le bonheur. Le principal, c'est de ne
pas avoir une femme qui paraisse être votre
mère.

— Comme madame André avec moi, dit Lucien
en souriant.

— Bah! tu sais, elle n'avait pas tant que cela
l'air d'être ta mère. C'était une belle personne,
plus jolie que ma femme bien certainement. A
propos de madame André, est-ce que tu as eu
de ses nouvelles, que tu m'en parles ?

— Non, fit Lucien, je ne l'ai pas revue.

— Eh bien ! tant pis, reprit Fresson. Vois-tu,
je suis beaucoup revenu de mes préventions
contre elle. J'ai réfléchi. Au fond, ce n'est pas la
femme que je croyais. Je suis convaincu, à l'heure
qu'il est, qu'elle ne nourrissait pas des intentions
malhonnêtes. Elle avait pour toi une affection
véritable. C'est dommage que tu ne l'aies pas re-
trouvée. Cela te ferait une société agréable et
utile, une façon d'intérieur, une famille. Il n'y
a rien de tel que la famille.

— Ah! soupira négligemment Lucien, quel malheur que madame André ait dix ans de trop!

— Ma foi, reprit Fresson, c'est vrai. Si elle avait seulement quelques années de moins, avec son air jeune, elle constituerait un parti très sortable. Ce ne serait peut-être pas une mauvaise affaire, d'autant plus qu'elle doit avoir le sac.

En temps ordinaire, Lucien eût été froissé de cette dernière phrase, qui faisait ignoblement reluire la question pécuniaire et qui puait à plein nez son cynisme pratique. Mais à ce moment il était tout à la joie de se sentir en quelque sorte poussé dans son projet par Fresson. Puis, sans qu'il y prît garde, il était enveloppé dans une atmosphère de vulgarité qui engourdissait la délicatesse de ses sentiments. Il ne s'aperçut même pas que le revirement du docteur en faveur de madame André était simplement un effet d'égoïsme, et que, tandis que lui-même cherchait un encouragement dans l'exemple de Fresson, celui-ci trouvait une excuse dans les regrets de Lucien. Ils furent donc enchantés l'un de l'autre et se quittèrent plus amis que jamais. Les quelques instincts bas qu'avait Lucien s'accommodaient trop bien de cette amitié pour qu'elle pût jamais être rompue. Les désirs de confortable commun, qu'il n'osait s'avouer que discrètement et avec une certaine honte, se fortifiaient au contact de cette existence grossièrement épanouie dans la satisfaction des plus plats intérêts.

XV

Il ne put s'empêcher de laisser percer à madame André la recrudescence de son affection pour le mariage. Tout en se moquant beaucoup du monde provincial, qu'il dépeignit spirituellement, il atténua ses plaisanteries par quelques éloges. En somme, ces gens-là menaient une vie douce, agréable, et, s'ils avaient renoncé aux grandes agitations de la pensée, peut-être était-ce parce que le bonheur ne s'achète qu'à ce prix. Quant à Fresson, il ne l'épargna pas au point de vue des ridicules extérieurs, il en fit même un portrait presque grotesque; mais il le releva moralement.

— Au fond, dit-il, c'est un bon garçon. Et puis, après tout, il n'est pas un imbécile. Il a une intelligence mesurée, sage. C'est un esprit pratique.

— Et c'est vous qui le louez ainsi! s'écria en riant madame André. Mais l'air de Landry-la-Ville donne donc la fièvre bourgeoise? Que penserait votre ami Nargaud, s'il vous entendait dire du bien d'un esprit pratique?

— Eh! mon Dieu! répartit Lucien, mon ami Nargaud est un grand rêveur, un admirable métaphysicien en bizarrerie. Mais comme vous me l'avez souvent dit vous-même, il est un peu timbré, et Fresson est raisonnable.

— Ma foi! répondit madame André, je vous avoue que, malgré mon peu de lyrisme, je préfère de beaucoup votre ami le fou à votre ami le sage. Ils sont aux antipodes l'un de l'autre, chacun dans un excès ; mais l'excès du premier a quelque chose de noble, et l'excès du second n'est que bassesse. Le mariage que vient de faire Fresson est autorisé, je le sais, par plus d'un exemple, et paraît naturel à la plupart des gens. Moi, malgré mon éducation bourgeoise, je le trouve peu honorable. D'après ce que vous m'avez dit vous-même, c'est un mariage d'argent, dans toute sa laideur. Il épouse une fille plus vieille que lui, et qui n'est ni belle ni désirable, et il l'épouse uniquement pour sa dot. C'est une chose que votre ami Nargaud ne ferait certainement pas.

— A coup sûr, dit Lucien. Car Nargaud repousse non seulement le mariage d'argent, mais toute espèce de mariage. Il n'admet pas, du moins pour l'homme de génie, l'union avec la femme. Il pense que c'est un suicide intellectuel.

— Il a tort, répondit madame André. Mais cette théorie fausse, qui prouve du moins un orgueil élevé, me semble r . belle que la sagesse d'un Fresson.

— C'est singulier, interrompit Lucien assez aigrement, que ce soit précisément vous, une femme de bon sens, qui fassiez ici le procès au sens commun du docteur.

— C'est que le sens commun du docteur, reprit-elle, est aussi par trop commun. Vous savez, mon cher ami, que je ne suis pas une femme à

paradoxes. Cependant les paradoxes les plus insensés me plaisent plus que l'égoïsme terre-à-
terre. Si j'étais poëte comme vous, il me semble
que j'exprimerais cette préférence par une image
très sensible. L'exaltation de Nargaud m'apparaît comme un oiseau perdu dans un orage, et
la platitude de Fresson comme une vilaine bête
qui patauge dans la boue. A choisir, j'aimerais
beaucoup mieux être l'oiseau.

Lucien résistait à cette douce raison. Il s'accrochait avec rage à l'éloge du docteur. Madame
André ne pouvait se douter qu'en défendant Nargaud et en accusant Fresson, elle plaidait contre
elle-même. Elle ne savait pas que l'un avait
cherché à détourner Lucien du mariage et que
l'autre l'y avait involontairement encouragé.
Aussi ne comprenait-elle rien à l'entêtement du
jeune homme, naguère si enthousiaste des idées
excessives du bohème, aujourd'hui si fort entiché de la prétendue sagesse du docteur. Elle insistait donc avec d'autant plus de force contre
l'influence pernicieuse de celui-ci. Elle se laissait pousser par son désir de convaincre Lucien,
jusqu'à abonder dans le sens de Nargaud. Elle
mettait une sorte d'âpreté généreuse dans ses
ironies contre l'esprit bourgeois. Elle finit par
exaspérer Lucien, qui s'écria tout à coup, à bout
d'arguments :

— Tenez ! voulez-vous savoir pourquoi je
parle ainsi en faveur du sens commun ? Eh bien !
si je vous épousais, Fresson m'approuverait,
tandis que Nargaud m'appellerait imbécile.

Nargaud aurait raison, répondit tranquillement madame André. Quant à Fresson, je ne vois vraiment pas comment, avec tout son sens commun, il pourrait vous approuver. Vous ne feriez pas un mariage d'argent en m'épousant ; car la fortune, dont je n'ai que l'usufruit, appartient à ma fille. D'ailleurs, votre aisance personnelle vous permet de ne pas courir après une dot. Puis vous prendriez une femme beaucoup plus âgée que vous, ce qui serait vous river une lourde chaîne.

— Mais, reprit vivement Lucien, il y aurait pour moi dans cette union beaucoup d'avantages dont vous ne parlez pas : j'y trouverais le soutien dont j'ai besoin, l'intérieur pour lequel je suis fait, le foyer et la famille qui me manquent, l'assurance d'un avenir doux, calme, heureux, une foule de biens que Nargaud méprise et que Fresson apprécie et que j'apprécie plus que lui encore.

Et, emporté par le feu du discours, saisissant d'ailleurs l'occasion qui se présentait si naturellement de dire ce qui lui brûlait depuis si longtemps les lèvres, Lucien fit à madame André l'aveu complet de ses espérances. Il l'avait toujours aimée, il ne pouvait se passer d'elle ; il ne se contentait plus d'une simple amitié ; il voulait la vie commune, le ménage ; là seulement il aurait la satisfaction de ses désirs les plus chers, la véritable réalité de tous ses rêves, le bonheur complet ; d'ailleurs, il n'était plus un enfant ; il allait être majeur et maître de sa destinée ; il savait ce qu'il faisait ; il avait mûrement réfléchi ; la différence d'âge n'était que sur le papier

et non dans l'apparence, qui est tout en cela ; madame André demeurerait toujours belle ; elle était
de ces femmes qui restent jeunes jusqu'à plus
de cinquante ans ; on avait bien des fois pris
Lucien pour son mari ; il n'y avait là rien d'é-
trange ; cela était possible ; donc cela se ferait si
elle le voulait ; et il la suppliait de vouloir, de se
laisser toucher ; elle était trop bonne et trop généreuse pour refuser un amour qu'elle connaissait, qu'elle devait savoir sincère et solide,
l'ayant vu naître, grandir et se fortifier dans une
longue attente.

Le langage de Lucien avait réellement un ton
ferme et sérieux qui ne ressemblait en rien à sa
déclaration d'autrefois tout ensemble violente
et enfantine. Il parlait maintenant comme un
homme décidé qui a bien pesé toutes ses paroles.
Sous cet air raisonnable, on sentait cependant la
passion. Madame André fut vivement émue et de
cette passion et de cet accent viril. Elle comprit
que, cette fois, il ne s'agissait plus d'un caprice,
mais bien d'un sentiment profond et résolu.
Elle n'en fut que plus alarmée. En effet, sans
jamais avoir osé se l'avouer, elle aimait Lucien,
et elle fut troublée en se trouvant obligée de se
faire intérieurement cet aveu, et presque effrayée
à l'idée qu'elle allait peut-être le faire à Lucien.
Elle aimait Lucien à sa manière, c'est-à-dire
sans emportement, presque sans désir, beaucoup plus avec sa raison et son cœur qu'avec
ses sens. Elle se serait volontiers contentée d'un
amour tempéré d'amitié et ne pouvait s'appri-
voiser à l'idée d'une liaison complète. Autant il

lui aurait semblé naturel et doux de se dévouer à Lucien, autant elle trouvait honteux de se livrer à lui. Elle éprouvait des répugnances pudiques à imaginer qu'elle serait possédée par ce jeune homme en qui lui apparaissait toujours l'enfant. Il y avait là quelque chose de monstrueux contre quoi toute son honnêteté se révoltait.

Elle roula toutes ces pensées dans sa tête pendant que Lucien parlait, et elle essaya de lui répondre le plus gravement possible par des refus motivés. Elle allégua sa principale raison, qu'elle fit valoir de son mieux : la différence d'âge. Quoi que Lucien voulût dire, elle avait quatorze ans de plus que lui, et les plus beaux arguments du monde ne suffisaient pas à combler cet intervalle ; oui, sans doute, elle paraissait plus jeune qu'elle n'était ; mais cela ne durerait pas ; dans dix ans, Lucien serait encore loin d'être un homme mûr, et elle serait déjà une vieille femme ; alors Lucien serait malheureux, et se repentirait d'une pareille union, qui deviendrait un terrible embarras pour sa vie ; il valait mieux avoir le courage de supporter aujourd'hui une douleur passagère que de risquer la chance d'un malheur qui serait irréparable ; il était si agréable de s'en tenir à la condition présente ; elle ne refusait à Lucien ni son temps, ni ses soins, ni ses conseils, ni son affection, ni son dévouement ; elle avouait même qu'elle était heureuse d'être aimée par lui ; mais réellement elle ne pouvait être sa femme ; elle ne le devait pas ; s'ils cédaient au plaisir de s'épouser, ce serait une calamité pour Lucien et une honte pour elle; il était absurde, dangereux, et presque coupable, d'y songer.

Ce fut entre eux une longue discussion pied à pied, où la logique passionnée de Lucien ne put avoir raison de la sage affection de madame André. Il s'en montra tour à tour irrité et touché, irrité quand il constatait une froideur sensuelle qu'il prenait pour une froideur de sentiment, et touché quand il s'aperçut qu'en somme il était aimé et que la conduite de cette noble femme prouvait seulement la délicatesse de son cœur.

Aussi ne se tint-il pas pour battu après un premier échec. Il revint à la charge avec obstination, et chaque fois plus persuasif, plus ardent. D'autre part la résistance aiguisait sa volonté. Ses sens s'excitaient aussi dans cette lutte, où se rallumait tout le feu de ses anciens désirs, et de ce feu contenu sortaient des langues d'éloquence brûlante. A côté des idées de bonheur calme et d'avenir presque bourgeois, il avait des sous-entendus langoureux de caresses, des paroles chatouillantes et câlines comme des baisers. Il se dégageait de lui des effluves troublants, des souffles chauds qui faisaient frissonner et se fondre peu à peu la froideur de madame André. Encore un peu de patience, et il voyait le moment où ce marbre allait se changer en chair.

XVI

Lucien n'attendait plus maintenant que l'époque de sa majorité pour parachever une victoire qui lui semblait à peu près sûre. Il comptait avec impatience les jours qui le séparaient encore de celui où, maître de sa fortune et de sa personne, il pourrait tenter un dernier assaut décisif contre les résistances de plus en plus faibles de madame André. Il fut réveillé de ce rêve, prêt à se réaliser, par un coup de tonnerre inattendu.

Monsieur Ferdolle n'avait laissé en héritage à son fils que des capitaux, actions, obligations, presque tous titres au porteur, sans aucune propriété foncière que la villa d'Albon, qui avait coûté vingt mille francs, mais qui ne les valait pas. Lucien, très peu au courant des affaires et très insouciant de ses comptes, recevant d'ailleurs fort exactement les rentes de sa minorité, avait complètement abandonné à son tuteur le soin de sa fortune et lui avait même donné toutes les procurations légales pour la gérer librement. Il avait pleine confiance en cet homme, qui de temps à autre lui envoyait des suppléments de pension représentant les bénéfices faits sur des transferts et de nouveaux placements plus avantageux. Aussi fut-il atterré, quand, en réponse à la lettre où il demandait le règlement de ses affaires, il reçut la nouvelle que son tuteur, après avoir risqué sa fortune propre et celle de Lucien dans des spéculations malheureuses, venait de faire banqueroute et de s'enfuir sans laisser derrière lui un sou vaillant.

Lucien était ruiné.

Du même coup son espérance aussi fut perdue. Car il se dit immédiatement que maintenant il ne pouvait plus songer sans bassesse à épouser madame André. Il se rappela avec dégoût la phrase de Fresson relative au sac, et il fut révolté à l'idée qu'il risquait de paraître poursuivre une dot en persévérant dans son amour. Malgré ses quelques instincts bourgeois, il n'avait pas ce robuste estomac des gens vraiment pratiques, qui avalent de bon cœur toutes les vilenies permises par les convenances et qui se pourlèchent particulièrement les lèvres à l'idée d'un mariage d'argent. Sans hésiter, sans tergiverser, il comprit qu'il fallait renoncer à cette union, sous peine d'encourir le soupçon d'un honteux calcul. Il eut même la délicatesse de cacher à madame André les raisons qui le rendirent subitement réservé jusqu'à la froideur.

Madame André fut extrêmement troublée de ce brusque changement. Au moment où elle commençait à se sentir vaincue, prête à céder, après s'être bien convaincue que l'amour de Lucien était sérieux, elle fut stupéfaite de voir cet amour s'éteindre du jour au lendemain. Mais il lui fallut peu de temps pour s'apercevoir que les manières seules de Lucie avaient changé, et non pas son cœur. Une femme sait bien si elle est encore aimée, rien qu'à la façon dont on la regarde. Or, en dépit de sa ferme résolution, Lucien ne pouvait dissimuler ses sentiments, qui éclataient d'autant plus qu'il s'efforçait de les étouffer d'une façon maladroite, comme un jet d'eau mal bouché jaillit avec plus de force. On concluait sans peine qu'il devait y avoir à ce revirement un motif extérieur, que madame André chercha. Elle était habile, comme toutes les femmes, à tirer les secrets, et elle avait en outre la perspicacité d'un amour inquiet. D'autre part, Lucien ne possédait pas l'énergie qu'il faut pour se fermer hermétiquement et défendre ses chagrins des regards curieux. Pressé par des questions adroites dont il ne se défiait pas, il laissa échapper quelques paroles qui suffirent pour mettre madame André sur la voie de la vérité. A certains demi-aveux involontaires, elle flaira un malheur d'argent. Munie de ces indices, elle alla aux renseignements sans laisser soupçonner à Lucien qu'elle s'occupât de ces choses, et ainsi, tandis qu'il était persuadé qu'elle ne savait absolument rien, elle apprit tout. Elle comprit alors la conduite de Lucien. Elle pénétra les nobles raisons de cette réserve soudaine. Elle en conçut de l'admiration et une affection plus encore pour le jeune homme, et cette découverte acheva de le conquérir à l'amour.

Il s'y joignit une grande pitié pour le pauvre garçon, dont elle envisagea le sort avec effroi. Lui, élevé dans l'aisance, presque dans le luxe, habitué à ne jamais songer aux détails matériels de la vie, il allait avoir à gagner son pain à la sueur de son front. Elle le connaissait ; elle savait qu'avec des facultés brillantes, un esprit remarquablement doué, peut-être du talent, il manquait des qualités plus ternes, mais plus immédiatement utiles, qui assurent l'existence. Il avait peu de patience, encore moins d'ordre, et était tout à fait dénué d'esprit de suite. La volonté surtout lui faisait défaut. Il était incapable de cet effort régulier, tendu, tenace, qui mène au but. Il était enclin au découragement, facile aux influences débilitantes. Dans sa position nouvelle, sans fortune, sans métier, sans famille, jeté tout à coup dans la bataille du monde, il aurait dû être forgé en fer, trempé en acier, et il était au contraire coulé en cire. Une cire de choix, sans doute, belle et parfumée, et qui pouvait devenir un flambeau charmant si elle s'allumait dans une chambre bien close, à l'abri du vent et des intempéries, mais qui n'était pas faite pour lutter contre le souffle de la misère et qui se fondrait dans le brasier de l'action.

Madame André pensa qu'il y aurait de la lâcheté à abandonner Lucien dans un pareil moment, en face de si grands dangers. Plus que jamais, il avait besoin d'un soutien, d'une affection. Il avait même besoin de plus, elle le comprit : il avait besoin de bonheur, d'un bonheur complet qui lui fît oublier le malheur présent. Elle fut obligée de reconnaître qu'une simple amitié n'était plus suffisante. Il fallait les réchauffantes caresses d'un amour partagé pour bercer et endormir ce jeune cœur, pour lui donner le courage et la force. Ainsi la vertu et l'honnèteté même de madame André, qui jusqu'alors avaient été ses seules armes contre la passion de Lucien, devenaient maintenant des aiguillons qui la poussaient précisément à satisfaire cette passion. En cela il ne subsistait pas de doute dans son esprit. Mais le mariage était-il encore possible ? En le proposant à Lucien, n'allait-elle pas se buter contre les nobles répugnances qu'elle venait de découvrir ? Elle avait eu trop de plaisir à constater cette délicatesse pour essayer de la froisser. Elle se dit qu'il fallait y répondre par une générosité plus grande. Elle en arriva ainsi à être convaincue que son devoir lui commandait d'être la maîtresse de Lucien.

Alors elle fut admirable. Cette femme sincère et sérieuse devint coquette ; ce tempérament froid se fit sensuel. Elle enveloppa Lucien de prévenances câlines, de promesses retenues, de lentes séductions, de façons presque provocantes. Elle avait une conquête à faire. Car Lucien, toujours poursuivi de l'idée de mariage, et croyant que madame André y pensait aussi, se dérobait à ces avances ou du moins tâchait de s'y dérober. Il se raidissait contre la langueur énervante dont il se sentait envahi. Il résistait à ces désirs, il se détournait de ces lèvres qui semblaient prêtes à éclore en baisers, de ces bras amoureux qui s'ouvraient à lui.

Pour la première fois, il connaissait ce combat intérieur, le plus terrible de tous, où l'on a soi-même pour adversaire. Tantôt il se trouvait absurde de refuser le bonheur tant souhaité qu'il pouvait goûter enfin. Tantôt il se trouvait lâche de céder à des suggestions qui lui conseillaient d'acheter ce bonheur au prix d'un honteux compromis de conscience. Il s'affolait dans cette lutte et y perdait la tête. Madame André redoublait alors, plus tendre, plus caressante, plus abandonnée, laissant voir qu'elle s'offrait.

Il était malaisé que Lucien ne mollît pas dans cette atmosphère de tentation. Il finit par s'avouer vaincu, il vit qu'il allait lâcher pied, et il éclata en sanglots dans les bras de madame André.

— Non, non, c'est impossible! s'écria-t-il soudain, en faisant un dernier effort de résistance. Je ne peux pas vous épouser. Je ne le dois pas. Ce serait infâme de ma part. Je ne suis pas un Fresson.

Il allait dire qu'il était ruiné. Madame André ne le voulut pas. Elle comprenait que cet aveu amènerait une discussion et que cette discussion ferait remettre indéfiniment la conclusion nécessaire. Elle sentait d'ailleurs vaguement que cette confidence pécuniaire pourrait être un jour ou l'autre une gêne entre eux. Elle y coupa court brusquement, par un acte d'héroïque impudeur. Elle se jeta au cou de Lucien, et lui dit :

— Je t'aime. Je veux être à toi. Ne me dis rien. Prends-moi. Je suis ta maîtresse.

XVII

La villa d'Ablon vendue douze mille francs, Lucien paya les dettes de jeune homme dont il avait remis le règlement à sa majorité, et se fournit d'un nouveau trousseau dont il avait besoin. Il lui resta ensuite une somme nette de huit mille francs dans les mains. Avec l'imprévoyance naturelle à son âge, il n'eut pas le courage de changer immédiatement de vie, et il continua à mener le même train que lorsqu'il était rentier. Le bonheur qu'il éprouvait lui fit d'ailleurs vite oublier les craintes pour l'avenir. Il reprit donc aussitôt ses allures insouciantes et en arriva à ne plus même songer au jour, pourtant prochain, où ses dernières ressources seraient épuisées. Madame André s'en inquiétait beaucoup plus que lui. Mais, comme elle était censée ignorer la situation, elle ne pouvait lui donner des conseils d'économie et de sagesse. D'ailleurs, c'est le propre des caractères comme celui de Lucien, de vivre uniquement dans le présent et de laisser les choses suivre leur cours fatal jusqu'au moment où il est trop tard pour y porter remède. Or, le présent se trouvait le plus séduisant possible. Jamais Lucien n'avait joui d'un bonheur pareil. Madame André était la plus ravissante des maîtresses et en même temps la meilleure des amies. Elle avait pour lui des caresses d'amante, des camaraderies de sœur et des soins de mère. Il ne se présentait pas un instant où on pût penser à son âge. Elle était aussi jeune de cœur que de figure. Un peu revenue de la fougue sensuelle qu'elle avait déployée pour conquérir Lucien, elle reprenait ce charme particulier aux femmes froides, qui semblent avoir toujours quelque chose à vous laisser désirer. Lucien l'aimait de jour en jour davantage.

Comme elle était libre de sa personne, elle renonça bien vite aux contraintes des liaisons coupables et porta franchement sa condition de maîtresse. A quoi bon astreindre Lucien à des précautions hypocrites ? Puisqu'elle s'était donnée à lui, elle voulut que ce fût sans restrictions et elle s'arrangea de façon à vivre bientôt avec lui tout à fait maritalement.

Lucien accepta sans aucun remords cette combinaison nouvelle, qui se fit d'ailleurs par des progrès insensibles. Il avait toujours son domicile particulier; mais il y venait de moins en moins, juste ce qu'il fallait pour ne pas avoir l'air d'être logé par madame André. De temps en temps aussi il dînait dehors, avec des camarades; mais, en somme, il vivait chez sa maîtresse. Il n'y pouvait trouver aucune honte, car il se sentait toujours de l'argent en poche, et il ne dépensait guère cet argent que pour madame André, la menant au théâtre, à la campagne, faisant à elle et à sa fille toutes sortes de petits cadeaux avec une prodigalité délicate qu'il était malaisé de ne pas accepter. Il prit à la longue des habitudes impérieuses d'intérieur. Aussi fut-il

amené tout naturellement, un beau jour, à rompre tout à fait ses dernières attaches à la vie de
garçon. Madame André ayant quitté la maison
qu'elle habitait pour un nouvel appartement, elle
lui annonça simplement, comme une chose admise
d'avance, qu'il devait y faire transporter toutes
ses affaires et s'y installer avec elle ; et en effet,
sans songer à opposer une objection, il y alla.
Le ménage était tout à fait établi.

Lucien y trouva tous les plaisirs calmes qu'il
avait rêvés. Epanoui dans un bonheur doux et
fortifiant, encouragé par des conseils insinuants
qui s'ingéniaient à piquer son amour-propre, il
se mit sérieusement au travail. Il avait d'ailleurs
comme un besoin de s'épancher et de traduire
en vers les sentiments exquis et le bien-être
moral qu'il éprouvait. C'est ce besoin d'exprimer
ce qu'on vit qui fait certains artistes. Il y céda
d'autant plus volontiers que sa maîtresse elle-
même l'y excitait. Il écrivit ainsi en six mois,
dans le feu d'une improvisation quotidienne, un
petit recueil de poèmes amoureux d'une note
jeune, fraîche, d'une forme élégante, avec un
parfum d'intimité suave qui en faisait une œuvre
originale. Cela s'appelait les *Joies discrètes*.

Madame André en fut charmée. Elle y trouvait l'écho de délicats sentiments qu'elle-même
avait éprouvés, et elle en aima la musique fine
et distinguée. Chose rare chez une maîtresse, elle
comprit la poésie de son amant et fut orgueilleuse d'un talent que le public n'avait pas encore consacré.

— Il faut publier ton volume tout de suite, lui

dit-elle. Cela te fera connaître. Je ne veux pas
être seule à t'admirer. Et d'abord, il serait bon
de le montrer à tes amis, aux juges compétents
qui pourront te donner des avis meilleurs et
plus motivés que les miens.

Elle ne savait pas qu'il est plus facile de faire
un volume que de le publier, et, malgré son expérience du monde, elle ne se doutait guère des
trésors d'envie que pouvait contenir l'esprit de
ces juges compétents à qui elle envoyait Lucien,
qu'elle jetait ainsi dans la fosse aux bêtes.

Tout d'abord, dès les premières démarches, le
poëte s'aperçut du mal qu'il faut se donner pour
trouver un éditeur. Il était jeune, inconnu, et on
lui ferma au nez, sans aucune cérémonie, les
quatre ou cinq portes où il alla frapper de confiance. On avait déjà trop de publications en
train; on n'aurait pas même le temps de lire
son manuscrit; on le remettait à une époque in-
déterminée; on ne voulait pas de poésie. Il reçut
même en pleine figure quelques impertinences
dédaigneuses qui lui firent sentir sa naïveté et
le rebutèrent violemment.

Auprès des camarades, ce fut autre chose. La
petite bande du Tabourey, qui l'avait accueilli si
gracieusement quand il n'était qu'un dilettante,
se renfrogna en flairant un rival. Ses essais de
lecture et ses communications de manuscrit
furent reçus par les uns avec une froideur gla-
ciale nullement dissimulée, par les autres avec
une abondance de critiques, de louanges restric-
tives qui lui donnaient des allures d'écolier cor-
rigé par des maîtres. Gâté par l'approbation de

madame André et trompé par son orgueil, Lucien s'attendait à de l'enthousiasme, et il trouva à peine, par ci par là, quelques paroles cordiales.

Seul, Jacques Nargaud lui témoigna une sincère admiration.

— Vous savez, lui dit-il, moi, je n'entends pas la poésie de cette façon-là. Il me faut des larmes d'étoile, un violon avec l'infini pour âme et la chevelure de Bérénice pour crins d'archet. Si je daignais faire des vers, j'en battrais la mesure au pouls de l'éternité. Vous, vous avez pris votre pouls humain, le battement de votre cœur de vingt ans. Pour moi, c'est de la gniogniole, comme les chansons de Henri Heine, par exemple. Mais dans ce genre-là, c'est parfait. Il y a des vers luisants aussi absolus que Sirius. Vous êtes un ver luisant, mais vous êtes absolu comme ver luisant. Votre livre me plaît.

Lucien fut un peu consolé par cet éloge, si baroque qu'en fût l'expression. Aussi confia-t-il à Jacques l'impression désagréable que lui avait causée l'accueil des autres poëtes.

— Allons, répondit le bohême, je vois que vous croyez encore à l'équité entre confrères. C'est une virginité qu'il faut perdre au plus tôt, mon ami. Ici l'on se déteste. Le pain quotidien des hommes de lettres, c'est l'envie. On dit que cela maigrit. Ce n'est pas vrai. Cela engraisse. Regardez un peu Pérignat.

Lucien fut étonné. Car Pérignat était un de ceux qui avaient semblé le moins antipathiques au jeune poëte. Il avait souri à la lecture des

Joies discrètes et s'était contenté de faire quelques commentaires assez mielleux. C'était un petit homme grassouillet, tout aimable, qui passait pour spirituel, et jouissait d'une certaine réputation comme journaliste.

— Pérignat! fit Lucien. Mais je n'ai pas à me plaindre de lui et je ne le crois pas méchant homme.

Jacques partit d'un éclat de rire qui lui était particulier et qui faisait un bruit de friture.

— Mais vous avez donc de la marmelade dans les yeux? reprit-il. Examinez-moi en détail ce roi des faux bonshommes. Il est petit. C'est un roquet. Un roquet gras! les plus mauvais de tous. Des yeux de singe, petits, pétillants et faux, embusqués sous des lunettes de cuistre. Et la bouche! Avec cette bouche-là seulement on reconstruirait l'animal. Gueulard et sensuel comme il l'est, il devrait avoir une bouche lippue, une de ces fraises pétant de sang qui annoncent un bon vivant, un bon garçon. Eh bien! regardez. Il n'a pas de lèvres. Cela s'ouvre par petits coups saccadés, distillant le venin des perfidies. C'est le plus parfait modèle humain d'une bouche de reptile. Pas de lèvres, entendez-vous! Ne vous laissez pas tromper par cette face de pleine lune, bouffie d'une graisse blafarde. Pas de lèvres! C'est la bouche d'un méchant ventru; une coupure de canif dans un derrière.

Comme en ce moment Lucien, tout en écoutant Nargaud, avait l'oreille à ce qui se disait dans un petit groupe dont Pérignat était le centre, il entendit distinctement cette fin de phrase

que chuchotait dans un sourire le petit homme
aimable et grassouillet :

— Oh! si discrètes, qu'elles ne feront aucun
bruit.

Puis, tandis que Nargaud continuait à déclamer avec de grands gestes, la bouche sans
lèvres murmura encore ce mot, que Lucien
perçut :

— Tiens! Nargaud est en train de le sacrer
poëte. C'est le sacrement de l'extrème-onction.

Tout le monde se mit à rire. Lucien pâlit de
rage en se voyant ainsi raillé par derrière. Nargaud s'aperçut de cette pâleur et en devina la
cause en entendant la joie des camarades. Il se
tourna brusquement vers eux :

— Je parie, fit-il, que Pérignat vient de dire
une méchanceté sur Ferdolle. Deux sous de
crème à la ciguë, n'est-ce pas? Il en a encore un
peu sur le fil de rasoir qui lui sert de lèvres.

Et, prenant Lucien par la main, il ajouta avec
une emphase ironique, enveloppant son indignation dans des intonations de pître :

— Jeune homme, saluez! Si Pérignat vous
blague, c'est que vous avez du talent. Il ne dit
du bien que des imbéciles. Il n'aime que les
médiocres. C'est un égoïste.

XVIII

Malgré cette dernière boutade consolante, Lucien rentra chez madame André découragé, furieux. Déjà les rebuffades des éditeurs l'avaient froissé. L'envie de ses confrères acheva de l'aigrir. Les êtres faibles ne savent pas supporter le poids de leurs chagrins et s'en déchargent involontairement en témoignant toute leur mauvaise humeur aux personnes dont ils sont le plus aimés. Quoique madame André fût bien innocente de ce qui arrivait, c'est elle qui en fut punie. Elle eut à subir les colères puériles de Lucien, en qui se retrouvait toujours l'enfant gâté. Mais elle le traita précisément en enfant gâté et ne se fâcha pas des injustices qu'il commettait envers elle pour se venger de celles qu'on avait commises envers lui. Loin de lui montrer la moindre rancune, elle se fit au contraire plus douce, plus maternelle, et mit tous ses soins les plus tendres à panser cette blessure d'amour-propre dont elle comprenait la cuisante souffrance.

Elle fut cependant blessée elle-même, le jour où Lucien, lui cherchant des torts pour pouvoir la quereller, lui reprocha presque d'avoir sa petite fille, et lui fit surtout un crime de la trop aimer. Cette fois elle ne put s'empêcher de regimber et de se défendre.

— Lucien, dit-elle, tu n'es ni juste ni généreux de me parler ainsi. En m'accusant de trop aimer Henriette, tu me rappelles cruellement que je devrais bien plutôt m'accuser du contraire. Tu me forces à te dire qu'en somme elle aurait le droit de se plaindre et non pas toi. Si elle pouvait raisonner, elle dirait que mon amour pour toi est de l'amour que je lui vole.

— Tu vois bien que j'ai raison, riposta Lucien. Tu ne me dirais pas des choses pareilles si tu n'aimais pas Henriette plus que moi. A l'occasion, je suis sûr que tu n'hésiterais pas une seconde à sacrifier mon bonheur au sien.

Madame André n'avait jamais songé à cette alternative. Elle en fut épouvantée et ne put retenir ses larmes. A cette vue les méchantes récriminations de Lucien cessèrent. Il sentit qu'il avait été injuste et s'en repentit de tout son cœur. C'était la première fois qu'il voyait pleurer sa maîtresse.

— Il ne faut pas m'en vouloir, dit-il, je suis irrité, je suis malheureux. Cela me rend mauvais. Mais je te jure que je ne pensais pas un mot de ce que je t'ai dit. Je sais que tu m'aimes autant qu'il est possible d'aimer. C'est absurde de réclamer davantage. J'étais fou et cruel. Je te demande pardon.

Madame André lui pardonna bien volontiers, et sans se faire prier longtemps, plus heureuse de cette prompte et sincère réparation qu'elle n'avait été froissée de l'injure. Sur le moment, elle ne songea qu'à l'excuser et à le consoler, et ne pensa même plus à la terrible alternative que

Lucien avait mise en supposition. Mais quand elle fut seule, elle se la rappela forcément et y réfléchit avec angoisse. L'occasion, en effet, pouvait se présenter où elle aurait à choisir entre le bonheur de sa fille et celui de son amant. Que ferait-elle alors ? Il lui sembla tout d'abord que son devoir était de préférer le bonheur de sa fille. Cependant, à la longue, malgré elle, elle sentait l'instinct maternel céder la place à cette sorte de devoir nouveau qu'elle s'était créé envers Lucien. Il lui fallait se contraindre pour trouver que cela était très-mal. Elle se disait parfois comme à voix basse, au fond de son cœur, que peut-être elle sacrifierait plutôt le bonheur d'Henriette. Elle en avait une honte obscure, mais qui lui semblait presque facile à surmonter, et contre laquelle même elle cherchait des raisons. Ces réflexions devinrent plus fréquentes quand elle s'aperçut qu'en réalité son amour pour sa fille paraissait gêner Lucien et lui causer une véritable souffrance.

Bien qu'il eût pris la résolution de ne pas laisser voir les sentiments hostiles qu'il nourrissait maintenant contre la petite fille, Lucien ne pouvait arriver à les cacher entièrement. Elle lui inspirait de jour en jour plus vivement une espèce d'aversion. C'était cependant une enfant charmante, très-douce, très-aimable. Lucien se rappelait l'avoir beaucoup chérie autrefois. Il se souvenait des promenades en bateau, puis au Luxembourg, pendant lesquelles il avait rêvé qu'il était le père de cette fillette. Aujourd'hui, en la regardant, il pensait surtout à monsieur André, et c'était pour lui un tourment. Quand sa maîtresse caressait Henriette, il semblait à Lucien qu'elle caressait le père. Il savait pourtant bien l'histoire de ce mariage de pure convenance ; néanmoins, il l'imaginait toujours de façon à en être torturé, et la vue d'Henriette donnait un corps à ces imaginations. Ce sentiment assez compliqué n'échappa point à la perspicacité de madame André, qui le trouva fort explicable.

— Ce n'est pas à Henriette qu'il en veut, se dit-elle, c'est à mon passé qu'elle lui représente. Il est jaloux d'une jalousie rétrospective, jaloux du temps que j'ai vécu sans être à lui, mon corps appartenant à un autre.

Et elle s'arrangea de façon à ce que le jeune homme et la petite fille fussent le moins possible en présence.

XIX

— Si seulement mon livre paraissait, il serait remarqué, disait Lucien, et le succès auprès du public me consolerait du mauvais accueil de mes confrères.

— Publiez-le à vos frais, lui répondit Nargaud. Il n'y a pas de déshonneur à cela, vous savez. Tous ces messieurs ont passé par là et la plupart y passent même encore. Sans cela il y a longtemps que leur éditeur aurait fait faillite.

— Mais cela doit coûter cher.

— Peuh ! Qu'est-ce que cela vous fait, à vous ? Vous êtes riche, n'est-ce pas ? Vous en verrez la farce avec un billet de cinq cents francs. Vous pouvez bien ponter cette misère au baccarat de la renommée, puisque vous avez la chance d'abattre neuf.

— Je n'ai pas le sou, répondit tristement Lucien.

Il avait, en effet, mangé ses huit mille francs pendant les six mois de bonheur qui venaient de s'écouler. Il avait vécu sans compter, prenant au fur et à mesure dans son secrétaire, réglant sa dépense uniquement sur ses fantaisies et plus encore sur son amour-propre. Il avait acheté beaucoup de livres. Il s'était surtout fait un point d'honneur d'offrir à sa maîtresse deux tableaux et un piano à queue qui avaient coûté quatre mille francs. Précisément parce qu'il n'avait rien à débourser pour le nécessaire, il avait été prodigue pour le superflu. L'argent file à Paris avec une extrême rapidité, pour peu qu'on aime à faire ses courses en voiture et à passer deux ou trois soirées par semaine au théâtre. Lucien, en ouvrant le matin son portefeuille, s'était aperçu qu'il lui restait juste trois billets de cent francs.

— Non, je n'ai pas le sou, répéta-t-il en voyant la mine surprise de Nargaud.

Et, comme il était en veine de confidence, il lui raconta qu'il était ruiné depuis sa majorité, et qu'il avait mangé à même le capital insignifiant sauvé du désastre.

— Messieurs, dit brusquement Nargaud, en s'adressant au groupe des confrères, j'ai une bonne nouvelle à vous annoncer.

Lucien le tira par le bras pour le faire taire.

— Laissez donc, lui dit Nargaud à l'oreille, je vais vous conquérir d'un mot toutes les sympathies.

Il se retourna vers les camarades, qui avaient levé la tête à son apostrophe :

— Oui, messieurs, reprit-il, une nouvelle qui vous fera plaisir. Vous pouvez serrer la main à Ferdolle et lui faire bonne figure. Il ne peut pas publier son livre. Il n'aura peut-être jamais de talent. Il est ruiné. Il est pauvre.

Une joie mal dissimulée brilla dans les yeux de quelques-uns. D'autres eurent la pudeur de prendre la physionomie condoléante qu'il est décent de montrer même devant le malheur qui vous fait plaisir. Les plus malins crurent à une plaisanterie du bohême.

— Farceur ! dit Pérignat. On sait bien que Ferdolle est aussi riche que ses rimes.

— Il est plus gueux que les tiennes, riposta Nargaud. Parole ! notre ami Ferdolle n'a pas même les cinq cents francs que vous avez tous trouvés pour vous faire éditer.

— C'est la vérité, ajouta Lucien.

Alors, comme l'avait prévu Nargaud, il y eut réellement une réaction visible en faveur de Lucien. Quelques paroles cordiales le plaignirent sincèrement. Mais il fut surtout assailli de phrases banalement compatissantes, de consolations toutes faites, pleines d'ironies déguisées, pétries de sous-entendus perfides. Il comprit que l'on se rapprochait de lui uniquement parce qu'il venait de perdre une de ses supériorités.

— Hein ! comme ils sont tendres ! lui dit tout bas le bohême. Ce n'est pas du lait qu'il vous font boire c'est de l'huile. Cela fait mal au cœur, n'est-ce pas ? Et dire que le plus envieux de tous ces gens-là vaut encore mille fois mieux que le meilleur des Philistins. Voilà le monde, mon cher ! Si vous êtes fort, tâchez d'avoir l'estomac robuste. L'homme de lettres à Paris doit vivre comme Ezéchiel au désert, vous savez de quoi. Garçon, un grog au bren !

Il en aurait dit bien d'autres, s'il avait pu entendre la conversation qui s'engagea dès qu'il fut sorti avec Lucien.

— Il faut bien que tout le monde, dit quelqu'un, mange sa part de vache enragée. Nous l'avons bien fait, nous !

— Oui, dit un autre, mais le petit Ferdolle ne la digèrera pas.

— Bah ! insinua Pérignat, il n'est pas si pauvre qu'il veut bien le dire.

— Ma foi ! observa un bonhomme débraillé à mine de pion, qui s'appelait Marchin, le fait est qu'il est diablement bien mis pour jouer les Gringoires.

Pérignat assura ses lunettes sur son nez et sifflota sentencieusement la phrase suivante en appuyant sur chaque mot :

— Un joli garçon peut ne pas avoir le sou, et être toujours bien mis.

Il avait l'art d'exciter les curiosités mauvaises

et de lâcher la bride aux calomnies par ces perfidies à double sens. Après avoir lancé celle-ci,
il se mit à siroter négligemment son café, attendant l'effet de son insinuation.

Cet effet éclata tout de suite dans une accusation nettement formulée psr Marchin. Ce drôle
était un petit homme maigre et bilieux, la figure
verte mangée par une barbe de bouc, le front
étroit, le regard bigle. Il avait quelquefois rencontré Lucien donnant le bras à madame André

— C'est donc sa maîtresse, dit-il, cette femme
du monde qu'il promène?

— Ah! il promène une femme du monde?
reprit sournoisement Pérignat, qui avait jeté sa
première méchanceté au hasard, ne sachant rien,
et qui maintenant sentait pendre à l'hameçon
des révélations compromettantes.

— Parfaitement, répondit l'autre. Je l'ai vu souvent avec une espèce de dame qui n'est pas de la
première jeunesse, mais qui a joliment du linge.

— C'est sa tante, dit quelqu'un qui voulait
réellement défendre Ferdolle. Ils demeurent ensemble.

Pérignat ferma les yeux en suçant un canard
dans sa petite cuiller, et il laissa tomber cet apho-
risme comme s'il le bavait :

— La tante est un banquier donné par la
nature.

— Alors, chuchotèrent à la fois plusieurs des
auditeurs, tu crois que Ferdolle est un...

— Je ne crois rien du tout, interrompit vivement Pérignat. Je ne connais Ferdolle que pour
l'avoir vu ici.

Marchin tortillait depuis un moment dans ses
doigts crasseux sa barbe rousse, couleur de
vieux chapeau. Ces contradictions, ces réticences,
l'irritaient. Il avait l'envie plus féroce que les
autres et la calomnie plus franche.

— Eh bien ! moi, s'écria-t-il, je le connais Ferdolle. Il a déjà été l'amant de cœur de trois filles
du quartier. Je ne vois pas ce qu'il y a d'étonnant
à ce qu'il se fasse entretenir par une coquette
sur le retour. Seulement il s'en cache.

— Dame ! fit Pérignat en dardant sa langue,
c'est la *joie discrète*.

XX

Naturellement Lucien ne parla pas de sa
pénurie prochaine à madame André. Mais sa
figure ennuyée parla pour lui. Comme depuis
quelque temps madame André cachait presque
sa fille au jeune homme, et épargnait ainsi à
son amant un spectacle qu'elle savait lui être un
sujet de souffrance ; comme d'autre part il n'y
avait pas eu entre eux le moindre nuage qui pût
donner de l'humeur à Lucien, elle conclut, en
voyant cette mine préoccupée, à un souci extérieur. Elle n'eut pas de peine à reconnaître un
embarras d'argent. Elle savait que la maison
d'Ablon avait été vendue, et elle avait calculé à
peu de chose près l'emploi de la somme qu'avait

produite cette vente. Elle se trouvait donc, sans que Lucien pût s'en douter, au courant de la situation. Mais elle était extrêmement gênée pour en parler, si discrètement qu'elle voulût le faire : surtout elle ne pouvait y porter remède. Elle en trouva pourtant l'occasion et le moyen, par une générosité machiavélique.

— Et ton livre, dit-elle à Lucien, qu'en fais-tu décidément ? As-tu quelque bonne nouvelle à m'apprendre ?

— Je ne le publie pas, répondit-il d'un ton maussade.

— Mon pauvre chéri, fit-elle en l'embrassant avec la plus vive tendresse, je parie que tu as encore vu aujourd'hui quelqu'un de ces méchants éditeurs, ou bien ta bande d'envieux. Te voilà tout découragé. Eh bien ! sais-tu ce que je ferais à ta place ? Je ferais imprimer mon livre moi-même. C'est une chose qui peut se faire, n'est-ce pas ?

— Oui, répondit Lucien sans réfléchir.

— Alors, pourquoi ne le fais-tu pas ?

Cela fut dit simplement, sans malice, entre deux caresses. Il se trouva pris au dépourvu, se mit à rougir et balbutia cette réponse des gens qui ne peuvent pas ou ne veulent pas répondre :

— Parce que, parce que...

Il eût été difficile de ne pas achever la phrase qui indiquait d'une façon claire le manque d'argent ; mais, avec un tact d'une extrême délicatesse, madame André n'insista pas, et fit même semblant de n'avoir pas compris.

— Tu es un vilain orgueilleux, reprit-elle. Tu veux que les éditeurs, qui ne te connaissent pas, se jettent à tes pieds. Ils le feront quand tu auras un nom. Et ce nom, tu l'auras quand tu auras publié ton premier livre. Il faut absolument le faire paraître ; c'est une question de vie ou de mort pour ta gloire. Avoue que c'est par orgueil que tu ne veux pas le publier à tes frais.

Elle semblait tellement sûre d'avoir trouvé le vrai motif du refus, que Lucien s'y trompa, et ne put pas soupçonner le moins du monde qu'elle en connaissait la raison pécuniaire. Heureux de la pousser sur une fausse piste, il avoua que la cause de son refus était en effet l'orgueil.

— Eh bien ! moi ! reprit-elle vivement, je ne suis pas si orgueilleuse que toi. Je veux que mon Lucien soit connu, et qu'on le lise. D'abord ton livre est à moi. Il m'est dédié, n'est-ce pas ? Il porte sur sa première page ces deux mots dont moi seule savourerai le charme : *A Madeleine*. Puisqu'il m'appartient, j'ai le droit d'en faire ce qu'il me plaît. Il me plaît qu'il paraisse, voilà. Je le ferais plutôt paraître moi-même.

Elle força Lucien à s'asseoir devant son bureau, lui mit la plume à la main, lui donna du papier à lettre, et se pencha sur lui en lui coulant dans la nuque un de ces petits baisers qui rendent fou.

— Vite, vite, dit-elle, écris à l'éditeur, à celui qui édite les autres, et envoie-lui ton manuscrit... Non, non, pas demain, aujourd'hui même.

Il voulait résister, parler. Elle lui ferma la bouche avec sa jolie main impérieuse.

— Qu'est-ce que tu vas me dire ? De mauvaises raisons. Que tu n'as pas dans ton secrétaire la somme qu'il faut à cet ogre, que tu la toucheras seulement le prochain trimestre ? C'est cela que tu voulais dire ? Je n'admets pas cette excuse-là. Combien cela coûtera-t-il ? ajouta-t-elle brusquement. Je veux le savoir. Cinq mille francs ?

— Tu es folle, dit Lucien. Avec cinq mille francs, il y aurait de quoi faire éditer dix volumes de vers.

D'un bond elle fut dans sa chambre à coucher et en rapporta un billet de cinq cents francs qu'elle chiffonnait en revenant avec des gestes de chatte qui joue.

— Tu n'as pas encore fini ta lettre, fit-elle. Allons, allons, dépêche-toi. Voilà de quoi la timbrer. Tu me rendras cela sur ton premier quartier de rente. Et dis-lui qu'il imprime ton livre à la vapeur. Je voudrais être plus vieille d'un mois pour voir à toutes les vitrines des libraires : *Lucien Ferdolle, les Joies discrètes.*

Et tandis qu'elle enveloppait Lucien de son babil et de ses caresses, il écrivit à l'éditeur.

XXI

Le petit cénacle ne fut pas longtemps sans apprendre que les *Joies discrètes* allaient paraître, et les mauvaises langues s'aiguisèrent plus que jamais sur cette nouvelle.

— Quand je vous le disais ! grinça Marchin. Vous voyez bien qu'il a des ressources cachées, ce petit Ferdolle.

Et l'envie lui donnant une pointe d'esprit canaille, il ajouta :

— Cinq cents francs, ça ne se trouve pas dans le pas d'un cheval, hein ? Dans celui d'une vache, je ne dis pas.

Les rares défenseurs de Lucien ne pouvaient opposer à ces accusations brutales que de vagues protestations sans preuves. Seul, Jacques Nargaud prenait vigoureusement le parti du jeune poëte ; mais avec la meilleure volonté du monde, il plaidait la cause d'une façon paradoxale qui compromettait son client.

— Et puis après ? disait-il. Quand même vos calomnies seraient des vérités, qu'est-ce que cela prouve ? Ce que vous reprochez à Ferdolle, tous les hommes de talent et de génie l'ont fait plus ou moins. Dans la main des imbéciles, une femme n'est qu'un violon pour jouer des ariettes sentimentales. L'homme fort en fait la trompette de sa renommée, l'épée de son combat, l'outil de sa fortune. Les Bonaparte remportent leur première victoire à la pointe des seins d'une Joséphine. Les Christophe Colomb découvrent des mondes, mais leur bateau sent la marée.

De telles apologies, exaltant Lucien outre mesure par des comparaisons extraordinaires, n'étaient pas faites pour lui concilier les sympathies. On lui en voulait même davantage, comme s'il était responsable des théories de Nargaud et comme s'il avait commandé le piédestal que celui-ci lui dressait. Il s'aperçut aisément de cette sourde malveillance, et lui donna lui-même de nouvelles armes en y répondant par une hauteur orgueilleuse qui n'était pas dans son caractère, mais que lui inspirait en ce moment l'espoir d'un prochain succès. Il riposta à certaines phrases aigres-douces par de francs coups de boutoir. On passait volontiers ses vertes saillies à Nargaud, qui en avait l'habitude, et qui d'ailleurs se faisait tout pardonner en ne produisant rien et en restant inconnu. Mais on fut extrêmement sensible à celles de Lucien, qui parut d'autant plus blessant qu'on était accoutumé à le voir doux, et qui prenait ainsi des allures de rival assuré de vaincre.

Il se montra particulièrement vif contre Pérignat, dont il releva tous les perfides sous-entendus avec une verve presque violente. Un jour même, comme le drôle, vexé d'avoir les rieurs contre lui, faisait mine de se fâcher, Lucien alla jusqu'à le menacer d'un soufflet, et ajouta qu'en le donnant il ne regretterait qu'une chose, c'est d'avoir la main trop petite pour couvrir une joue aussi large. Pérignat, qui n'était pas brave,

se le tint pour dit et ne renouvela plus ses
obscures attaques. Mais le silence qu'il était
ainsi obligé de s'imposer devant Lucien lui tournait sur le cœur et se changeait en bile plus
âcre. Il gardait au jeune homme une terrible
rancune de bête muselée. Ces petits importants,
qui ont une notoriété artificielle, sont plus que
personne sensibles aux coups d'ongles qui
écaillent le vernis de leur maquillage littéraire.
Il s'en vengea comme un lâche.

Par ses relations de journaliste, il avait une
influence dangereuse. Il en profita pour dénigrer
sournoisement Ferdolle, dans des conversations
à l'oreille où il le représenta comme un jeune
orgueilleux sans talent qui avait la prétention
de faire retourner toute la critique avec ses vers
de collégien. Il lui attribua surtout un mépris
dédaigneux pour les journalistes, la plus mauvaise réputation qu'on puisse bâtir à un auteur
qui a besoin avant tout de ne pas s'aliéner la
presse. Les journalistes sont tout-puissants à
faire naître ou avorter la fortune d'un livre.
Pour l'empêcher non-seulement de briller, mais
même d'être vu, ils ont un éteignoir, le silence.
Pérignat sut persuader à la plupart de ses col-
lègues qu'il fallait user de cette arme pour étouffer, comme elle le méritait, la vanité de ce débutant, à peine majeur. Ces basses manœuvres
auraient certainement échoué si l'œuvre de Lucien
avait eu des qualités éclatantes, un coloris crû
pouvant tirer l'œil. Elle se recommandait au
contraire par une délicatesse distinguée, une
harmonie douce et même un peu grise qui n'avait

rien de tapageur. Elle n'était pas de taille à se défendre elle-même et à faire son trou toute seule, comme ces livres hardis et truculents qui ont bec et ongles, qui ouvrent soudain leurs ailes aux plumes voyantes, et qui ameutent le public en poussant des cris d'aigle.

Les *Joies discrètes* furent donc reçues avec une indifférence presque générale. Les quelques journaux qui en parlèrent n'en dirent ni bien ni mal et firent de ces comptes rendus rapides, vagues, insignifiants, qui sont mille fois plus mortels que les plus amères critiques. Lucien y était traité comme un amateur sans aucune importance, comme le premier venu des innombrables poëtaillons avec lesquels on se croit quitte et au-delà, en leur accordant une dizaine de lignes banales.

Tout d'abord il ne souffrit pas trop d'un tel accueil. Malgré son impatient désir d'éloges, il savait que les grandes feuilles n'ont souvent ni la place ni le temps d'apprécier un livre de vers immédiatement après son apparition, et il attendait. Puis il était encore tout à la joie de se voir imprimé. C'est un plaisir singulier, sur lequel on se blase vite, mais dont la première saveur est délicieuse, que de lire sa pensée vivante en quelque sorte d'une vie extérieure. D'ailleurs, le livre était charmant, joli, habillé à la dernière mode, en caractère elzévirien sur papier teinté, dans une couverture glacée couleur bouton d'or, où le titre et le nom de l'auteur se détachaient en lettres nettes qui faisaient aux yeux de Lucien l'effet de diamants noirs. Il en était comme ébloui et s'arrêtait complaisamment devant les vitrines de libraire, ne voyant parmi tous les autres livres que celui-là, comme s'il faisait dans l'étalage un trou de lumière.

Le bonheur de madame André était presque plus vif encore et augmentait celui de Lucien. Elle non plus ne pouvait se rassasier de regarder le nom de son amant qui lui paraissait flamboyer comme une inscription magique. Elle avait des façons mignonnes de prendre le livre, de le retourner, de l'ouvrir, de fourrer sa figure entre les pages et de faire palpiter ses narines roses pour humer l'odeur de l'encre grasse, qu'elle préférait aux parfums les plus exquis. Elle le baisait quelquefois en disant à Lucien :

— Il me semble que c'est notre petit enfant.

Mais toute cette joie s'assombrit peu à peu, à mesure que les jours passaient sans amener les articles dans les grands journaux. Le livre ne faisait aucun bruit. Même, au bout d'une quinzaine, il disparut du premier plan de la montre des libraires. Il était relégué maintenant dans les coins, là-bas, avec le commun des martyrs, ne montrant plus que son dos maigre au lieu de son large plat où naguère s'étalait glorieusement sur une bande de papier la mention : *Vient de paraître*. Il cessait d'être une primeur pour devenir un solde. Il se vendait aussi peu que possible. Il descendait dans l'oubli avant même d'avoir été connu. Il donnait la triste impression d'une vierge abandonnée qui se fane et qui passe insensiblement au rang des vieilles filles.

Madame André consolait Lucien de son mieux,

et l'entretenait toujours dans l'attente d'un succès mérité. Mais il fallut bientôt se convaincre que cette attente était vaine, et que la critique ne sortirait pas de son silence.

— Cela n'est pas naturel, disait madame André. Il doit y avoir une conspiration contre toi. Tu as des ennemis. Ce Pérignat, dont tu m'as si souvent parlé comme d'un méchant drôle, t'a servi quelque plat de son métier.

Pérignat préparait pis encore que cette conspiration de l'indifférence. Maintenant qu'il avait assuré l'insuccès du poëte, il s'ingéniait à trouver le moyen de blesser l'homme. Il était trop lâche pour attaquer directement Lucien, dont il craignait la jeunesse généreuse. Il lui fit donner le mauvais coup par un de ces condottieri de la plume, qui vivent de scandale et qui sont prêts à endosser la responsabilité des plus infâmes calomnies pourvu qu'on leur paye grassement leur complaisance. Celui-ci d'ailleurs, nommé Léon Denuizet, avait le courage de son métier, et poussait la crânerie de ses entrefilets venimeux jusqu'au coup d'épée inclusivement, coup d'épée qu'il donnait, il faut le dire, plus souvent qu'il ne le recevait, étant un des meilleurs tireurs de Paris. Soudoyé par Pérignat, il prêta son nom à un article odieux, où il était facile de reconnaître la basse et perfide cruauté du petit homme gras aux lèvres en fil de rasoir.

Un matin, comme Lucien et madame André étaient en train de déjeuner, ils reçurent un numéro de journal portant cette singulière adresse :

Monsieur Lucien Ferdolle, poète
de madame André.

Lucien le déplia vivement, le cœur serré par une vague inquiétude.

— C'est une farce de ton fou de Nargand, s'écria tout à coup madame André, qui venait d'apercevoir l'entête d'un article sur les *Joies discrètes*. Il y a quelque chose sur toi.

L'article en effet, s'étalait en première page. D'un coup d'œil Lucien le parcourut, en repoussant madame André qui voulait le lire avec lui :

— Non, non, dit-il presque brutalement, je ne veux pas que nous le voyions ensemble.

Il le lut avec une rapidité haletante ; puis, d'un mouvement brusque, il se leva, prit son chapeau, et sortit en jetant le journal à madame André stupéfaite.

— Lis, lis, lui cria-t-il en se sauvant. Oh! les misérables !

Madame André se passa la main sur les yeux et lut :

LES JOIES DISCRÈTES

Par Lucien Ferdolle.

« On n'a pas assez remarqué ce volume de
« vers paru tout récemment et déjà enfoui dans
« la nécropole des bouquins qui se vendent au
« poids. Il ne mériterait certes aucune attention
« s'il relevait de la critique littéraire seulement ;
« mais par un point aussi obscur que curieux il

« touche à des questions morales et aurait pu
« donner matière à une intéressante étude sur
« la condition des poëtes amoureux. On y trouve
« des vers tels que ceux-ci, qui ont un sens
« suffisamment clair pour ceux qui savent voir
« la réalité sous les brumes du langage poé-
« tique :

« Pour abriter mon cœur, loin des bises mortelles,
« Tu m'as fait un doux nid *de tes riches dentelles.*

. . . .

« Ton amour est vraiment *mon pain quotidien.*

. . . .

« Et de chaque baiser tu me rends la *monnaie.*

. . . .

« Je bénis ta bonté, car tu m'as fait l'*aumône.*

« Il y en a dans ce goût une telle quantité qu'on
« est bien obligé d'y voir autre chose que des
« images. La précision même des détails semble
« indiquer une théorie que l'auteur n'a pas osé
« affirmer catégoriquement, mais qu'il laisse en-
« tendre d'une façon *discrète*, comme son titre
« l'exige. Ce n'est pas le cynisme franc des poëtes
« et des gentilshommes de la Renaissance, qui
« se faisaient un point d'honneur d'avoir des
« maîtresses riches et d'en profiter ; ce n'en est
« pas moins une ingénieuse apologie de leur ma-
« nière de vivre. Nous n'avons pas à nous im-
« miscer dans les mystères de l'alcôve, et nous
« ne chercherons pas à savoir si l'auteur de ces
« vers met sa théorie réellement en pratique.
« Peut-être n'est-ce là qu'un jeu d'imagination,
« un de ces pastiches purement littéraires de

« mœurs aujourd'hui disparues. Nous ne con-
« naissons pas assez M. Ferdolle pour lui de-
« mander une explication. Mais, pour l'honneur
« des lettres françaises, nous aimerions à savoir
« positivement que la *Madeleine* du poëte n'est
« qu'idéale. Nous nous plaisons à croire que ce
« n'est pas quelque coquette sur le retour, of-
« frant à son Christ non-seulement des parfums,
« mais des beefsteacks. Il serait pénible de pen-
« ser qu'un de nos confrères, un écrivain, si mi-
« nime qu'il puisse être et si méprisable au point
« de vue du talent, est si *cher* que cela à sa maî-
« tresse. Même en riant, il ne faut pas que la
« poésie prenne pour paillettes des écailles, et
« on ne doit pas se croire un auteur d'espérance
« uniquement parce qu'on porte sur le dos une
« livrée de couleur verte.

« LÉON DENUIZET. »

XXII

Lucien, tout à l'indignation, était parti droit
au bureau du journal qui avait publié l'article. Il
allait souffleter Denuizet. En route, une idée terrible l'arrêta court : ses cartes de visite portaient
l'adresse de madame André. Il reprit brusquement
son sang-froid pour parer à la sottise qu'il avait
failli commettre et pour prendre ses mesures en
conséquence. Il lui restait en poche deux cents

francs. Il entra dans le premier hôtel venu, y loua une chambre qu'il paya d'avance pour un mois et se fit faire ensuite à la minute des cartes avec sa nouvelle adresse. Sa colère et son courage, loin de s'éteindre par ce contre-temps, s'irritèrent plutôt à ces détails dont il s'occupa fiévreusement. Même il gagna un certain calme extérieur, et il put ainsi donner à la violence toute juvénile où son emportement le poussait l'apparence digne et virile d'un acte froidement réfléchi.

Il trouva Denuizet au bureau de la rédaction. Le journaliste spadassin avait l'air des gens de sa profession, la moustache en croc, le regard fendant, à la fois bravache et canaille. Lucien eut l'attitude décidée, le ton ferme, la distinction dédaigneuse d'un gentilhomme.

— Monsieur, dit-il à Denuizet devant tout le monde et à voix haute, vous êtes un drôle méprisable. Néanmoins, voici ma carte.

Et avec cette carte il lui souffletta légèrement le bout de la moustache. Il sortit ensuite, sans pose, simplement, après avoir salué la rédaction avec une aisance courtoise. Il entendit quelqu'un dire derrière lui :

— Il est très-crâne, ce petit-là.

En effet, Lucien en ce moment semblait devenu un autre homme, ou, pour mieux dire, un homme. La mollesse naturelle de son caractère s'était tout à coup raidie sous le coup de fouet de l'outrage, et tendue vers l'honneur à venger. Il se sentait une énergie inconnue, d'autant plus forte qu'elle était tranquille, sérieuse, toute différente

de son exaltation première. Il résolut ainsi d'une
manière très-nette les embarras divers et embrouillés de sa situation. D'abord il fallait choisir des témoins, choix difficile pour Lucien, qui
n'avait que des camarades de café, rivaux littéraires dont il se méfiait, ou étudiants trop jeunes
pour mener décemment une affaire grave. Un
seul ami, Nargaud ! Cet excentrique, ce bohème,
inutile d'y songer. D'ailleurs, Lucien répugnait
à mettre ses intérêts dans les mains de gens trop
intimement mêlés à sa vie, et avec qui des confidences nécessaires seraient peut-être compromettantes. Il se rappela heureusement un com-
mensal de son père, un officier retraité qu'il
n'avait pas vu depuis longtemps, mais à qui il
pouvait sans crainte demander un pareil service.
Il alla lui rendre visite immédiatement, le mit en
quelques mots au courant des choses, n'eut pas
de peine à lui faire admettre que le duel était
indispensable, et obtint de lui la promesse de
trouver un second témoin. Restait la question
d'argent, triviale mais terrible. A tout prix Lucien voulait éviter l'intervention de la justice,
qu'il fallait encourir si l'on se battait en France.
Son affaire dans ce cas serait traînée dans les
curiosités dangereuses d'un tribunal, d'où l'honneur de madame André et celui de Lucien sorti-
raient irrémédiablement salis. La rencontre devait
donc avoir lieu en Belgique. C'était une dépense de
cinq cents francs, et Lucien n'avait que quatre
louis. Mais il se dit qu'il parachèverait la somme
en vendant sa bibliothèque assez riche, sa montre
et ses quelques bijoux. Seulement tout cela était

chez madame André. La plus grande difficulté venait précisément de la présence de sa maîtresse. Elle avait lu l'article, elle devait en prévoir et en craindre les conséquences, elle voudrait se mettre en travers des projets de Lucien. Il était bien décidé à ne point se laisser amollir ; mais il n'avait pas le courage d'affronter la douleur et les larmes de la pauvre femme ; il éprouverait même comme une sorte de honte à se retrouver face à face avec elle après l'infâme accusation qu'ils avaient lue tous deux le matin. Enfin il tenait à ce que, dans tout ce qu'il allait arriver, elle fût en cause le moins possible, aussi bien pour elle que pour lui. Il pensa que le mieux était de l'éloigner sans même la revoir, et, afin d'y réussir sûrement, il lui écrivit la lettre suivante, qui contenait un ordre formel pour cette noble nature :

« Ma chère amie,

« Je fais appel à tout ton amour et à la géné-
« rosité de tes sentiments pour te demander en
« grâce de quitter Paris à l'instant même et sans
« nous dire adieu. Je ne veux rien te cacher. Tu
« as dû deviner que je me bats en duel. C'est vrai.
« Il le faut absolument. Il faut aussi qu'à partir
« de cet instant je sois à l'abri de tout soupçon.
« J'ai donc pris un domicile pour recevoir les té-
« moins de mon adversaire. Il faut, d'autre part,
« que tu disparaisses momentanément. La
« moindre tentative que tu ferais pour te mêler
« à cette affaire, ta seule présence même, pour-

« raient donner un corps à la calomnie. Au nom
« de notre réputation, j'exige que tu m'obéisses
« d'une manière aveugle. Si je sors sain et sauf
« de cette aventure, je t'expliquerai pourquoi
« j'ai le droit et le devoir de t'imposer, en quel-
« que sorte, et d'une façon rigoureuse, la con-
« duite que tu dois tenir. J'aurai alors à te faire
« juge aussi des relations futures que nous serons
« obligés d'avoir. Maintenant je ne puis te dire
« qu'une chose : *Fais ce que je veux*. Tu me par-
« donneras, j'en suis sûr, le ton impérieux de
« cette lettre, en songeant qu'à l'heure qu'il est
« je suis responsable, seul responsable, de ton
« honneur et du mien. Je n'ai pas besoin de te
« dire que je t'aime plus que jamais. Je sais de
« mon côté que tu m'aimes aussi profondément,
« et c'est bien cela qui me donne la force d'agir
« en homme et de te parler ainsi. Je t'embrasse
« de toute mon âme, et, s'il m'arrive malheur,
« ma dernière pensée sera pour toi.

                                        « LUCIEN »

Le lendemain il alla chez madame André. Elle
lui avait obéi héroïquement, en partant au reçu de
sa lettre. Il fit venir dans sa chambre un libraire,
puis un bijoutier, vendit tout ce qu'il pouvait
vendre, en retira sept cents francs, et sortit, le
cœur gonflé de larmes, de cet appartement qui
était encore tout parfumé de son bonheur.

Les préliminaires du duel traînèrent un peu,
Lucien voulant se battre au pistolet et Denuizet
à l'épée. Le bretteur se prétendait l'offensé : il

n'avait fait que des insinuations injurieuses et avait reçu, en somme, un soufflet. Pour en finir, Lucien céda. Il avait trop soif de la réparation pour chicaner longtemps sur le choix des armes.

Si décidé que l'on soit, on ne va pas sans émotion à son premier duel, quand on est jeune et qu'on n'a pas eu trop à se plaindre de la vie. Au commencement du voyage, Lucien fut suffisamment distrait par la conversation de ses témoins. Il eut surtout à répondre aux nombreuses questions que lui fit l'ami de son père sur le temps écoulé depuis la mort de monsieur Ferdolle. Mais bientôt, le vieil officier s'étant assoupi dans un moment où la causerie languissait, et le second étant alors occupé à lire son journal, Lucien se trouva livré à ses réflexions. Par la portière du wagon défilaient des arbres, des prés, des maisons, de l'eau, et il croyait voir près de la rivière la petite villa d'Ablon, cachée dans les taillis comme une pâquerette dans l'herbe. Entre deux nuages de fumée et de vapeur crachés par la locomotive, il respirait des bouffées d'air champêtre qui sentaient comme l'air de là-bas, une fraîche odeur de joncs dormant au soleil. Que de fois il avait bu ce parfum en s'asseyant près de madame André, quand, au retour des promenades elle ôtait son grand chapeau de paille, et se laissait tomber un peu lasse sur le canapé en faisant bouffer sa robe ! Ces douces et légères jouissances étaient comme les premières caresses de cet amour qui depuis avait si délicieusement enveloppé Lucien. Et il se rappelait les mille tendresses de cette maîtresse parfaite qui pendant

ces huit derniers mois l'avait bercé dans un nid
de gâteries câlines. Il se rappelait aussi les bonnes
paroles, les généreux conseils, riches d'encouragements et de consolations. Il songeait à ses rêves
de gloire littéraire, que cette amie maternelle
savait réchauffer comme des oiseaux frileux, et
qui ne chantaient jamais de plus douces chansons que sur ces lèvres fleuries de baisers. Il
pensait à l'avenir, qui aurait put être si doux et
si beau, alors qu'il se dorait aux promesses d'un
amour partagé et d'une renommée future. Maintenant tout ce bonheur à venir était brumeux
comme cette fumée noire qui vous prenait à la
gorge et vous faisait pleurer. Elle passait, tourbil-
lonnante, lourde, pleine de ténèbres ; on aurait
dit un crêpe déroulé. Et le train filait rapide,
avec son bruit continu qui semblait un bourdonnement de prières funèbres. Et ce qu'il emportait
si vite, c'était peut-être le dernier jour de Lucien ;
à coup sûr, c'était l'espérance morte. Même sur-
vivant, Lucien ne pourrait plus être heureux. Il
était ruiné, il avait perdu le droit de vivre avec sa
maitresse et jusqu'à celui de l'épouser, car il aurait ainsi eu l'air de donner une honteuse légi-
mité à son infamie. Il fallait renoncer à cet amour.
Il fallait se chasser soi-même du paradis. Ah ! la
fumée avait raison de ressembler à un voile de
deuil, le train faisait bien de chanter un lugubre
De profundis ! Lucien n'était-il pas mort ? Peut-
être que son corps serait demain un cadavre, et
aujourd'hui déjà son cœur était un trépassé.
Toutes ces maisons qui passaient dans une vision
vertigineuse prenaient au fond du crépuscule

des aspects de tombes, et Lucien s'imaginait rouler dans un corbillard au milieu d'un grand cimetière.

Il reprit possession de lui-même en arrivant, et l'approche du danger réel chassa toutes ses sombres pensées comme un mauvais rêve. Il dormit même de fort bon cœur pendant toute la nuit qui le séparait seule du moment fatal. Il se réveilla dispos. Il était presque gaillard sur le terrain. Cependant il ne put pas y garder son sang-froid comme il l'aurait voulu. Il n'avait pas l'habitude du duel, ainsi que Denuizet. Celui-ci, qui était un misérable et non un buveur de sang, aurait voulu en finir par quelque blessure légère. Mais, au lieu d'avoir à mesurer ses coups, il fut presque immédiatement obligé de se défendre contre la fougue de Lucien, qui attaquait impétueusement et qui, d'ailleurs, savait se servir de son arme. Denuizet dut donc riposter de même, et sans ménagement. Dans ces conditions, l'issue n'était pas douteuse. Le spadassin était de beaucoup le plus fort. A la troisième passe, en voulant faire un dégagé à fond, Lucien eut son épée doublée avec la rapidité d'un éclair, et tomba grièvement frappé en pleine poitrine.

— Sacré mâtin ! ne put s'empêcher de dire Pérignat, qui était l'un des témoins de Denuizet, cela n'a pas été long.

— Non, lui répondit l'autre tout bas. Mais j'ai dû y mettre tout ce que je peux. Tu sais, à ma place tu y aurais passé. Il a du jeu, ce petit bougre-là. Si je m'étais douté de ça, je ne t'aurais pas signé l'article à si bon compte.

XXIII

Lucien s'était évanoui sur le coup. Il revint
lentement à lui dans une rêverie vague pleine
de sensations délicieuses, et sans pouvoir reprendre tout d'abord une exacte conscience de
son état. Il éprouvait à l'endroit de sa blessure,
au lieu d'une douleur, une sorte de chatouille-
ment léger produit par l'éponge fine du médecin
qui le pansait. Cela faisait presque l'effet d'une
caresse, comme si une main de femme se posait
là doucement, passant son doigt frais sur la peau
brûlante. Il s'imaginait reconnaître l'attouche-
ment délicat de madame André. Sans doute elle
était là, couchée auprès de lui, et elle allait le
réveiller par la diane des baisers matinaux ; mais
il s'attardait dans la molle tiédeur du lit, et il ne
voulait pas encore regarder ; il n'avait pas la force
de briser les derniers fils qui le retenaient au pays
des songes. Brusquement une voix qui lui parut
terrible éclata dans ces nuageries comme un
coup de tonnerre.

— C'est grave, disait le médecin aux témoins.
Voyez, à la commissure des lèvres, cette mousse
sanguinolente. Le poumon doit être lésé. Avant
ce soir nous aurons une fièvre de cheval. Il serait
imprudent de le ramener à Paris. A peine
pourra-il supporter sans trop de danger le trajet
en voiture d'ici à Bruxelles. Le seul parti à

prendre, c'est de l'installer dans la plus prochaine petite ville.

Lucien pouvait maintenant ouvrir les yeux. Mais il les garda clos pour réfléchir. Il était revenu à la réalité, et elle apparaissait cruelle. Ici, ou à Bruxelles, ou à Paris, il n'avait pas même de quoi vivre pendant une semaine. Il n'osait avouer cette pénurie. D'ailleurs, l'eût-il avouée, il ne pouvait pas donner au vieil officier l'embarras d'un malade qui demanderait peut-être trois mois de soins. Il allait donc être obligé de se laisser conduire dans quelque hôpital. Cette idée lui faisait horreur. Il serait perdu au milieu de toutes ces infirmités navrantes, confié à des mains étrangères, dans un pays où il ne connaissait personne. Quel isolement! Quelle misère! S'il revenait de sa blessure, il mourrait d'abandon, d'ennui et de tristesse. Ah! pourquoi madame André était-elle si loin? Comme elle le sauverait, comme elle l'envelopperait de tendresse! A coup sûr, si elle était prévenue, elle arriverait immédiatement. Il n'y avait qu'à lui faire signe. C'était la vie assurée. Qu'importe que ce fût au prix de la honte!

Il allait céder à cette suggestion, il avait sur les lèvres la phrase qu'il fallait prononcer, il la commença même en ouvrant les yeux. Mais une soudaine idée vint se jeter à la traverse, et lui fit dire qu'il désirait être mené à Landry-la-Ville, chez son ami le docteur Fresson. Il se contenta d'adresser à madame André ce télégramme courageux.

« Je suis légèrement blessé, mais sain et sauf.

« Je pars en voyage. Nous ne devons pas nous
« rejoindre. N'attends pas une lettre explicative
« avant un mois. »

XXIV

Malgré son amitié pour Lucien, Fresson fut sur
le point de laisser percer une grimace de mécontentement quand on lui amena, au moment
même où il se mettait à table pour dîner, ce
blessé que la fièvre avait empoigné en route et
qui délirait. Que diable ! on ne vient pas ainsi
déranger les gens, tomber chez eux sans crier
gare, sans savoir s'ils peuvent vous offrir l'hospitalité ! Et surtout on ne prend pas de force
cette hospitalité, quand on est en si piteux état,
un malade qu'il va falloir soigner ! Les amis
sont bien indiscrets ! Ils abusent vraiment de
l'affection qu'on a pour eux ! Ils n'ont aucun
égard à votre tranquillité, à votre bien-être !
Toutes ces réflexions donnaient au docteur un
air tellement renfrogné que, si Lucien avait pu
le voir, le pauvre garçon aurait préféré se faire
porter à l'hôpital. Malgré tout, Fresson n'osait
pas trop manifester son ennui, en écoutant la
parole grave du vieil officier qui déclarait remplir la volonté de Lucien. Peut-être pourtant aurait-il eu la cruauté de s'abandonner à un mouvement d'humeur égoïste, s'il n'en avait été em-

pêché par sa femme qui fit, au contraire, fort bonne mine aux étrangers.

Aux premiers mots des témoins, elle avait flairé une aventure mystérieuse sous le duel de Lucien. Il s'agissait de se faire raconter cette aventure. Aussi se mit-elle en frais d'amabilités pour ces messieurs. Elle leur fit remarquer que le train de Paris partait dans deux heures seulement, qu'ils devaient avoir faim et que le dîner était servi. Ils ne pouvaient refuser ; c'était à la fortune du pot ; ils auraient ainsi le temps d'apprendre au docteur l'histoire de son malheureux ami.

— Sois donc aimable, dit-elle tout bas à Fresson. Il faut leur tirer les vers du nez.

D'avance elle léchait ses minces lèvres de cancanière, en songeant qu'elle serait la première et même la seule de tout Landry-la-Ville à savoir les détails de cette affaire qui devait être scandaleuse. Avant vingt-quatre heures, tout le monde parlerait du jeune et intéressant blessé, et personne n'en pourrait bavarder en connaissance de cause ; elle seule tiendrait le dé de toutes les conversations ; elle seule donnerait le pourquoi, le comment, trancherait les questions, débrouillerait les tenants et les aboutissants, serait la reine de tous les commérages. En même temps que sa vanité, une curiosité malsaine s'éveillait en elle. Évidemment un jeune homme ne peut se battre en duel que pour une femme. Il y aurait des révélations croustillantes à se mettre sous la dent. Cette vieille fille épousée pour son argent sentait couver, sous les cendres de son honnêteté forcée et de son hypocrisie provinciale, des pensées impures, qui ne demandaient qu'à s'allumer au frottement d'un scandale parisien. Elle imaginait quelque liaison avec une grande dame très dépravée, une de ces passions comme elle en lisait dans les feuilletons de son journal. Elle en avait l'eau à la bouche.

Elle comptait sans ses hôtes, qui ne satisfirent pas du tout sa curiosité. Seul, le vieil officier savait à peu près la cause véritable du duel, moins toutefois le nom de madame André. Mais il estimait qu'en ces sortes de choses le silence est une consigne. Il répondit évasivement aux questions insidieuses de madame Fresson, et se contenta de corroborer l'affirmation du second, qui croyait et répétait que la source de l'affaire etait une simple querelle de journalistes.

Madame Fresson ne se tint pas pour battue, et se jura qu'elle aurait le mot de l'énigme. Car il y avait pour sûr une énigme. A la façon peu précise dont en s'était expliqué, elle avait bien vu qu'on ignorait ou qu'on lui cachait quelque chose. D'ailleurs, elle avait rêvé un roman, elle ne voulait pas en avoir le démenti. Les témoins étant partis sans rien dire, elle allait être obligée de faire parler Lucien. Il serait même plus piquant d'obtenir, au lieu d'une histoire, une confession. Elle se mit à le soigner avec des attentions, des prévenances qui n'étaient guère dans sa nature. Sèche, elle se fit douce. Avare, elle devint presque prodigue. Au grand étonnement de Fresson, elle montra plus d'affection que lui pour Lucien.

— Ce pauvre garçon! disait-elle parfois, il me fait de la peine. Je ne sais ce que je donnerais pour qu'il revînt à la vie.

Et elle ajoutait jésuitiquement :

— Ah! pour que je prenne tant d'intérêt à sa santé, il faut vraiment que ce soit ton meilleur ami.

Elle était de plus en plus excitée par le désir de connaître le secret de Lucien. Au milieu de son délire, Lucien laissait échapper des mots confus qui promettaient de curieuses confidences pour le jour où il pourrait parler plus clairement.

Ce jour ne tarda pas à venir, grâce aux bons soins intéressés de madame Fresson, devenue charitable par curiosité. Un matin, le jeune homme se réveilla la tête débarrassée du délire. A son chevet était assise une femme dont il apercevait seulement la robe. Encore un peu troublé par les fantômes de la fièvre, il ne songea pas à regarder la chambre où il se trouvait, et ne vit que le bout de jupe qu'il prit pour celle de madame André.

— Madeleine! Madeleine! fit-il.

Habituée à ce cri, qui revenait dans toutes les divagations du malade, madame Fresson n'y répondit pas, mais se pencha vers le lit. Du premier coup, en apercevant les yeux de Lucien, elle comprit que le délire était passé.

— Madeleine n'est pas là, mon cher enfant, dit-elle d'une voix mielleuse. Mais vous avez près de vous une autre amie. Me reconnaissez-vous?

— Oui, oui, répondit Lucien. C'est donc vous

qui me soignez si bien depuis que je suis ici?
C'est donc votre main que j'ai sentie si souvent,
quand elle se posait avec tant de douceur sur ma
blessure? Oh! je vous remercie de tout mon
cœur. Vous êtes bien bonne.

Sans perdre de temps, madame Fresson pensa
qu'il s'agissait de mettre à profit la reconnaissance de Lucien pour lui soutirer son histoire.

— Cette Madeleine, reprit-elle d'une voix encore plus insinuante, cette femme aimée que
vous appeliez sans cesse, vous devriez me dire où
elle est, afin qu'on la fasse venir s'il y a moyen.

— Non, interrompit vivement Lucien, je ne
veux pas la voir; je ne peux pas.

Ce cri qu'il jetait sans méfiance, madame
Fresson s'en servit aussitôt. C'était une clef pour
crocheter les confidences du jeune homme.
Elle employa pour cela cette vieille ruse féminine qui consiste à faire semblant de tout savoir
afin de tout apprendre.

— Pourquoi ne pas la voir? reprit-elle hardiment. Sa place n'est-elle pas ici, puisque vous
vous êtes battu pour elle?

— Comment! dit Lucien stupéfait. Vous savez
donc?

— Je ne savais rien, fit-elle, mais j'ai deviné. On
ne peut pas nous cacher les choses, à nous autres
femmes! ajouta-t-elle avec une grimace senti-
mentale qui mit quelques tons de brique sur
ses joues blafardes.

En cet instant, Fresson entra. Elle prit immédiatement un air très contrarié, presque gêné,
en se voyant interrompue dans son œuvre, juste

au moment où elle allait faire tout avouer à Lucien. Fresson ne comprit pas la situation. Il s'aperçut seulement de la mauvaise humeur et de la rougeur de sa femme. Il en fut interloqué ; mais il ne laissa rien paraître. Il n'eut d'ailleurs pas même le temps d'ouvrir la bouche.

— Mon cher Fresson, disait Lucien, je n'ai plus le délire, tu vois ! Ton excellente femme et toi vous m'avez sauvé. Je vous dois ma confession.

Et d'une haleine, sans prendre garde qu'il se fatiguait outre mesure, n'écoutant que son besoin d'épancher ce qu'il avait dans le cœur, heureux même, en racontant ses malheurs, de pouvoir parler de madame André, il fit le récit de son amour, de sa ruine, de ses débuts littéraires, des haines auxquelles il avait été en butte et du dénoûment terrible qui le laissait maintenant sans espoir et sans fortune. Sa parole vibrante, haletante, n'était coupée que par des sanglots. Depuis le jour où il avait énergiquement raidi sa volonté pour venger son honneur et rompre avec une existence désormais impossible, il pouvait aujourd'hui pour la première fois s'abandonner à la douleur, se plaindre et être plaint. Toute sa faiblesse lui revenait dans cette détente d'une énergie à présent inutile, et il ne se refusait plus l'amer plaisir des larmes.

Il était tellement occupé de son chagrin, qu'il prit pour des consolations les phrases banales dont on interrompait ses tristes aveux et son désespoir. S'il avait pu peser ce qu'on lui répondait, il aurait compris quels égoïstes il avait pour auditeurs. Au milieu des condoléances superficielles, il aurait distingué deux exclamations qui ponctuaient son discours comme deux refrains où chantaient les deux seuls sentiments véritables de ses prétendus amis :

— Ruiné ! tu es ruiné ! grommelait le docteur en faisant une moue.

— Mais c'est un vrai roman ! flûtait la femme en roulant des yeux de vieille chatte amoureuse.

XXV

Madame Fresson était enchantée de tenir enfin sa mine à cancans. Certes, elle avait été un peu déçue en apprenant qu'il n'y avait ni grande dame, ni mari offensé ; mais elle s'était rattrapée du côté de la dépravation. Car elle interprétait à sa façon les confidences de Lucien. Où il n'avait exprimé qu'un amour sincère, profond, elle voyait une passion toute sensuelle. Elle n'avait point cru aux sentiments quasi maternels de madame André. Elle s'était arrêtée à ceci, qu'une femme de trente ans passés avait séduit et corrompu ce jeune homme. Elle imaginait toute une histoire de sale débauche, des secrets de luxure raffinée, des caresses étranges vidant l'âme et le corps. Elle regrettait d'être madame Fresson, vertueuse, considérée, et elle aurait voulu être cette madame André, dont elle croyait voir les derniers baisers écumer sur les lèvres du malade.

Fresson s'aperçut de l'impression produite sur sa femme par Lucien. Il n'en fut pas d'abord fort inquiet, car il savait pertinemment que la tentation qu'elle pouvait offrir n'était pas irrésistible. Bientôt pourtant il prit ce prétexte pour s'expliquer à lui-même sa croissante froideur envers Lucien. En réalité cette froideur venait surtout de l'idée que Lucien était ruiné. Fresson le trouvait plus que jamais indiscret et sans-gêne d'être venu ainsi s'imposer en quelque sorte. Une fois guéri, n'allait-il rester à la charge du docteur, au moins pour un temps ? Il avait donc pris la maison de Fresson pour un hôtel où il pourrait à l'aise faire panser sa blessure et dorloter sa convalescence ! Fresson ne poussait pas le cynisme du sens commun jusqu'à formuler en axiôme qu'un ami sans le sou doit devenir un étranger ; mais, s'il n'affichait pas la théorie logique de son égoïsme, cet honnête homme n'éprouvait aucune répugnance à le pratiquer. Il fut donc en somme très heureux de pouvoir se croire jaloux, ce qui lui permettait de se détacher sans aucune douleur d'un ami malheureux. Il en vint même très-vite à être véritablement jaloux, grâce à la bassesse de ses sentiments. Il s'imagina en effet que peut-être Lucien chercherait à profiter de l'amour qu'il inspirait, et à se ménager auprès de madame Fresson les ressources qu'il avait perdues auprès de madame André. Le docteur jugeait les autres par lui-même. Il avait bien épousé sa femme ! Il ne

voyait pas pourquoi Lucien se refuserait l'avantage d'en faire sa maîtresse. Il croyait possible
chez les autres toutes les vilenies qu'il se sentait
lui-même prêt à commettre ; il estimait capable
et même presque coupable de toutes les hontes
l'homme qui subit celle de n'avoir pas d'argent.

Il n'osa pas toutefois s'expliquer ouvertement,
et d'autre part Lucien était trop loin de songer
à de tels soupçons pour s'apercevoir qu'il y
était exposé. Il ne remarqua même pas l'attitude louche de Fresson, et mit sur le compte
des soucis professionnels et de la gravité docto-
rale la mine de moins en moins aimable de son
hôte. Quant aux œillades, aux pâmoisons étouffées de la femme, il n'y prêtait pas la moindre
attention. Ne connaissant pas les manières ha-
bituelles de cette pimbêche, ordinairement si
raide, si gourmée, si épineuse, il ne pouvait se
rendre compte du changement qui s'était opéré
en elle ; il croyait naïvement qu'elle était pour
tout le monde telle qu'il la voyait pour lui,
douce, agréable, d'une bonté sucrée et presque
fade, câlinant les gens comme certaines vieilles
filles câlinent leurs bêtes. Il ne lui serait jamais
venu à la pensée que ce grand corps osseux,
mal en chair, recuit dans la dévotion provinciale,
fût en proie à des appétits amoureux, que cette
poitrine en planches servît de cage à un cœur
inflammable ; et il n'aurait pû s'empêcher de
rire si on lui avait appris qu'il faisait rougir ce
front en parchemin. Il n'avait que de la gratitude
pour cette excellente dame qui le soignait ; et

quand il lui serrait la main avec un geste de remerciement, il ne se doutait guère qu'il faisait tourner le sang et monter la salive de cette vieille bique.

Madame Fresson n'aurait pas proposé maintenant à Lucien de faire venir Madeleine. Elle n'aspirait qu'à la remplacer. Mais en revanche le docteur, après avoir longtemps cherché le moyen de sortir d'embarras, s'était présisément arrêté au projet de rendre Lucien à madame André. S'il pouvait y arriver, il coupait court ainsi au danger que courait son ménage, et surtout il se délivrait de toute responsabilité gênante vis-à-vis de Lucien, dont il n'aurait à subir ni la convalescence ni les besoins et peut-être les demandes d'argent. Une fois ce plan résolu, Fresson redevint subitement plus affectueux qu'il ne l'avait jamais été, et fit le siège de Lucien qui avait formellement déclaré ne plus pouvoir retourner avec sa maîtresse.

— Ma foi ! dit-il, un jour que sa femme n'était point là et qu'il avait amené la conversation sur madame André, je t'avoue que je ne comprends pas bien tes scrupules. Remarque que je ne te conseille pas d'être encore son amant. Là, tu as raison. L'honneur avant tout. Mais pourquoi ne vous mariez-vous pas ? Cela arrangerait les affaires de façon à ce que personne n'eût rien à dire. Ce serait le bonheur et ce serait régulier. En mon âme et conscience, à ta place voilà ce que je ferais.

Devant une telle assurance à lui proposer une chose qu'il considérait comme un honteux marché, Lucien n'eut pas le courage même d'ouvrir une discussion. Il craignait d'être blessant en montrant sa répugnance non-seulement pour les mariages d'argent, mais pour ce qui pouvait y ressembler. Il préféra ne pas répondre. Fresson crut l'avoir entamé.

— Car, je le vois bien, continua-t-il, tu aimes toujours madame André, et tu ne peux te passer d'elle.

— Oh ! s'écria Lucien, il faudra pourtant bien que je m'en passe. Je ne veux pas te donner mes raisons, mon cher ami ; mais le fait est que ce mariage ne peut pas se faire, ne se fera pas.

— Comment ! riposta le docteur désappointé et d'un ton presque furieux. Mais alors, c'est que tu n'aimes plus ta maîtresse !

— Je l'aime tellement, dit Lucien exalté, que si, par hasard, il me tombait quelque argent dans les mains, si je pouvais vivre encore avec elle sans déshonneur, j'irais la retrouver, dussé-je me tuer après avoir mangé l'argent !

Fresson reprit la discussion du mariage, et lâcha de nouveau la bride à ses pétarades de sens commun. Mais ce n'était plus que pour la forme. En écoutant cette dernière phrase, il avait imaginé un nouveau plan qu'il mit le soir même à exécution. Grâce à l'inadvertance de Lucien, qui dans son premier récit avait laissé échapper le nom de la rue où il demeurait avec sa maîtresse, Fresson savait à peu près l'adresse de madame André. Il n'hésita pas à lui écrire la lettre suivante :

« Madame,

« Lucien est chez moi, à moitié remis de sa
« blessure, mais plus malade que jamais de son
« amour, qu'il m'a confié. Vous savez quelle
« affection fraternelle j'ai pour lui ; vous excu-
« serez donc ce qui va vous paraître étrange
« dans ce que je vais vous dire. Lucien a besoin
« de vous voir, et sa vie est à ce prix. Mais vous
« ignorez sans doute qu'il est ruiné et qu'un
« point d'honneur cruel lui défend de renouer
« des relations où cet honneur courrait risque
« d'être compromis. Dieu sait pourtant que rien
« ne lui est plus à cœur, et j'ajoute plus néces-
« saire. J'ai essayé de vaincre son obstination.
« Je n'ai pu y réussir. Mais au moins j'y ai
« gagné d'avoir entrevu un moyen détourné de le
« ramener à vous, c'est-à-dire à l'existence. Il
« m'avouait tout à l'heure que s'il avait quelque
« argent, de quoi vivre encore honorablement
« avec vous, il irait aussitôt vous trouver. Je
« n'ai malheureusement pas à ma disposition
« une somme assez forte ; sans quoi je la lui
« aurais offerte. Mais voici ce que je vous pro-
« pose, au nom de notre affection pour lui : si
« vous pouvez distraire de votre fortune cinq
« mille francs et me les envoyer, je les ferai
« accepter à Lucien comme un prêt venant de
« moi, et ainsi vous pourrez de nouveau vous
« retrouver ensemble. Vous serez censée ne point
« savoir qu'il est ruiné, et une fois qu'il sera
« près de vous, votre amour saura bien le rame-

« ner à la vie et à l'espoir. J'espère, madame,
« que vous aimez assez le pauvre garçon pour
« vous prêter à ce mensonge, comme moi je
« l'aime assez pour oser vous proposer un tel
« moyen. A nous deux, nous aurons ainsi sauvé,
« moi sa santé présente et vous son bonheur à
« venir.

 « Veuillez, etc...

« PIERRE FRESSON. »

Depuis le jour où elle avait reçu le télégramme de Lucien, madame André avait passé
deux longues semaines d'angoisses. Mais comme
elle savait comprendre l'héroïque délicatesse de
son amant, elle lui avait pleinement obéi en ne
cherchant pas à le revoir. Elle souffrait cependant
beaucoup de cette absence, de ce silence, et elle
était perpétuellement en proie aux plus tristes
imaginations. Elle se représentait Lucien blessé,
mal soigné chez des inconnus, dénué d'argent,
et elle avait besoin de toute sa force d'âme pour
l'abandonner ainsi. Elle fut donc transportée de
joie en recevant la lettre de Fresson. Lucien était
en sûreté, entre des mains amies, et même elle
allait pouvoir le reprendre ! Car, au premier mot
elle avait approuvé avec enthousiasme l'idée du
docteur. Ce brave Fresson, comme elle le connaissait mal ! Comme elle l'avait souvent calom-
nié ! Sous ses apparences vulgairement bour-
geoises, sous son solennel égoïsme, il cachait
tout de même un bon cœur ! C'était très bien,
très ingénieusement tendre, ce qu'il proposait là !
Il aimait véritablement Lucien ! Madame André

lui aurait tout pardonné en faveur de cette affection. Elle lui répondit aussitôt en lui envoyant les cinq mille francs, et en lui exprimant la plus chaleureuse reconnaissance.

Fresson ne perdit pas de temps. A peine l'argent reçu, il se mit en devoir de se débarrasser immédiatement de Lucien. Tout d'abord il éloigna sa femme dont la passion chaque jour grandissante lui semblait maintenant dangereuse à heurter en face. Il connaissait le caractère aigre, les emportements de cette bilieuse, et il craignait qu'au moment de voir s'en aller Lucien elle ne laissât éclater ses sentiments que personne jusqu'alors ne soupçonnait. Il lui persuada fort habilement qu'elle devait aller à Saint-Quentin, afin de rapporter quelques livres à son malade, qui lui saurait gré de cette attention. Elle partit. C'était une journée libre, car elle ne pouvait revenir que le soir. Elle n'avait pas les talons tournés que Fresson disait à Lucien :

— Me crois-tu ton ami sincère ?

— Comment ne le croirais-je pas ! répondit Lucien. Depuis longtemps tu es pour moi le meilleur des frères, et plus que jamais en ce moment tu me donnes la preuve de ton amitié. Pourquoi me demandes-tu cela?

— Parce que je veux te rendre un service et être sûr d'avance que tu ne le refuseras pas. Si tu le refuses, ce sera me déclarer que tu doutes de moi et que tu préfères ton orgueil à mon affection.

— Tu sais bien que cela n'est pas.

— Alors prends ces cinq mille francs que je te

prête et que tu me rendras quand tu seras illustre et riche. Prends-les, et pars rejoindre madame André. Tu ne seras guéri que dans ses bras. Comme médecin, je te dis d'y aller et comme ami je suis heureux de pouvoir t'aider à le faire. Ne me donne pas de mauvaises raisons. Je sais ce qu'il te faut. Ne me remercie même pas. Prends et pars.

Lucien était abasourdi. Fresson mettait dans son offre une telle chaleur, il jouait avec tant de naturel le bourru bienfaisant, que Lucien avait peur de lui faire vraiment de la peine en n'acceptant pas. D'autre part, il désirait trop vivement ce qui lui était proposé pour pouvoir résister longtemps à la tentation. De grosses larmes de joie lui vinrent aux yeux.

— Allons, dit brusquement Fresson, c'est entendu, n'est-ce pas ? Tu ne peux dire non. Qui plus est, tu vas partir tout de suite. Ma femme est très nerveuse, tu sais. Elle s'est beaucoup attachée à toi. Elle ne voudrait pas te laisser en aller. Elle ne peut comprendre comme nous la violence d'une passion. Elle blâmerait mon idée. Ce serait toute une histoire. Il vaut mieux agir carrément. Tu es assez bien portant pour supporter le trajet jusqu'à Paris. Débarrase-moi le plancher, et sois heureux !

Touché par cette fausse bonhomie, roulé dans ce tourbillon de paroles à la fois rudes et bienveillantes, Lucien se laissa faire, et il prit le train pour aller retrouver madame André le jour même. Il quittait Landry-la-Ville sans avoir pu deviner les véritables sentiments de ses hôtes. Il

partait convaincu qu'il se séparait des meilleurs
amis qu'il eût après madame André. Il était
pénétré de gratitude pour la bonté de ces excel-
lentes gens, chez qui il n'avait aperçu que solide
affection et dévouement tendre, au lieu de voir
le féroce égoïsme du mari et les préoccupations
lubriques de la femme.

XXVI

Ce fut une ivresse quand il tomba en arrivant
dans les bras de madame André. Tout son ancien
bonheur était retrouvé, plus intense encore après
cette cruelle séparation qu'il avait crue éternelle.
La secousse de joie fut si grande que la fièvre
revint, accrue d'ailleurs par la douleur de la
blessure, qu'avait ravivée le ballottement fati-
gant du chemin de fer. Lucien fut obligé de
garder le lit le lendemain. Mais combien son
mal lui semblait doux maintenant! Il avait à
son chevet sa maîtresse, dont un seul regard
valait toutes les prévenances les plus obsé-
quieuses de madame Fresson. Quand il fermait
les yeux sous la névralgie qui lui serrait le front,
il sentait une main soyeuse et magnétique qui
se posait sur sa tête avec une légèreté d'oiseau
et semblait y faire fondre la souffrance. Quand
une oppression plus lourde pesait sur sa poitrine
et le faisait respirer avec angoisse, une bouche

fraîche venait lui souffler entre les lèvres un air embaumé plein de jeunesse. Il aurait volontiers passé son existence entière dans cet état de maladie qui donnait plus d'acuité aux sensations et plus de saveur aux baisers.

Malheureusement cette recrudescence de la fièvre ne dura pas plus de trois jours, et avec elle s'en alla l'ivresse de Lucien. A peine rendu à la vie réelle, sa première pensée fut une pensée de doute et de désespoir. Il se dit que son bonheur était mesuré, et qu'une fois les cinq mille francs partis il faudrait partir aussi. L'idée de cette fin à si brève échéance diminua singulièrement son bonheur. Il ne possédait plus maintenant cette enfantine insouciance qui lui avait permis autrefois de manger le reste de son héritage sans compter, et de s'abandonner à un beau rêve sans réfléchir au réveil prochain. Il n'avait même pas cette ressource dont il parlait naguère à Fresson, de se tuer après le dernier écu. Certes, en prononçant cette phrase, que le docteur avait si bien mise à profit, Lucien était sincère. Avec autant de décision qu'un Rolla prenant trois bourses d'or pour vivre à sa guise trois années, il se fût résolu à marcher dans un chemin fleuri avec la certitude de trouver au bout un précipice et de s'y jeter. Mais aujourd'hui il ne pouvait plus s'arrêter à une telle détermination. Les cinq mille francs qui allaient lui assurer quelques instants de bonheur n'étaient pas à lui. Il faudrait les rendre à Fresson. Pour cela il devenait nécessaire de vivre encore, après les avoir dépensés. Lucien se savait retenu à l'existence par cette exigence abominable, et il lui était défendu de songer à s'envoler dans la mort maintenant qu'il traînait au pied le boulet de cette dette. Il aurait bien eu l'énergie d'acheter le bonheur au prix de sa vie, mais il se sentait lâche devant l'avenir peut-être long, à coup sûr pénible, par lequel il serait obligé de payer sa joie, et cela suffit pour empoisonner cette joie.

Lucien essaya en vain de cacher à madame André ces tristes préoccupations. Son caractère tout en dehors se prêtait mal aux efforts qu'il faisait pour paraître parfaitement heureux. Son mécontentement se manifesta dans une aversion croissante pour Henriette. Le sombre désespoir auquel il se livrait et qu'il voulait dissimuler à madame André se trahit par des paroles dures ou envieuses à l'égard de la petite fille. Il laissa plusieurs fois échapper des exclamations cruelles sur le bonheur de l'enfant, sur ce bonheur assuré que rien ne menaçait ; et il n'était pas difficile de deviner sous ces phrases singulières les tourments d'un être aigri qui comparait rageusement son sort à celui d'un autre, mieux partagé. Lucien avait trop de raison pour ne pas connaître combien de tels sentiments étaient injustes, et il se trouvait mauvais de leur lâcher la bride ; mais cela le soulageait de faire porter à quelqu'un le poids de son infortune. Puis il devenait réellement jaloux de la fillette, en songeant que lui-même serait obligé de quitter madame André, et que madame André, en le perdant, ne perdrait pas tout. Cela ne lui semblait pas équitable. Il

en voulait à sa maîtresse de cette inégalité future
dans la souffrance. Et instinctivement, comme
pour se venger d'avance des consolations qu'elle
aurait dans l'amour de sa fille, il se plaisait à
montrer sa haine pour l'enfant. Ainsi, sans qu'il
fût vraiment méchant, tandis qu'au contraire il
aimait beaucoup madame André, il lui faisait
sciemment du mal. Il y a de telles situations où
les esprits les meilleurs s'enfiellent, et où, par
impuissance à lutter contre son destin, on passe
sa colère précisément sur les êtres qu'on chérit
le plus, comme les enfants qui viennent de se
cogner s'en vengent en frappant le sein de leur
nourrice.

Madame André, voyant ce fâcheux sentiment
se développer, en comprit aisément la cause, et
son intelligence du cœur de Lucien la rendit capable de l'excuser. Elle le plaignait trop pour
pouvoir être blessée par lui. Au lieu de l'accuser,
elle se faisait à elle-même des reproches, comme
si elle était responsable de l'avenir qui effrayait
Lucien. Elle s'en voulait surtout de se sentir sans
force contre cet avenir, de s'avouer qu'il n'y avait
pas moyen pour elle d'assurer le bonheur parfait
de son amant. Elle savait en effet que le mariage
était impossible. Après l'avoir prouvé elle-même
quand Lucien était riche, elle aurait l'air, en le
proposant aujourd'ui, d'offrir une aumône. Elle
n'osait donc pas en parler, sûre que Lucien refuserait ; et si elle avait cru qu'il pût accepter, elle
aurait eu comme une honte d'avoir su le résoudre à devenir moins délicat. Pour échapper
à cette ressource impraticable, elle imaginait

des projets tous plus insensés les uns que les
autres, et dont le plus sage était de donner au
jeune homme la moitié de sa fortune par l'intermédiaire d'un fidéi-commis et en gardant le
secret le plus absolu. Mais elle était vite forcée
de reconnaître que c'étaient des chimères. Lucien
devinerait peut-être, et serait indigné d'un tel
acte comme d'un outrage. Puis, à supposer que
lui-même ne sût rien, on pouvait avoir vent de
la chose, et un Pérignat quelconque ne profite-
rait-il pas d'une si belle occasion pour le désho-
norer à jamais, et cette fois avec toutes les
apparences de raison ? Enfin elle ne pouvait
absolument pas frustrer Henriette d'une fortune
qui appartenait en somme à la petite fille,
puisque c'était l'héritage de monsieur André.
Cette pensée surtout la torturait, en lui mettant
devant les yeux, dans une clarté chaque jour
plus grande et plus terrible, la déchirante alternative où elle se trouvait entre sa fille et son
amant. Non-seulement elle ne pouvait travailler
au bien-être matériel de Lucien ; mais elle ne
pouvait même pas lui offrir un amour pleinement
serein. Elle le faisait souffrir en ne lui donnant
en réalité qu'une part de son affection, l'autre
étant prise par Henriette. Cette pauvre enfant
elle-même n'avait-elle pas à se plaindre ? Etait-
ce sa faute si sa mère aimait un homme ?
Qu'avait-elle fait pour que sa mère lui préférât
cet homme ? A elle non plus madame André ne
donnait pas autant qu'elle devait donner. De
quelque côté qu'elle se tournât, la noble femme
se voyait en faute et elle se débattait en proie à

toutes les rancœurs d'une âme trop honnête, qui ne demandait qu'à se sacrifier, et qui n'osait le faire de peur de manquer à un devoir en en remplissant un autre. Elle se torturait la conscience sans pouvoir sortir de cette impasse épouvantable, et se frappait douloureusement la poitrine en s'accusant d'être à la fois mauvaise amante et mauvaise mère, suppliciée entre ses deux affections comme entre les deux bras d'une croix.

Elle redoubla de tendresse et pour Henriette et pour Lucien, voulant se sàuver de ses remords à force d'amour et de dévouement. Mais elle ne fit qu'accroître sa souffrance en se ployant à une ambiguïté de conduite qui lui repugnait, en caressant sa fille à l'insu de son amant, en témoignant devant lui une sorte de froideur pour l'enfant enviée. L'enfant s'aperçut même de cette singulière anomalie, et s'étonna d'être si passionnément embrassée par sa mère quand elles étaient seules, et si mal reçue par elle quand Lucien était là. Elle était beaucoup trop jeune encore pour pouvoir en deviner la cause. Mais son petit cœur en fut blessé, sans savoir pourquoi. Un beau jour, elle dit naïvement ce mot cruel :

— Maman n'aime plus sa petite fille. C'est grand frère qui prend toute maman.

Madame André, désolée, la couvrit de baisers et de larmes devant Lucien. Au même instant elle vit la bouche du jeune homme se crisper dans un sourire amer, et, pour réparer ce qu'elle croyait une faute envers lui, elle lui donna à son

tour un baiser devant Henriette, impudeur suprême qu'elle n'avait jamais commise. Ce jour-
là madame André comprit qu'une telle situation
n'était plus tenable, et qu'il fallait en sortir en
se décidant pour un parti ou pour l'autre, pour
l'amour ou la maternité. A continuer dans son
cœur ce duel impossible, elle risquait de tuer les
deux sentiments et de devenir odieuse à sa fille,
à son amant et à elle-même.

Elle pesa consciencieusement tous les mobiles
et tous les motifs de l'action qu'elle allait faire.
Elle ne voulut pas s'abandonner à un mouvement
de passion irréfléchie, soit en faveur d'Henriette,
soit en faveur de Lucien. Ses instincts d'honnêteté
foncière et les idées de toute son éducation faisant pencher la balance plutôt du côté de sa fille,
elle plaida elle-même contre sa raison la cause
de son amant. Elle tenait surtout à compenser
ce qu'il y aurait de forcément injuste dans sa décision par un désintéressement absolu. Elle ne
voulait pas que Lucien pût un jour lui reprocher
d'avoir préféré le calme et le bien-être aux
aventures peut-être dangereuses, mais héroïques
de l'amour. Elle ne voulait pas non plus s'exposer
à passer plus tard aux yeux d'Henriette pour une
de ces mères dévergondées qui achètent du plaisir
au prix du bonheur de leurs enfants. Elle aurait été
au comble de la joie si elle avait pu trouver une
forme de dévouement qui satisfît à la fois l'exigence de la passion et la sévérité du devoir. Elle
ne demandait qu'à assumer toutes les douleurs
sur sa tête, et pourvu qu'elle assurât la félicité
des deux êtres qu'elle aimait, elle s'offrait avec

enthousiasme au sacrifice, à la façon de ces fous héroïques qui se jettent entre deux combattants et les désarment en servant de gaîne aux deux poignards.

XXVII

Un matin que Lucien rentrait pour déjeuner, il fut tout surpris de recevoir des mains de la bonne le mot suivant qu'avait laissé madame André :

« Je suis obligée de partir avec Henriette pour « quelques jours. Je laisserai probablement la « petite à la campagne. Je t'expliquerai tout à « mon retour. Mille bons baisers.

« MADELEINE. »

Lucien ne fit pas attention à ce que ce départ avait d'étrange et fut tout à la joie de penser qu'au retour il serait débarrassé de la maudite gamine dont la présence l'irritait chaque jour davantage. Il lui restait encore près de quatre mille francs. Avec cette somme, il pourrait passer une bonne saison sans souci, possédant pleinement sa maîtresse et jouissant de son reste de bonheur. Bah ! il en prenait son parti ! Il avait tort de tant se tracasser en songeant à l'avenir. Eh bien ! soit ! il quitterait madame André, il se mettrait à travailler, il se couperait le cœur

Mais auparavant il voulait goûter en paix sa joie. Il ne penserait qu'au présent délicieux, il y puiserait des voluptés pour sa vie entière, il se donnerait une indigestion de bonheur, quitte à passer le reste de ses jours à cuver cette ivresse !

Nargaud le rencontra au moment où il se livrait à ces réflexions.

— Mâtin ! fit le bohème, vous avez l'air saoul de joie, vous. Vous avez dans la figure une paire d'ostensoirs. Est-ce que vous avez communié ce matin ?

— Oui, lui répondit Lucien dans son langage, j'ai communié sous l'espèce de l'espoir.

— L'espoir, s'écria Nargaud, une boisson verte, l'absinthe du cœur. Prenez garde ! sulfate de cuivre. Ça empoisonne. Mettez de la gomme, beaucoup de gomme.

— Ça fait mal au cœur, riposta Lucien. J'aime mieux boire mon absinthe pure. Tant pis si je m'intoxique !

Nargaud prit brusquement un air très sérieux, et accentua solennellement cette phrase :

— Allons ! je vois que vous êtes décidé à la joie. Vous avez peut-être raison. Le vrai bonheur, c'est d'être heureux.

Lucien se mit à rire de cette lapalissade. Mais quand il fut seul, il réfléchit que c'était là une grande parole, et qu'en somme pour être heureux il suffit peut-être de bien le vouloir. Cela le confirma dans sa résolution, et lui fit de plus en plus envisager sans peine la perspective de quitter madame André après une dernière saison d'amour épanoui.

Quand madame André reparut, six jours après, elle revenait à lui pour toujours. Elle avait enfin consommé ce sacrifice douloureux auquel elle s'était résolue. Elle avait renoncé à être mère pour être tout à fait amante. Elle venait de confier Henriette au parrain et à la marraine de l'enfant, qui depuis longtemps la demandaient. Elle abandonnait toute la fortune venant de monsieur André. Elle avait déclaré à sa famille qu'il ne fallait plus la compter comme vivante, qu'elle partait avec un homme qu'elle aimait, qu'elle laissait tout à sa fille et qu'elle n'emportait que son cœur. Héroïquement elle brisait avec son passé, avec son affection maternelle, avec son éducation ; elle foulait aux pieds tout espoir de retour parmi les siens, toute assurance de bien-être et de richesse, toute convenance même, aux yeux des gens de son monde ; et elle venait, libre et pauvre, se jeter dans les bras de son amant, non pour s'y réfugier, mais pour le soutenir.

Elle raconta cela simplement, sans orgueil comme sans fausse pudeur, la voix un peu émue cependant. Elle ne put retenir ses pleurs quand elle dit qu'elle était morte pour Henriette. Mais Lucien but ces pleurs dans des baisers et elle continua le récit de son action et de ses espérances. Elle avait fait cela pour être toute à Lucien ; elle savait qu'il était ruiné ; qu'il ne pouvait honorablement ni l'épouser ni la garder pour maîtresse si elle restait riche ; elle avait voulu pouvoir être aimée sans honte pour lui, voilà tout !

Lucien fut ébloui d'un tel dévouement. Il ne

pouvait parler, tant l'étonnement le prenait à la gorge. Mais il voyait, comme d'un coup d'œil, tout ce que sa maîtresse lui sacrifiait. N'ayant pas l'âme assez basse pour en être humilié, il en était touché noblement. Il se jeta à genoux, sanglotant dans les jupes de madame André, la tête couverte par elle de baisers ardents, et quand il se releva pour la serrer dans ses bras, il lui dit du plus profond de son cœur :

— Je t'aimerai toujours, toujours.

Tout de suite l'idée du mariage lui revint. Ce qui était impossible quand sa maîtresse possédait une fortune lui semblait tout naturel maintenant qu'elle devenait aussi pauvre que lui. Il était d'ailleurs si bien convaincu d'éprouver un amour éternel, qu'il n'offrit pas le mariage comme une compensation, comme un témoignage de reconnaissance, mais bien comme une chose qu'il désirait passionnément. Il fut stupéfait du refus de madame André.

— Non, non, lui dit-elle d'un ton très doux, mais très ferme. Je ne veux pas que tu m'épouses.

— Mais pourquoi? s'écria-t-il avec des larmes de véritable douleur. Pourquoi ne pas sceller un amour dont tu ne doutes pas? Puisque tu vois bien que nous ne pouvons nous passer l'un de l'autre, pourquoi ne pas enchaîner nos deux existences?

— C'est précisément cette pensée de chaîne, répondit-elle, qui m'épouvante et qui détermine mon refus. Je ne veux pas engager ta vie. J'ai mes scrupules maintenant, comme tu avais les tiens. Tu redoutais d'avoir même l'apparence d'un ramasseur de dot. Et moi j'aurais peur, en t'épousant, de sembler une chercheuse de mari. Une femme de mon âge ne doit pas prendre la liberté d'un homme de vingt ans. Quelle que soit la force de la passion, je considère une telle action comme inexcusable. Laisse-moi t'expliquer, à toi si délicat, comment ma délicatesse me condamne à te résister. Je sais que tu m'aimes autant que l'on peut aimer, et je ne doute pas de ta sincérité quand tu promets de m'aimer toujours. Mais je sais que nous sommes fragiles et que le temps est un terrible démolisseur. Dans quelques années peut-être je paraîtrai une vieille femme. Ne me fais pas de compliments, quoique tu me les fasses sans mentir. Il est possible, il n'est même pas improbable, que je devienne laide. La beauté tombe bien souvent au tournant de la quarantaine. Puis, même à supposer que je reste aussi solide qu'une statue de marbre, comme tu le dis, cela n'empêche pas que tes sentiments eux-mêmes puissent changer. Oui, tu crois ton amour sans fin. Moi aussi je le crois. Et pourtant tu es si jeune encore ! Je ne te fais pas injure en disant cela, mon cher adoré ; mais qui sait si tu n'aimeras pas un jour une autre femme ? Certes je souffrirais ce jour-là de te perdre ; mais je serais plus torturée encore si je te sentais rivé à moi, si je te voyais me rester fidèle par devoir seulement, si tu étais obligé alors de feindre un amour que tu n'aurais plus, si tu n'étais plus mien que par pitié. C'est de cela surtout que j'ai peur. Tu serais assez bon pour te forcer à ce dévouement et rien ne me ferait plus de mal. Oui, je veux que tu sois à moi, mais volontairement, sans aucune contrainte. Me prouver ton amour par le mariage, ce serait presque l'amoindrir à mes yeux. Je verrais là comme l'expression de ta reconnaissance. Pardonne-moi mon orgueil. Tu trouves peut-être toutes ces raisons bien subtiles. Mais tu les comprendras, j'en suis sûre. Il faut que tu les comprennes. Si tu tiens absolument à me donner des preuves dont je n'ai pas besoin, donne les moi en travaillant, en te faisant un nom, en devenant tout à fait heureux. Mettons que je te fasse un sacrifice, je m'en croirai amplement récompensée par ton bonheur. Là est maintenant le but de ma vie. Je serai ta maîtresse, ta sœur, ta mère, ta Béatrice.

Jamais Lucien n'avait vu madame André dans une pareille exaltation de sentiment. Il se courbait sous cette éloquence si simple et pourtant si passionnée. Il était en proie. Il s'étonnait de n'avoir point soupçonné une telle violence de dévouement. Pour la première fois il plongeait dans les abîmes de tendresse de ce cœur sublime. Il en contemplait le fond avec délices. Il se sentait comme soulevé de terre par ce souffle d'héroïsme et il prenait la ferme résolution de mériter un tel amour autrement que par des caresses.

— Oui, s'écria-t-il enthousiasmé, je travaillerai, je deviendrai quelqu'un, je te le jure, pour être digne de toi. Il faut que tu sois la maîtresse d'un grand homme. Ma gloire sera la palme de ton martyre.

XXVIII

Madame André régla elle-même la nouvelle existence qu'ils allaient mener. Ce qui lui restait en propre, joint à ce qu'avait Lucien, leur constituait un petit capital de dix mille francs. Elle jugea qu'il fallait vivre à même, afin que Lucien n'eût pas à se préoccuper des vulgaires et absorbants soucis du pain à gagner, et pût ainsi se livrer entièrement aux soins de son art. Sans renoncer au bien-être qui est nécessaire, pensait-elle, à la régularité et à la bonne humeur du travail, il fallait seulement restreindre le luxe tout parisien auquel on était habitué. Avec cinq mille francs par an on pouvait suivre ce régime de réforme, qui n'obligeait qu'à des privations assez faciles à supporter et qui offrait tous les avantages d'une aisance tranquille. On irait passer la belle saison dans un petit trou au bord de la mer, où on ferait des économies. L'argent ainsi mis de côté permettrait à Lucien de tenir un certain rang d'homme de lettres et d'échapper au milieu dangereux de la bohême. Il pourrait aller au théâtre, dans les cafés d'auteurs, dans le monde artistique, et se tenir au courant de toutes les nouveautés que doit connaître un écrivain. Quant à madame André, elle l'aiderait dans ses lectures, dans ses recherches; elle lui copierait

ses manuscrits ; elle lui éviterait les mille petits
ennuis de la vie matérielle ; elle s'arrangerait de
façon à lui créer un intérieur charmant qui le
mît bien en goût de travail.

— Vois-tu, dit-elle, cet intérieur-là sera mon
royaume à moi, et je suis bien décidée à n'en
jamais sortir.

— Qu'entends-tu par là, ma bonne amie ?

— Je veux dire qu'il ne faut pas t'attendre à
me voir partager ton existence au dehors. Je
m'interdis d'avance toute immixtion dans ce que
tu feras quand tu auras passé la porte. J'ai
l'intention d'être ta maîtresse chez nous, mais
chez nous uniquement ; je ne te suivrai ni au
théâtre, ni dans le monde. Je resterai toujours
cachée à tes amis, qui n'ont pas besoin de savoir nos amours, qui les trouveraient singulières peut-être, qui chercheraient même à t'en
détourner au besoin. Il est préférable pour nous
deux, à tous les points de vue, que je demeure
dans l'ombre. Il faut que tu livres toi-même la
bataille de ta réputation, comme si tu étais seul.
Je pourrai t'encourager, te préparer tes armes
avant le combat, panser tes blessures si tu en
reçois, te couronner quand tu auras triomphé ;
mais je ne puis faire les sorties avec toi, com-
prends-tu ?

Et par d'autres aimables arguments, mêlant
de douces plaisanteries à l'expression très ferme
de sa volonté, elle fit entendre raison à Lucien,
qui ne parlait de rien moins que d'afficher hau-
tement une liaison dont il était fier. Elle finit
par le convaincre, sans lui avoir dit et sans

même qu'il eût deviné les véritables motifs de la réclusion qu'elle tenait à s'imposer. Au fond, en s'avouant avec une franchise dénuée de fausse modestie qu'elle était encore belle, madame André redoutait de paraître réellement plus âgée qu'il ne convenait pour être la maîtresse d'un homme aussi jeune. Elle était prête à tout souffrir, même la calomnie des étrangers qui n'étaient pas dans le secret de son pur et noble sacrifice ; mais elle ne voulait pas exposer Lucien même à l'apparence du plus léger soupçon. Or, elle connaissait trop la méchanceté du monde pour ne pas savoir qu'on la qualifierait aisément de femme mûre, et le moins qui en pourrait résulter pour Lucien, c'était, même aux yeux des plus indulgents, une teinte de ridicule. Plutôt que de nuire ainsi à son cher amour, elle eût préféré vivre dans une cave. En outre, elle songeait aux dépenses qu'exigeraient ses toilettes, les voitures, le théâtre, si elle voulait paraître partout avec Lucien. Cela ferait de gros trous dans le mince budget, et elle se serait reproché comme une prodigalité criminelle de détourner quelque chose d'un argent qui devait servir seulement à préparer l'avenir du jeune homme. Elle portait enfin, jusque dans la passion, un bon sens droit qui lui défendait cet amour tracassier, gênant, entravant, par lequel bien des femmes en viennent à user les plus vives affections. Elle ne pensait pas qu'une maîtresse doive être toujours sur les pas de son amant et peser en quelque sorte sur toutes les pensées, sur tous les instants d'un homme. Elle croyait au contraire qu'une femme est d'autant plus aimée qu'elle vous laisse plus d'indépendance. Il ne faut pas, pensait-elle, que l'amour soit une prison dont on ne peut jamais passer la porte, et du fond de laquelle on voit le monde à travers des barreaux, ce qui donne envie de s'évader. Il faut qu'il soit un nid toujours prêt, toujours tiède, toujours fleuri, qui paraît plus doux chaque fois qu'on y rentre. Cette femme, qui n'avait peut-être pas les chaudes ardeurs sensuelles de la passion, en avait la subtile intelligence. D'ailleurs, il lui était bien permis de raisonner un peu les conditions d'un amour qui ne pouvait pas être taxé d'égoïsme après d'aussi absolus sacrifices. Elle avait vraiment le droit d'organiser à son gré l'aventure dans laquelle elle se jetait corps et âme, et de tenir les cartes dans cette partie terrible dont son héroïsme était le premier enjeu.

Ce fut donc son plan qu'on adopta. On alla s'installer aux Batignolles, où la vie est à bon marché. De là Lucien pourrait aisément descendre à Paris, et dans ce quartier de bourgeois et d'employés, de petites gens tranquilles, on serait retiré à l'abri des curiosités indiscrètes. C'était comme une tanière bien cachée d'où il ne sortirait que pour aller en chasse, et où il rapporterait un jour la proie qu'il guettait : la gloire.

Toutes ces combinaisons si sages ne pouvaient manquer de porter leur fruit. Et, en effet, ce fut une délicieuse existence qui commença. Lucien avait entrepris à la fois un roman et un drame. Le drame étant historique, madame André se

chargea de compulser les gros livres que Lucien
apporta un beau soir, et d'y relever les passages
utiles à l'œuvre. C'était un charme pour Lucien de regarder cette jolie main tournant sérieusement les feuillets d'un volume compact. Il
s'en amusa tout d'abord. Mais madame André
ne se rebuta pas. Il fallait qu'elle donnât à ce
paresseux un bon exemple. Bientôt il comprit
que ce labeur était singulièrement efficace. Elle
avait une instruction solide et un jugement net
qui rendaient ses recherches très précises et
très précieuses. Elle ne se contentait pas de voir
clair dans les faits embrouillés; elle en tirait
souvent des idées originales. Malgré cela, point
pédante. Elle prenait des notes comme elle aurait cueilli des fleurs. Encouragé, Lucien se mit
avec énergie à tenir ses promesses de travail
et il goûta dans l'assiduité de ce travail de
vives jouissances qu'il ne connaissait pas encore.
Il n'avait d'ailleurs à faire que ce qui est amusant dans l'œuvre d'art; car madame André s'ac-
quittait de toutes les besognes ennuyeuses. Elle
se révélait le plus infatigable et le plus intelligent des secrétaires. Elle lui apportait les choses
toutes préparées, comme les femelles des oiseaux donnent la becquée à leurs petits. Avec
elle Lucien n'éprouvait presque point d'éfforts
pour écrire, et cette facilité à composer le ravissait. Il ne s'apercevait pas qu'il était comme
un frelon qui mangeait le miel butiné par cette
merveilleuse abeille.

S'il n'avait écouté que ses goûts un peu ca-
saniers, il se fût volontiers enterré dans cette

intimité qui lui semblait le comble du bonheur.
Mais madame André tenait absolument à ce qu'il
remplît tout entier le programme qu'elle avait
tracé, et à ce qu'il vécût aussi d'une vie extérieure. Souvent elle le forçait à sortir ; elle l'envoyait au théâtre quand on jouait une pièce
nouvelle.

— Je veux que tu me la racontes, disait-elle.
Allons ! mets ton habit, et va-t-en. Tant pis si
cela t'ennuie ! Est-ce que tu crois que les feuil-
letonnistes s'amusent toujours ? Il me faut mon
feuilleton. Je suis sans pitié. Dépêche-toi de
partir.

D'autres fois, c'était au café qu'elle lui disait
d'aller.

— Oui, au café, tu dois y aller. Puisque c'est
là maintenant le salon des hommes de lettres,
tu ne peux pas ne pas y faire de temps en temps
une apparition.

— Mais pour voir qui ? objectait Lucien. Je me
moque de mes confrères.

— Il faut, disait-elle, te moquer d'eux à leur
barbe. Et puis tu as besoin de savoir ce qu'on
dit, ce qu'on prépare.

— Savoir ce que pense un Pérignat ?

— Les Pérignat sont nécessaires, comme les
vomitifs.

Et quand Lucien résistait encore, alléguant
qu'il se trouvait si bien là, auprès d'elle, qu'il
voulait travailler :

— Je t'en prie, disait-elle en le câlinant.
Tiens, veux-tu que je te dise pourquoi je t'envoie
au café ? Eh bien ! c'est pour avoir des nouvelles

de Nargaud. Je veux que tu me rapportes une belle phrase empanachée d'étoiles.

Lucien ne pouvait lutter. Elle riait si mignonnement ! Elle lui mettait son chapeau en le poussant vers la porte, et il sortait. Une fois dehors, il s'amusait malgré tout, soit au théâtre, soit dans une soirée littéraire, soit à écouter Nargaud. Quand il revenait, il avait une foule de choses à dire à madame André ; il était reposé de son travail, distrait, le cerveau rafraîchi par l'air du dehors ; et cela donnait une volupté de plus à son bonheur intime, comme une promenade par la gelée rend plus délicieuse la tiédeur de la chambre où l'on rentre.

XXIX

Près d'un an se passa dans ce bonheur. Le roman avançait cahin-caha ; mais le drame était fini. C'était un grand drame en vers, en cinq actes, de quoi gagner du coup la réputation et un bon commencement de fortune, s'il réussissait. Avec l'orgueil et l'inexpérience naturels aux débutants, Lucien avait fait de confiance une longue besogne et bâtissait là-dessus les plus riches espérances. Madame André, malgré toute son expérience, ne pouvait lui donner à ce sujet aucun conseil profitable ; car elle ignorait absolument le monde du théâtre et comment s'y traitent les affaires. Elle ne voyait qu'une chose : c'est que l'œuvre de son Lucien lui semblait fort belle et devait forcément plaire à un directeur d'abord, au public ensuite. Quant aux confrères du poëte, tous l'avaient sournoisement encouragé à mettre sur pied cette grosse machine, sachant bien qu'il ne pourrait la caser nulle part, et comptant qu'il resterait empêtré, écrasé, sous les ruines de son espoir déçu. N'avaient-ils point passé par là, eux autres ? Lequel d'entre eux ne cachait pas au fond d'un tiroir les fameux cinq actes en vers dont personne n'avait voulu ? Il était bien juste que le nouveau venu connût la grande déception comme les camarades. Seul Nargaud avait essayé de détourner Lucien de son projet.

— Cinq actes en vers ! s'écriai-t-il. Prenez des douches, mon ami. Tenez, je vais vous parler raison, comme si j'étais votre oncle. Mon neveu, on ne joue plus de ces rocamboles en helminthes que lorsque les helminthes sortent d'un bocal. Si vous avez fait un drame mal écrit, mal rimé, vous courez chance d'être reçu. Si vos vers ont des crêtes et remuent la queue, conspué ! D'ailleurs, où voulez-vous porter cela ? On ne parle en alexandrins qu'aux Français ou à l'Odéon. Aux Français ? Etes-vous académicien, cousin d'académicien... A tout le moins êtes-vous chauve comme une pleine lune ? Avez-vous déposé votre drame il y a quinze ans ? Non. De quel droit faites-v us donc cinq actes en vers pour les Français ? L'Odéon, je ne vous en parle pas, puisque vous n'êtes plus millionnaire. Vous

voilà donc avec votre pièce rendue comme un
gâteau rance. Elle moisira dans votre armoire.
Faites de la prose, mon cher, faites du vaude-
ville. Apprenez Scribe par cœur. Le théâtre n'est
plus l'affaire des poëtes. C'est une espèce de
commerce. On y gagne beaucoup d'argent, c'est
vrai ; mais il faut avoir la bosse de cette épice-
rie. Vous ne l'avez pas, hein ? Tenez-vous donc
tranquille. Soyez lyrique pour vous, cela ne gêne
personne. Mais ne venez pas battre des ailes
parmi des manchots, ou on vous les cassera à
coups de pieds. Le cri de ralliement n'est pas :
Place aux jeunes, comme on veut bien le dire.
C'est *Place au jeûne*. Aujourd'hui Shakespeare
resterait toute sa vie ouvreur de portières, et les
cothurnes d'Eschyle seraient des bottes sans se-
melles. Lâchez-moi donc votre drame en vers !
Ne gâchez pas ainsi du beau papier qui serait
mieux employé à construire des cerfs-volants,
et à leur faire une queue que votre drame n'aura
jamais.

Mais Lucien ne voulait pas l'entendre, et quand
il répétait ces paradoxes à madame André, c'était
pour en rire ou pour invectiver contre le bohème,
pour le traiter de grotesque ou de décourageur.
A quoi bon écouter ce fou ? Madame André disait
comme Lucien. Mais au fond ces cris de mauvais
augure, dont elle ne percevait pourtant que l'écho,
lui donnaient de l'inquiétude. Elle ne pouvait
s'empêcher de remarquer que les envieux de
Lucien lui conseillaient précisément le contraire
de ce que disait Nargaud, et cela suffisait pour
qu'elle prît au sérieux le menaçant avertisseur.

Elle se garda bien de laisser voir ses doutes à Lucien, et le pressa au contraire de terminer son drame et de le porter aux Français. Elle espérait malgré tout, et entretenait les illusions de son amant ainsi qu'on arrose des fleurs rares, en craignant chaque matin de les trouver mortes.

XXX

Les *Joies discrètes* n'avaient guère fait connaître Lucien. Son duel même avait passé inaperçu, grâce aux soins de Pérignat, qui savait qu'un duel est à Paris une bonne réclame, et qui s'était arrangé de façon à ne pas en laisser jouir son ennemi. Lucien fut donc obligé, en présentant son drame, de suivre la filière complète. Cela remettait à quelques mois l'espoir d'une réponse. Madame André voulut qu'il consacrât ce temps à se reposer et à se divertir. L'été était venu. C'était le moment de réaliser des économies à la campagne. On alla s'enfouir dans un petit port de la Normandie.

La belle saison y passa comme un rêve, dans des promenades sans fin au bord de la mer, dans des parties de bateau ou de bain, dans de douces causeries bercées par le chantonnement des vagues. Le temps était délicieux. On habitait deux pièces chez de braves gens qui n'avaient

jamais qu'une famille en pension et qui la soi-
gnaient avec des bontés de vieux domestiques
au lieu de l'écorcher par des rapacités d'hôte-
liers.

Là, madame André se relâcha tout à fait des
habitudes un peu sévères qu'elle avait prises
pendant les cinq mois de travail où elle voulait
donner à Lucien l'exemple de l'assiduité. Elle
redevint purement la maîtresse, la femme caressante et câline qu'elle était, sans violences de
passion, mais avec une tendresse pénétrante,
une enveloppante douceur. Elle se laissa surtout
aller à ce qu'elle avait toujours gardé d'enfantin
dans le caractère, malgré sa haute raison. Elle
cédait à cette grande maternité de la nature qui
vous redonne les sensations qu'on éprouvait
étant tout petit. Elle s'amusait à courir dans le
sable, à ramasser des coquillages, à grimper
dans les rochers humides à la marée basse. Elle
poussait des cris d'oiseau quand elle trouvait
quelque belle astérie, quelque bizarre anémone,
une de ces algues qui ressemblent à des lanières
dentelées et lisses de cuir vert étoilé de gauf-
frures, ou surtout une branche de ces goëmons
minuscules dont les fleurs éclatantes sont si mignonnement tissues qu'on en peut compter les
fils innombrables et imperceptibles, entrelacés
en une dentelle d'atomes. Elle s'étonnait et
jouissait de la mer comme une fillette. A certains
moments, elle paraissait beaucoup plus jeune
que Lucien.

Et de fait la verdeur de ses charmes prêtait à
cette illusion plus encore que la gaîté de son

caractère. Sa beauté n'était point de celles qui, faites d'attifement et d'artificiel, ne peuvent supporter le plein air et le grand jour. Elle ressemblait à ces comédiennes plus admirables encore à la ville que sur les planches. Son corps de statue ne faisait point tache sous le soleil, mais au contraire se fondait dans les rayons, se pénétrait de clarté, et, loin d'être écrasé par la splendeur de la nature, en absorbait et en réfléchissait la sérénité majestueuse. Lucien, qui croyait pourtant bien connaître sa maîtresse, la connut ainsi sous un aspect tout nouveau dont il ne pouvait rassasier ses regards. Sans y mettre la moindre exagération poétique, il pensait réellement contempler une déesse, quand il la voyait sortir de l'eau d'un pas tranquille et superbe, souriante dans la lumière dorée, étincelante sur le fond d'émeraude de la mer. Sa chevelure éparse, soulevée par la brise comme des ailes étendues, ruisselait de perles et de diamants qui lui roulaient sur le cou et les épaules pour aller en cascadant se perdre dans le voluptueux vallon de sa poitrine. Ses jambes nobles et droites émergeaient peu à peu de l'écume floconneuse qui lui léchait amoureusement les genoux, ces genoux polis comme des galets et tout roses des suprêmes caresses de la vague. Son costume lui-même, ce composé baroque d'une blouse et d'un pantalon en laine noire, cette manière de sac inventé pour cacher les formes de la femme, semblait se complaire ici à les dessiner. Il se plaquait étroitement sur le torse, les flancs, les hanches, accusant toutes les rondeurs de la chair

qui se raidissait avec de petits frissons à la pi-
qûre de l'air et aux derniers coups de fouet des
lames. Cela donnait un ragoût moderne, une
pointe d'épice raffinée, à cette beauté sculptu-
rale dont le nu moulé sous un voile devenait par
cela même plus excitant. Lucien s'abîmait dans
l'admiration devant cet extraordinaire mélange
qu'il analysait en artiste au moment qu'il le savourait en amoureux. Il lui criait de rester ainsi,
de ne pas revenir encore, et il la regardait longuement, le cœur pâmé, l'esprit suspendu, les
sens à la fois furieux de désir et anéantis de
joie, jusqu'à ce que ses yeux troubles fussent
emplis et saoulés de cette apparition assez pour
ne plus voir que les deux pointes des seins qui
perçaient l'étoffe sombre comme deux étoiles de
rubis dans les ténèbres.

Quand ils rentraient à la maison, cette ivresse
étrange éclatait dans un ouragan d'amour, où
madame André apportait toutes les splendeurs
de la grève chauffée par le soleil et lavée par la
mer, où Lucien précipitait tous les emportements
des flots affolés se ruant à l'assaut des dunes.
Ces enlacements ressemblaient à des batailles.
Madame André résistait toujours un peu, malgré
sa passion sincère, à la fougue trop endiablée de
Lucien. Elle s'abandonnait à cette rage au lieu
de s'y jeter à corps perdu. Lui se lançait tête
baissée dans ce gouffre de joie. Il humait à pleins
poumons l'air salé, les odeurs marines, la fraîcheur voluptueuse qu'elle gardait sur sa peau
toute imprégnée de grand air et d'écume. Il aurait voulu l'envelopper de baisers, la rouler dans

les caresses comme les vagues l'enveloppaient et la roulaient tout à l'heure, la mordre comme la brise l'avait mordue, et se fondre en elle avec la nature qui la pénétrait. En même temps il se sentait retenu par l'impression singulière que lui causait la majesté même de cette nature dont elle était baignée, et la jeunesse quasi enfantine qu'elle puisait dans cette communion avec les choses éternellement jeunes. Mais, loin de céder à cette sorte d'effroi devant la sérénité de sa maîtresse, il y cherchait au contraire un aiguillon à ses curiosités. Il voulait trouver le mot de ce mystère. Sa passion s'en exaltait, plus intense, plus profonde, avec des désirs jamais assouvis, partant toujours plus âpres, et d'ailleurs mélangés de craintes. Cette femme, à la fois déesse et enfant, cette incarnation de la nature nimbée d'innocence comme une petite fille, elle ne semblait pouvoir être possédée sans une sorte de sacrilège, sans une pointe de crime, et il la possédait cependant, mais ainsi qu'on boit à une source dont on n'ose pas regarder le fond. C'est ce fond qu'il voulait toucher, dût-il y arriver les yeux clos, en s'y noyant.

XXXI

Lucien revint à Paris plus épris que jamais de sa maîtresse. Tout grisé encore, il ne pensait presque plus à son drame, quand il reçut, à peine de retour, l'avis de venir retirer le manuscrit de son œuvre refusée. Ce fut un coup de massue. Il n'en fallait pas davantage pour l'abattre, lui si prompt au découragement. Il se découragea d'autant plus que cela tombait sur lui précisément dans une heure où il était en quelque façon débilité par l'ivresse amoureuse. En effet son goût pour le travail avait marché en sens inverse de son goût pour madame André. Il avait singulièrement détendu sa volonté dans ces trois derniers mois de paresse intellectuelle. Il s'était peu à peu laissé couler de nouveau à sa naturelle mollesse. Il éprouvait ce dégoût du labeur, ces lassitudes d'avance qu'ont les mauvais écoliers au moment de la rentrée, lorsqu'ils ne songent aux vacances que pour en regretter les charmes, lorsqu'ils ont tant de peine à rouvrir aux études leur esprit encombré de souvenirs obsédants. Ces souvenirs et ces regrets étaient d'autant plus forts chez Lucien qu'il ne tenait qu'à lui de continuer ici ces divines vacances qui venaient de finir. Il pensait si peu à se replonger dans les livres et les manuscrits, qu'il fut presque choqué de voir madame André reprendre des airs graves pour lui donner de bons conseils. Il n'était plus accoutumé à la considérer sous cet aspect de grande sœur bien sage et un peu sévère. Il s'obstinait à ne chercher en elle que la maîtresse. Cette impuissance au travail, qu'il n'osait avouer nettement, il l'afficha sans pudeur après le refus de son drame. Il avait le prétexte du découragement, et madame André fut bien forcée de tenir compte de ce prétexte.

Lucien ne voulut même pas tenter la chance à l'Odéon. Il mit son drame dans son tiroir en se rappelant les sarcasmes de Nargaud. Il se moquait bien de la gloire maintenant ! Ce qu'il lui fallait, c'était la richesse, qui lui permettrait de jouir uniquement de son amour, de s'y donner tout entier au milieu du luxe, des fêtes, des ivresses insouciantes. Il ne se sentait pas capable non plus de conquérir cette richesse. Il s'attardait dans des rêves de fortune soudaine qui lui tomberait par hasard. Une aubaine inespérée lui arrivait, un million ! Il n'avait plus besoin de noircir du papier, de plaire à un directeur, à un public, à personne, qu'à sa maîtresse ; il n'avait plus rien à faire qu'à aimer ; cela le sauvait de tout ; avec cela seulement il pouvait être heureux. Il en vint à penser tout bas dans le recoin le plus noir de son esprit, loin des yeux de sa conscience, qu'il avait eu tort de ne pas épouser madame André quand elle était riche.

Il se vautrait dans ces réflexions obscurément formulées, un jour qu'il rencontra Nargaud. Le bohème était méconnaissable, habillé flambant neuf avec un mauvais goût qui effarouchait tous les passants, le chapeau outrageusement planté sur l'oreille, le monocle à l'œil, le stick en main, fumant un énorme cigare, et tellement serré dans ses bottines qu'il marchait sur l'asphalte comme un coq sur une plaque de tôle chauffée.

Lucien avait assez de tact pour ne pas manifester un étonnement trop vif devant cette transformation. Ses yeux toutefois le trahirent.

— Oh! vous pouvez vous esbloquer à votre aise, dit Nargaud. Oui, oui, c'est bien moi. Soyez stupéfié! Il y a de quoi! Vous voyez, j'ai une allumette à pomme d'or, je suce un mât de cocagne, je sers de mannequin à une devanture de tailleur, je me crève l'œil avec un éclat de silicate de potasse. Je suis ridicule, laid, hideux, opulent, comme un coffre-fort.

— Un héritage? fit discrètement Lucien.

— Peuh! est-ce que j'ai des parents? Tous les oncles d'Amérique sont morts. Le dernier s'est pendu hier parce que personne ne voulait croire en lui. Non, mon cher, j'ai été banquier, voilà tout.

— Banquier! vous êtes banquier?

— Non pas *je suis*, mais bien *j'ai été*. Il y a trois jours, oui. Banquier de bac. Une série d'abattages. Des nébuleuses de neufs. Moi, pstt! Enlevé! J'abats. Je tire. Crevant, vous dis-je crevant. Ah! ah! plaisanterie. Venez donc faire la noce. J'ai encore près de mille francs. Et la mère aux louis n'est pas morte.

A travers ces hoquets de paroles heurtées, Lucien comprit que Nargaud avait gagné une grosse somme au baccarat. Il eut en même temps

la vision d'un tas d'or éparpillé sur un tapis vert,
et le désir poignant d'y mettre la main. Cette
aubaine inattendue qu'il souhaitait, la voilà !
Pourquoi ne jouerait-il pas ? Pourquoi ne gagne-
rait-il pas, lui aussi ? Il eut même une pointe
d'envie contre Nargaud, sentiment qu'il ne connaissait pas encore.

— Diable ! fit-il, il paraît que les cartes rap-
portent plus que la lyre. Vous avez aujourd'hui
le lyrisme de l'argent.

Nargaud ne remarqua pas le sous-entendu
méchant de ces deux phrases. Il était reparti
dans une déclamation, bondissant sur le mot
argent comme sur un tremplin.

— Bah ! l'argent n'est rien. Ce qu'il y a de
meilleur dans le jeu, c'est le jeu lui-même. J'avais
des préjugés contre cette passion. Il y a tant
d'imbéciles qui jouent ! Mais les sots qui ont
possédé une femme ne l'empêchent pas d'être
belle ! Le jeu est divin. Quelles jouissances, mon
cher ! On vit un siècle pendant un coup de carte.
C'est l'espoir réalisé, tué, ressuscité dans une
minute. Cela vous accroche, vous pince, vous
tenaille. On n'a ni faim ni soif. Tout l'être est
bandé. Vlan ! tout casse ! Vlan ! tout est retendu.
Le comble de l'art ! Toujours la même sensation
et toujours nouvelle. C'est plus absorbant qu'une
femme et plus âpre que du tord-boyau. C'est du
tord-cœur.

— J'irais jouer, s'écria Lucien, si je savais le
baccarat.

— Vous ne le savez pas ? Tant mieux pour
vous ! C'est le meilleur moyen de gagner. Le

hasard est souvent un aveugle qui n'aime que
ses frères. Je vous emmène ce soir, voulez-vous ?
Je suis sûr que vous crèverez le tapis. Une bombe
de veine ! Combien avez-vous sur vous ?

— Oh ! pas assez. Une douzaine de francs.
Mais je vais aller chercher de quoi...

— Jamais de la vie ! Moi, j'ai commencé
l'autre jour avec trente sous. Parole ! c'est quand
on n'a rien qu'on râfle tout. Je ne vous lâche pas.
Venez dîner avec moi.

— Ma foi, tant pis ! exclama Lucien comme
s'il prenait une grave résolution.

Et en effet il prenait celle de mentir pour la
première fois à madame André. Il entra dans un
café, écrivit rapidement un mot pour dire qu'il
était retenu à dîner et en soirée avec des hommes
de lettres et des journalistes influents, remit la
lettre à un commissionnaire, et dit à Nargaud :

— Tenez ! je lâche une femme charmante pour
vous.

— Double triple veinard ! dit le bohème. Mais
ce n'est pas tout ça. Il faut prendre un apéritif.
Car nous allons faire un bon dîner, je vous en
préviens. Le jeu n'est qu'à dix heures. Il faut
nous graisser les nerfs. Garçon, deux absinthes !

XXXII

A dix heures, quand il arriva en voiture à la
cité Gaillard, où se tenait la partie de baccarat,
Lucien était complètement gris. Dès le dîner, à
la taverne britannique de la rue Richelieu, il
s'était laissé gaver de nourritures chaudes
d'épices, qu'il avait dû arroser de bières fortes,
de vins fins et de ce rude wiskey irlandais qui
vous met le feu dans la tête. Il avait ensuite
roulé de café en brasserie, remorqué par Nargaud, dans le brouhaha du boulevard et du
faubourg Montmartre, dans l'atmosphère étouf-
fante des salles enfumées, alourdi par la mousse
pâteuse des bocks, secoué par les coups de
poing de l'alcool, étourdi par la parole inces-
sante du bohème, dont la langue au lieu de
s'épaissir se déliait dans la boisson, et qui jetait
les phrases, les paradoxes, les théories, comme
les lions des fontaines publiques vomissent de
l'eau. Loin d'éprouver une telle exaltation Lucien
tombait peu à peu dans un abrutissement vague.
Il marchait droit ; aucun signe extérieur d'ivresse ;
mais il se sentait absolument incapable de lier
deux idées ou même d'articuler un mot. Il n'avait
plus, en quelque sorte, conscience que de son
être physique, qui lui semblait d'ailleurs particulièrement à l'aise et comme noyé dans une
profonde béatitude.

Il se réveilla de cette torpeur somnolente seulement à la vue du tapis vert. Il avait monté l'escalier, ôté son chapeau, obéi à l'impulsion de Nargaud qui le présentait, tout cela sans s'en apercevoir. Brusquement le regard revint dans ses yeux et la pensée dans son esprit. Là, devant lui, à portée de sa main, de l'or. Il était momentanément dégrisé. Il put se rendre compte de ce qui l'entourait.

La pièce où il se trouvait était un assez grand salon dont le meuble et les tentures en velours pisseux sentaient l'appartement garni. Mais ce n'était évidemment pas une salle de jeu, car la table de baccarat se composait tout simplement d'un de ces gros guéridons en acajou, à pied central, qui ne servent qu'à porter des vases de fleurs et des albums. L'exiguité de cette table gênait visiblement les joueurs, dont les deux tiers étaient obligés de se tenir debout. Deux femmes s'écrasaient sur le canapé entre trois messieurs qui, malgré leur apparence de gentlemen, ne se dérangeaient pas pour elles. Une autre était assise sur le bras d'un fauteuil occupé par un très jeune homme. En tout il n'y avait guère plus de vingt-cinq personnes. Lucien distingua tout de suite trois catégories dont les différences étaient manifestes. Il y avait des bohèmes, qu'il reconnaissait pour la plupart, des adolescents élégants et mièvres comme le petit du fauteuil, et quelques hommes mûrs dont les faces graves et les crânes luisants donnaient un air de respectabilité à cette réunion de figures généralement trop jeunes. Si Lucien avait été un peu au courant du monde des joueurs, il aurait compris tout de suite où il était et à qui il avait affaire. Il se trouvait chez l'une de ces dames, celle qui était assise sur le bras du fauteuil, la pseudo-baronne de la Grancière. L'amant de la baronne et tous les jolis messieurs de son âge étaient des fils de famille à qui leur minorité interdisait l'accès des cercles autorisés. Les crânes appartenaient à des proxénètes et à des grecs. Les bohèmes étaient admis là par raccroc, parce que l'un connaissait une des femmes et l'autre un des vieux messieurs, l'autre simplement un de ses confrères qui l'avait introduit. En somme, un véritable tripot ; et comme les mineurs étaient riches, comme les femmes étaient leurs maîtresses, comme les grecs étaient habiles, on y jouait souvent fort gros jeu.

Pendant que Lucien observait discrètement, on l'avait observé lui-même, malgré l'attention qu'on prêtait aux cartes.

— Il a l'air un peu bu, avait dit une des dames du canapé en se penchant dans le dos d'un vieux monsieur.

— Oui, avait répondu son amie, mais il doit avoir de la galette. Il est lingé.

Quoique présenté par Nargaud et annoncé comme un homme de lettres, il fut tout de suite pris, non pour un bohème, mais pour un jeune homme riche. L'air aimable avec lequel un des petits messieurs lui fit place sur le coin de son pouf prouvait qu'il était considéré par eux comme un homme de leur monde. Sa tenue élégante, ses bonnes manières, la très grande jeunesse de son visage, jusqu'à l'expression un peu atone que lui laissaient les fumées de l'ivresse trop soudainement dissipée, tout contribuait à lui donner l'aspect naïf, vicieux et convenable qui distinguait ces mineurs en rupture de famille, ces apprentis viveurs marqués au cachet d'une oisiveté luxueuse. L'espoir de le gruger fit passer une flamme de convoitise dans les yeux des femmes et des grecs. Selon la vieille tactique, on le laisserait gagner aujourd'hui afin de l'amorcer pour plus tard, on le chaufferait comme une bonne machine capable de suer de l'or.

— Combien faites-vous ? lui dit le banquier.

— Je ne sais pas, répondit Lucien.

Et comme on riait, il ajouta d'une voix traînante, la langue encore pâteuse:

— Je ne connais pas le baccarat. Cela m'est égal.

Il eut un succès. On prenait cette phrase pour une profession de superbe indifférence lâchée par un riche insouciant qui ne s'inquiétait pas plus du gain que de la perte.

— Il fait cinq louis, dit Nargaud. Je vais tenir ses cartes. Moi aussi, cinq louis. Cela fait deux cents francs qui tombent.

Machinalement Lucien voulut fouiller dans sa poche.

— Laissez donc, fit brusquement le bohême. Ne changez pas votre gros billet. Cela porte malheur. J'en ai des petits. Touchez les cartes.

Ahuri, sans rien comprendre au hardi mensonge et à la superstition de Nargaud, Lucien

allongea les doigts sur les deux cartes que le
banquier venait de jeter. Puis, comme un tourbillon, il vit Nargaud relever ces deux cartes, les
rejeter à découvert en disant *neuf*, ramener
devant eux dix louis qui tintinnabulaient en
roulant sur le tapis vert, dire *paroli*, lui faire de
nouveau toucher les cartes, recommencer le
même manège, et ramasser, cette fois, des billets avec de l'or. Puis un peu d'or s'en alla.
Nargaud avait perdu un dernier enjeu, mais médiocre. Puis les cartes furent prises par un autre
et à chaque coup le tas qui était devant Lucien
diminuait ou s'augmentait sans qu'il cherchât
même à en deviner la cause. Il laissait faire
Nargaud, qui, comme tous les toqués, avait un
jeu irrégulier, bizarre, difficile à pénétrer précisément parce qu'il ne suivait pas de système,
marchant au hasard de l'inspiration, tantôt ne
risquant que cent sous, tantôt lâchant les billets
de banque. Lucien n'avait pas le temps de réfléchir aux combinaisons ni même au mécanisme
si simple du baccarat. Il se sentait seulement
envahi par une fièvre particulière, les nerfs tendus sans savoir vers quoi, l'esprit hanté par de
rapides mirages, quelquefois le cœur défaillant
d'un subit et profond désespoir. Il éprouvait une
brûlure à l'estomac, une sécheresse à la gorge,
et un prurit étrange au bout des doigts. Et tout
cela se passait intérieurement, le secouait, le
tiraillait, le caressait, le mordait, bien que sa
figure demeurât impassible et qu'il se rendît
compte de cette impassibilité. Il avait la sensation d'un masque collé sur sa peau et sous lequel

passaient des froncements de sourcils, des rictus,
des rires, des larmes, que personne ne voyait et
dont lui seul connaissait la torture ou la jouissance. Et toujours il regardait ces cartes jetées
et retournées, cet or qui roulait, ces billets frois-
sés dans un froufrou soyeux. Il avait des moments d'hallucination où tout cela prenait une
figure. Sur les louis grimaçaient les effigies des
souverains, quelquefois le profil austère du grand
empereur ou la joue bouffie de Louis XVIII, plus
souvent la poire de Louis-Philippe, la longue
barbe de Léopold ou la grosse moustache de
Victor-Emmanuel, plus souvent encore la tête
laurée, à la fois douce et sinistre, de Napoléon III.
D'invisibles petites fées pirouettaient parmi ces
hommes cossus, les agaçaient en montrant leurs
jambes, et venaient enfin s'asseoir haletantes sur
les figures des monarques en faisant bouffer
leurs jupes de papier joseph pour se rafraîchir
les cuisses au froid du métal. Des personnages
plus vivants encore, presque en chair et en os,
c'étaient les cartes elles-mêmes, qui tourbillon-
naient en sarabande. Place aux bûches ! Voici
les rois pansus et barbus qui s'avancent, bus qui
s'avancent, Alexandre, Charles et David, l'un
portant son sceptre, l'autre son glaive, l'autre
sa harpe, et le quatrième, César, ne portant rien
comme dans la chanson de Malbrough. Et les
femmes, fées visibles celles-ci ! C'est la subtile
Argine, les mains sous sa robe, pourquoi ? Puis
Rachel, face de poupée ; Judith la blonde, les
seins à l'air, le regard froid, reine des cœurs ;
et la brune dame de pique, petit doigt levé, lèvre

pincée, la terrible veuve. Comme les valets fré-
tillent dans le remous de leurs robes ! Il y a surtout ce blondin d'Hector, rasé de frais, qui court
de l'une à l'autre, et à qui elles jettent un clin
d'œil en passant, à la barbe du roi qui les
accompagne. Celui-ci, c'est l'entreteneur, dont
les cigares seront fumés par le joli garçon. Ah !
les coquines de femmes ! Maintenant les voilà
deux à deux, bras dessus bras dessous ; elles se
pavanent orgueilleusement dans l'étalage d'un
amour obscur et monstrueux. A bas les raffinés,
les aristos ! La cohue des cartes qui sont la po-
pulace se précipite dans la ronde. Un tas de
gueux, de sacripants, de soudards, de masques,
barbouillés de sang, de suie ou de vin, les piques
brutaux, les cœurs saouls, les carreaux féroces,
les trèfles rigolards, les *dix* gras, les *trois* maigres, les *sept* bossus, les *as* borgnes, tous hurlant,
chahutant, roulant cul par dessus tête. Les rois
sont enlevés, bourrés, aplatis dans des coins,
piétinés dans les ruisseaux. On leur danse la
carmagnole sur le ventre. Les valets font cause
commune avec la canaille. Hector est chef de
bande. Il paie sa popularité en livrant les femmes.
Le souteneur aurait trop à faire à les défendre.
Les femmes d'ailleurs sont toujours pour le plus
fort ! Vive la plèbe ! Le viol n'est pas si désagréable qu'on veut bien le dire. Une ville prise d'assaut, c'est le paradis des hystériques. Et les
reines sont prises par la taille, renversées à
jambes rebindaine, troussées en pleine rue. Au
vent les robes de soie et les corsages de velours !
La chair, la viande, qu'on morde à même ! Quelle

ribote de baisers ! On chante, on jure, on se
pousse pour voir. La sarabande devient infer-
nale. Les rois pour se faire pardonner jettent de
l'or à pleines mains. Les fées en billets de banque
veulent aussi tâter du voyou. Le vieil empereur,
Louis XVIII, Louis-Philippe, Léopold, Victor-Emmanuel, Napoléon III, sont entraînés dans
l'ivresse générale, brûlés par l'eau-de-vie popu-
lacière, roulés dans l'orgie et la bousculade.
Partout on s'accouple, dans des postures que le
hasard rend plus obscènes. C'est le chaos de la
débauche, sur l'herbe du tapis vert, sous le flam-
boiement du candélabre aux quatre soleils épa-
nouis. Tout à coup, grand silence ! halte ! Au milieu de la foule en chaleur, un monstre s'est abattu,
un *neuf* ou un *huit* gagnant, une pieuvre énorme
qui ramasse tout dans ses tentacules. Puis la
danse macabre, affolée, frénétique, suant la bataille et le rut, tout recommence à tourbillonner
vertigineusement devant les yeux hallucinés de
Lucien, dans sa tête embrumée par la fièvre du
jeu et les fumées fantasmagoriques de l'alcool.

Cependant le temps courait sans qu'il songeât
même à s'en inquiéter. Il ne s'aperçut de l'heure
qu'en se retrouvant dans la rue vaguement
éclairée par le matin gris. Il venait de serrer la
main de Nargaud, et il marchait à grands pas
sur le trottoir. La chaussée était déserte. Sur le
boulevard extérieur seulement il vit du monde,
des laitiers qui descendaient dans Paris avec
leurs lourdes voitures menées au galop dans un
bruit de ferrailles secouées, des balayeuses qui
revenaient du travail nocturne le chignon embé-

guiné dans un foulard en marmotte. Il avait la tête lourde et tambourinante, les doigts gourds et tremblotants, les paupières picotées comme par des grains de sable, les jambes molles. A un faux pas qu'il fit, il entendit sonner les louis dans sa poche. Il y mit la main. Ses doigts plongeaient dans de l'or et du papier soyeux. Il en retira une poignée et eut un éblouissement. Brusquement il remit le tout dans sa poche et courut quelques pas, comme s'il se sauvait. Il voulait être chez lui pour compter tout cela. Chez lui ! chez sa maîtresse ! Il pensa soudain à madame André, qu'il avait oubliée dans l'ivresse des cartes. Qu'allait-il lui dire ? Il était devant sa porte. Il monta l'escalier sans savoir comment il s'excuserait, ne cherchant même pas, avec la confuse espérance que sa maîtresse dormait et ne l'entendrait pas rentrer.

Elle était debout, pâle, les yeux rouges, inquiète d'une absence si longue, mais muette, et ne voulant pas s'abaisser à demander une explication.

— J'ai joué, j'ai joué, dit-il, voilà tout. Oui, mais laisse-moi, ne me dis rien. Ne me gronde pas. Je suis rompu. Laisse-moi.

Et vidant son or et ses billets par terre, environ quinze cents francs.

— Tiens, s'écria-t-il, voilà trois mois de bonheur pour notre amour.

Madame André sanglotait dans un coin de la chambre. Il n'eut pas la force d'aller la consoler. Il se jeta tout habillé sur le lit, et se mit aussitôt à dormir profondément.

XXXIII

Il avait encore la tête bourdonnante et le cœur barbouillé quand il se réveilla. Il réfléchit : après s'être couché sans se déshabiller, à même le lit, il se retrouvait la cravate dénouée, les vêtements déboutonnés, une couverture étendue sur lui. Il reconnut à ces soins la main de sa maîtresse. Il chercha des yeux madame André ; mais il l'entendit marcher dans la pièce voisine. Il n'osa pas l'appeler. Il se leva pour tirer les rideaux de la fenêtre afin de regarder la pendule. Il était près de midi. Le grand jour inonda la chambre et fit scintiller les louis épars sur le tapis. Lucien les ramassa lentement, avec une sorte de dégoût. Quand il eut mis l'or dans les billets et fourré le tout au fond d'un tiroir, il fut soulagé comme s'il avait caché une honte. Alors seulement il se décida à ouvrir la porte, très embarrassé d'ailleurs de ce qui allait se passer, et courbant la tête d'avance sous les reproches mérités qu'il s'attendait à recevoir.

Madame André ne lui en adressa aucun. Pas même une allusion ! Il semblait que rien d'extraordinaire ne fût arrivé. Elle n'avait seulement pas cet air silencieux que savent si bien prendre les femmes quand elles veulent vous laisser voir leur mécontentement et n'en pas parler. Elle accueillit Lucien avec sa douceur habituelle, ses bons

regards pleins de tendresse, et lui épargna la gêne
d'entamer la conversation en se mettant elle-même
à causer légèrement de toutes sortes de choses
excepté de son chagrin. Ce chagrin pourtant, en dépit des efforts qu'elle faisait pour le dissimuler, pouvait se lire tout au fond de ses yeux, où passaient de
sombres et rapides nuages, et aussi dans les coins
un peu baissés de ses lèvres plus pâles que de
coutume. Si elle ne montrait pas sa douleur, c'est
qu'en somme, après mûre réflexion, elle en trouvait l'excès injuste. Cette âme forte comprenait les
faiblesses des autres et se sentait toujours prête
à voir les raisons qui les rendaient excusables. A
coup sûr elle avait été profondément peinée de
cette longue nuit passée dans des angoisses
cruelles et de la double faute qu'avait commise
Lucien en mentant et en allant jouer. Elle demeurait surtout froissée des façons toutes nouvelles qu'il avait montrées en rentrant, de ce geste
avec lequel il avait jeté l'argent par terre, de
l'abrutissement que manifestaient cette figure
fiévreuse, ce refus de parler, ce sommeil de
plomb. Puis elle avait songé avec effroi aux conséquences du jeu, de cette passion détestable
qu'elle ne connaissait que par ouï-dire, mais
qu'on représente si funeste, si absorbante. De là
son premier mouvement, une indignation mêlée
de tristesse. L'indignation maintenant s'était
éteinte. La tristesse seule restait. Après tout
Lucien était jeune, facile aux influences ; il avait
obéi à un entraînement passager, fait une sottise ;
mais cela ne prouvait pas qu'il fût joueur, ni
surtout mauvais ; il ne fallait pas lui garder

rancune d'un instant de folie comme en ont tous
les hommes de son âge ; on aurait l'air d'y mettre
de la tyrannie si on lui imposait avec colère la
privation absolue de passe-temps auxquels s'amu-
saient sans doute tous ses camarades ; on lui
avait promis de ne pas se mêler à ce qu'il ferait
au dehors ; l'occasion s'offrait de tenir cette promesse. Ainsi plaidant elle-même pour le coupable, madame André l'avait acquitté dans son
cœur, et elle le lui témoigna par la plus touchante discrétion.

Lucien malheureusement n'était pas dans le
secret de ces délicates pensées. Il vit dans le silence de sa maîtresse seulement un renoncement
de volonté, et il en profita. Devant une semonce
sévère, avec sa faiblesse naturelle, il aurait cédé.
L'impunité l'encouragea. Il était de ces êtres
qu'il faut toujours tenir en laisse et qui ont besoin, quand la laisse est en roses, de sentir de
temps en temps les épines.

Trois jours après il retourna jouer ; mais il
revint à minuit et demi. Il perdait tout son
gain de la première soirée. Il n'eut pas cette
fois-ci le courage d'avouer ; il mentit, profitant
de l'heure pour dire qu'il sortait du théâtre. Ce
mensonge ayant réussi, il le réédita dans une
nouvelle occasion ; mais ce coup-ci la vérité
n'échappa pas à madame André. En effet, il
avait gagné ; et c'est un fait observé par tous les
joueurs, que si l'on dort lourdement après la
perte, en revanche après le gain on continue à
jouer pendant le sommeil. Dans ce cas, le rêve
est si clair, si intense, que souvent au réveil on

ne peut pas le distinguer de la réalité, et qu'on
croit s'être couché quelques minutes à peine.
Lucien subit ce phénomène avec d'autant plus
de force qu'il y apportait toute la vivacité d'une
imagination excessive. Madame André assista à
ce sommeil agité, malsain, et entendit son ar..t
murmurer des cris inarticulés, des noms de
cartes, des termes de jeu, qui disaient assez la
vérité. Le démon le hantait et couchait entre
eux.

Maintenant elle prenait peur. Ce n'était plus
un caprice qui entraînait Lucien, un moment
d'erreur, mais bien une passion qui l'empoignait.
Elle crut le comprendre à l'attitude du jeune
homme le lendemain. Il paraissait froid, gêné ;
elle le trouva presque dur. Elle se trompait cependant. Il était seulement fatigué de sa nuit et
ennuyé de sa perte. Surtout il n'était pas vraiment joueur, car il avait résisté au désir de jouer
sur parole. Il n'aimait pas les cartes pour elles-
mêmes, pour les sensations violentes qu'elles pro-
curent, comme ce paroxyste de Nargaud. Ce qu'il
cherchait dans le baccarat, c'est l'argent qui lui
permettrait de vivre à ne rien faire et de donner
tout son temps à l'amour. Madame André ne
pouvait se douter de ces complications. Elle le
crut détourné d'elle, tandis qu'au contraire il
songeait avec rage aux quinze cents francs perdus et qu'il aurait voulu centupler afin de les
jeter aux pieds de sa maîtresse. Bien qu'il présentât toutes les apparences d'un homme pris
par la passion du hasard, en réalité il ne s'était
livré au hasard que par passion pour l'amour.

Aussi, quelques jours après, retourna-t-il encore cité Gaillard, bien qu'il fût maintenant obligé d'entamer, non plus son gain, mais l'argent du ménage. Il avait d'abord hésité ; mais la réflexion le décida : tous les motifs le poussaient à rejouer. Il se voyait, avec le peu qui restait à la maison, forcé de se remettre au travail, à ce travail qui lui semblait aujourd'hui insupportable ; si, au contraire, il pouvait gagner de nouveau, c'étaient encore quelques mois de paresse et de jouissance assurés ; d'ailleurs, il se promettait bien de ne pas recommencer la bêtise qu'il avait faite en perdant son gain, et de s'en tenir aux deux ou trois mille francs qu'il espérait. Il prit cinq louis dans le secrétaire et partit.

En un rien de temps ce maigre enjeu fut perdu. Alors il oublia toute prudence. Des sophismes le poussaient à continuer : impossible que la veine s'acharnât contre lui ; il ne devait pas renoncer à la chance d'un bénéfice considérable parce qu'il avait eu le guignon de perdre les premiers coups ; la fortune allait tourner ! Il accepta un coup sur parole, le gagna, reperdit, renouvela la faute, et depuis ne fit plus que perdre, s'engageant de plus en plus dans ses efforts inutiles pour se rattraper. Quand il sortit du tripot, il devait trois mille huit cents francs.

— Vous êtes fou, lui disait Nargaud, on ne s'emballe pas comme ça ! surtout avec ce vieux Philistin qui connaît le bac comme feu Carte. Cet homme-là est né dans un neuf. Trois mille huit cents, c'est dur. Vous savez que cela se paie le lendemain avant midi. Les avez-vous au moins ?

— Oui, je les ai, fit Lucien.

Il songeait qu'il ne restait plus à la maison que quatre mille trois cents francs.

XXXIV

Il avoua tout à madame André, dans un déluge de larmes. Il dit les entraînements du jeu, les espérances enivrantes auxquelles il s'était livré, le désir irrésistible de gagner en une nuit de quoi vivre heureux avec elle pendant des années, et combien il se repentait de sa sottise, et comme il était prêt à tout pour la réparer. Au milieu de ses sanglots et de ses regrets revenait toujours cette ritournelle des gens sans caractère :

— Ah ! si j'avais su !

Madame André n'eut pas le courage de l'accabler sous les reproches qu'il méritait. Elle n'était pas de ces femmes qui, lorsqu'un enfant se fait une bosse par sa faute, lui donnent d'abord une taloche pour le guérir. Elle ne songea donc qu'à consoler la réelle douleur de son amant. Elle ne lui en voulait pas ; elle savait bien qu'il avait cédé à de mauvaises influences ; elle le trouvait assez cruellement puni par les remords qui le déchiraient et par l'avenir qui allait apparaître terrible.

— Mon Dieu ! mon Dieu ! disait Lucien. Que faire ? Comment allons-nous sortir de là ? Quel malheur ! Quelle faute envers toi surtout !

Le pauvre garçon ne pensait pas à lui en ce moment, au combat qu'il lui faudrait engager avec la vie, non plus pour la gloire, mais pour le pain ; il pensait seulement à sa maîtresse, à la dure existence qu'elle serait obligée de s'imposer avec lui, à la misère qui montrait déjà son fantôme à l'horizon. Et cela donnait à ses larmes une amertume poignante, où ne se mêlait pas une seule goutte d'égoïsme, et qui rafraîchissait le cœur de madame André. La conscience d'être seul coupable, et si coupable, mit aussi une singulière vigueur dans ses promesses de travail et ses bonnes résolutions. Il ne s'agissait plus maintenant d'être un écolier qui fait sa tâche pour plaire à son maître et pour être récompensé ; il s'agissait de devenir l'homme qui a charge d'âme et un ménage à nourrir. Il se disait cela tout bas, et par moments laissait échapper ses pensées en phrases viriles où vibrait une assurance qui ne lui était pas coutumière. Dans le malheur qui les frappait, madame André trouvait le moyen d'être heureuse de ce courage, comme ces naufragés qui dans la tempête s'accrochent au seul mât encore debout.

— Oui, dit-elle, c'est peut-être un bien que cette mauvaise chance qui nous ruine. Si tu avais gagné, tu aurais pris le goût des cartes et perdu celui du travail. Tu te serais habitué à compter sur le hasard. Maintenant te voilà forcé de compter sur toi-même.

Et de fait Lucien sortit trempé de cette rude épreuve. Peut-être, s'il avait été seul au monde, se fût-il laissé abattre ; mais, soutenu par la forte volonté de sa maîtresse, il se ramassa contre la destinée. Ces natures molles et paresseuses ont parfois des accès nerveux d'énergie, à la façon des ressorts trop flexibles, ployés jusqu'à rompre, et qui, s'ils ne rompent pas, se redressent avec une violence qu'on n'attendait point. Il se releva homme du milieu de ces ruines qu'il avait faites et qui auraient dû l'écraser. Il paya sa dette, et le jour même se mit en chasse sur le pavé de Paris, décidé à sauter sur le premier gagne-pain qu'il rencontrerait. Il y portait cette fièvre d'action qui fait qu'on trouve quand même à agir. Ceux qui meurent de faim à Paris sont des faibles qui n'ont pas de dents, des lâches qui n'osent pas les montrer, ou des orgueilleux qui mâchent à vide. Quiconque a le ferme dessein de vivre le peut. Il faut seulement avoir aussi l'énergie de gagner son premier morceau de pain, non-seulement à la sueur de son front, mais à la sueur de son cœur. Lucien se sentait cette énergie. Pour ne pas rester dans l'incertitude sur le sort de sa maîtresse, pour lui prouver son amour, il eût mieux aimé travailler de ses mains et gâcher sa propre chair dans le mortier des maçons. Il vivait dans un de ces moments d'exaltation où le soldat qui veut la croix se fait trouer par une balle plutôt que de ne pas avoir du rouge sur la poitrine.

Pendant une semaine, sans se décourager, il chercha. Il finit par trouver. Ce soir-là il rentra chez sa maîtresse aussi radieux que s'il venait de toucher un million : il avait une place de cent cinquante francs par mois dans une compagnie d'assurances où il devait faire des écritures pendant huit heures par jour.

— Voilà le commencement, dit-il. Avec cela, en attendant mieux, nous aurons de quoi subsister.

— Mon pauvre chéri, répondit madame André, comment vas-tu faire pour t'astreindre à cette besogne ?

Et elle pleurait, mais surtout de joie. Elle admirait la force de cet être faible qu'elle n'aurait pas cru capable d'une telle volonté. Elle lui savait un gré infini, non pas de parer ainsi aux besoins de l'existence, mais seulement de pouvoir produire un tel effort contre sa propre nature. Il lui apparaissait tout autre, comme transfiguré. Ce n'était plus le rêveur toujours prêt à courir après les papillons de la fantaisie et de la paresse ; c'était un rude chasseur entré dans les jungles de la vie, aux prises avec la société, ce tas de tigres. Elle se sentait toute fière d'un amour qui inspirait tant de résolution. Pour un cœur comme le sien, cela devenait plus doux que les plus savoureuses caresses. Elle se disait avec un noble orgueil qu'elle n'avait pas été étrangère à cette belle transformation. Elle éprouvait le ravissement étonné d'un alchimiste qui verrait dans son creuset une larme de cire se changer en diamant.

Elle ne sut quoi inventer pour remercier Lucien de ce courage. Elle se fit plus charmante que jamais, plus maternelle, plus maîtresse aussi. Quand Lucien rentrait de son bureau, on aurait dit qu'il revenait d'une bataille, tant elle lui prodiguait de tendresses dorlotantes. Elle l'aimait comme on panse un blessé, avec ces précautions de douceur qu'inventent les sublimes garde-malades. Elle aurait voulu le laver de baisers et l'essuyer de caresses.

Lui, prenait gaîment sa fatigue, riait des soins excessifs de sa maîtresse, s'en montrait presque honteux, et la plaisantait doucement.

— Mais tu es folle, disait-il. Voyons, je fais ce que fait tout le monde. Il n'y a pas de mérite à gagner le pain de sa femme. Et puis ce n'est pas si dur que tu le crois. Je t'assure que je n'ai rien de cassé. Au contraire, je me porte mieux que jamais. J'ai tous les soirs la conscience du devoir accompli, et cela me donne une santé morale que je ne connaissais pas encore. D'ailleurs les écritures que je broche sont très-amusantes. Parole d'honneur ! Il y a des rapports que je suis chargé de remettre en français, et qui m'arrivent rédigés comme la *Lanterne de Boquillon*, à pouffer de rire. Imagine-toi des histoires de mur mitoyen racontées au Palais-Royal.

Il n'exagérait pas à plaisir. Non que son travail fût toujours aussi récréatif qu'il se plaisait à le faire croire ; mais il n'était vraiment pas aussi ennuyeux qu'il aurait pu le penser. En somme, une besogne machinale, qui présentait réellement des parties drôles, surtout pour lui qui n'y était pas habitué. Les choses les plus fastidieuses offrent aussi leur moment de nouveauté, comme les filles les plus laides ont leur heure d'agrément. Les premiers jours qu'on passe en prison, on trouve de l'imprévu aux quatre murs. Lucien considérait ainsi sa vie d'employé. Puis, comme il le disait justement, il goûtait cette joie particulière d'avoir chaque jour rempli sa tâche. Il en connut une plus vive encore à la fin du mois, lorsqu'il reçut ses appointements, quand pour la première fois il toucha de l'argent gagné par son travail.

— Tiens ! dit-il à sa maîtresse. Ce coup-ci, ce n'est pas du butin pillé sur le tapis vert, c'est bel et bien le prix de ma peine. Voici ma paie, noble comme celle d'un ouvrier. Je suis donc un homme ! Embrasse-moi bien fort. Je viens de remporter ma première victoire.

Madame André et lui se trouvaient plus heureux que s'il avait enlevé un drapeau à l'ennemi.

XXXV

Il fallait que Lucien aimât singulièrement sa maîtresse pour se maintenir dans cette exaltation, comme il le fit, pendant trois mois. La continuité et la régularité de l'effort étaient si contraires à sa nature qu'il eut vite besoin pour s'y astreindre de s'y ployer violemment. Le fardeau mis sur ses épaules avec joie, et porté d'une telle allégresse tout d'abord, ne tarda pas à lui peser d'un poids intolérable. Malgré toute sa bonne volonté, en dépit des raisonnements et des sophismes même qu'il se faisait pour se prouver que son travail devait lui paraître agréable, il ne put s'empêcher d'en sentir à la longue le dégoût. Il se blasa premièrement, et très vite, sur les quelques distractions qu'il avait cru trouver dans la nouveauté parfois bizarre de sa tâche. Il résista cependant à cette épreuve, et continua sans rechigner un labeur qui déjà lui apparaissait tel qu'il était, monotone, stupide, abrutissant. Grâce aux encourageantes tendresses de madame André, il put ne pas laisser voir sa lassitude, même lorsqu'il fut obligé de s'avouer qu'il était las. Il passa encore trois mois à lutter contre l'écœurement qui montait de plus en plus à ses lèvres.

Au bout d'un an, il n'en pouvait plus. Depuis douze mois qu'il allait à ce bureau, il avait fait quatre fois par jour le même chemin, passé déjà près de quinze cents fois par les mêmes rues. Et demain, et après-demain, et toujours, il faudrait poser les pieds dans les mêmes traces, comme un cheval tournant dans un manége. Et pourquoi? A quoi cela menait-il? Etait-ce donc une vie pour un être intelligent, que de s'asseoir huit heures par jour devant ce pupitre chargé d'une besogne fatigante, où la pensée ne trouvait pas le moindre aliment? Il se sentait envahi, submergé par la banalité de son occupation. Il se voyait devenant insensiblement semblable à ses compagnons de galère, à ce vieil employé qui depuis trente ans suait de l'encre sur du papier, et mettait maintenant toute son âme à tirer proprement une ligne noire ou à calligraphier un titre en ronde. Il lui venait des rages, en songeant que lui aussi finirait peut-être un beau matin par goûter du plaisir à faire un plein et un délié. Tout son cœur d'artiste et tous ses désirs d'indépendance se révoltaient à cette image. Il se rappelait en même temps les tirades de Nargaud sur les employés, sur ces malheureux qui bornent leur ambition à être un rouage obscur dans une machine qu'ils ne comprennent pas et qu'ils graissent avec le meilleur sang de leur jeunesse. Un métier de brute, en somme! et pis encore, un métier de dupe! On conçoit à la rigueur qu'un homme s'épuise au profit d'un calcul quelconque, d'un avenir à préparer. Si l'arbre pensait, peut-être jouirait-il d'être émondé, greffé, amputé, sachant qu'il n'en portera que plus de feuilles et de fleurs. Mais ici, quel lendemain espérer? A peine pouvait-on subvenir au présent. Et de quelle maigre façon! Juste de quoi ne pas crever de faim. Et si on tombait malade, on avait souffert inutilement! De tant de jours gâchés il ne restait que le regret de les avoir prostitués misérablement pour une pâtée insuffisante. Et le temps qui se perdait, et la gloire à laquelle il fallait dire adieu! Car il n'y avait pas moyen de songer aux lettres, avec la tête ainsi bourrelée de besognes vulgaires. Allez donc penser, et même rêver, après huit heures de correspondance contentieuse! Quel vers voudrait se mêler dans une cervelle à ces phrases bêtes qu'on avait recopiées, et dont le sens vous revenait comme le goût de l'ail? L'esprit fourbu ne demandait le soir qu'un profond repos sans idée.

Il s'affaissait, il abdiquait. C'était vendre son droit d'aînesse, non pas même pour un plat de lentilles, mais pour un plat de fiente. Car on s'embourbait là-dedans, on s'embourgeoisait, on prenait l'habitude de cette paresse intellectuelle. Autrefois Lucien avait déjà quelque peine à se mettre devant le papier blanc, mais pourtant après quelques efforts il était récompensé par la joie d'y écrire ce qu'il imaginait et il finissait par y prendre plaisir. Aujourd'hui qu'il en noircissait des rames sous des flots de sottises, il en avait comme l'horreur. Une ou deux fois il essaya de reprendre sa plume d'écrivain, et il éprouva comme des nausées devant ce papier blanc qui était devenu son instrument de supplice. Il ressentait quelque chose de ce que devaient souffrir à l'aspect d'une femme les condamnés anciens qui venaient d'être accouplés à des cadavres.

Lucien comparait alors son destin à celui des autres. Ah! combien était préférable la vie de bohème que menait Nargaud, cette vie au hasard, en liberté! Il passait des jours sans pain, des nuits sans domicile, c'est vrai! En revanche il connaissait le bonheur de ne dépendre de personne. C'était un loup, traqué souvent par la misère, mais en plein bois. Lucien devenait un chien dans un tournebroche, et la viande qui rôtissait ne rôtissait pas même pour lui. Ou plutôt n'était-ce pas lui qui rôtissait? Oui, il faisait partie de ceux qui ne mangent pas et qu'on mange. Eh bien! il n'avait qu'à sauter hors de sa cage et qu'à fourrer son museau dans la lèchefrite, comme Nargaud qui vivait sur le commun. Il trouverait bien son morceau au festin des autres ! Comment font donc les bohêmes, comment font ces milliers de sauvages qui rôdent dans la grande forêt parisienne, à qui personne ne peut assigner de métier ni de ressource, et qui tout de même ne meurent pas de faim puisqu'on en voit qui vivent jusqu'à la vieillesse ? Lui n'était pas moins hardi qu'eux, moins spirituel, moins intelligent, moins affamé. Pourquoi ne se jetterait-il pas aussi dans les sentiers perdus, à l'affût de la proie possible, au lieu de rester avec les niais qui triment sur la route battue à la queue leu-leu ? Si la société est une mauvaise mère, si elle vous refuse son lait, il faut lui mordre le sein, quitte à boire du sang.

Mais madame André, que deviendrait-elle s'il piquait une tête dans l'aventure ? Il ne pouvait pourtant pas l'abandonner, elle qui avait tout abandonné pour lui. Il ne devait pas la laisser seule, elle qui était venue à lui quand il se trouvait seul. Et maintenant moins que jamais elle méritait cette ingratitude. Durant toute cette terrible année, son affection ne s'était pas démentie un instant. Elle avait assisté au découragement progressif de Lucien, et à chaque nouvel accès elle lui avait prodigué son amour. C'étaient ses bonnes paroles qui semaient encore quelques roses sur la grise monotonie de leur existence. Les trésors de son cœur suffisaient à dorer par-ci par-là leur misère. Elle ne se laissait jamais aller à un reproche, à

une défaillance, à un soupir même, contre
l'existence qu'elle partageait avec Lucien. Il
la voyait toujours douce, toujours prête à le
consoler. Il avait beau rentrer de mauvaise
humeur, aigri, furieux ; il ne pouvait lui arracher un mot, un geste, de mécontentement. Il
aurait fallu plus que du courage, il aurait
fallu de la cruauté pour reconnaître tant de
bienfaits par un lâche abandon. Lucien ne se
sentait pas un cœur de héros, même dans le
mal.

D'ailleurs il savait bien qu'auprès de sa maîtresse, auprès d'elle seule, il pouvait oublier
un peu ses rancœurs et reprendre des forces.
En vain il s'excitait à la lutte directe contre la société ; il se reconnaissait en somme
trop débile pour l'entreprendre. Il avait toujours besoin de quelqu'un derrière lui, même
pour soutenir le simple courage qu'il lui fallait déployer en ce moment contre sa vie de
bureau ; comment donc pourrait-il affronter
sans secours le combat autrement terrible
qu'il rêvait ? Privé de madame André, il comprenait qu'il serait tout à fait sans énergie.
Puis, à supposer qu'il pût se passer de cette
aide absolument morale, il n'osait s'arrêter à
l'idée qu'il serait sevré du bonheur d'amour
qu'elle lui donnait. Il avait trop bien savouré
ces caresses pour y renoncer maintenant. Il
vivait à l'entrave, attaché non-seulement par
le cœur et l'esprit, mais aussi par les sens ;
et quand même il rassemblerait assez de caractère pour briser cette passion, il n'aurait

pas la vigueur de s'arracher à cette volupté. Sans en éprouver du reste aucune angoisse, il commençait à s'apercevoir qu'une maîtresse est une habitude prise, et terriblement difficile à quitter. Si l'on ne rompt qu'avec déchirement, même quand l'habitude est ennuyeuse, même quand la maîtresse est devenue indifférente, à plus forte raison ne pourrait-il pas le faire, lui qui adorait encore madame André. Pour quitter ce vêtement d'amour, il faudrait s'enlever la peau qui collait après. Lucien n'était pas de la race de ces fauves qui, lorsqu'ils se croient pris au piège, se coupent la patte avec leurs dents.

— Ah! se disait-il parfois, si je ne l'aimais pas, qui sait? Peut-être serais-je plus brave.

Mais alors il se mentait à lui-même. C'est dans ses plus noirs moments de colère qu'il en venait à se juger ainsi mieux trempé qu'il ne l'était. En réalité, ses résolutions violentes naissaient dans son imagination, mais ne pouvaient pas aboutir dans sa volonté. Réduit à ses propres forces, il eût eu peur de l'aventure qu'il semblait désirer, et il n'aurait su comment s'y prendre pour aller jusqu'au bout de ses déclamations. Il aurait sans doute continué sa vie d'employé, comme il la continua, mais avec plus d'amertume, contraint de ravaler son ennui, au lieu d'avoir un cœur où le verser. Il s'exagérait sa force quand il pensait être de taille à s'enrôler dans la bohême, ce régiment de francs-tireurs sans paie qui vont ramasser leur pain sous les balles.

XXXVI

Cependant, même au milieu de ses plus tristes écœurements, Lucien gardait un sentiment heureux qui venait de lui seul et ne devait rien à madame André : il se complaisait dans la conscience de n'avoir pas dérogé à l'art en faisant du journalisme. C'est une idée difficile à comprendre pour des gens autres que de purs artistes. Lui, bien qu'il n'eût encore produit qu'un petit volume de vers sans succès et un drame enfoui dans son tiroir, était un vrai poëte. Au fond, toute sa dignité se résumait en cela. Précisément parce que depuis un an il avait dû renoncer en quelque sorte à l'art, il l'aimait davantage, comme on chérit le pays d'où l'on est exilé. S'il ne travaillait plus, c'était par l'impuissance où le réduisaient les conditions de sa vie, ainsi qu'un oiseau ne vole plus parce qu'il est en cage. Il n'en conservait que plus d'attaches et plus de respect pour cette faculté qu'il sentait en lui. En faisant sa besogne d'employé, il subissait une violence du sort, il n'engageait pas la noblesse de son esprit, tandis qu'il aurait cru la compromettre en devenant journaliste. Il acceptait la cruelle nécessité de vendre sa plume de scribe ; il aurait considéré comme une honte de mettre en service sa plume d'écrivain. Certes, il avait été bien des fois tenté de le faire. Aux heures de désespoir et

de rage, quand il se trouvait plus étranglé que
jamais dans son carcan de misère, il lui était
souvent venu l'idée d'aller frapper à la porte
d'une rédaction. Il savait que tôt ou tard, s'il le
voulait, quelqu'une s'ouvrirait devant lui. Il était
certain, et sans fatuité aucune, de posséder plus
de talent, plus de style, plus d'esprit que les
trois quarts au moins des barbouilleurs qui encombrent la presse. Nul doute qu'il ne prît rapidement sa place dans cette bande et même un
galon parmi ces routiers de la littérature. Mais
ses instincts d'artiste le retenaient toujours. Cette
retenue est rare par le temps qui court, où le
premier venu se croit le nez fait pour humer
l'encre grasse de l'imprimerie. Ce n'était point
d'ailleurs par modestie qu'il pensait de la sorte,
mais bien par orgueil. Il avait naturellement
l'horreur de la banalité, et dans ses conversations
avec Nargaud cette répugnance s'avivait. Or,
le journalisme lui semblait l'épanouissement de
toutes les banalités. Quand il ne le trouvait pas
bête, il le trouvait méchant. Il était d'ailleurs
payé pour ne pas l'aimer, et il ne pouvait en
parler impartialement. Le peu de journalistes
qu'il connaissait n'étaient pas, il faut l'avouer,
de ceux qui honorent la corporation. Un Pérignat, un Denuizet, ne relèvent pas leurs confrères. Lucien les jugeait un peu tous d'après
ces types mauvais qu'il avait vus, comme beaucoup de gens jugent les Orientaux d'après le
marchand de pastilles du Palais-Royal. Aussi,
même sans ses goûts d'art pur, cette conviction
défectueuse sur le journalisme aurait suffi à lui

donner le dégoût de la chose. Ce sentiment au
reste, bon ou mauvais, lui fut profitable. Il y
puisa, lui si faible de caractère, une sorte de
caractère littéraire en quelque sorte. Ce pauvre
garçon, toujours prêt à lâcher pied quand il
était aux prises avec les besoins réels de l'existence, n'aurait pas transigé en face de l'idéal.
Là, il devenait vraiment quelqu'un, par la
simple vigueur de sa foi. Il y prenait une force
singulière et l'estime de soi-même. Il ressemblait
à ces nobles ruinés à qui leur sang-bleu prête
jusque sous les haillons une attitude de grand
d'Espagne.

Madame André s'en aperçut et en fut extrêmement heureuse, un jour qu'elle lui avait demandé
bien innocemment pourquoi il n'essayait pas
d'écrire dans un journal :

— Ne me parle jamais de cela ! avait-il
répondu avec une belle indignation. Je veux
bien tout faire, mais je ne veux pas trahir la
poésie.

Et comme elle ne comprenait pas tout d'abord
cette répugnance, il lui expliqua sa pensée, avec
une éloquence, une fougue à la Nargaud, qui
montraient que sa tête n'était pas si vidée qu'il
voulait parfois le laisser entendre.

— Vois-tu, disait-il, le journalisme, c'est le
poison pour l'artiste. Tous ceux qui en ont bu
en sont morts, même les plus robustes. Le journal est au livre ce que la glaise est au marbre :
on s'y gâte la main dans la facilité d'un travail
vulgaire. Etant forcé de parler quand même tous
les jours et sur toutes choses, on prend l'habi-

tude de parler pour ne rien dire. La poésie, l'art,
c'est une autre paire de manches qu'un article
broché sur commande à tant la ligne. On ne doit
pas, on ne peut pas, prendre l'hippogriphe à
l'heure, comme un fiacre. Le poëte et le journaliste, c'est le chanteur et l'avocat : tu vois d'ici
la différence. L'un émet des notes, l'autre du
bruit. L'abîme entre eux est encore plus grand
que cela; je n'en dis pas assez. Les journalistes
et nous, deux races qui n'ont rien de commun.
Nous, les gentilshommes de l'esprit, voilà! Eux,
les bourgeois de la plume. Que dis-je? Les nè-
gres de la copie. Ils disent qu'ils font de la littérature. Ce n'est pas vrai. Ils en vendent au détail, et d'occasion, et frelatée. Ils ne l'aiment
pas. Ils ne la comprennent pas. Ils prétendent
la vulgariser. Oui, au vrai sens du mot, en la
rendant vulgaire. Ils se vantent de la mettre à
la portée de tout le monde. Quelle gloire! C'est
ce qu'on fait d'une femme quand on la prostitue.

XXXVII

Tout en félicitant Lucien de son amour per-
sistant et fidèle pour les lettres, madame André
aurait bien voulu que ce fût là un amour moins
platonique. Elle souffrait à constater la stérilité
de son poëte. Mais elle ne pouvait s'empêcher de
l'excuser. Elle comprenait les effets épuisants du

travail de machine où il laissait s'éteindre peu à
peu ses facultés créatrices. Elle n'avait pas le
courage sévère de lui reprocher une impuissance
si douloureuse pour lui-même. Assistant aux colères du jeune homme, à ses dégoûts quand il
tentait de se remettre à écrire, elle voyait bien
qu'à ces moments-là il avait plus besoin de tendresse que de remontrances, comme ces chevaux butés, prêts à tomber sous un coup de
fouet, et qui n'avancent plus qu'à l'appât d'un
morceau de sucre. Aussi n'essayait-elle pas de
lutter ouvertement contre cette paresse à produire. Mais, avec une délicate attention, elle
s'appliquait seulement à entretenir chez son
amant le feu sacré, sachant que rien n'était
perdu tant que l'artiste aimerait son art, et es-
pérant toujours un réveil qui finirait bien par
secouer la torpeur où il s'endormait.

C'est ainsi qu'elle s'efforçait, puisqu'il ne pouvait pas écrire, de lui faire au moins parler
ce qu'il rêvait. Tous les soirs, avec une habileté
merveilleuse, elle amenait la conversation sur les
quelques projets littéraires qui vagissaient encore
dans la tête de Lucien. Elle l'obligeait à y penser, à les exprimer. C'était là, d'ailleurs, le plus
sûr moyen qu'il oubliât les vulgarités de sa
tâche quotidienne. Lucien se laissait aller à ces
sortes de provocations sans y prendre garde ; et
bientôt, échauffé par une discussion adroite, il
se mettait à bâtir, à démolir, à remuer ses idées,
ce qui était une façon de travail. Il éprouvait un
singulier plaisir à raconter ainsi, en le modifiant
chaque fois, le roman commencé jadis et depuis

abandonné. Il en reprenait les personnages, les péripéties, en variait les incidents, le construisait en somme tout en croyant y rêver. Madame André l'aidait dans cette trituration des matériaux. Elle savait apercevoir les défauts, les invraisemblances, arrêter Lucien quand il faisait fausse-route, le pousser au contraire quand il était en veine de trouvaille, le diriger dans cet obscur labeur qu'il exécutait presque malgré lui. Elle travaillait de concert avec cette imagination que la causerie emportait souvent loin de l'objet même du travail, et elle l'y ramenait sans cesse. Elle forçait Lucien à creuser ses caractères, à les préciser, à transformer en êtres nets et vivants les fantômes qu'il se contentait d'esquisser. Tout cela mené avec un tact si parfait, qu'il ne se doutait même pas des efforts nécessaires pour débrouiller le fil de ses pensées. Il croyait simplement se distraire, et il y goûtait une grande joie : il ne se rendait pas compte que son esprit gésinait entre les mains d'une admirable accoucheuse qui en arrachait tous les jours quelque enfant nouveau.

Elle fit mieux encore. Ces enfants tirés des limbes, elle les habilla. Pendant que Lucien était à son bureau, elle travaillait en cachette à écrire tout ce que son amant lui avait dit la veille, tout ce qui touchait de près ou de loin au roman. D'abord elle ne réunit que des ébauches informes, des lambeaux de personnages, des promesses d'action. Puis, à mesure que les choses et les êtres prenaient une figure dans les causeries, elle les exprima dans des phrases claires. Elle n'y mettait d'ailleurs aucun amour-propre, se contentant de transcrire au net, de décalquer en quelque sorte les silhouettes que Lucien dessinait en parlant. Elle avait ainsi ramassé peu à peu tous les faits, toutes les idées, tous les matériaux du roman. Mais ce tas de notes apparut alors comme un chaos. Car, malgré son désir de guider Lucien méthodiquement, elle ne pouvait l'astreindre à une étude régulière qui aurait laissé soupçonner ce qu'elle voulait. Elle se méfiait de la paresse du jeune homme et craignait qu'il ne renonçât à ce travail inconscient du jour où il verrait que c'était un travail. Elle l'avait donc laissé aller un peu au hasard de la fantaisie, à la débandade de la parole, ne le forçant à aucune suite, et elle devait se retrouver au milieu des contradictions, des digressions qui encombrent toujours une œuvre d'art qu'on se contente d'indiquer en y rêvassant. Il lui avait fallu une ténacité et une perspicacité merveilleuses pour reconstruire ce jeu de patience, pour composer un tableau de ces touches éparses. Pourtant elle y était parvenue. Au bout d'un an et demi, elle tenait tous les détails du roman, qu'elle mit encore six mois à coordonner, élaguant les développements oiseux, accordant les choses incompatibles, trouvant l'explication des obscurités, réduisant ce chaos en un tout harmonieux. Elle déploya une subtilité de sauvage à dépister un à un tous les thèmes nécessaires à l'œuvre. Elle s'astreignit à une obstination de mosaïste pour reproduire non-seulement les idées, mais jusqu'aux phrases de Lucien. Elle épinglait dans sa mémoire, puis fixait sur le papier les expressions colorées qu'il trouvait en s'échauffant, comme on attrape des papillons à la volée. Toutefois, malgré la fidélité de traduction à laquelle elle s'obligeait, forcément elle y mit du sien. Dans la conversation même, il était naturel que souvent elle suggérât des choses auxquelles il ne pensait point, surtout des analyses psychologiques que son expérience et sa finesse féminine lui fournissaient. Sans y songer, elle inspirait souvent Lucien, et ainsi elle prenait de bonne foi pour des idées personnelles à son amant des inventions dont seule elle était capable. Mais elle en attribuait tout l'honneur au poëte. D'ailleurs elle en était arrivée à ne faire qu'un avec lui, et à ne plus distinguer ce qui appartenait en propre à chacun dans l'œuvre commune. Elle se serait crue un bas-bleu, si elle avait pu se douter qu'en somme elle venait de collaborer à un livre, et qu'elle y apportait la plus grande part de travail et d'observation. C'est donc avec une entière modestie qu'elle avait accompli cette besogne, et très sincèrement persuadée qu'elle servait de secrétaire à Lucien. Après deux ans de peine, elle avait écrit d'un bout à l'autre ce roman que Lucien se contentait de parler. Elle réalisait le conte de la fée qui change dans la bouche de son filleul tous les mots en perles.

Pendant qu'il enfantait ainsi sans douleur et même sans conscience, Lucien s'imaginait toujours être stérile et il ne s'en consolait point. Mais son chagrin demeurait intérieur. A la len-

gue, il avait dû courber son esprit à l'abrutissement du bureau. Après les révoltes de la
première année, il se sentait affaissé dans la monotonie de son existence. Il continuait à vivre
en employé maussade et mécontent. Il ne regim-
bait plus maintenant, et son inertie avait fini
par s'accommoder de cet ennui régulier. Plus de
colères, mais des tristesses mornes, un découragement épais dont il ne se réveillait que le
soir auprès de sa maîtresse. Il ne conservait un
peu d'orgueil que par la conviction de n'avoir
pas transigé avec la banalité, et de garder in-
tacte au fond de son cœur sa passion pour l'art.
Mais il songeait souvent avec amertume à l'inu-
tilité de cette passion, qui ressemblait, pensait-il,
aux désirs d'un vieillard incapable de les satisfaire.

— Et voilà encore que nous allons causer de
mon roman! dit-il un soir d'un ton désespéré.
Tous les jours c'est la même chose. Tu me fais
bavarder, ce qui me distrait; mais cela ne m'empêche pas de m'avouer que je ne produis point.
Je n'ai plus rien dans le ventre, vois-tu. Je deviens un Nargaud, un cracheur de phrases.

— Non, mon chéri, lui répondit madame
André, tu es un écrivain. Ce roman, tu me l'as
dicté et je l'ai recopié. Le voici.

Et elle lui montra le gros manuscrit, bien net,
bien propre, qui s'épanouissait dans une jolie
petite écriture anglaise.

— Qu'est-ce que c'est que cela? fit Lucien stupéfait.

— C'est ton roman, tu vois bien. Il n'y manque
que le titre. Tu le trouveras quand tu auras relu

Car tu vas le relire et le retravailler. Moi, je n'ai pu en fixer que le brouillon.

Lucien était ébloui. Il tournait les pages fièvreusement, ne pouvant en croire ses yeux. Par moments, il s'arrêtait sur un passage où il reconnaissait ses propres phrases, de celles qu'il avait souvent répétées. Il y avait jusqu'à des métaphores trop éclatantes, empruntées au vocabulaire de Nargaud, et qu'il retrouvait tout empanachées, sans qu'il leur manquât une plume. Ses idées, ses images, tout était là. Il sentait son œuvre vivre et palpiter, comme un homme qui aurait soufflé des bulles de savon par une fenêtre un soir de printemps, n'y prenant pas garde, et qui les verrait soudain scintiller dans le ciel sous forme de constellations.

— Tu as fait cela, tu as fait cela! disait-il sans se lasser de le dire. Mais c'est vrai, c'est bien mon roman! Mais je ne suis donc pas vidé! Mais j'ai donc quelque chose dans la tête!

— Oh! je te laissais dire, répondit-elle, quand tu prétendais être stérile. Je savais bien, moi, que mon Lucien pensait, et je recueillais toutes ses pensées. Oui, c'est toi qui as écrit tout cela, toi le paresseux. Regarde, il y a quatre cent vingt-trois pages. Hein! comme c'est beau! tu vois que tu travailles bien.

C'était le ravissement de deux époux se félicitant l'un l'autre d'avoir sauvé de la mort un enfant qu'ils croyaient perdu.

XXXVIII

Du coup les ambitions littéraires de Lucien se réveillèrent. Naïvement il pensa être seul l'auteur de cette œuvre et cela lui donna l'assurance de pouvoir produire autre chose. Son étonnement sincère en voyant ce dont il était capable lui rendit tout l'orgueil actif qu'il n'avait plus.

Mais en même temps lui revinrent plus âcres ses colères contre la stupide occupation qui lui prenait tout son temps. Maintenant qu'il se sentait sûr de sa force, il s'irritait plus que jamais de se savoir envahi par les soins absorbants de son emploi. Il se disait que c'était un meurtre d'user huit heures par jour pour gagner une misérable pitance, quand il aurait pu en profiter pour se livrer au travail littéraire. Il perdit ainsi le dernier reste de courage atone qui l'avait soumis passivement aux exigences du pain à gagner.

Madame André comprit cette indignation tout en essayant de conseiller encore la patience à Lucien. Certes, ces huit heures par jour figuraient autant de blessures par où coulait un sang précieux. Pourtant c'est de ce sang-là qu'on vivait. Avec les cent cinquante francs par mois, avec le prix de ce sang, on subsistait, bien qu'à grand'peine. Il avait fallu des précautions extraordinaires, des prodiges d'économie domestique pour joindre les deux bouts. Les cinq cents

francs qui restaient encore au moment de la
ruine complète, elle les avait ménagés, dissé-
minés habilement pour boucher, par ci, par là,
les trous du pauvre budget. On avait dû changer
de domicile, se loger comme de tout petits bourgeois, presque comme des ouvriers. Bien qu'elle
travaillât d'arrache-pied chaque jour au roman,
madame André parait aussi à tous les besoins
quotidiens. Elle avait renoncé à la bonne ; elle
faisait tout elle-même, jusqu'à la cuisine. Elle
n'avait pas acheté un seul objet de toilette depuis deux ans. Elle rafistolait ses robes, bâtissait et rebâtissait ses chapeaux. Et, malgré tout,
elle restait la femme élégante, sentant le luxe,
même dans cette obscure misère. Lucien ne
voyait jamais sur elle la trace des vulgarités du
ménage. Mais, si elle avait pu venir à bout de
ce duel avec la pauvreté, c'était à force d'héroïsme, et parce qu'elle tenait dans ses mains
cette arme pourtant si débile des maigres appointements que gagnait Lucien. Elle le lui fît
entendre délicatement, pour lui prouver qu'il devait se dévouer encore. Car cette âme généreuse
devait s'y prendre de façon à laisser croire à
son amant qu'en réalité c'était lui, lui seul, qui
se dévouait. Elle portait en tout cette étonnante
charité qui fait qu'on est sublime sans en avoir
l'air et qu'on se sacrifie comme les autres respirent.

— Place ton roman d'abord, lui dit-elle. Avec
l'argent qu'il te donnera, tu auras de quoi vivre
en en écrivant un second. Peut-être serait-il
plus pratique, pardonne-moi ce vilain mot, de

ne pas abandonner ta place même alors. Mais
je ne puis vraiment t'astreindre à un aussi dur
supplice. Tu es trop malheureux dans ce bureau.
Non, quand tu verras devant toi une somme
suffisante, eh bien! tu quitteras tout, et nous
courrons l'aventure. Nous travaillerons ferme,
voilà tout! Et nous en sortirons, car tu es brave.

Il fallut du temps pour placer ce gros manuscrit. Ce n'était pas un de ces romans-feuille-
tons qui plaisent à la clientèle de portières re-
cherchée par la plupart des journaux. C'était
une étude psychologique, un récit sans beaucoup
de péripéties romanesques, et qui ne valait que
par l'analyse des sentiments et le soin du style.
Lucien avait eu bien peu de choses à corriger
dans la copie de sa maîtresse; il y laissa même
certaines longueurs qui lui plaisaient, soit par la
pénétration et la subtilité des idées, soit par
l'enjolivement poétique des phrases. En résumé,
une chose délicate pour les lettrés et les gour-
mets, un livre qui ne pouvait manquer d'être
apprécié lentement, qui se présentait bien comme
une œuvre d'art, mais qui n'offrait rien de ce
qu'il faut pour séduire un rédacteur en chef
avide de plaire au gros public. Pour être sûr
d'un placement immédiat dans les journaux,
ces bouillons Duval du roman, Lucien aurait dû
brasser une grosse ratatouille, tandis qu'il avait
assaisonné un plat fin qui ne pouvait se servir
que dans des Revues, ces cabinets particuliers
du journalisme.

Là Revue qui prit *Ferdinand* (titre du livre)
était aussi pauvre qu'inconnue. Elle se saigna

pour donner à Lucien un billet de mille francs.
Il accepta, tout heureux. Le jour même, avec
cette insouciance que le malheur n'avait pas encore éclairée, il envoya sa démission à la compagnie d'assurances.

— Je suis libre, dit-il en rentrant à madame
André. Tiens ! Cette fois, je ne dirai pas comme
le jour du baccarat que voilà trois mois de plaisir; mais je dis que voilà six mois de travail.
Cela vaut mieux. Et tu verras.

Madame André, un peu inquiète au fond devant les faibles ressources sur lesquelles comptait Lucien, ne voulut pas jeter une ombre sur
cette joie, et l'embrassa de tout son cœur en lui
disant :

— Je n'ai pas peur. Balzac a bien commencé
avec cent mille francs de dettes.

XXXIX

Mais Balzac était un entêté de génie; Lucien
n'était qu'un désireux de talent. Madame André,
d'ailleurs, quoi qu'elle voulût bien en dire pour
encourager son amant, ne se berçait à cet égard
d'aucune illusion. Elle savait bien que l'auteur
discret des *Joies discrètes* et même le brillant
causeur qui avait rêvé tout haut *Ferdinand*, ne
possédait pas la féroce ténacité de cet outran-
cier du travail qui s'est tué à souffler les bou-

teilles multiformes de la *Comédie humaine*. Elle
espérait toutefois profiter des bonnes dispositions de Lucien et des circonstances où il se
trouvait pour lui faire produire tout ce qu'il
contenait en puissance. Elle l'avait vu donner
de tels efforts d'énergie en se ployant à la vie
de bureau, et d'autre part elle *possédait* si bien
l'art de pousser et d'échauffer les moments
d'exaltation où il s'excitait, qu'elle comptait
malgré tout sur le présent mouvement d'enthousiasme. Elle se promettait d'entretenir Lucien
dans cette ambition. En dépit de ses habitudes
d'intelligence flâneuse, il était à cette heure si
bien monté qu'on pouvait attendre de lui un
véritable coup de collier. Sa nature nerveuse
ressemblait à ces chevaux arabes qui ont l'air
de dormir quand ils paissent à l'entrave, et qui
s'emballent soudain dans des galops furieux
quand ils sentent le cavalier sur leur dos. Elle
serait ce cavalier, et peut-être l'éperon de la
misère donnerait-il à Lucien cette haleine qui lui
manquait pour fournir une course de fond.

Il se mit en effet au travail, et rageusement.
Pendant trois mois il vécut de la vie terrible de
ces hommes de lettres que la passion d'écrire
dévore et qui transforment leur besogne en une
orgie. Il se ruait sur le papier comme un affamé
sur du pain, comme un débauché sur une femme.
Il en oubliait presque sa maîtresse. Il se saoulait
d'encre.

Madame André, effrayée de cette fièvre, tâcha
de la modérer. Elle n'avait pas demandé tant.
Elle s'étonnait surtout de se sentir à demi-

délaissée. Et pourtant elle n'était pas de ces femmes d'artistes comme il y en a trop, qui s'interposent toujours entre l'art et leur amant, et qui prennent pour des infidélités les escapades qu'on fait sans elles dans le bleu. Au contraire, elle était prête à abdiquer même le droit des caresses pourvu que Lucien remplaçât les baisers de sa maîtresse par ceux de la muse. Mais elle le connaissait si bien, elle le savait si accoutumé aux câlineries de l'amour, qu'elle s'inquiéta de le voir y renoncer de lui-même avec autant de facilité. Cela seul indiquait chez lui une crise maladive du cerveau. Il avait l'air d'un enfant débile en proie à quelque frénésie, qui manifesterait brusquement un dégoût du lait pour se jeter sur un verre d'alcool.

Mais en vain elle s'efforçait de calmer cette soif malsaine de travail ; elle la voyait devenir chaque jour plus folle. Maintenant Lucien vivait continuellement hanté par ses idées. Il ne prenait pas une minute de repos. Il avait entrepris à la fois un drame, une comédie et un nouveau roman. Il se dépensait d'une manière excessive. Ayant ressenti tout d'abord une grande difficulté à produire, il s'était violemment forcé la main et la pensée. Encore tout chaud du plaisir que lui causait *Ferdinand*, et convaincu qu'il l'avait écrit à lui seul, il ne pouvait admettre qu'il eût le travail pénible, et il se croyait la tête pleine de choses. Il y sentait, en effet, tourbillonner et fermenter un tas de demi-idées, de phrases incomplètes, qu'il prenait pour des créations vivantes et qu'il voulait à tout prix

mettre au monde. Il se tordait dans cet enfante-
ment douloureux, accouchant d'embryons venus
avant terme. Il ne se doutait pas que l'esprit net
de madame André avait seul donné la forme et
la précision aux ébauches confuses de son premier roman. Il prenait pour des êtres les fantômes de son imagination surchauffée. Il les ha-
billait à la hâte de mots de hasard décrochés
sans choix dans le capharnaüm de ses lectures.
Il s'exaspérait dans les efforts d'une abondance
difficile, embrouillé, chaotique. Il se fouaillait
la cervelle pour la faire marcher. Il s'épuisait.
Il s'emportait dans des improvisations pénibles,
où il croyait galoper ventre à terre, tandis qu'il
ressemblait à une pauvre haridelle trébuchant
sous les coups de fouet entre les brancards d'un
fiacre.

Au bout de trois mois, il était vidé sans avoir
rien fait de bon. Le roman, le drame, la comédie ne formaient qu'un amas de matériaux ina-
chevés, désordonnés. La copie de trois volumes,
des morceaux épars et disparates qui auraient
suffi, développés et étudiés, à bâtir cinq ou six
œuvres ; mais en somme rien qui eût une figure,
qui présentât même l'apparence d'un ensemble.
Des faits, des mots, pêle-mêle, sans plan, sans
lignes arrêtées, une sorte de chantier où les
constructions ne se dessinent pas encore sous les
décombres.

Lucien s'en aperçut, en fut désolé, et voulut y
porter remède. Il fit appel à la sagacité métho-
dique de sa maîtresse, dont il avait dédaigné
les conseils pendant trois mois. Elle se prêta

avec joie à la révision des manuscrits. Elle essaya d'y mettre de la lumière ; mais à la lueur de son esprit clair, elle ne réussit qu'à montrer à Lucien les fautes énormes qu'il avait commises. Pour comble de malheur, quand il voulut corriger ces fautes, il ne le put pas. Trop tard ! Son intelligence surmenée refusait de le servir, même aidée par celle de madame André, comme un estomac détraqué qui ne supporte plus le bon vin, même avec du quinquina.

— Il faut absolument te reposer, lui dit-elle. Quel fou ! au lieu de travailler doucement, régulièrement, tu vas t'exténuer.

— Laisse donc ! répondait-il, je suis un paroxyste, moi. Tout ou rien !

Mais son orgueil seul parlait, et en pure perte, obligé de baisser la tête devant son impuissance. Il avait beau faire le fanfaron de travail, il était à bout de forces. Pour tirer en ce moment une idée de son cerveau, il lui aurait fallu s'ouvrir le crâne et arracher l'idée avec ses doigts.

XL

Enfin il se reposa. Mais ce repos fut une fatigue nouvelle. Il se jeta du travail acharné dans la volupté folle. Au fond, sous la pointe de vanité qu'il mettait à se proclamer paroxyste, il l'était réellement, comme tout homme jeune, nerveux et artiste. En cela, d'ailleurs, bien naturel et bien de son temps. L'existence moderne, surtout l'existence parisienne, se passe à courir de crise en crise. Tous les ressorts de la machine humaine sont perpétuellement tendus jusqu'à casser. Quand ils sont près de casser, on les tend à l'envers, comme les arcs des anciens Scythes, et ils n'en prennent que plus de raideur. Aujourd'hui, on traite le cœur et l'esprit ainsi que le corps, par des bains russes ; on les fait passer sans transition de l'étuve à la glace. Nous nous croyons des hercules névropathes, et nous nous guérissons de nos attaques d'épilepsie en nous gorgeant de tous les opiums les plus fous. On se délasse d'une violence par une autre. Autrefois on mourait d'excès ; maintenant on en vit.

Pendant trois mois, Lucien s'était, avec obstination, privé presque absolument de sa maîtresse. Sans le savoir, il souffrait de cette continence rentrée. Sans y prendre garde, il céda au besoin tout physique de rattraper ce temps perdu. Il se précipita dans l'amour avec la fougue d'un anachrorète tenté par la reine de Saba, qui aurait conscience de se damner et qui voudrait prendre de la jouissance pour l'éternité. Madame André pourtant ne tàchait pas à le tenter, mais au contraire s'opposait de toutes ses forces à cette furie de caresses, plus nuisible encore à Lucien que sa furie de travail. Peine inutile! Sa prudence fondait devant ce possédé chauffé par tous les diables de la luxure qui dardaient leurs fourches dans ses moindres regards.

— Tu n'es vraiment pas raisonnable, disait-elle sans cesse.

— Tu l'es trop, répondait Lucien. Et pourtant je mérite bien que tu te montres aussi un peu folle, pour me récompenser de mes trois mois de sagesse. Après toute l'eau claire que nous avons bue, nous pouvons hardiment lamper un coup de vin pur. Donne-moi tes lèvres, que je me grise.

Madame André était toujours belle. Depuis quatre ans déjà qu'elle vivait avec Lucien, elle n'avait point changé. Peut-être sa taille s'amincissait-elle un peu, comme il arrive aux femmes que la maternité ne déforme pas ; mais le tour en restait rond et plein, sans maigreur ni sécheresse. La poitrine et les hanches ne perdaient rien de leur voluptueuse opulence, et le poids du temps n'en déprimait pas le dessin sculptural. Le teint devenait plus mat, plus pâle, moins jeune en somme, grâce au travail dans un air confiné ; mais la peau, tendue aussi lisse, d'un grain aussi pur, ne connaissait pas encore les rides. Seuls les yeux s'étaient transformés, mais à leur avantage : ils s'ouvraient plus grands, plus profonds, dans la figure moins grasse. La passion allumait maintenant sa flamme chaude dans ces brillants trop clairs autrefois. La chevelure lourde se massait aujourd'hui dans une coiffure moins simple, toujours plaquée sur le front en deux lames luisantes, mais relevée et comme gonflée sur le haut de la tête en un dôme épais qui ressemblait à une tiare d'ébène. A tout prendre, et même pour des regards moins prévenus que ceux de Lucien, madame André apparaissait réellement plus séduisante que jamais, dans l'orgueil provocant de toute sa splendeur épanouie. Plus que jamais aussi, et par cela seul qu'elle résistait aux exigences extrêmes de son amant, elle offrait aux désirs ce piment singulier d'une réserve qui la rendait perpétuellement désirable. Sans y mettre de coquetterie, elle attisait le feu en voulant l'éteindre. Lucien avait beau la posséder aussi absolument que possible, la savoir par cœur pour ainsi dire, la pénétrer de son amour jusqu'aux moelles, malgré tout, ici comme naguère au sortir de l'eau, il n'arrivait pas à s'en rassasier, bien qu'il s'en saoûlât.

— Je t'en supplie, disait-elle parfois, ne t'emporte pas ainsi en m'embrassant. Ne me dévore pas de caresses. Tu me fais peur. Il faut m'aimer plus doucement, comme on doit aimer sa femme.

— Non, non, criait-il, comme ma maîtresse, comme mon éternelle maîtresse, comme on aime le jeu, le vin, le pouvoir, avec rage, à corps perdu, tête baissée, de tout mon être. J'en veux encore et toujours, jusqu'à mourir. Jamais je n'en aurait assez. Tu ressembles à ces fruits de l'Inde qui rafraîchissent en donnant soif.

D'autres fois, elle essayait de la plaisanterie pour qu'il se modérât; elle le raillait sur sa fougue, sur cette inextinguible soif qu'elle traitait de romantique, de byronienne, qu'elle disait venir de la tête et non du cœur; elle le comparait à ces ivrognes qui boivent leur première bouteille d'un seul trait et qui ensuite roulent étourdis sous la table sans pouvoir goûter aux crus des autres services; elle insistait particulièrement sur ce reproche, qu'un tel amour semblait factice, voulu, de parti pris, plus littéraire que naturel.

— Vraiment, disait-elle, tu es par trop paroxyste. J'en arrive à croire que tu expérimentes sur moi quelque théorie. Tu veux me prouver ton fameux *tout ou rien.* Tu m'embrasses comme tu faisais de la copie.

— Oui, répondit-il très sérieusement, et j'ai raison. Mais tes baisers valent mieux que mes mots.

Elle cédait alors, il le fallait bien. Elle-même se sentait brûlée par cette flamme toujours renaissante. La sensualité est contagieuse. Jeune, beau, amoureux, caressant, insatiable, aimé, Lucien finissait irrésistiblement par vaincre, et la déroute de madame André se trouvait d'autant plus complète que la victoire avait été plus disputée. Elle oubliait toute sagesse en de tels moments, elle s'abandonnait les yeux fermés pour ne point voir jusqu'où on l'entraînait, elle perdait pied, et son être s'abîmait dans l'absorbante communion de l'amour. Ces anéantissements, où sa volonté mourait, la noble femme se les reprochait ensuite comme de terribles fautes, mais en vain et trop tard. Elle en était punie par des angoisses et des craintes douloureuses, en songeant que Lucien se fatiguait outre mesure, compromettait sa santé si délicate, ruinait son esprit en même temps que son corps, et se tuait peut-être, surtout après l'éreintement de ses trois mois de travail intellectuel si forcené. Elle tremblait aussi à l'idée qu'une fois de plus il allait perdre le goût et l'habitude de ce travail. Elle se rappelait la période d'inertie absolue qui avait suivi la griserie voluptueuse des bains de mer. Elle s'en voulait de ne pas mieux combattre le retour d'une telle existence. Elle se trouvait lâche, égoïste, de ne pas opposer à la folie de Lucien une sagesse invincible. Dans ces heures de remords, elle devenait plus que réservée, presque dure, tout à fait froide, et prenait des airs sévèrement maternels pour le morigéner.

— Je veux que tu m'obéisses, disait-elle, que tu sois sage. Je le veux, entends-tu. Tu as besoin de tranquillité. Tu ne te reposes pas.

Mais il lui coupait la parole par des sanglots d'amour.

— Eh bien! disait-il, où serais-je plus tranquille que dans tes bras? Oui, c'est vrai, j'ai tort. Je vais t'obéir. Je vais me reposer, là, doucement, et dormir, comme un petit enfant, bercé sur ton cœur.

Le malheur est que ce petit enfant ne dormait pas.

XLI

Il fallut à peine deux mois de cette existence enragée pour mettre Lucien sur le flanc. Brusquement, un matin, il fut pris d'un frisson terrible. Il avait le front comme serré dans un étau. Quelques gouttes d'un sang pâle lui vinrent aux narines. Il éprouvait une vague hébétude qui lui pesait sur les yeux et dans la tête.

Madame André envoya immédiatement chercher le premier médecin venu, sans concevoir pourtant une trop vive inquiétude et croyant à un simple malaise. Le praticien, après avoir regardé la langue tuméfiée de Lucien, prit aussitôt un air de mauvais augure qui atterra la pauvre femme. Il se mit ensuite à palper le ventre du malade, et, ayant constaté que la pression sur la fosse iliaque droite déterminait un gargouillement, il conclut à une fièvre typhoïde sans aucun doute possible. Madame André ne pouvait supporter cette idée. Malgré ses craintes si souvent manifestées ces derniers temps, elle n'était pas préparée à un dénoûment aussi cruel. Elle faillit en perdre la raison.

Pour achever de la torturer, cela tombait précisément au milieu des embarras pécuniaires que créaient les six mois d'oisiveté pendant lesquels on avait dépensé l'argent de la maison sans rien gagner. Il ne restait pas soixante francs disponibles pour parer même aux premiers frais d'une si grave catastrophe; et c'est au chevet du malade que le superflu est le plus nécessaire. Puis, même avec de l'argent, comment lutter contre un adversaire formidable et qui ne pardonne pas? Madame André s'épouvantait à la pensée d'être seule et impuissante en face d'un tel malheur. Elle en venait à se reprocher comme un crime sa faiblesse envers les folies de Lucien. Elle se disait que toute la faute était à elle. Cela lui déchirait le cœur. Il lui semblait qu'elle avait empoisonné son amant.

Mais à quoi bon perdre le temps en remords inutiles? Il fallait agir, et au plus vite. Pour sauver Lucien, ce n'était pas assez d'un obscur praticien du faubourg. Elle écrivit tout de suite à Fresson, qu'elle croyait si dévoué au jeune homme. On l'avait beaucoup négligé depuis trois ans. On l'avait même laissé dans l'ignorance complète de la vie qu'on menait; elle s'en trouvait désespérée maintenant, et de cela encore elle s'accusait. Mais qu'importe? Fresson aimait Lucien, et il allait arriver, et il le disputerait à la maladie. Le temps de recevoir la lettre et de partir, il pourrait être là demain matin. Madame André s'accrocha de toutes ses forces à cet espoir. Elle envoya au docteur un mot court, mais substantiel, où elle le mettait rapidement au courant de la situation : Lucien avait commis un excès de travail, puis un excès d'amour ; de là une fièvre typhoïde ; rien pour la soigner ; la pénurie absolue. Elle ne mit aucune fausse honte à tout dire. Fresson n'était-il pas un ami? Et ne fallait-il pas avant tout sauver Lucien?

Fresson fut abasourdi d'apprendre cette misère. Il croyait bonnement que Lucien était en train de manger à même la fortune de madame André, et il trouvait cela tout naturel. En voyant que ces deux imbéciles s'étaient héroïquement condamnés à la pauvreté, il les méprisa. Il s'emporta dans un accès d'indignation contre eux, et il pensa être très modéré en répondant simplement la lettre suivante :

« Madame,

« Je regrette de tout mon cœur qu'il me soit
« absolument impossible de me rendre auprès
« de Lucien en ce pénible moment. Vous savez
« combien j'ai d'affection pour lui; mais je suis
« retenu ici par des circonstances tout à fait im-
« périeuses et indépendantes de ma volonté.
« D'ailleurs, je dois vous l'avouer, quelque cha-
« grin que cela me cause, je considère une fièvre
« typhoïde comme mortelle dans les conditions
« toutes spéciales où vous me dites que s'est dé-
« clarée celle-ci. En tout état de cause, c'est une
« maladie grave et dont on réchappe rarement.
« Mais ici en particulier les excès déterminants
« sont de telle nature qu'il me semble difficile,
« pour ne pas dire absurde, de concevoir la
« moindre espérance. Je ne voudrais pas, ma-
« dame, vous paraître plus cruel qu'il n'est per-
« mis, même à un médecin; cependant permet-
« tez-moi de vous dire que vous avez été bien

« peu raisonnable de laisser mon pauvre ami,
« dont la santé est si fragile, s'épuiser au point
« d'en venir là. Le travail extraordinaire auquel
« il s'est soumis, sans doute pour satisfaire à des
« besoins de luxe auxquels il ne pouvait se re-
« fuser, suffisait à lui seul pour justifier une
« dangereuse inflammation du cerveau. Cette in-
« flammation a nécessairement atteint les sources
« vives de l'existence, grâce à la déplorable fré-
« nésie qui a ensuite miné tout l'organisme.
« Souffrez, madame, que je sois étonné d'une
« telle conduite chez Lucien, qui ne me semblait
« pas avoir une nature à pousser aussi loin ce
« genre de folie. Je ne saurais, en somme, lui
« en vouloir, et le blâme doit s'arrêter au lit d'un
« agonisant. D'ailleurs, j'aime trop mon ami pour
« vouloir m'appesantir davantage sur des récri-
« minations qui ont le tort d'arriver un peu tard
« et d'être inutiles. Tout ce que je puis faire en
« sa faveur, c'est de me rappeler que j'ai été pour
« lui un frère, et d'agir en conséquence de mon
« mieux, en vous envoyant l'obole qui pourra
« servir, sinon à le sauver, du moins à adoucir
« ses derniers instants.

« Veuillez agréer, madame, l'assurance de
« mes meilleurs sentiments, malgré tout.

« Pierre FRESSON. »

Il y avait sous l'enveloppe un billet de cent
francs.

Madame André ne songea même pas à la mes-
quinerie de cette aumône. Elle fit moins attention

encore aux odieux sous-entendus de cette lettre, aux basses accusations et au lâche égoïsme de cet hypocrite. Elle courba la tête sous ces insultes et n'essaya même pas de s'en défendre intérieurement. Elle ne vit qu'une chose, c'est le billet de cent francs qui pouvait aider à soigner Lucien, et elle l'accepta sans colère. Fresson présent, elle l'aurait remercié. En ce moment, elle aurait mendié pour son amant; elle aurait offert sa figure aux crachats, si ces crachats avaient pu se changer en pièces de monnaie pour payer la guérison de Lucien.

Ce qui l'irrita seulement, c'est d'avoir perdu un jour à cette correspondance. Depuis hier, le mal faisait incessamment des progrès. Et ce mauvais praticien des Batignolles n'inspirait guère de confiance à madame André! Il lui aurait fallu un grand médecin, le plus grand de tous. Mais comment faire, avec la pincée d'or qui représentait toute la fortune de la maison? Cela suffisait à peine aux plus indispensables nécessités du traitement qu'on allait suivre. Alors, un moment, madame André regretta son honnêteté envers sa fille. Elle éprouva l'horrible sentiment d'avoir tout sacrifié à cette enfant, qui ne lui en saurait peut-être aucun gré. Après tout, ne poussait-elle pas trop loin la délicatesse en ne jouissant pas de cette fortune, comme elle en tenait le droit, jusqu'à la majorité d'Henriette? Aujourd'hui, avec cet argent, elle assurerait le salut de Lucien.

— Ah! pensait-elle, de quelque côté que je me tourne, je vois que tout arrive par ma faute. Je suis une misérable. Dire que mon Lucien va mourir faute de soins, parce que j'ai agi en femme désintéressée! Il fallait tout fouler aux pieds pour mon amour, tout, même la probité.

Il lui vint tout à coup une idée bizarre, c'est qu'elle pouvait, qu'elle devait amener quand même un grand médecin au chevet de son amant. Le moyen? n'importe! La nécessité parlait, commandait. Lui obéir avant tout! La fin justifierait le moyen. La noble femme se serait plutôt vendue pour racheter la vie du jeune homme. Sans hésiter, elle courut du coup chez le docteur Burpitt, un célèbre Anglais qui venait précisément d'arracher à la fièvre typhoïde deux personnages illustres. En route, elle ne se laissa pas refroidir par la réflexion, tout en s'avouant qu'elle risquait une démarche absurde, et que même elle ne savait comment elle allait s'y prendre avec cet inconnu, peut-être méchant ou cupide. Elle marchait comme inspirée, avec la foi qui fait les Jeanne Darc.

Le docteur Burpitt était un homme grave, froid, raide, correct, l'air ni bon ni mauvais, mais absolument indifférent, un de ces praticiens pour qui la mort n'est qu'un phénomène, un de ces opérateurs qui amputent un membre comme on sculpte une canne. Madame André ressentit presque de l'effroi en face de cet homme insensible qu'il fallait toucher. Ce devait être un cœur de brouillard condensé, impénétrable au plus petit rayon d'émotion.

— Monsieur, lui dit-elle à brûle-pourpoint, j'aime un jeune homme qui se meurt. Ce jeune

homme est un poëte, un grand talent. Il a la
fièvre typhoïde. Vous seul pouvez le sauver.
Nous sommes pauvres, monsieur. Mais vous le
sauverez, il le faut. Je viens vous chercher.

Elle parlait presque sans avoir conscience du
ton impératif de ses phrases. Sa voix vibrait
brève, ferme, exigeante. Mais ses yeux brillaient
pleins de prières, de ces prières irrésistibles qui
en disent plus que toutes les supplications, de
ces prières qu'ont parfois les meurt-de-faim et
qui forcent les avares eux-mêmes à donner leur
sou. Contraste étrangement fort, que ces regards
d'une demande infinie avec ces paroles presque
hautaines. On sentait qu'il était impossible de
refuser.

— Madame, répondit simplement le docteur,
je vous suis.

Le docteur Burpitt passait pour un original, et
il prouva en ce moment qu'il méritait cette réputation. Pas un pli n'avait tressailli dans son visage glabre. Il prit même un air mécontent
quand madame André, suffoquant de reconnaissance, lui baisa subitement la main. Et il la suivit, toujours aussi grave, aussi froid, aussi
raide, aussi correct.

-- Madame, dit-il après avoir vu Lucien, la
fièvre typhoïde est aussi intense que possible,
et je ne puis répondre de rien. Pour l'instant il
n'y a qu'à attendre, en traitant les accidents suc-
cessifs à mesure qu'ils se déclareront. Le malade est d'une complexion trop faible pour que
j'ose essayer sur lui la méthode que les médecins français appellent jugulante. Il faudra le dé-

fendre pied à pied. Je viendrai deux fois par jour.

Puis, brusquement, avec une sorte de rudesse :

— Vous êtes pauvre, reprit-il. Je n'aime pas que mes malades ne puissent pas suivre exactement mes ordonnances. J'ai mon amour-propre. Je veux n'avoir à combattre que la maladie.

Et il déposa sur la cheminée un billet de mille francs. Madame André éclata en sanglots.

— Oh! fit le docteur, je vous interdis absolument ces démonstrations qui me choquent. Il faut me prendre comme je suis. Nous autres Anglais, nous sommes excentriques.

Il sortit là-dessus avec une mine renfrognée. Il était un de ces bienfaiteurs bizarres que la reconnaissance gêne et blesse en quelque sorte, de ces gens qui vous tirent de l'eau en vous mettant la main sur les yeux pour que vous ne puissiez point les voir.

XLII

La fièvre typhoïde suivit son cours régulier, mais avec une force effrayante.

Lucien sentit d'abord augmenter la pression de l'étau qui lui serrait de plus en plus les tempes. C'était là la douleur constante qui se manifestait avec le moins d'accalmie. Par moments, il éprouvait au-dessus des yeux des coups de céphalalgie lancinante, comme si une vrille s'enfonçait dans son front avec une rapidité d'éclair. Après ces instants aigus, il s'affaissait dans un sentiment de pesanteur. Il lui semblait avoir la tête pleine de plomb. Peu à peu une grande faiblesse l'envahissait, coulant dans tous ses membres. Il se réveillait de cette langueur en proie à des tranchées violentes. Des chaleurs lui montaient alors à la peau, qui devenait sèche et brûlante. Tous ces accidents se succédaient ou se mêlaient, suivis ou accompagnés d'un saignement de nez intermittent, par gouttes drues qui lui retombaient en caillots dans la gorge. Les premiers jours il avait encore conscience de son état. Il pouvait ainsi apprécier la tendresse de madame André, qui faisait son métier de garde-malade comme les femmes seules savent le faire, avec des prévenances sans dégoût, avec cette sollicitude perpétuelle que donne aux mères l'habitude de soigner les enfants. Cela aidait Lucien à supporter les tortures qu'il endurait. La céphalalgie surtout le mettait au supplice. Cette continuité de douleur amena bientôt une sorte d'hébétude, d'abord externe, qui rapidement pénétra jusqu'à la raison. Pour commencer, une difficulté à trouver ses mots, puis à rassembler même ses idées. Son intelligence s'obscurcissait comme si on y versait lentement des ténèbres. Vers le sixième jour, il ne tenait plus la libre disposition de ses facultés ; il délirait.

— Maintenant, dit le docteur Burpitt, la maladie a conquis le corps. Nous allons la voir à l'œuvre.

Comme il s'était opposé à l'envahissement progressif, le docteur s'opposait maintenant à la
pleine éclosion de la fièvre. Madame André assis-
tait avec des angoisses cruelles, des espoirs fous
et de l'admiration, à ce duel obscur. Tantôt elle
voyait Lucien en proie à des éblouissements, à
des vertiges, à des divagations qui semblaient
annoncer une fin prochaine. Tantôt au contraire,
sous l'effet d'un purgatif, d'une application de
glace, l'ennemi reculait. On eût dit une bataille
souterraine où la maladie poussait des mines
que le docteur contre-minait. Maintenant, après
le premier septenaire, on allait agir au grand
jour.

La céphalalgie avait diminué. Mais sur le
corps apparaissaient de petites taches rosées, len-
ticulaires, comme si le mal vainqueur plantait
ses fanions sur cette citadelle emportée d'assaut.
La poitrine en était toute mouchetée. Elles durè-
rent trois jours, et furent remplacées par des
sortes de cloques presque invisibles, mais qui
s'écrasaient sous le doigt en laissant sur la peau
une goutte de sueur. La face se tuméfiait en se
parcheminant, hideuse. La bouche, constamment
ouverte comme un trou, laissait voir entre les
lèvres boursoufflées les dents déchaussées et
jaunies par un tartre fuligineux, les gencives
violettes, et surtout la langue, épouvantable à
considérer, sèche, coupée de crevasses, noirâtre
et tremblante ainsi qu'une langue de perroquet.
Ces manifestations externes n'étaient que les indices des tourments qui ravageaient l'intérieur
des organes. Ce que le malade devait souffrir,

on le voyait plus encore à l'expression maintenant complètement abrutie de sa figure. Ce n'é-
tait plus seulement de l'hébétude, mais de la stupeur. Il ne comprenait plus, n'entendait même
plus. Sourd et inanimé, il restait de grands moments dans une prostration absolue, dans une
immobilité de cadavre, ne conservant de vivant
que ses yeux sans pensée qui nageaient dans le
vague, blancs, et retournés comme des yeux
d'aveugle. Cette torpeur ne cessait que sous des
secousses soudaines, des mouvements convul-
sifs, quand tout le corps se raidissait brusquement avec des soubresauts de tendons formidables. D'un bond, sans avertissement, revenait
le délire, mais plus atroce que dans la première
période, semblable aux accès d'un maniaque
qu'on est obligé de sangler dans la camisole de
force. A ces instants, il fallait pour contenir
Lucien, les deux infirmiers que madame André
avait installés au chevet du malade. Elle-même
se serait fait broyer en essayant de lutter contre
ces violences irrésistibles. Elle pleurait, elle parlait à Lucien elle lui disait ces phrases câlines
qui endorment ou bercent tout au moins les plus
rageuses souffrances ; mais il ne saisissait ni le
sens ni même les sons, et il continuait à se débattre jusqu'à ce qu'il retombât sur son lit,
comme une masse, dans une somnolence profonde dont rien ne pouvait l'arracher. La vie ne
se manifestait plus que par des évacuations involontaires, des vomissements de bile, un flux
verdâtre et puant, comme si la fièvre typhoïde
voulait souiller sa victime avant de la tuer. Alors,

quand son Lucien gisait inerte dans ces ordures, madame André impuissante se rappelait le jeune homme qu'elle avait connu si frais et si fringant, la peau blanche, les lèvres roses, les yeux brillants comme des fleurs, et elle s'emportait contre le mal qui faisait de toute cette jeunesse un tel objet d'horreur. Elle poussait des cris en accusant l'ennemie implacable, et, pour lui arracher sa proie, elle se jetait à corps perdu sur la poitrine de Lucien, avec des sanglots d'amour frénétique, prenait dans ses mains cette tête d'asphyxié, la caressait, la lavait de pleurs, et collait sans dégoût sa bouche sur cette bouche abominable, où elle essayait de souffler la vie dans un baiser et qui lui renvoyait des hoquets sentant déjà la tombe et la pourriture.

C'était au milieu de la troisième période. Les symptômes allaient annoncer la mort ou la résurrection. Si les accidents s'aggravaient, tout serait fini dans quelques jours. On arrivait au soir de la bataille, quand la retraite se change en déroute, mais aussi quand la victoire se gagne par une charge de cavalerie. Le docteur Burpitt commanda la charge, et lança cette vieille garde des remèdes, les stimulants. La fièvre fut sabrée à coups de toniques, par les éthers, le xérès amontillado au quinquina, le musc, l'esprit de mindererus. En quarante-huit heures on emporta la position. Tous les phénomènes morbides diminuaient d'intensité, lâchant pied devant le violent retour offensif de la médecine.

En quelques jours tout danger imminent avait

disparu. Le corps reprenait rapidement possession de lui-même. L'affreux délire surtout prenait son vol et ne venait plus battre des ailes dans cette pauvre cervelle fouettée de cauchemars. Avec lui s'enfuit la stupeur. Les traits ne présentaient plus cette hébétude cadavérique qui pesait sur la figure comme un masque. Ils se détendaient, s'épanouissaient. Les yeux vivants s'arrêtaient avec intelligence sur les choses, et leur morne immobilité vague et vitreuse se fondait à la flamme renaissante de la pensée.

— Allons, dit un jour le docteur Burpitt, voilà le troisième septenaire passé depuis près d'une semaine déjà. Maintenant je réponds du malade.

Et, secouant d'une rude *shake-hand* la main de madame André, il ajouta :

— Je suis très content. Je vous remercie de m'avoir offert à guérir un si beau cas de fièvre typhoïde.

XLIII

Maintenant il n'était plus besoin que de prudence pour surveiller le retour progressif de la santé. La convalescence de la fièvre typhoïde est lente et périlleuse encore ; car les rechutes sont mortelles. Madame André avait tout à faire par elle-même, l'œuvre du médecin se trouvant finie et

devant être remplacée par mille petits soins
continus et attentifs.

Lucien goûtait ce charme singulier de la résurrection qui donne aux choses les plus insignifiantes une saveur étrange et qui fait apprécier
quel bien inestimable est la vie. Il découvrait
aux aliments, au sommeil, une fraîcheur inconnue. L'air même qu'il respirait lui semblait
nouveau et comme rajeuni. La main dans la
main de sa maîtresse, il s'attardait au fond de
délicieuses langueurs, sentant les forces se dila-
ter en lui. Quand madame André lui caressait
doucement la poitrine, il avait la nette percep-
tion de décharges vivifiantes qui tombaient des
doigts de sa maîtresse, et il en avait la peau
toute imprégnée.

Parfois cependant elle se voyait obligée à une
sévérité nécessaire, quand Lucien, se croyant
déjà tout à fait rétabli, n'obéissait pas aux pres-
criptions qu'exigeait la convalescence. Il aurait
voulu se lever, aller au grand air, boire du
soleil. Il éprouvait surtout des fringales cruelles,
et demandait à manger avec une insistance à
laquelle il était dur d'opposer des refus. Mais
elle s'astreignait au courage de ne point l'écouter.

Alors il s'emportait, pleurait, et son désir
s'exaspérait de la résistance. Il disait que madame André s'amusait à le faire souffrir. Il était
injuste et méchant comme un enfant gâté et
malade.

Bientôt aussi il connut d'autres fringales, auxquelles sa maîtresse céda moins encore. Les câlineries, les attouchements, excitaient de plus en

plus sa vigueur renaissante. Il tâchait de les prolonger, de les faire transformer en caresses. Il sentait des désirs voluptueux sourdre en lui, des baisers lui monter aux lèvres. La tête reposée sur la poitrine de madame André, il s'attardait dans de chaudes étreintes, sortait ses bras du lit pour lui prendre la taille, allongeait ses mains vers le corsage, essayait de l'ouvrir pour toucher la chair. Mais elle se redressait alors, sévère et presque furieuse. Elle lui reprochait avec une sorte d'amertume ces retours amoureux qui pouvaient compromettre la convalescence. Elle se retirait de lui comme si elle eût été une fiole de poison qu'il voulait boire. Pour lui enlever toute tentation, elle cessait même les plus innocentes câlineries. Elle y mettait une froideur voulue, raide, quasi de l'horreur, à la façon d'une mère qui se croirait désirée par son fils.

L'esprit du malade est si bizarre que cette froideur blessa Lucien. Après avoir tenté à plusieurs reprises de la vaincre, il en vint à s'imaginer que peut-être on ne l'aimait plus. Cette idée absurde était pourtant démentie par la perpétuelle sollicitude dont il se sentait entouré. Néanmoins elle grandit peu à peu dans sa tête. et d'autant plus qu'il la garda pour lui seul, la ruminant, la retournant, la creusant, sans oser s'en expliquer en phrases ouvertes. Un jour qu'il se regardait dans un miroir, il s'aperçut des changements causés par la maladie et il y vit une raison à la désaffection de sa maîtresse. Il en fut profondément attristé.

— Elle ne peut plus m'aimer, pensait-il. Elle verra toujours en moi le cadavre qu'elle a soigné.

En même temps il crut remarquer que madame André considérait le docteur Burpitt avec une déférence plus tendre que respectueuse. Il ne sut pas distinguer la profonde gratitude qui se peignait dans les yeux de cette femme reconnaissante. Il en devint jaloux. Sa nature nerveuse, surexcitée par la maladie, et troublée par des souvenances de délire, plus que jamais sensible et sensible à l'excès, bizarre, soupçonneuse, s'égarait dans des suppositions étranges. Certes ce docteur, cet Anglais si raide, avec sa face glabre encadrée dans un collier de barbe moitié rousse et moitié blanche, ne ressemblait guère à un séducteur. D'autre part, madame André n'avait jamais rien fait ni même rien rêvé qui pût permettre de douter d'elle. Et pourtant Lucien se mit à penser de plus en plus à un sentiment possible entre ces deux êtres. La stupidité seule d'une telle imagination suffisait, dans l'état où il se trouvait, à le persuader. Il se remémorait toutes sortes d'histoires de tromperie amoureuse; il s'ingéniait à se prouver combien les femmes sont singulières; il se répétait tous les vieux paradoxes, qu'il prenait autrefois pour des paroles d'Evangile, du temps où il méprisait l'amour et croyait si bien connaître les femmes; il songeait à ce terrible drame de *Lui et Elle*, qu'il avait lu avec tant de colère contre George Sand, à ce malade trompé par sa maîtresse et le médecin derrière son lit de mort. Le malheur est qu'il se croyait absolument libre dans l'exercice de ses facultés, et qu'il accordait ainsi pleine confiance à ces fantasmagories douloureuses, qui n'étaient que le dernier écho des cauchemars de son délire.

Bien qu'il gardât le silence sur ces malsaines rêveries, madame André s'aperçut bientôt qu'il souffrait de quelque préoccupation. Il ne lui fallut même pas longtemps pour en deviner la cause. L'aspect du docteur donnait à Lucien une contenance gênée et presque hostile qui fit vaguement comprendre à madame André cette jalousie pourtant si incompréhensible. Mais, plus raisonnable que Lucien, elle n'y vit que les suprêmes fumées de la fièvre et s'en inquiéta d'ailleurs d'autant moins que le docteur Burpitt avait annoncé son prochain départ pour l'Amérique.

Il partit comme il était venu, en original, laissant derrière lui cette lettre :

« Madame,

« Mon malade a besoin de six mois de repos « absolu. Voici deux mille francs sous ce pli. Je « vous présente mes respects.

« JOHN BURPITT. »

Elle allait dire à Lucien cette bonne nouvelle, quand il lui coupa la parole par une explosion de colère. Depuis quelques jours, son idée avait pris un corps précisément en songeant à l'argent qu'il voyait à la maison et dont il ignorait la source. Il ne pouvait plus contenir en lui l'indignation qu'il en ressentait. Il éclata par cette phrase brutale :

— Madeleine, tu me trompes !

Madame André demeura stupide devant cette accusation. Elle reprit aussitôt son sang-froid, et pensa qu'elle ne devait pas même discuter avec un dernier accès de délire. Elle se pencha vers Lucien et voulut l'embrasser.

— Laisse-moi tranquille, cria-t-il avec fureur. Je te dis que je sais tout. Le docteur est ton amant.

— Lucien, fit-elle suppliante, tu es fou. Calme-toi.

— Non, non, il y a trop longtemps que je souffre. Je veux une explication. D'où vient l'argent qui est ici?

Pour le coup, madame André eut peur. Dans l'exaltation où parlait Lucien, il ne fallait pas songer à lui dire la vérité, à lui faire comprendre la générosité excentrique du docteur. Essayer de le mettre au courant de toute l'histoire, c'était donner prise à ses soupçons. Il ne pourrait entendre un mot de la réalité sans y trouver un motif à sa colère. Elle se troubla tout d'abord.

— Mais, dis-le moi donc, reprit-il d'un ton terrible. D'où vient l'argent?

Elle eut soudainement l'idée d'un mensonge qui coupait court à tout.

— L'argent vient de Fresson, répondit-elle.

Comme un jet d'eau froide sur de l'eau bouillante, ce simple mot fit tomber la rage de Lucien. Il n'avait pas pensé à Fresson. C'était si naturel cependant! L'explication fournie se trouvait si vraisemblable! Toute sa fureur se fondit dans une crise de larmes, avec des sanglots de re-

grets, des prières demandant pardon. C'était la
fin de sa frénésie. Les soupçons qu'il étouffait
dans le silence de son cœur et qui avaient manqué le dévorer, crevaient brusquement en venant
au jour. Honteux de les avoir conçus, désolé de
les avoir exprimés, il ne savait comment témoigner son remords et abolir ses mauvaises paroles.
Madame André le tenait dans ses bras, le couvrant de caresses pour l'apaiser.

— Grand enfant, grand fou, disait-elle. Mais
non, je ne t'en veux pas. Je ne me rappelle seulement pas ce que tu criais. Mais tu ne croyais
pas à cette absurdité. Ce n'est pas toi qui parlais. C'est encore ta maudite fièvre qui délirait
dans ta pauvre tête. Ne pleure pas! je t'aime.
Comment veux-tu que je ne t'aime pas? Si tu
savais le bonheur que j'ai eu à te soigner!

— Oh! gémissait Lucien, dire que j'ai cru...

— Ne parle plus de cela, mon chéri. D'ailleurs,
tu n'auras même plus l'occasion d'y penser. Le
docteur est parti en Amérique, tu ne le verras plus.

— Tant pis; j'aurais voulu lui faire des excuses.
Quel ingrat je suis! Cet homme qui m'a sauvé!
Mais au moins, à toi je peux te demander par-
don. Vois-tu, ce n'est pas ma faute...

Et par un retour naturel, son amour se réveilla
plus vif après ce moment de doute, comme sa
santé renaissait plus florissante après la tempête
de la maladie. Cette fois madame André ne put
se soustraire aux étreintes, et tous deux tombèrent enlacés sur ce lit que la mort avait failli
couvrir d'immortelles et que leurs baisers semaient de roses.

Le lendemain, madame André se repentit de
son mensonge. Elle vivait maintenant vis-à-vis
de Lucien dans une position fausse dont elle ne
concevait plus moyen de sortir sans laisser prise
aux soupçons. Avouer que la réponse d'hier était
un subterfuge, et par conséquent dire la vérité,
à savoir que l'argent venait du docteur Burpitt,
c'était ressusciter toutes les mauvaises idées de
Lucien. D'autre part, s'il arrivait à découvrir lui-
même la supercherie, convaincu d'avoir eu raison, rien ne pourrait plus lui faire admettre
l'innocence de sa maîtresse. La seule façon de
parer à tout, c'était de mettre Fresson dans la
confidence. Mais madame André le connaissait
aujourd'hui trop bien pour avoir foi dans la générosité d'un pareil égoïste. Elle voyait clair enfin
dans cette conscience bourgeoise, et elle savait
qu'il ne fallait y chercher un sentiment qu'à la
lueur d'un intérêt. Depuis que Lucien allait
mieux, elle avait relu plus d'une fois la lettre
abominable de Fresson. L'indignation non éprou-
vée tout d'abord, grâce aux cent francs qui
étaient pour Lucien le verre d'eau dans le désert,
cette indignation justifiée éclatait maintenant, et
d'autant plus forte qu'elle ne pouvait s'exprimer
au dehors. Elle avait compris tout l'odieux de
cette réponse hypocrite et calomnieuse. Cette
potion amère, qu'elle avait avalée jadis sans y
prendre garde, parce qu'elle était occupée à
sauver Lucien, elle la rebuvait maintenant goutte
à goutte et en connaissait toute l'horreur. Et
pourtant, comme il s'agissait encore du repos
de son amant, comme elle voulait à tout prix

lui rendre la santé morale aussi bien que la santé physique, elle accepta ce calice nouveau, elle se résigna bravement à oublier les insultes de Fresson et à lui demander un service. C'est là une des plus grandes preuves de dévouement qu'elle donna dans sa vie à Lucien. Elle allait implorer un homme qu'elle méprisait. Elle prostituait la noblesse de son ressentiment à un goujat incapable de comprendre ce sacrifice.

Ce dégoût, d'ailleurs, lui fut utile. Grâce à la répugnance avec laquelle elle écrivit, elle trouva instinctivement les raisons les plus propres à décider un Fresson. Elle ne lui parla ni de générosité, ni d'affection, ni de sacrifice, mais d'argent. Elle lui renvoya les cent francs, en lui apprenant la guérison de Lucien; elle ajoutait que, par suite de circonstances imprévues, elle possédait une somme assez considérable, et qu'elle désirait simplement que Lucien n'en sût pas la provenance; elle avait dit au jeune homme que Fresson était le banquier qui avait subvenu aux besoins de la maladie, et elle espérait que Fresson ne la démentirait pas au cas échéant; voilà tout ce qu'elle demandait.

Fresson répondit poste pour poste qu'il acceptait ce rôle, qu'il se ferait un plaisir de se prêter ainsi à tout ce qui pouvait assurer le bonheur de son ami, qu'il regrettait de n'avoir pas pu agir plus efficacement au moment de la fièvre typhoïde, mais que maintenant il se mettait tout à la disposition de madame André.

Elle ne s'étonna pas de cette platitude, dont elle devina la cause. Evidemment Fresson s'était

amadoué au seul mot d'argent ; il redevenait
ami puisqu'on possédait une somme. Lucien lui
ayant écrit pour le remercier de ses secours pécuniaires, Fresson se répandit en protestations
de tendresse.

— Après toi, dit Lucien à madame André,
c'est bien l'être qui m'aime le plus au monde.

Madame André portait là, dans sa poche, la
première lettre de Fresson, et elle se retint de
toutes ses forces pour ne pas la montrer. Mais
il s'agissait du bonheur de Lucien. Elle se mor-
dit les lèvres pour ne pas dire ce qu'elle pensait,
et elle eut le courage de répondre :

— Oui, Fresson t'aime bien.

XLIV

L'année qui suivit la convalescence fut extraordinairement douce pour Lucien, sans fatigue,
sans souci, sans travail, et pourtant sans ces
lourds ennuis qui pèsent d'ordinaire sur une
existence oisive. Madame André savait en occuper tous les moments avec un art merveilleux,
lui trouver l'emploi de ses heures les plus vides,
veiller sur les flâneries de cet esprit indolent
comme une esclave qui écarte les mouches du
sommeil de son maître. Lucien avait le cerveau
tellement retourné par la maladie, qu'il éprouvait une véritable jouissance à remettre ses

idées en place ; mais il avait besoin de le faire
lentement et sans effort, et rien ne pouvait lui
être plus délicieux que de sentir sa maîtresse
elle-même accomplir cette besogne, dans des
causeries légères, dans de calmes discussions,
surtout dans des lectures où elle se prodiguait à
la façon des grand'mères qui endorment leurs
petits-enfants.

Grâce à l'argent du docteur Burpitt, la vie assurée coulait sans inquiétude, calme à la fois et
suffisamment égayée de distractions. Une vie de
rentiers à l'aise, plus intelligente toutefois, em-
bellie par des plaisirs plus distingués que les
simples joies du confortable. Lucien et madame
André goûtaient leur petit bonheur bourgeois,
mais savaient l'assaisonner de tous les raffine-
ments de leur esprit.

Tous les jours on allait faire une petite promenade au parc Monceau. On s'asseyait sur un
large banc cambré, le dos soutenu par la courbe du
bois comme par un bras passé autour de la taille,
et l'on s'attardait à humer l'air, à se baigner
les yeux et la pensée dans le vert des feuilles, à
contempler le tranquille et gracieux tableau des
bébés pomponnés qui jouaient sur le tapis de
sable fin où le soleil allumait parfois des scin-
tillements de poudre d'or. A travers les branches
apparaissaient les murs des hôtels, les grilles à
lances dorées, les coins de jardins pleins de
plantes grasses, tout le luxe parisien qui enclôt
ce square de l'opulence. On n'en voyait pas la
pompe qui irrite les malheureux, qui aigrit l'envie, mais seulement les aspects joyeux et reposés

qui pénètrent même le cœur des pauvres et leur donnent un reflet de bien-être. Le charme devenait plus délicat encore à l'approche de la nuit, quand on ne distinguait plus que les massifs peu à peu noyés dans l'ombre, quand on n'entendait plus que le vague bourdonnement de Paris qui venait s'assoupir dans la cime des arbres avec la monotonie berceuse d'un murmure de flot sur une grève. Pourtant ce n'était point la physionomie de la campagne, ni des bois au bord de la mer, mais quelque chose de particulier, de parisien encore ; cela ne vous emplissait pas tout l'être, ne vous absorbait pas, comme la pleine nature qui écrase de sa grandeur ; cela vous chatouillait doucement l'âme. On se serait cru égaré dans un coin de vignette moderne, dans un de ces paysages qui ont l'air faux, mais qui ont aussi tout le délicat de l'artificiel. Rien n'est plus suave pour un Parisien, pour un artiste, que ce singulier mélange de la nature éternelle et de la modernité passagère. Peu de gens le comprennent et peuvent le goûter. Lucien et sa maîtresse y étaient extrêmement sensibles. Ils ne raisonnaient pas cette impression, mais la savouraient délicieusement. Ils percevaient ce parfum parisien intimement fondu dans tout ce qui les entourait, et qui laissait émaner sa note fine au milieu de ce concert silencieux des arbres remués par le vent, des herbes frôlées par l'eau courante, des étoiles éclatant une à une dans le feu d'artifice de la nuit. Le parc inondé par la nature, mais imprégné de Paris, ressemblait à un flacon d'essence de rose, que l'Océan aurait ballotté et lavé de ses lames immenses sans pouvoir y faire évanouir la subtile et tenace odeur exhalée à jamais par l'âme des fleurs mortes.

Pour faire diversion à ces joies quotidiennes, dont pourtant ils ne se fatiguaient pas, ils tournaient quelquefois leur promenade vers Saint-Ouen, vers cette maigre, bizarre et touchante campagne de la banlieue. Ils choisissaient de préférence le dimanche pour ces parties, et trouvaient précisément un ragoût imprévu à être coudoyés par le peuple, au sortir de leur tranquillité retirée et des fines sensations du parc Monceau. Ils se mêlaient à la foule des petits employés, des ouvriers, qui allaient chercher au-delà des fortifications un bout d'horizon libre. On dirait ces jours-là qu'on marche dans la gaîté. L'avenue est toute bariolée de couleurs claires, grouillante de mouvement, secouée de cris, de chansons, d'éclats de rire. Bras dessus bras dessous passent des couples heureux, des bandes bruyantes. Il y a les ménages de vieux, le mari propret dans sa redingote ancienne, la femme avec un gros nœud mauve qui s'épanouit sous son menton en pomme cuite. Gaillards et contents, quoique bousculés, ils ont des attentions comiques pour leur toilette, et tout de même ils sont agréables à voir. Les ouvriers surtout. Le bonheur du peuple rit largement. Ce n'est pas la lie des faubourgs qu'on rencontre ; çà et là le trottoir est bien barré par une ligne de jeunes tapageurs qui ont déjà un verre de trop dans la tête ; mais la plus grande partie du populaire se compose de braves gens qui montrent sur leur figure la conscience du devoir accompli sans relâche tout le long de la semaine. Ce ne sont pas de mauvais compagnons de route. Ils respirent la force, la santé. L'homme donne la main à sa marmaille, et quelquefois hisse le plus petit à califourchon sur ses épaules. La femme, jeune, porte presque toujours cette beauté du diable qui caractérise la Parisienne, même sous un bonnet de trente sous. A la première verdure, les gamins gambadent dans l'herbe, la mère s'aponiche à la façon des petites filles en faisant un fromage avec ses jupes bouffantes en rond, et le père, en manches de chemise, s'étire au grand air en ouvrant les bras comme s'il voulait prendre du ciel pour huit jours.

Lucien et madame André passaient au milieu de ces familles sans jamais les trouver ridicules, et presque avec une gravité respectueuse. Tout cela leur semblait bon. Eux aussi s'asseyaient sur le chauve gazon des talus, et se sentaient pénétrés de ces plaisirs simples, dont leur cœur s'emplissait. Dans cette promiscuité avec le vulgaire, vulgaire sain et vigoureux, leur nature fine et distinguée trouvait un grand charme de contraste, et s'y délectait comme un gourmet raffiné se régale d'une grosse soupe aux choux à la table d'un paysan.

Ils descendaient ensuite par des chemins crayeux, jusqu'à la Seine. Ah! ce n'était plus leur jolie rivière d'Ablon, avec ses coins solitaires, ses bras perdus sous les saules, ses anses

encombrées de joncs, de nénuphars et d'iris
jaunes qui donnaient l'impression d'une forêt
vierge en miniature ! Mais pourtant cela ne leur
paraissait ni triste ni banal, malgré les rives
nues, les berges poudreuses et la foule. Ces lourdes barques pleines de peuple en gaîté valaient
même mieux en somme que les jolis canots de
là-bas montés par des philistins en rupture de
comptoir. De toutes les guinguettes sortaient
des refrains, des plaisanteries franches, des cris
de joie, des bouffées de cuisine épicée, des bruits
de verres choqués, un vol amusant où se mêlaient
la mousse des petits vins clairs, l'odeur de la
friture et le pétillement de l'esprit des rues.
Souvent ils se laissaient tenter par cette atmosphère grisante de fête familière, et ils s'attablaient
sous une tonnelle pour manger la gibelotte de
l'ouvrier. Leur mise plus soignée que celles des
autres n'excitait aucune envie ; car la pauvreté
avait passé le pouce sur leur élégance, et on les
prenait pour un couple d'artistes, de ces gens
que l'étiquette bourgeoise traite en réfractaires,
et que l'instinct du peuple respecte comme des
amis.

Le soir, ils revenaient dans le tapage croissant, dans la confusion du retour, sans s'inquiéter de friper leurs habits au contact de la foule.
De temps à autre seulement, quand ils se sentaient un peu trop poussés par la presse, madame André se serrait contre Lucien, et ils se
laissaient porter par la cohue, tels qu'une paire
de mouettes par les vagues. Et ils riaient de ne
pouvoir s'entendre, obligés de se dire à haute

voix les mots d'amour qui leur montaient aux lèvres. Parfois même, encouragés par l'exemple des couples qui passaient près d'eux, ils s'embrassaient furtivement au milieu d'un brouhaha qui couvrait le bruit de leurs baisers. Ils rentraient la gorge sèche d'avoir crié sans y prendre garde et d'avoir avalé de la poussière, les jambes lasses, la tête encore bourdonnante, mais le cœur et l'esprit tout trempés d'un bonheur fort.

— Ma foi, dit un soir Lucien, je ne comprends pas qu'on blague tant ce qu'on appelle la sueur du peuple. C'est peut-être encore le meilleur des bains de santé.

XLV

Cependant les deux mille francs du docteur Burpitt ne pouvaient durer éternellement, et madame André pensait souvent à la gêne qui approchait avec la fin de cet argent dépensé au jour le jour. Elle n'en parlait pas à Lucien, pour ne pas l'inquiéter, et même lui laissait croire que Fresson avait ouvert généreusement un crédit à peu près sans limite en attendant l'époque où Lucien se remettrait à gagner sa vie. Elle tenait d'ailleurs la bourse avec une discrétion admirable, en sorte que Lucien n'avait jamais l'idée de compter ce qui s'en allait et de réfléchir au

moment où il ne resterait plus rien. Et pourtant
cette heure arrivait. Malgré des miracles d'économie, la somme diminuait rapidement. Madame
André avait beau s'ingénier à chercher les plaisirs les moins coûteux, à rogner sur tout ce qui
ne servait pas directement à Lucien, en vain elle
se faisait avare pour lui et s'imposait même des
privations cachées; en dépit de ces efforts, elle
voyait s'assombrir déjà le fond de cette mine
d'où pendant près d'un an elle avait su tirer
pour Lucien les pépites de tant de minutes heu-
reuses.

Pour ne pas être prise au dépourvu, elle avait
recommencé un travail analogue à celui d'où
était sorti *Ferdinand*. Elle plongeait bravement
dans le fouillis des manuscrits de Lucien, pour
y pêcher quelque chose qui eût une forme et pût
se vendre.

Labeur difficile plus que jamais; car Lucien
se trouvait en ce moment tout à fait incapable
d'aider à cette besogne. D'abord il se sentait encore la tête affaiblie, l'intelligence facile à fati-
guer, et madame André ne voulait pas qu'il se
livrât de si tôt à la peine de composer. D'autre
part, même avec des facultés mieux portantes,
il aurait reculé devant la tâche, par dégoût du
chaos amoncelé sur le papier dans ses trois mois
de production forcenée. Il ne pouvait même
pas relire ce fatras d'idées sans ordre, d'images
sans suite, de phrases sans but. Les poëtes ont
en général cette habitude, bonne ou mauvaise,
d'écrire toujours un peu comme on improvise,
et il leur faut un véritable effort pour revoir

leurs improvisations, surtout quand elles leur
semblent ratées. Lucien professait avec un certain orgueil cette théorie si contraire à l'opinion
reçue, et il ne pouvait s'astreindre à la marque-
terie patiente que beaucoup de gens prennent
pour du talent et qui parfois en effet semble y
suppléer.

— Que veux-tu? disait-il à madame André, je
ne suis pas un repriseur de mots, je ne sais pas
ravauder mes phrases. Je ne crois certes pas
que les vers et la prose se fassent tout seuls;
mais j'estime qu'on ne les refait pas. J'applique
au poëte le mot de Byron sur le tigre : Quand
le tigre a manqué sa proie, il ne court plus après.
On s'est beaucoup moqué depuis vingt ans de
l'inspiration, et moi tout le premier j'en ai ri.
Eh bien! j'avais tort. Ce qui constitue l'artiste,
c'est précisément l'inspiration. Ou plutôt, débar-
rassons-nous de ce mot ridicule. Au lieu d'inspiration, je dis excitation, et je suis dans le vrai.
L'artiste est un être qui a des griseries de langage, des fièvres chaudes d'imagination, et c'est
dans ces accès-là qu'il produit. Il n'y a pas à
dire non. Je sais bien comment tout cela se
passe en moi. Quand j'ai ou crois avoir quelque
chose dans la tête, je sens le besoin de m'en débarrasser. Une femme enceinte, en mal d'enfant,
voilà ce que je deviens. Alors j'écris, c'est-à-dire
j'accouche. C'est plus ou moins laborieux ; tantôt je souffre et me tords pour me délivrer ; tantôt cela tombe comme une lettre à la poste. Si
l'enfant vient bien, fort, viable, beau, tant mieux!
Mais une fois né, je ne sais pas lui refaire l'oreille

restée dans les limbes ou lui redresser l'échine. Dans ce cas, je suis le père spartiate. Tu es laid, mon garçon, mal bâti, sans vigueur ! Bonsoir, alors ! Aux latrines, les avortons !

Mais madame André combattait ces idées trop absolues et défendait les pauvres manuscrits menacés par un infanticide.

— Vous voilà bien, disait-elle, vous autres hommes ! Un peu plus, vous proclameriez que tout est fini après le baiser d'où sort l'enfant. Vous ne savez pas ce que c'est que la progéniture. Mais, après l'accouchement, il y a l'allaitement. Le pauvre petit mal venu, on le refait par les caresses. S'il le faut, on lui donne la vie encore une fois en l'élevant, et tous les jours on accomplit ce miracle, et on ne l'en aime que mieux, ce fils qu'on rend vivant à force de soins.

Il riait de cette obstination maternelle, et il la laissait faire. Au fond, sa paresse trouvait son compte dans cet enthousiasme, et il conservait le vague orgueil d'avoir jeté même dans ses ébauches embrouillées de quoi fournir à madame André le sujet et la matière de plus d'un tableau.

— Allons, disait-il, tu tiens à racheter mes petits Chinois. Je te les abandonne. Tu es si douce et si caressante que tu finiras peut-être par dégrossir ce tas de monstres.

Elle y parvint en effet. De cette tour de Babel que faisait le roman, elle tira des pierres, des bouts de frise, des fûts de colonne, dont elle bâtit d'abord deux maisons, deux nouvelles qui ne

se rattachaient pas à l'ensemble de l'œuvre. Dans
ce travail elle mit beaucoup plus du sien que
dans la confection du premier roman de Lucien.
Elle ne trouvait plus comme autrefois tous les
éléments de l'œuvre à sa disposition, toutes les
idées arrachées une à une au bavardage du
poëte; elle ne possédait que des indications
qu'elle devait développer elle-même. Elle ne s'a-
perçut pas de ce surcroît de peine et apporta
autant de modestie que par le passé à écrire des
choses qui maintenant étaient bien réellement
siennes. Elle devint auteur sans s'en douter, et,
précisément à cause de cette inconscience, elle
toucha juste. Si elle avait écrit pour elle-même,
avec la certitude de travailler sur son propre
fond, elle eût été gênée par ce sentiment, guindée dans son inexpérience; elle eût cherché ar-
tistiquement, et, sans éducation d'artiste, elle se
fût butée aux mille obstacles d'un métier qu'elle
ne connaissait pas. Au contraire, elle écrivit naturellement, sans se préoccuper d'autre chose
que de deviner les intentions de Lucien, et comme
si elle racontait dans une lettre intime les idées
du jeune homme. Ses deux nouvelles acquirent
ainsi le charme d'histoires simplement narrées,
dans un style clair, avec des analyses substantielles, exemptes de procédés et de prétention.
Lucien n'eût pas pu les exprimer ainsi, dans ce
ton sobre et délicat, ni surtout y répandre ce
parfum de distinction mondaine qui leur donnait la saveur et la familiarité d'une correspondance de femme.

Les deux nouvelles furent immédiatement pla-

cées, et apportèrent dans le budget presque
épuisé près de quatre cents francs. Lucien ne
s'en trouva pas humilié ; car madame André savait toujours lui persuader que lui seul était
l'auteur de ces œuvres, et de fait elle le croyait.

— Tu avais raison, disait-elle, de ne pas vouloir y remettre la main. Ce n'est pas ton affaire.
Toi, tu es le poëte, le trouveur, bien au-dessus
de la besogne d'ouvrier que demande l'arrangement de tes inventions. Cela me regarde. Tu me
jettes de l'or tout ciselé, des poignées de diamants taillés et polis, et tu n'as pas à t'inquiéter
des parures qu'on en peut composer. Indique-
moi seulement le dessin des bijoux que tu rêves,
la place que tu assignes à chaque pierre, l'effet
que tu veux produire, et je me charge de sertir
tous les trésors de ta pensée. Ce n'est pas difficile, va, si tu savais ! Il n'y faut que de l'attention et de la patience. Les êtres comme toi se
passent de ces qualités inférieures. Nous autres
femmes, nous avons l'habitude de l'aiguille.
Mais, en somme, l'auteur d'une tapisserie, ce
n'est pas la main qui a piqué la laine dans les
trous, c'est l'intelligence qui a choisi les couleurs et tracé le canevas.

Lucien se rendait sans peine à ces doux arguments et se complaisait en toute sincérité dans
ces comparaisons flatteuses. Madame André
n'était pas moins sincère en les faisant, et ne
quittait plus son travail, encouragée par le plaisir qu'en éprouvait Lucien et par le succès qui
récompensait ses efforts.

C'est ainsi qu'elle parvint assez vite à se recon-

naître dans les matériaux encombrants du roman inachevé, et à planter debout sous forme de
livre ce tas confus d'élucubrations. Là, elle tra-
vailla plus encore que pour les deux nouvelles.
Il lui fallut absolument inventer et imaginer.
Tout était à bâtir. Il y avait bien des personnages et des péripéties, mais pas de nœud à
l'action. L'idée première conçue par Lucien, en
jetant au hasard ces phrases incohérentes, n'apparaissait que dans une brume indécise. Lui-
même ne savait plus très bien sur quel fond devait rouler ce torrent de mots. Il se rappelait
vaguement avoir nourri le projet d'une vaste
étude sur le monde littéraire ; et, comme tout
jeune écrivain, il s'était égaré dans une sorte
d'autobiographie. N'ayant encore que très peu
vécu dans ce milieu qu'il essayait de peindre, il
avait seulement esquissé des observations, re-
cueilli et reproduit des touches éparses, achevé
par le rêve des choses entrevues dans la réalité.
C'était un calepin de notes, de vœux, de déclamations, mais non une histoire d'une tenue.
Madame André classa tous les détails et trouva
le fil perdu qui pouvait rattacher tous ces lambeaux. Elle reprit, d'ailleurs, le procédé qui lui
avait si bien réussi avec *Ferdinand*, fit causer
Lucien, le força à se rendre un compte exact de
ce qu'il voulait, lui soumit tour à tour les changements qu'elle croyait nécessaires, l'amena peu
à peu à voir un ordre possible, et finalement fut
en possession d'une œuvre qu'elle seule animait
du souffle vital et dont Lucien croyait être le
père.

Sans le vouloir encore et de plus en plus, elle était l'auteur. Mais, par un singulier phénomène, elle avait su se dépouiller de ses qualités féminines, nuisibles à un tel livre, et l'écrire dans le ton chaud et presque violent qui convenait à ce pamphlet sous couleur de roman. Elle était si bien entrée dans l'esprit dn Lucien, qu'elle semblait vraiment avoir écrit sous sa dictée. Elle s'étonnait elle-même de la virulence des phrases qui lui venaient sous la plume. Elle ne se doutait pas que dans cette sorte de confession de Lucien, comme elle aussi avait sa part, elle aussi apportait son cœur. Le livre, qui s'appelait *les Coquins de lettres*, exprimait des rancunes, des indignations justes, qu'elle avait ressenties par contre-coup pendant les débuts de Lucien, pendant les époques de noire misère, et dont elle entendait encore les cris. Il ne lui en coûtait pas de parler en mots cruels et sanglants de gens qu'elle méprisait et qu'elle haïssait, de misérables tels que Pérignat, Marchin, Denuizet, de ces reîtres de la littérature qui avaient tant fait souffrir son bien-aimé. Elle trouvait pour les peindre des traits subtilement méchants, et d'autant plus forts qu'elle les enveloppait dans une sorte de bonne humeur. Française et Parisienne jusqu'au bout des doigts, elle savait d'instinct l'art de blesser en jouant avec ces phrases élégantes et légères qui volent sur leurs pennes comme des oiseaux et qui n'en fichent que mieux leur pointe vibrante dans la chair.

Quand ils relurent ensemble le livre, elle fut effrayée de son audace.

— Il faut adoucir tout, dit-elle. C'est trop âcre, trop mordant. Cela fera scandale.

— Tant mieux ! répondit Lucien. Les *Joies discrètes* sont mortes parce qu'elles sentaient la crème. Ce livre-ci sent le poivre et le vinaigre ; il emportera la bouche ; on criera, et on sera forcé de crier mon nom.

XLVI

Le livre en effet fit scandale.

Cette fois, Lucien ne le publia pas dans une revue obscure, comme *Ferdinand* et les deux nouvelles, qui avaient rapporté de l'argent, mais non du bruit. Il trouva du premier coup un journal en vue, qui fut enchanté des attaques qu'allait susciter un tel roman. Le directeur, flairant justement la bataille, n'avait rien négligé pour l'annoncer. Il était trop habile *impresario* pour ne pas battre la caisse sur le dos de ses confrères attaqués si violemment ; et pour augmenter son tirage il l'aurait plutôt battue sur son propre dos. En dépit de Lucien, qui s'opposait à une réclame sentant trop la parade, de grandes affiches sang-de-bœuf s'étalèrent bientôt aux quatre coins de Paris, avec ce boniment plein de promesses :

23

Lire dans le PARISIEN

LES COQUINS DE LETTRES

Roman-Pamphlet

PAR

LUCIEN FERDOLLE

Cette œuvre remarquable et appelée au plus vif succès n'est pas, comme la plupart des feuilletons, un tissu d'aventures invraisemblables ; c'est une étude prise dans la réalité, et qui initie le public aux mystères les plus curieux de la vie des écrivains. Il y aura des pleurs et des grincements de dents parmi les aventuriers de la presse et les empoisonneurs de la plume.

Lucien était resté à peu près inconnu, malgré les *Joies discrètes*, *Ferdinand* et les deux nouvelles. On ne savait guère son nom que dans le petit clan littéraire d'où il s'était brusquement éclipsé après son duel. Ceux qui ne le considéraient pas avec trop d'hostilité le classaient parmi ces talents bénins destinés à demeurer perpétuellement obscurs. Ses ennemis avaient fini eux-mêmes par l'oublier, satisfaits de le voir étouffé dès ses débuts, et ayant appris qu'il se débattait contre une misère ténébreuse dont il ne faisait pas mine de vouloir sortir. L'annonce de son roman, si tapageuse, et par un journal qui passait à juste titre pour un des plus lus de

Paris, éclata dans ce petit monde comme un obus, jetant la panique.

A la lecture du premier feuilleton, la panique fut justifiée par les blessures reçues. Il y eut des cris de douleur dans une partie de la presse, dans les petites feuilles où écrivassaient les malheureux qui se reconnurent à qui mieux mieux. Les grands journaux eux-mêmes se mêlèrent au concert de ripostes que souleva l'attaque. Les Pérignat et les Denuizet comptaient des amis partout, et, collaborant un peu à droite et à gauche, ne manquaient pas de place pour répondre. Toutefois, ils ne l'osèrent pas ouvertement. Se défendre en personne, c'était s'avouer touché. Or, les portraits des *Coquins de lettres* étaient si adroitement combinés qu'il se rencontrait dans chacun quelque chose d'un autre, et qu'en voulant repousser certains traits où se trouvait obligé de reconnaître que tous étaient exacts. Par exemple, un personnage grassouillet et ressemblant à Pérignat présentait en même temps les côtés bravaches de Denuizet. Tout avait été fondu par madame André avec une telle malignité qu'on risquait en s'emportant d'avoir les rieurs contre soi. On ne put donc se fâcher qu'indirectement, en faisant le procès au livre lui-même, aux tendances qu'il manifestait, à la façon cruelle dont il était écrit. On en blâma le style trop aigu, les longueurs d'analyse trop compliquée et surtout trop pénétrante, l'action sacrifiée au plaisir de déclamer et de mordre. On le critiqua comme roman, n'osant le relever comme pamphlet. Mais justement parce qu'on était irrité, plein d'aigreur impuissante, on y mit une passion de dénigrement qui prouvait la valeur de l'œuvre. Cette fois, au lieu de la conspiration du silence, force fut de lui faire une prodigieuse réclame. Il enleva ainsi, même avant d'être fini en feuilleton, un succès de presse.

— A la bonne heure, pensait Lucien, voilà enfin que mes ennemis me servent.

Tout ce tapage fit dresser l'oreille aux éditeurs. Lucien maintenant n'était plus obligé de courir après eux, en chat maigre de la poésie. Il reçut au journal cinq lettres contenant des propositions avantageuses. Il ne se pressa pas, conseillé en cela par madame André, et heureux au fond de donner un peu de tablature à ces potentats de la librairie qui autrefois lui avaient si dédaigneusement jeté la porte au nez. Il attendit, et sa patience fut récompensée par des offres de plus en plus séduisantes. On se disputait son œuvre.

C'est un des phénomènes les plus curieux de la vie littéraire à Paris, que la rapidité avec laquelle on y bâtit certaines réputations. Souvent, malgré un grand talent, du génie même, un artiste use des années à prendre sa place ; il arrive à la notoriété lentement, et ne passe que peu à peu de la coterie au public. Le public s'obstine à vous refuser son attention sans qu'on sache pourquoi, sans que lui-même se rende compte de cette antipathie. Il semble que la renommée ne veuille pas jeter votre nom au vent de la publicité, et se contente de l'épeler lettre par lettre, malicieusement, dans ce tourbillon où chaque minute fait oublier la minute qui précède. Parfois au contraire la déesse vous prend par la main, brusquement vous tire de votre ombre, vous montre à tous, et crie votre gloire avec un retentissement de tonnerre. Du jour au lendemain, vous voilà connu, célèbre. Si vous êtes vraiment quelqu'un, tant mieux pour vous! Il faut avouer aussi que souvent le hasard se trompe, et qu'au lieu de piquer au firmament parisien un nouvel astre, il n'y accroche qu'un lampion.

Chandelle ou étoile, Lucien se trouva ainsi bombardé en plein ciel. Les *Coquins de lettres* lui furent achetés par un éditeur à des conditions royales pour ce débutant hier inconnu. On lui assurait des droits d'auteur considérables réservés sur toutes ses œuvres qu'on allait immédiatement publier, et de plus on lui versait comptant, à titre de prime, cinq mille francs. C'était enfin le pied hors de l'ornière et déjà dans l'étrier de la fortune.

XLVII

— Il faut que j'aille au Tabourey, dit Lucien, qui ne manquait pas de crânerie.

— Tu as raison, répondit madame André. Ce n'est pas moi qui te conseillerai jamais rien qui puisse ressembler à de la lâcheté. Tu n'es pas un Pérignat qui lance du venin sur les passants du fond d'une cave. Tu as dit la vérité, tu dois avoir le courage de ton opinion. D'ailleurs, j'en suis sûre, les gens que tu as fouaillés n'en éprouveront pour toi que plus de respect. Et puis ton retour plaira à quelques amis qui font exception dans le clan des envieux. C'est Nargaud qui doit jubiler !

Elle ne se trompait pas. L'arrivée de Lucien au café ressembla à une entrée triomphale. Il avait choisi à dessein un soir de première à l'Odéon. Tout le monde littéraire était là. Il connut une joie d'orgueil immense en recevant les félicitations des plus influents critiques, qu'il ne connaissait que de nom, et qui le traitaient déjà en jeune maître. Beaucoup d'entre eux, et très sincèrement, goûtaient un véritable plaisir à voir enfin quelqu'un dire tout haut ce que tous pensaient tout bas. Dans la presse, comme dans les salons, certaine tolérance extérieure empêche de s'exprimer librement, et oblige à serrer la main de gens qu'on n'estime pas ; mais, comme dans les salons aussi, on aime ceux qui se chargent de certaines exécutions nécessaires. Parmi cette foule intéressée à ne pas trop montrer ses sentiments intimes, il y a plus d'honnêteté qu'on ne le pense au premier abord. Lucien fut étonné de la chaleur naturelle que plusieurs lui témoignaient. Il remarqua aussi des attitudes contraintes, des poignées de main trop emphatiques pour être foncièrement cordiales, et qui par cela même le flattèrent plus encore, car c'était l'hommage de blessés qui courbaient la tête en cachant leurs blessures.

Parmi les anciens camarades, l'accueil se mon-

tra à la fois plus sympathique de la part des uns,
et plus gêné de la part des autres. Ceux qui réellement aimaient avant tout l'art et les belles
choses, affichaient leur ravissement de la dignité
avec laquelle Lucien fulminait dans son livre
contre les faux artistes. Chaque poëte véritable
s'était en quelque sorte senti élevé par cette pro-
testation éloquente contre les grimauds féroces
de la basse littérature; chacun s'était un peu
reconnu et exalté dans le héros de Lucien, et on
lui en savait gré. Mais ceux de la petite bande
qui depuis si longtemps, et avec tant d'impunité,
se déguisaient en poëtes, tous les ambitieux vulgaires voués à tomber tôt ou tard au rang des
manœuvres, ceux-là reconnaissaient au contraire
dans les peintures de Lucien les couleurs qu'ils
avaient fournies, et ils lui en gardaient une basse
et profonde rancune. Mais ils n'osaient pas la
manifester. Le succès de Lucien, son air heureux
et brave, le souvenir de son duel avec Denuizet,
tout le grandissait maintenant à la taille d'un
lutteur redoutable. Il fallait compter avec lui;
il tenait la galerie de son côté; on courait
risque de s'avouer grotesque ou odieux en se déclarant offensé personnellement; il portait je
ne sais quoi de respectable dont la gloire à Paris
vous fait une armure. Les plus hostiles n'eurent
pas la gaillardise même de chercher le défaut de
cette cuirasse. On lui présenta la mine plate et
timide des chiens battus qui, au lieu de mordre
le bâton quitte à s'y casser les dents, le lèchent
avec une telle douceur qu'ils semblent avoir peur
·de s'y déchirer les babines.

De tous, Marchin fut le plus humble. Ce misérable qui avait été copié trait pour trait dans le livre, que tout le monde reconnaissait sous son pseudonyme, ne savait comment faire prendre à son échine la courbe que lui commandait sa lâcheté. Ses éloges, ses flatteries, prenaient des attitudes d'agenouillements. Il tremblait dans sa peau, comprenait que son hypocrisie se voyait en plein, essayait de sourire pour cacher ses grimaces de colère, et grinçait des dents sous sa barbe sale.

— Ah ! ce que vous avez fait là, s'écriait-il avec des éclats d'enthousiasme, c'est plus qu'une belle œuvre, c'est une bonne action. Vous nous avez tous vengés. Vous seul étiez capable de le faire. Savez-vous que vous êtes tout simplement héroïque ?

Lucien se sentit écœuré. Il n'avait pas même le courage de refuser sa main gantée aux étreintes crasseuses de ce sacristain de lettres. Il se serait cru avili s'il avait achevé d'un mot ce vaincu à terre.

Nargaud, qui entrait, fut plus cruel.

— Bon ! fit-il, voilà Marchin qui remercie son photographe.

Il y eut un froid. Lucien surtout, bon et généreux, parut choqué. Marchin devint aussi blème que le permettait son teint de vieux sou vert-de-grisé.

— Oui, oui, reprit Nargaud, je le sais bien, la vérité est une tête de Méduse. Mais, moi, je la montre ; tant pis pour les pétrifiés !

— Nargaud, je t'en prie, dit tout bas Lucien.

— Rien du tout, répliqua Nargaud. Taratata!
Je ne sers pas chez les infirmiers, moi; je ne
panse pas les plaies. Je suis comme les Arabes,
je coupe la tête aux blessés.

Marchin regimba par un geste terrible. Il écumait en dedans. On crut qu'il allait sauter à la
gorge de Nargaud. Mais celui-ci regardait d'un
œil si clair, avec un sourire si écrasant, avec un
tel air de bourreau, que le malheureux supplicié sentit ses jarrets ployer sous lui. Il enfonça
rageusement son chapeau sur sa tête passa
sa main sur sa figure pour essuyer deux grosses
larmes, et sortit en chancelant, ivre de honte.

— Quelle fange! dit Nargaud assez haut pour
être encore entendu par le fuyard.

A ce moment, Pérignat entrait. Celui-là était,
au fond, un homme d'esprit. Malgré sa couar-
dise, il comprit qu'il ne pouvait garder le silence
devant son ennemi, car la galerie les observait.
Un frisson passa sur sa lèvre mince et une buée
de peur obscurcit ses lunettes; mais néanmoins
il prit sur lui de parler.

— Eh bien! dit-il à Lucien en esquissant une
moue qui voulait paraître de bonne humeur,
vous avez donc fait votre trou! C'est un peu à
travers ma peau; mais je ne vous en veux pas.
Le coup est d'un maître, et je crie : Touche!

Nargaud rengaîna sa verve, ému par cette
preuve de tact. Lucien, trop artiste pour ne pas
goûter cette sorte de bravoure d'autant plus
méritoire qu'elle venait d'un poltron, en fut
dans l'admiration, et ne put s'empêcher de répondre :

— Vous êtes beau joueur.

En somme, de tous les éloges qu'il avait reçus dans la soirée, c'est celui de Pérignat qui lui causait le plus de plaisir. Il y trouvait la saveur étrange et imprévue d'une caresse arrachée par un dompteur à une hyène.

XLVIII

En deux ans de temps, la position de Lucien se modifia au point qu'il dut songer à changer bientôt sa façon de vivre. Il devenait presque riche. Pour compléter un volume de nouvelles, il en écrivit avec madame André quatre autres qu'on lui paya grassement. Ce recueil, *Ferdinand, les Joies discrètes* republiées, se vendaient, profitant du bruit fait par *les Coquins de lettres*. Le pamphlet surtout s'enlevait comme du pain, de ce pain de scandale dont Paris est si friand. Pendant la première année, ce livre compta dix-huit éditions. Cela constituait des rentes copieuses, qui, jointes aux cinq mille francs de prime, doraient l'horizon de couleurs opulentes. On ne pouvait réellement plus mener une existence de pauvres gens. D'autre part, la notoriété a ses exigences, et n'aime pas que ses favoris s'enterrent dans une tranquillité obscure. Sitôt qu'on appartient au tout-Paris, on ne s'appartient plus à soi-même. Il faut se montrer, voir le monde.

On est un des figurants de la grande comédie
moderne, et tenu de sortir des coulisses pour
faire son apparition sur la scène. Sinon, ce pu-
blic-là non seulement ne vous rappelle pas,
mais ne se rappelle pas. Cette conquête de la réputation ressemble à celle de certaines places
fortes : il faut s'y barricader pour s'y tenir, et
camper sur la brèche. Tout d'abord cet esclavage,
loin de paraître pénible, est doux. Lucien se
prêta d'autant mieux à cette pleine lumière que
son orgueil y trouvait des jouissances. D'ailleurs,
madame André fut la première à lui en faire
comprendre la nécessité. Elle aimait trop Lucien
pour l'accaparer et le tenir en lisières. Elle se
rendait compte de la situation nouvelle en femme
intelligente, en amie dévouée.

— Maintenant que tu as gagné la bataille, disait-elle, il est bien juste que tu profites de la
victoire. Je serais une égoïste si je te gardais
en chartre privée. Le laurier ne grandit pas à
l'ombre.

En même temps elle songeait à son âge qui
lui interdisait de monter avec Lucien sur le
char triomphal. Elle ne connaissait pas cette
obstination de coquette qui ne veut pas renoncer
à la jeunesse. Elle savait parfaitement qu'elle
avait dépassé la quarantaine. L'heure arrivait,
prédite autrefois par elle à Lucien, l'heure terrible où lui n'était encore qu'un homme à peine
sorti de l'adolescence, tandis qu'elle se sentait
de plus en plus une femme mûre. En vain elle
conservait sa taille svelte et élégante, sa belle
figure de marbre rebelle aux rides ; en somme,

elle ne pouvait plus s'afficher avec Lucien. Depuis quelque temps déjà, elle voyait par ci par
là poindre à ses tempes un cheveu blanc. La vie
cachée qu'elle avait menée avec Lucien devait se
cacher plus encore. Neuf ans les séparaient de
l'époque où, quand elle se promenait avec son
amant au Luxembourg, on les prenait pour mari
et femme. Elle n'aurait plus osé renouveler aujourd'hui l'expérience. Elle constatait tout cela
sans aigreur, mais avec une tristesse bien naturelle. Elle n'en voulait pas à Lucien, dont l'affection ne diminuait point, et qui la regardait toujours avec les mêmes yeux. Elle lui savait au
contraire un gré infini de ne pas s'apercevoir du
temps, et elle en concevait le consolant espoir
d'une liaison maintenant impossible à rompre.
Seulement elle ne put s'empêcher de réfléchir
aux moyens les plus propres à entretenir ce feu
qui ne devait plus durer que par habitude. Ayant
toujours témoigné à son amant une affection
surtout maternelle, elle pensa que celle-là était
plus solide que l'autre, et elle se résigna à tourner de plus en plus son cœur vers cet amour de
dévouement.

Tout d'abord elle présida avec un grand sens
aux conditions de l'existence nouvelle. On prit
un appartement. divisé en deux parties bien dis-
tinctes, comme la vie même de Lucien. D'un
côté se trouvaient le salon et le cabinet de travail,
pour recevoir les amis, les camarades, les journalistes: dans l'autre, se cacherait l'intimité. Il
y aurait là un gynécée obscur, où personne ne
pénétrerait que Lucien, où il serait choyé dans

l'ombre. Madame André ne sortirait jamais de cette ombre, et elle tenait absolument à ce qu'on ignorât même sa présence. Lucien jouirait incognito de tous les bonheurs de la famille, et mènerait extérieurement le train d'un garçon. Ce sage arrangement porta ses fruits, et tous deux y trouvèrent leur compte. Bien que Lucien ne connût jamais le moindre ennui dans leur solitude à deux, il parut encore plus satisfait de cette existence double ; et quand il rentrait dans le tranquille intérieur après l'absence d'une longue soirée, il y éprouvait une sorte de bienêtre qui donnait à son affection quelque chose de particulièrement tendre. Il s'y délectait avec une joie paresseuse qui allait au cœur de madame André comme une caresse d'enfant heureux.

XLIX

De nouveau elle s'attela au travail, Lucien ayant pris tout à fait l'habitude d'écrire par la main de sa maîtresse. Il se contentait, ainsi qu'elle le désirait jadis, de lui indiquer sommairement ce qu'il roulait dans sa tête et de revoir avec elle l'ouvrage pour le mettre au point. Il fournissait même de moins en moins, se laissant aller à son indolence, encore accrue par les distractions du dehors. Elle-même s'accoutumait à cette besogne continue, toujours persuadée que Lucien lui dictait ce qu'elle tirait de son propre fond. Et pourtant elle marchait en plein dans l'inconnu maintenant : il s'agissait de refondre la comédie de Lucien. Elle ne possédait aucune expérience de la scène et se trouvait réduite à faire parler les personnages comme elle-même aurait parlé.

— Cela ne vaudra rien, pensait-elle ; mais au moins, quand tout se tiendra sur pied, Lucien aura quelque chose de solide pour tailler et rogner à son aise. Il arrangera aux proportions du théâtre ce que je tâche d'exprimer au point de vue de la réalité.

Ainsi, sans le chercher, elle écrivait précisément de la bonne comédie. Les femmes, qui ne sont jamais poëtes et qui ne sont que rarement romanciers, portent au contraire en elles un instinct remarquable du dialogue. Cela se sent à leur conversation toujours vive, piquante, qui arrive à se faire écouter avec charme, même quand elles s'occupent de riens. Leur papotage seul a de la grâce. Les hommes les plus spirituels ne savent pas causer ; ils discutent, ils pérorent, ils déclament. Ceux qui passent pour les plus brillants ne font en somme que dire tout haut des articles. Les femmes ont gardé le secret de la parole légère, sautillante, imprévue. En outre elles sont comédiennes, au sens où on entend ce mot dans les salons, et ce sens-là n'est pas si éloigné qu'on le croit de celui qu'on entend au théâtre. Elles ont, en effet, au plus haut point l'art de feindre, d'exprimer ce qu'elles

ne pensent pas, et de l'exprimer non par les
mots seulement, mais bien par toute leur personne. Ces qualités naturelles, la plupart des
femmes qui écrivent les gâtent, en y appliquant
des procédés artistiques qu'elles manient gauche-
ment. Madame André les conserva dans toute
leur fraîcheur primesautière, s'en servit va-
comme-je-te-pousse, et par cela seul produisit
une œuvre excellente.

C'était une simple étude de passion. Pas de
problème discuté, pas de thèse posée. Cela ne
voulait rien combattre, rien prouver; mais cela
vivait. Sans fracas, certes : une touchante histoire d'amour contrarié, de devoir subi, dans un
coin de province. Sur ce canevas léger, une broderie délicate, des tableaux gracieux, des idylles
campagnardes d'un ton frais, un dialogue rapide
et juste, même des traits de comique emportés
sur le vif dans la banalité bourgeoise. Au milieu
de tous ces détails charmants, une action bien
dessinée qui ne laissait pas languir l'intérêt. De
là-dedans sortait un parfum de distinction, délicieux pour les honnêtes gens.

Il se trouva justement qu'un théâtre de genre
venait d'éprouver plusieurs échecs de suite avec
des pièces dont les auteurs se posaient en philo-
sophes. Le public montrait depuis quelque temps
un dégoût de ces comédies-sermons, de ces personnages qui transformaient la rampe en une
chaire. Un dernier essai venait de tomber à plat,
bien qu'on eût tenté de secouer l'indifférence du
spectateur par une situation violente, dont la
fausseté n'avait excité que des sifflets. Le direc-

teur cherchait une chose aimable, douce, un calmant. La comédie de Lucien arrivait à point. Elle fut reçue d'emblée.

— Allons, lui dit madame André, voilà ton dernier assaut. Une fois le théâtre conquis, tu passeras au rang de ceux que Balzac appelle les maréchaux de la littérature.

Malgré sa joie, elle était inquiète, troublée surtout de voir Lucien mettre le pied dans les coulisses où l'appelaient les répétitions. Elle ne pensait pas sans frémir à l'âge de son amant, aux tentations qu'il allait subir dans ce monde facile des actrices. Mais elle eut le courage de faire taire ses appréhensions tristes, presque des pressentiments, et elle ajouta d'un ton de bonne humeur :

— Tu sais, si tu veux être maître de tes comédiens, et particulièrement de tes comédiennes, ne te laisse pas jeter de la poudre aux yeux, surtout de la poudre de riz.

L

Ce qui devait arriver arriva. La poudre de riz sentait trop bon.

Tout en se croyant fidèle à madame André, Lucien ne put s'empêcher de trouver du charme aux jolies femmes qui l'entouraient. Lui-même, jeune, beau, célèbre, servit de point de mire à toutes les œillades. Il distingua vite une blonde mince et mélancolique qui jouait les ingénues et qui avait vingt-sept ans, mademoiselle Berthe Foxter. Il se reprocha d'abord ce sentiment, et comprit du premier coup qu'il y aurait à tromper sa maîtresse une noire ingratitude. Il résista donc. Mais on trouve toujours de bonnes raisons pour mal faire. Lucien ne manqua pas d'arguments en faveur de son infidélité, qui après tout n'irait pas plus loin qu'un caprice de passage.

De son côté, Berthe Foxter s'aperçut aisément qu'elle ne déplaisait pas. Sa vanité en jouit. Accaparer ce jeune auteur, à qui on ne connaissait point de maîtresse, c'était triompher des autres femmes qui jetaient sur lui leur dévolu. Dans les coulisses, on avait quasi organisé des paris sur les chances de telle ou telle. Le plaisir de donner raison à ceux qui la croyaient capable de gagner, tel fut le sentiment réel qui poussa Berthe à tenter cette conquête. De l'amour, pas un zeste ! Du désir sensuel, peut-être, et encore ! A peine une pointe. Cette ingénue à la rampe avait depuis longtemps rôti le balai à la ville. Elle ne s'excitait plus guère qu'à la pensée d'une innocence à corrompre ou d'une corruption nouvelle à savourer, et Lucien ne se présentait ni en vierge ni en roublard, pas plus eau claire qu'absinthe poivrée. Mais d'autres voulaient y boire, et cela suffit pour que Berthe Foxter essayât d'y tremper ses lèvres. Elle répondit aux avances de Lucien par orgueil.

Elle le fit d'ailleurs, haut-la-main, à la hussarde, comme il convient dans ce monde facile

où on n'a pas le temps de s'amuser aux baga-
telles de la porte. Un jour que l'après-midi se
trouvait libre, sans répétition, elle emmena
Lucien luncher avec elle, dans son boudoir, se
déboutonna moralement après le premier sand-
wich, immoralement après le second, et se
donna comme un verre de vin entre la poire et
le fromage.

Lucien reconnut vite qu'on ne peut limiter
d'avance la durée d'un caprice. Soit que Berthe
eût pris goût au jeune homme, soit qu'elle voulût
l'attacher plus solidement à elle de peur qu'une
autre ne le lui enlevât, elle transforma ce lunch
de hasard en habitude journalière. Ses journées
étaient libres, celles de Lucien aussi ; donc pas
d'objection possible. Si elle eût exigé les nuits,
nul doute qu'il eût rompu ; madame André lui
tenait encore trop à cœur. Malheureusement,
Berthe vivait entretenue par un banquier qui
gardait pour lui la clef de la chambre à coucher,
et pouvait y venir en maître tous les soirs. Cette
circonstance empêcha Lucien de trouver une occasion pour briser, et favorisa sa faiblesse. Il
continua lâchement des relations quotidiennes
qui l'engageaient de plus en plus. La fantaisie
d'un moment devenait une liaison. Il avait deux
maîtresses.

Cette situation ambiguë le rendit malheureux.
Au fond, il préférait madame André, et de beaucoup. A vrai dire, il n'aimait qu'elle. Pourtant
il n'osait quitter Berthe. Comme tous les gens
sans caractère, il attendait sans savoir quoi,
comptait sur le hasard pour le sortir de ce mau-

vais pas, et ne tirait d'un tel espoir que la conscience de sa débilité. L'aveu de son impuissance
morale le tourmentait et par contre-coup le
rendait tourmentant. Quand il songeait à une
catastrophe possible, il s'emportait contre lui-
même, contre le sort, contre Berthe, contre madame André, et c'est la pauvre femme trompée
qui supportait en dernier ressort tout le poids
de cette mauvaise humeur. Cependant elle ne se
doutait de rien. Les longues absences de Lucien,
qui parfois passait la journée entière sans revenir, se justifiaient par le travail des répétitions.
Son air soucieux, sa froideur même, pouvaient
se mettre sur le compte de ses ennuis du théâtre.
Madame André aurait dû pourtant s'alarmer de
cette froideur et surtout de la façon singulière
dont elle se manifestait. Quand Lucien venait
d'embrasser sa maîtresse d'un air indifférent,
craignant qu'elle ne s'en aperçût, il se lançait
sans motif dans des protestations trop vives, où
souvent il était sincère, mais où déjà perçait
parfois une pointe d'hypocrisie.

En réalité, ce qui garantissait surtout madame
André des soupçons, c'est qu'en ce moment tout
se résumait pour elle dans la destinée de la
pièce. Elle concevait beaucoup plus de craintes à
propos de la première représentation qu'à propos du cœur de son amant. Elle se reprochait de
n'avoir pas assez forcé Lucien à remanier l'œuvre.
On la jouait à peu près telle que madame André
l'avait écrite, et cela lui faisait peur : elle songeait à son inexpérience, aux fautes qu'elle avait
dû laisser et que le paresseux poëte ne se don-

nait pas la peine de corriger. Elle réfléchissait
en outre aux nombreux ennemis qui attendaient
la revanche des *Coquins de lettres*. Elle se disait
qu'un chef-d'œuvre seul pouvait leur faire rendre
les armes, et dans sa modestie elle croyait en
conscience n'avoir point produit un chef-d'œuvre.
Elle en éprouvait des angoisses autrement cruelles
que celles même d'un auteur. Il lui semblait
qu'elle envoyait son bien-aimé sans l'avoir suffisamment cuirassé contre la haine et l'envie.
Alors, en le voyant bizarre, maussade, presque
mauvais, la pauvre femme redoublait de tendresse envers lui. Elle ne pouvait imaginer la
raison des terreurs bien différentes avec lesquelles
il envisageait l'approche de la première. Elle ne
se doutait pas que, pour lui, c'était la fin des
répétitions, l'impossibilité de trouver désormais
un motif plausible aux longues absences journa-
lières. Elle prenait les impatiences mal étouffées
de l'infidèle pour les nobles angoisses de l'artiste. Elle s'ingéniait à l'égayer, à l'encourager.
Elle berçait ce chagrin avec une bonté navrante
qui faisait honte à Lucien et l'emplissait de remords, comme une femme adultère qui verrait
son mari choyer le fils de son amant.

LI

Madame André noya toutes ces aigreurs de Lucien dans l'enivrement que lui causa le succès de la pièce. La première représentation fut pour elle une fête délicieuse. Cachée dans le coin d'une loge obscure qu'elle partageait avec des étrangers, elle assista au triomphe de son cher poëte, et connut là des joies profondes auxquelles elle ne s'attendait pas. D'abord, c'était la gloire de Lucien qui prenait en quelque sorte un corps dans la réalité vivante du théâtre. Le bonheur qu'elle avait éprouvé autrefois à mettre ses joues contre le papier des *Joies discrètes*, à en baiser les pages encore humides de l'imprimerie, elle en jouissait au centuple en regardant parler, marcher, palpiter l'œuvre de son amant. Puis, sans qu'elle s'en rendît compte, il se joignit à ce plaisir désintéressé le vague sentiment que c'était aussi un peu son œuvre à elle. Elle ne se l'avouait pas, attribuant dans le fond de sa conscience tout le travail à Lucien ; mais en dépit du soin qu'elle prenait à s'effacer derrière lui, elle avait les fibres chatouillées par le son des phrases qui étaient en somme sorties de sa plume, par la voix des idées qui lui devaient leur forme. Ces paroles, qui venaient vibrer autour d'elle, qui volaient à travers le théâtre en gazouillant

comme des oiseaux, c'est elle qui les avait mises
au jour, soignées, dorlotées, couvées presque
dans le travail ainsi que dans un nid ; et les charmants oiseaux battaient joyeusement de l'aile
autour de leur mère.

Si elle n'avait pas été protégée par l'ombre,
abritée sous son éventail et tapie dans son coin
toute honteuse, on l'aurait vue rougir, changer
de visage, frissonner à tout moment. Elle était
suspendue aux lèvres des acteurs, et chaque fois
que le public soulignait un passage par des bravos, elle recevait un coup dans la poitrine, haletante, près de pâmer. Par moment elle arrachait
rapidement ses regards de la scène, et passait
la salle en revue, d'un coup d'œil, avec des tres-
saillements et un grand froid dans le dos. Elle
examinait les loges étincelantes de toilettes,
pleines de femmes et pourtant silencieuses, les
balcons en amphithéâtre qui lui donnaient l'idée
d'un cirque, au fond duquel luttait son Lucien.
Elle tremblait de voir des figures ennuyées, des
bâillements. Mais elle considérait surtout, et fiévreusement, comme un général sur un champ
de bataille, les fauteuils d'orchestre, où le ba-
taillon des critiques braquait sur la pièce l'ar-
tillerie des lorgnettes. Elle essayait de deviner
dans leur attitude ce qu'ils pensaient. Elle s'irritait de l'air indifférent qu'ont la plupart de ces
écrivains, blasés sur les impressions du théâtre,
et leur en voulait de n'être pas plus enthousiastes.
Elle ne réfléchissait point qu'ils se laissaient surtout appesantir par la lassitude du métier, sur
ces bancs où ils ramaient non en corsaires mais

en galériens du feuilleton. Quand l'un d'entre eux, touché par une situation juste, par une tirade bien troussée, manifestait dans un geste son admiration, elle apercevait ce geste, même en regardant la scène, et elle avait envie de crier merci.

Elle put constater d'ailleurs que ces manifestations de la critique allaient croissant, et que le succès de la pièce s'assurait de plus en plus. On était vraiment sous le charme de cette prose simple et naturelle; il n'y avait pas moyen de résister à cette douceur; on se sentait gagné peu à peu, sans tapage, sans violence, par une émotion de bon aloi qui se propageait de proche en proche et qui finit par éclater en des salves d'applaudissements sympathiques. Madame André fut obligée de rabaisser sa voilette pour cacher ses larmes de joie, quand le premier rôle vint dire, à la lumière crue de la rampe, parmi les bravos et le bruit de la victoire remportée :

— Mesdames et messieurs, la comédie que nous avons eu l'honneur de représenter devant vous est de monsieur Lucien Ferdolle.

Elle faillit s'évanouir quand elle entendit le nom de son bien-aimé salué par les acclamations de toute la salle. Il lui apparaissait en ce moment comme un soldat victorieux nommé général sur le champ de bataille.

LII

Il était entendu entre Lucien et Madame André
qu'ils se verraient seulement après la pièce, chez
eux. Elle voulait garder strictement l'incognito
auquel elle s'était condamnée. Mais elle se promettait pour cette heure du retour une explosion
de bonheur. Elle allait pouvoir le presser dans ses
bras, ce vainqueur, et lui dire combien elle était
fière de lui. Elle se sentait amoureuse ce soir, amoureuse folle, avec des désirs réveillés plus ardents
que jamais. Elle avait soif de tenir, de posséder
son Lucien. Elle l'attendait fièvreusement, les
lèvres chargées de baisers, les bras ouverts aux
étreintes, le cœur épanoui d'orgueil. Elle ne se
reconnaissait plus elle-même, et haletait comme
une lionne dressant l'oreille dans la nuit, à l'approche du mâle qui revient la crinière hérissée,
les flancs en rut, du sang plein la gueule.

Lucien n'avait que du fard rose sur la moustache. Il avait passé toute la soirée dans la loge
de Berthe. Au moment où elle quittait la cou-
lisse pour la dernière scène, elle lui dit impé-
rieusement :

— Je t'attends chez moi pour souper. Et ce
soir, je suis libre. J'ai pris mes mesures. Mon
vieux ne vient pas. Tu coucheras à la maison.
Je le veux.

Il reçut les compliments des artistes, du directeur, des critiques, avec un air contraint qu'on prit pour l'ahurissement de la victoire. Il s'attardait lâchement dans des réponses banales pour gagner du temps, pour être acculé à la trahison qu'il avait l'envie et non le courage de commettre.

— Oh! se dit-il tout à coup, ce serait trop infâme. Je ne peux pas.

Et brusquement il quitta le théâtre et sauta en voiture pour rentrer chez lui. Mais en route il réfléchit, il se barbouilla l'esprit de sophismes, il en vint à se persuader que la lâcheté consistait justement à reculer devant le péril d'une infidélité. Il se monta ainsi la tête contre madame André. Il se la représenta, elle si dévouée, comme une égoïste, elle si complaisante, comme une despote. Il sentait le poids de la chaîne qui l'attachait à cette femme, et il lui reprochait amèrement en lui-même d'avoir forgé cette chaîne. Oui, il revenait à la façon d'une esclave; pas même l'audace de se soustraire une fois par hasard au joug qu'on lui tenait sur la nuque; il n'était pas assez brave pour s'évader de la prison, ne fût-ce qu'une nuit; c'était honteux pour un homme! Et que penserait, et que dirait Berthe? Demain, il serait la fable des coulisses. Non, non, au moins en sacrifiant madame André, il ne risquait qu'une scène intime. Après tout, ne lui avait-elle pas dit cent fois qu'elle le laissait libre, qu'elle ne s'occuperait jamais de ce qu'il ferait dehors? Que diable! il était d'âge à ne plus être mené en lisières comme un enfant! Il

ferait voir qu'il entendait jouir de son indépendance. Cette jupe où ses pieds se trouvaient pris,
il s'en arracherait, quitte à la déchirer.

La voiture arrivait comme il rageait ainsi.
Madame André était à la fenêtre, impatiente,
joyeuse, affolée. Quand il entra, elle lui sauta au
cou, le couvrant de caresses, pleurant de bonheur.

— Lucien, disait-elle, je ne t'ai jamais aimé
comme aujourd'hui.

Malgré sa colère, il était enveloppé, pénétré de
cette passion. Mais soudain ses mauvaises raisons lui brouillèrent les yeux ; il se rappela d'un
trait tout ce qu'il venait de se déclamer dans sa
voiture ; il se dit qu'il était un sot s'il restait.
Cela lui donna la force de mentir. N'ayant pas
assez de caractère pour être brutal, il fut hypocrite.

— Ma chère mignonne, répondit-il, je viens
t'annoncer une mauvaise nouvelle. Je ne peux
rester ici que quelques minutes. C'est l'habitude
du théâtre qu'après la première on fasse un
grand souper, et je dois m'y soumettre. J'ai tenu
à venir te dire un mot, t'avertir, t'embrasser. Il
faut que je me sauve. Tu ne m'en veux pas,
dis ?

Tout d'abord madame André demeura anéan-
tie. Mais sa raison fit un effort. Elle se résigna.
Seulement un sanglot se brisa dans sa gorge.

— Oh ! je suis ridicule, dit-elle. C'est que je
m'étais promis tant de joie pour cette heure.
Mais je serai sage, je te le jure. Oui, il faut que
tu ailles là-bas. C'est vrai, tu appartiens à ta

gloire avant tout ; je ne veux pas que tu me
croies égoïste. Va-t-en, va-t-en vite. Embrasse-
moi encore une fois. Et quand rentreras-tu ?

— Ma foi ! je l'ignore. Ces soupers-là, ce sont
de petites orgies sans doute. Tu sais, avec des
acteurs, des gens de lettres ! Et je ne peux pas
les laisser là. C'est moi le roi de la fête, je dois
rester jusqu'à la fin. Mais je serai bien raisonnable, vrai. Aussitôt que je le pourrai, je revien-
drai ici. Moi aussi je suis furieux de ce contre-
temps. Si tu crois que cela m'amuse !

Madame André aimait tellement Lucien qu'elle
reprit toute sa bonne humeur en entendant ces
douces et fausses paroles.

— Va, va, dit-elle en l'embrassant, pauvre for-
çat de la célébrité.

Elle souriait parmi ses larmes, se consolant
malgré tout à l'idée que son Lucien passait
grand homme et qu'elle était bien aimée.

Il partit, après un dernier baiser où madame
André mit tout son cœur, et il arriva au théâtre
juste à temps pour trouver encore Berthe, qui
piétinait de colère.

— Ah ! çà, d'où viens-tu ? lui dit-elle.

Et comme il voulait l'embrasser en voiture,
elle se défendit avec une méchanceté de coquette
et une raideur de poupée.

— Je suis une brute, pensa-t-il. Ce baiser-là,
après l'autre, pouah !

LIII

Cette impression fâcheuse le poursuivit jusqu'au lendemain. Sa nuit fut empoisonnée de
remords, de regrets et de comparaisons toutes
au détriment de sa nouvelle maîtresse. Il se
trouvait traître, et payé de sa trahison en fausse
monnaie. Berthe ressemblait à ces *honnestes dames*
dont parle Brantôme, qu'il fallait prendre à l'a-
veuglette, en passant dans un couloir obscur,
derrière une tapisserie, et qui ne donnaient du
plaisir que dans ces rapides passades, leur jupe
de brocart troussée au premier venu. Dans son
boudoir, au milieu de ses falbalas prétentieusement négligés, avec le parquet craquant dans la
pièce voisine, elle devenait excitante. L'épreuve
de la nuit complète, assurée, tranquille, ne lui
convenait point. Elle n'était pas de lit, mais de
canapé. Pour une pièce aussi longue que du
soir au matin, elle faisait appel à l'artiste qui
doublait la femme, et jouait un rôle. Elle, qui
se glorifiait souvent de son amour pour la comédie, connaissait mieux encore la comédie
de l'amour. Mais si habile qu'on soit à ce jeu,
rien n'y vaut la sincérité. Lucien s'aperçut que
Berthe mentait. Il distingua les fausses notes,
les hoquets appris par cœur, les pâmoisons
étudiées. Même en pâmant pour de bon, elle
roulait ses sanglots de plaisir comme pour ame-

ner au bout l'applaudissement. Parfois elle semblait avoir besoin du souffleur.

Lucien ne rentra qu'à onze heures du matin, honteux de sa faute, et furieux de sa sottise, écœuré comme un homme qui aurait jeté un verre de vieux vin pour boire du champagne frelaté.

— Je suis impardonnable, n'est-ce pas? dit-il à madame André. Que veux-tu? Je me suis laissé griser. On m'a mené coucher chez un camarade. Je n'aurais pas voulu te revenir dans un pareil état.

Cette fois, madame André ne le crut pas. Il ne présentait pas la mine d'un homme qui a bu. Elle le regarda fixement dans les yeux, une seconde seulement, sans y mettre de cruauté; mais c'en fut assez pour voir qu'il ne disait pas vrai. Trop fière pour s'abaisser à une discussion, elle fit semblant de croire et sut paraître aussi bonne et aussi calme que d'habitude. Pendant le déjeuner, où il mangea non comme au sortir d'un souper, mais comme au débotté d'une course amoureuse, elle ne parla que du succès d'hier, avec une joie véritable et qui lui servit à dissimuler sa souffrance. Mais quand il fut parti pour aller au théâtre écrire quelques raccords nécessaires, elle fondit en larmes, désespérée.

C'était donc fini, Lucien ne l'aimait plus; il l'avait trompée, et dans quelles circonstances! Choisir pour cela le jour même où il devait, ne fût-ce que par reconnaissance, faire partager à sa maîtresse la joie de sa victoire! Et quel courage atroce, de venir préparer sa trahison par un mensonge!

25.

Pourtant, à la réflexion, madame André s'apaisa un peu. Il lui en coûtait tant, de se croire absolument abandonnée, qu'elle plaida contre ses soupçons. Non, cela ne se pouvait pas que Lucien eût menti si effrontément hier. Il était incapable de cette énergie barbare. Il disait vrai en parlant de ce souper. Seulement, après le dessert, il avait cédé à de mauvais entraînements. Pas d'hypocrisie, pas de cruauté dans cette banale aventure ! Pas même un manque de cœur ! Mais un caractère faible, voilà tout ! Son mensonge de ce matin était donc bien excusable. Il ne pouvait décemment confesser sa fugue. Mais il ne fallait pas y voir un crime : Lucien n'aimait pas une autre femme que madame André.

Elle s'affermit dans ces pensées consolantes, quand Lucien rentra et se mit à être charmant pour elle. Il paraissait si aimant, si loin de toute hypocrisie, qu'elle ne douta pas des sentiments qu'il exprimait. Et de fait il revenait à elle plein d'une affection qu'augmentait son repentir. Il éprouvait en réalité une joie profonde à se réfugier dans cet amour qu'il avait méconnu. Ses paroles prenaient un accent de sincérité que ne saurait avoir le plus habile mensonge. Il chérissait madame André d'autant plus qu'il l'avait trompée ; il savait plus que jamais maintenant le prix de ce trésor qu'il venait d'éprouver à la pierre de touche d'une infidélité ; il y tenait en avare, avec passion. Madame André le comprit, en fut charmée, et on tua le veau gras pour l'enfant prodigue qui revenait.

LIV

Mais le lendemain tout ce fragile échafaudage de bonheur renaissant s'écroula misérablement à la lecture des journaux. Lucien n'avait pas compté avec ces terribles espions qui font de la vie de l'homme célèbre une vie à jour, aussi éclairée qu'une face d'acteur sous la lumière électrique. Il avait oublié aussi que ses ennemis étaient de ceux qui ne pardonnent pas, qu'ils attendaient toujours, embusqués dans les màquis de la petite presse, qu'ils pensaient sans cesse à leur vendetta, et que plus d'un mâchait la balle avant d'en charger sa carabine. Cette balle mâchée, celle qui devait produire les plus horribles blessures, c'était le roman de Lucien avec Berthe. Au besoin, pour qu'elle fût plus meurtrière encore, on l'empoisonnerait.

Le succès incontestable de la pièce ne permettait pas d'en dire du mal. Toutes les chicanes de détail se noyaient en somme dans un concert d'éloges, et madame André était en train de se délecter en buvant ces critiques, quand un éblouissement passa sur ses yeux à l'apparition d'un paragraphe dénonciateur. Elle continua avidement, le cœur serré. Elle était seule en ce moment. Deux grosses larmes tombèrent sur le journal.

« M. Lucien Ferdolle, disait l'article, a de la

« chance ; mais on doit avouer aussi que c'est
« un habile homme. Ce n'est pas à lui qu'il faut
« reprocher de n'avoir pas l'habitude du théâtre.
« La façon dont il a fait recevoir sa pièce prouve
« qu'il connaît non seulement les planches, mais
« aussi et surtout les coulisses. Avant de plaire
« au public, il sait qu'il est utile de plaire
« aux artistes, et il a l'art de charmer les char-
« meuses. Ce n'est un secret pour personne qu'il
« a produit sur sa principale interprète autant
« d'impression au moins que celle-ci en produit
« sur la salle. On ne peut qu'applaudir au bon-
« heur de ce jeune homme, qui gagne du même
« coup la célébrité et une célébrité dramatique. »

Mais peut-être n'était-ce là que la calomnie
d'un Pérignat, d'un Denuizet ! Avec une rapidité
fiévreuse elle dévora tous les comptes rendus de
théâtre, tombant d'un coup d'œil sur des phrases,
tantôt ambiguës, tantôt trop claires, qui ne pouvaient lui laisser aucun doute. Il n'était bruit
dans tous les échos, même dans quelques-uns
des articles de fond, que de la liaison entre Lucien et Berthe Foxter. L'esprit des reporters
écumait gaîment sur cette aventure avec des
grimaces de mots, des calembourgs stupides,
des sous-entendus infâmes au besoin, quand cela
était nécessaire pour amener le trait. L'un recommandait à Lucien de ne pas négliger la littérature pour la galanterie, en disant que ce
serait pour la littérature une grande *Berthe*.
Un autre se défendait d'imprimer vifs les noms
propres, en profitait pour écrire des saletés, et
finissait en déclarant qu'il n'avait cherché qu'à

faire drôle dans une de ces questions d'alcôve où il ne *faut qu' s' taire.* (Etc... etc... Voir quelques feuilles de chou du moment.)

Madame André lisait tout, enfonçant dans sa blessure les mauvaises pointes de la petite presse, qui lui faisaient les piqûres cuisantes d'un cent d'épingles empoisonnées de vert-de-gris.

C'était donc vrai, il n'y avait pas moyen de se prouver le contraire : Lucien aimait une autre femme. Le voilà enfin venu, le moment fatal qu'elle prévoyait autrefois, mais qu'elle n'attendait plus depuis longtemps. Elle allait se voir obligée de rompre avec le bonheur de toute sa vie. Elle n'eut pas la force de cacher son mal. A quoi bon? il ne lui restait plus qu'à partir, puisqu'elle n'était plus aimée.

— Je sais tout, dit-elle à Lucien quand il rentra.

Elle ne put en dire davantage. Elle étouffait de douleur. Elle serrait ses bras sur sa poitrine pour y comprimer les sanglots qui lui secouaient la gorge. Elle était horriblement pâle, la figure contractée. Elle essayait de paraître calme, semblable à ces fusillés qui sourient en recevant le coup de grâce. Elle finit par tomber, la face dans les journaux, comme une fleur sur du fumier.

Lucien fut bouleversé devant un pareil désespoir. Tout ce qu'il portait au cœur de bon et de généreux se révolta en lui contre lui-même. Il se fit horreur. Du coup, ses remords éclatèrent dans une explosion de loyauté.

— Je t'en supplie, dit-il, ne pleure pas, écoute-moi. Je suis un misérable. Tu ne vas pas ajouter foi à tous les serments que je pourrais te faire. J'ai menti lâchement. Tu n'as plus de raison pour me croire. Et pourtant, je te le jure, je t'aime toujours, je n'aime que toi. Ne pleure pas ; cela me torture.

Madame André se releva, les yeux secs, les narines gonflées d'orgueil, hautaine, superbe.

— Oui, fit-elle, voilà de la pitié maintenant. Je te fais de la peine. Ce que tu me dis là, c'est une aumône que tu me jettes. Je n'en veux pas, entends-tu bien. Je suis forte. Je subirai ce qui m'arrive. C'est sans doute le châtiment d'avoir abandonné ma fille. Je ne te demande plus rien.

Lucien fut écrasé sous le ton presque méprisant qu'elle mit dans ces phrases brèves, coupantes comme du verre. Il se tordait les mains sans pouvoir parler. Des flots de paroles montaient à ses lèvres ; mais il n'osait les dire, sûr de n'être point cru. Il aurait voulu trouver des preuves irréfragables d'un amour qu'il sentait en ce moment même avec une énergie toute nouvelle. Il en cherchait en vain, et balbutiait des affirmations ardentes où il tremblait de ne pas mettre assez de sincérité. Il saisit les mains de madame André qui s'efforçait de s'arracher à ses étreintes. Il lui faisait mal, tellement il la serrait pour la retenir. Il s'accrochait à elle dans une volonté intense de la convaincre, avec la violence tenace d'un être faible qui se cramponne à la vie. Il finit par se jeter aux pieds de sa maîtresse, haletant, abîmé.

— Non, non, criait-il, il ne s'agit pas de pitié

ici. Ou plutôt, si! c'est toi qui est sans pitié. Mais comment te faire toucher la vérité de ce que je dis? Oui, je t'ai trompée. Je te demande pardon, à genoux. Si tu savais combien je me repens! Et ce n'est pas ta douleur qui cause mes remords. Je les avais en étant coupable. Je t'aime, je ne peux pas vivre sans toi. Tu n'as pas le droit de me repousser. Tu ne m'aimes donc plus?

Et sa désolation prenait une éloquence poignante. Réellement, comme il le disait, c'est lui qui devait faire pitié. Il fallait être inexorable, et ne plus l'aimer du tout, pour tenir bon contre ces supplications affolées. Toute la fierté de madame André en fut amollie. C'étaient là de vraies larmes, de bonnes larmes, et dans le cœur le plus pétrifié elles eussent fait germer la miséricorde. Comment n'auraient-elles pas touché ce cœur plein d'amour, où vivait malgré tout le dévouement pour Lucien? Le pauvre cher, l'amant à qui elle avait sacrifié son existence, son honneur, l'enfant arraché à la mort, il était là, malheureux, humilié, perdu de remords, et toujours aimant. Car on voyait bien qu'il ne mentait pas aujourd'hui; car tout son être criait le repentir et exigeait le pardon. Madame André pardonna.

— Laisse-moi t'expliquer, dit Lucien.

— Ne m'explique rien, répondit-elle. Je n'ai pas besoin de ta confession. Je ne veux savoir qu'une chose, c'est que tu n'as pas cessé de m'aimer; et cela, je le sais. Je te crois. Et tout ce que j'ai souffert n'est rien dans la joie que j'éprouve à te croire.

Elle ne s'imaginait pas elle-même à quel point
elle tenait à lui. Sans y mettre de fausse générosité, naïvement, elle allait jusqu'à l'excuser.

— Je ne t'en veux pas, disait-elle. Ne me parle
jamais de cette folie. Cela n'a pas plus d'importance pour moi que la nuit du baccarat. Ce n'est
pas ta faute. Je suis même contente de cet acci-
dent. Il me fait mieux comprendre combien je
t'aime. J'ai le cœur pris dans ta vie comme on
a la main prise dans un engrenage. Pour nous
séparer, il faudrait briser la machine ou couper
la main.

LV

Rien ne fut donc rompu, et au contraire leurs
deux existences semblèrent rivées l'une à l'autre
par un nouvel anneau plus fort que tous les
autres. Mais, en dépit de leur ferme conviction
et sans qu'ils pussent même y prendre garde, la
première tache de rouille venait de paraître sur
leur chaîne et allait commencer à la ronger.

Ce pouvoir despotique, que madame André
avait si longtemps refusé de saisir, se plaçait de
force dans ses mains. La porte aux soupçons
ouverte, tous deux mettaient à la fermer un soin
qui montrait de reste l'esclavage de l'amant soupçonné. Lucien concevait maintenant pour la
moindre absence des terreurs d'être cru en faute.

Il se trouvait d'autant plus gêné par l'insouciance qu'affectait sa maîtresse. Trop orgueilleuse et aussi trop bonne pour afficher des craintes qu'elle pensait ne pas éprouver, elle ne pouvait empêcher ses regards inquisiteurs de fouiller ceux du jeune homme quand une circonstance imprévue l'avait retenu dehors au-delà de l'heure assignée par lui-même à son retour. Ces regards involontaires, elle prenait à tâche de les adoucir, de les jeter au moins aussi courts que possible, et souvent même elle parvenait à les éteindre. Mais Lucien les sentait peser sur lui. Il n'osait pas non plus y répondre par des explications indignes de lui et blessantes pour elle. Il se voyait donc obligé d'arranger tous ses instants de façon à ce que sa conduite s'expliquât d'elle-même. Tous deux en tiraient une intolérable contrainte, et vivaient dans un embarras réciproque.

A la longue, cela rendit à Lucien ses récents mouvements d'aigreur contre sa maîtresse. Il en souffrit plus encore, forcé de les étouffer. Il se fatigua peu à peu de cette dépendance quotidienne, et surtout de cette humiliation.

Madame André, de son côté, se dévorait elle-même le cœur. Elle avait beau faire et se persuader que la faute de Lucien n'était qu'une peccadille; en vain elle s'astreignait au courage de dire qu'elle ne voulait pas en entendre parler; elle y songeait toujours. Ce souvenir fâcheux lui revenait comme ces refrains obsédants qui se cramponnent dans la mémoire. En même temps elle pensait avec amertume à l'âge, contre qui pourtant elle luttait de son mieux, mais qui tout

de même la marquait chaque jour davantage.
Dans ce duel incessant contre les années, elle
perdait insensiblement du terrain, et sa loyauté
la forçait à crier *touche*. Certes ce n'était pas
encore la vieillesse, ce coup de la fin. Mais les
blessures se multipliaient. Son menton s'empâ-
tait un peu; son teint prenait des nuances plus
mûres; le dessous de ses yeux s'estompait
comme une lune embrumée; et là, dans le coin
des paupières alourdies, sur le vélin des tempes,
le temps dessinait ces rides qu'on appelle la
patte d'oie et qui sont plutôt des coups de serre.
Cela marque. C'est l'estampille indélébile, féroce ;
car ces lignes implacables s'allongeaient comme
des doigts moqueurs vers les bandeaux et y montraient des violettes blanches, signe de l'hiver
prochain. Oui, c'était bien l'hiver de la vie qui
arrivait, le triste hiver! Et Lucien était toujours
jeune. A peine semblait-il un homme avec sa
chevelure blonde bouclée, sa fine moustache
poussée tardivement, sa figure fraîche. Ah! le
mot de ce misérable Fresson, comme il était devenu vrai! Elle ne pouvait plus paraître que la
mère de Lucien.

Elle se révolta d'abord contre cette idée. De là
ses regards soupçonneux et sa tyrannie incons-
ciente qui lui aliénèrent le cœur de son amant
beaucoup plus que son changement physique insensible. Puis, en voyant la soumission de Lucien,
elle se calma. Mais en se calmant elle renonçait
à la lutte. Elle se laissait consoler aux sagesses
de sa raison, qui lui parlaient des bienfaits ac-
ceptés par Lucien, de la reconnaissance qu'il de-

vait en conserver, et elle s'accoutumait ainsi à
n'être plus aimée que par habitude. Sa hautaine
fierté se courbait à cette espérance qu'elle aurait
autrefois repoussée comme une insulte. Elle en
venait à désirer que Lucien se transformât lentement en un ami. De la sorte elle ne craindrait
plus de le perdre. Elle consentait intérieurement,
dans de vagues compromis de conscience, à
abandonner une partie de ses droits pour sauver plus sûrement les autres. Elle descendait à
des concessions qui ne lui semblaient déjà plus
des lâchetés. Elle abdiquait.

Lucien s'aperçut de cette faiblesse et en profita. Il se prêta de son mieux, et avec une rouerie remarquable, au changement de l'amour en
amitié. Il mit jusqu'à des larmes de tendresse
filiale dans le vin pur qu'il voulait transformer
en abondance.

D'un commun accord, tacitement concerté et
observé de plus en plus, ils en arrivaient à peu
près à leurs fins. La vie était redevenue aussi
charmante, plus même en apparence, qu'autrefois. Lucien acquérait une liberté d'allures toute
nouvelle qui plaisait infiniment à ses goûts de
flâneur. Il passait une grande partie de son temps
à se répandre dans les endroits fréquentés par
les gens de lettres. Sa notoriété lui assurait là
un rang agréable à tenir, et il remplissait en
homme d'esprit ses fonctions d'homme célèbre.
Il y trouvait de vives jouissances d'amour-propre qui donnaient à son humeur naturellement
heureuse une gaîté de bien-être dont madame
André savourait la douceur. Il se faisait le plus

délicieux des camarades. Elle-même se félicitait
dans sa propre sagesse, satisfaite du résultat
qu'elle pensait lui devoir. Elle possédait en
somme son Lucien comme elle l'avait toujours
voulu, se disait-elle. Il ne livrait au monde que
son bavardage ; il réservait pour elle seule ses
pensées. Il l'entourait d'ailleurs d'une affection
véritable, qu'elle sentait rien qu'à la manière
dont il revenait à la maison comme un lièvre revient au gîte après ses courses dans les luzernes.
Il lui racontait ce qu'il avait dit, entendu, avec
un besoin d'épanchement dont elle se montrait
toute heureuse. Il travaillait d'ailleurs toujours
par le même procédé, c'est-à-dire en la laissant
travailler pour lui, et tous deux s'en trouvaient
enchantés. Ils avaient fait ainsi deux nouveaux
contes, dont l'un même absolument de madame
André, et qui, après avoir eu du succès en feuilleton, formaient un volume rapidement vendu.
Ils continueraient à vivre de la sorte, liés par
une étroite communion d'idées et par un sentiment aussi délicat que profond. C'était une amitié familiale, telle qu'elle l'avait rêvée. Lui, s'y
reposait, tendre et joyeux comme un fils. Elle,
s'en repaissait avec tranquillité, soigneuse, at-
tentive, dévouée comme une mère. Parfois elle
s'étonnait de n'avoir pas su se contenter toujours
d'une pareille existence. Elle se demandait
comment elle avait pu concevoir cette jalousie,
à laquelle récemment encore elle était en proie.
Elle y voyait une crise maladive dont elle avait
souffert. Le vrai bonheur, cherché en vain dans
les orages d'une passion insensée pendant

quatorze ans, ils venaient de le découvrir enfin dans ce coin bien calme et bien à l'abri du vent, dans ce hâvre d'un intérieur monotone et bourgeois. Elle ne s'apercevait pas que dans cette vase, où elle se croyait bercée par les flots, elle était en train de couler à fond avec son amour noyé.

LVI

Pendant ces dernières années d'affaissement satisfait, on avait vu trois fois Fresson, qui venait à Paris passer un jour, pour en rapporter quelques instruments spéciaux de chirurgie, ou en ramener un confrère illustre appelé en consultation. Il ne manquait jamais de rendre visite à son ami, devenu le célèbre Lucien Ferdolle. On lui avait restitué tout l'argent qu'il était censé avoir prêté, et qu'il remettait ensuite scrupuleusement entre les mains de madame André, heureux d'une supercherie qui lui assurait la reconnaissance de Lucien. Il restait toujours le même, et voire, n'avait fait que croître et embellir en épaisseur pédante, en importance solennelle. Pourtant il témoignait à Lucien cette admiration niaise que portent les bourgeois les plus féroces à l'artiste dont la gloire rapporte de grosses sommes. Il voyait la maison du jeune auteur sur un *pied* de confortable et même de luxe dont il était ébloui. Il en concevait du respect pour ce métier de la plume, dont on pouvait tirer un si beau *rendement*. Toutefois, il gardait des arrière-pensées sur les causes premières de cette fortune. N'ayant pas assisté à la lutte terrible du couple, ou plutôt de madame André, contre la misère, il ne se faisait pas une idée bien nette de cette subite opulence, fruit des *Coquins de lettres*, et surtout de la comédie. Il croyait donc qu'à côté de l'argent gagné, s'ajoutait l'argent de madame André. Sans doute elle avait repris sa fortune abandonnée autrefois. Peut-être même avait-elle su s'en faire donner une autre. Eh! eh! tout semblait possible dans ce monde parisien! Si madame André n'avait pas repris sa fortune, d'où venait donc la somme dont elle parlait dans sa lettre à Fresson, après la fièvre typhoïde? Elle ne voulait pas alors que Lucien en connût la provenance. Fresson flairait en malin un pot aux roses, et de roses qui ne sentaient bon que pour son nez d'homme pratique. Car il trouvait, à part lui, que ce Lucien était un heureux gaillard d'avoir mis la main sur une femme aussi forte. A quelque bourbier que Lucien eût puisé sa richesse, il n'en sortait pas moins riche, et célèbre, et honoré; et le docteur Fresson, n'en demandant pas plus pour le juger honorable, se montrait fier d'une amitié pareille.

— Il faut absolument, disait-il, que tu viennes me voir à Landry-la-Ville. Ma femme sera si contente! Tu te rappelles comme elle t'a soigné! Elle qui t'a connu blessé, malade, malheureux, cela lui fera joliment plaisir de te recevoir, maintenant que tu es arrivé.

Madame André appuyait Fresson, tant pour ménager le docteur que par justice pour une femme qu'elle pensait avoir été réellement bonne pour Lucien. Et un beau jour Lucien partit.

Ce fut une fête d'orgueil pour monsieur et madame Fresson quand il descendit chez eux. Toute la petite ville sut le soir même que Lucien Ferdolle, l'écrivain qui faisait tant de bruit à Paris, rendait une visite au docteur. C'était le même jeune homme rapporté jadis de Belgique avec un coup d'épée dans la poitrine. Il avait eu des aventures. Aujourd'hui, il tenait son rang parmi les hommes en vue de la littérature. Il passait pour un des plus forts au théâtre. Il gagnait beaucoup d'argent. Il était garçon. Que de mines à commérages !

Dès la première heure, en recevant Lucien, madame Fresson se jura de le marier. Ce serait pour elle un triomphe sans égal de fixer à Landry-la-Ville cette célébrité parisienne. Elle en tirerait en même temps un lustre nouveau pour l'influence de son mari, à qui elle avait conquis une clientèle considérable, une importance quasi seigneuriale, le titre de maire et la croix d'honneur. Enfin et surtout elle prendrait ainsi une terrible revanche contre cette madame André qu'elle ne connaissait pas, mais qu'elle détestait. Fresson la lui représentait toujours comme une femme d'une force et d'une habileté inouïes, qui avait formé Lucien et fondé leur position, qui consacrait sa vie entière à accaparer lentement l'esprit, la renommée, la fortune du jeune homme. Elle-même l'imaginait sous les traits

d'une héroïne de roman, qui possédait l'art de
rester belle malgré son âge, et de demeurer la
maîtresse, ayant pu devenir l'épouse. Le nom
seul de cette femme n'avait-il pas suffi à faire
partir autrefois Lucien de Landry-la-Ville, alors
qu'il y languissait malade et misérable? N'avait-
il pas tout quitté pour elle, tout, jusqu'aux
avances de la vertueuse madame Fresson? C'est
pour madame André qu'il avait souffert, lutté,
gagné sa gloire et son argent. Maintenant cette
femme se croyait assurée de la victoire; elle ne
doutait plus de l'avenir; elle avait enchaîné son
amant à elle par quatorze ans de machiavélisme
amoureux. Eh bien! à cette courtisane triom-
phante, l'honnête madame Fresson arracherait
sa proie! A cette invincible, on allait livrer bataille! Et, avec madame Fresson, c'était la province entière qui appelait Paris sur le terrain.
Quel duel intéressant! La pie bavarde se réveillait pie-grièche et d'avance aiguisait son bec
contre l'ennemi qu'elle croyait oiseau de proie
et qui était oiseau de paradis.

Comme autrefois, madame Fresson entoura
Lucien de soins, de prévenances mielleuses, et le
capta pour l'amener aux confidences nécessaires.
Dès les premiers mots elle eut la jouissance de
constater que l'amour du jeune homme ne re-
gimbait pas contre les attaques. Il parlait de
madame André sur un ton d'affectueux regret
qui ressemblait singulièrement à de l'indifférence.
Il laissait voir que la maîtresse n'était plus qu'une
amie.

— Mais, insinua madame Fresson, vous préféreriez sans doute que votre amie fût plus jeune. Vous devez regretter quelquefois la différence d'âge qui vous sépare de plus en plus ; car vous, vous êtes encore au printemps de la vie.

Elle minaudait en faisant ce compliment, et flûtait sa phrase avec des intonations de perruche câline.

— Nous autres, ajouta-t-elle, nous vieillissons bien plus vite que vous. Ainsi, moi-même qui ai le même âge à peu près que Fresson, je ne m'appareille bien avec lui que grâce à son air très grave, à sa figure sérieuse marquée par les soucis de sa profession et les fatigues de la science. Mais vous, qui avez une figure si fraîche, votre amie doit paraître bien vieille auprès de vous.

— Nous ne sortons jamais ensemble, répondit Lucien assez embarrassé de cet aveu.

— Ah! fit-elle, cela doit vous gêner beaucoup. Ainsi vous êtes obligé de mener en quelque sorte deux existences, une pour vous au dehors, et une pour elle à la maison ?

Lucien parut visiblement ennuyé de cette perspicacité qui lui arachait les secrets comme avec une pince. Madame Fresson s'en aperçut et voulut le laisser un peu reposer avant de continuer l'opération.

— Il est vrai, reprit-elle, que votre amie est si bonne, si dévouée ! Du moins à ce que m'a dit Fresson. Vous trouvez auprès d'elle un vrai nid. En somme, vous êtes très heureux.

— Oui, très heureux, répondit nonchalamment Lucien. Elle m'aime beaucoup.

— Comme un enfant, n'est-ce pas?

Elle glissa ce mot d'une façon discrètement ironique qui fit rougir Lucien. Puis il en prit bravement son parti.

— Mon Dieu! oui, fit-il, comme un enfant. C'est peut-être honteux de passer encore pour un grand bébé à trente-deux ans; mais la vérité me force à dire que madame André est pour moi bien réellement une mère. Elle en a toutes les tendresses, et je lui en suis infiniment reconnaissant.

— Ah! soupira-t-elle, la reconnaissance, c'est la mort de l'amour. Au fond, vous n'aimez plus votre maîtresse.

Elle le regardait fixement. Il fut obligé de baisser les yeux pour répondre, ou plutôt pour balbutier:

— Si, si, je l'aime toujours, je vous assure.

Elle eut un petit rire gouailleur et polisson.

— Mais alors c'est de l'inceste, fit-elle.

Et elle enveloppa l'odieux de sa plaisanterie dans le ridicule d'une telle supposition. En même temps, elle piquait son regard mauvais dans le regard troublé de Lucien. Il se sentait de plus en plus mal à l'aise, tourné et retourné sur des charbons ardents. Vraiment cette femme curieuse possédait des secrets de bourreau, et sa logique subtile vous retournait sans pitié sur le gril.

— Allons, dit-elle avec la décision de quelqu'un qui frappe un dernier coup, je vois bien que je vous tarabuste de mes questions; mais tant pis! Moi aussi je vous aime comme une mère. Ce que j'en fais c'est pour votre bien. Je sais

quelle affection Fresson a pour vous ; moi-même
je m'intéresse à votre sort plus que vous ne pen-
sez, et tous deux nous voyons avec peine que
votre avenir soit comme acculé à une impasse.
Vous avez beau vous dire et peut-être vous croire
heureux ; vous ne pouvez pas l'être. Le bonheur
ne se trouve que dans une vraie famille. Pour
un bien-être factice que vous goûtez en ce moment, vous renoncez à toutes les joies futures
auxquelles vous avez droit de prétendre. Au
fond, vous devez vous avouer que vous agissez
mal. Sans doute, je comprends toutes les raisons qui vous empêchent de rompre. Il y a d'a-
bord l'habitude prise ; puis surtout la reconnaissance. Vous ne voulez pas paraître un ingrat.
Vous êtes si bon, si généreux, si plein de cœur !
Fresson m'a dit toutes vos qualités. C'est par
pitié que vous restez le pied pris dans cette
chaîne. Vous avez peur, en la brisant, de faire
du mal à celle qui l'a forgée. Mais si elle vous
aimait vraiment, cette femme que vous n'aimez
plus, elle serait la première à vous conseiller
une rupture qu'exige votre intérêt. A sa place,
moi qui ne suis pas une grande dame ni une
haute intelligence, j'aurais au moins le courage
de me dévouer jusqu'au bout à votre avenir, et
je ne voudrais pas être un obstacle au mariage
que vous pouvez faire. Ou bien elle souhaite sincèrement votre bien, et alors elle sera heureuse
de votre bonheur ; ou bien elle n'est qu'une
égoïste, et alors vous ne lui devez pas même
votre pitié. Voyons, mon cher malade que j'ai
soigné jadis et que je voudrais guérir encore au-

jourd'hui, voyons, réfléchissez. N'ai-je pas raison?

— Peut-être, répondit Lucien d'un ton rêveur.

Tous ces lâches raisonnements chatouillaient et flattaient ses plus mauvais instincts. Cette voix insinuante, sophistique, exprimait en termes précis de vagues pensées qu'il ensevelissait d'ordinaire au plus profond de lui-même, se refusant à les écouter. Ces perfides conseils d'un calcul qu'il accusait intérieurement de bassesse quand ils prenaient naissance en lui-même, ils lui arrivaient par un intermédiaire complaisant, et présentés comme naturels, raisonnables, justes. Ils acquéraient une singulière force, une apparence d'honnêteté, dans la bouche de cette bonne dame qu'il croyait un parangon de vertu. Ainsi voilà ce que dirait le monde, d'une action qu'il considérait comme vile! Loin de lui reprocher l'abandon de madame André, loin de lui en faire un crime, on le louerait d'avoir montré de l'énergie et de la sagesse. En réalité, madame Fresson argumentait avec un sens droit. Tout ce qu'elle disait n'était que trop équitable. Elle représentait l'opinion de ceux qu'on appelle les honnêtes gens.

— Mais, fit brusquement Lucien en revenant de ces réflexions, vous voulez donc me marier?

— Pourquoi pas? répondit-elle hardiment. Si je me chargeais de vous trouver une femme et si Fresson se chargeait d'obtenir le désistement de madame André, par exemple!...

Lucien n'eut pas le courage de formuler son

renoncement à l'honneur, ni l'audace d'être carrément misérable ; mais il garda un silence plus lâche que toutes les paroles, et qui disait oui.

LVII

Deux jours après cette conversation, un grand dîner en l'honneur de Lucien réunissait chez Fresson l'élite du beau monde de Landry-la-Ville.

Lucien reconnut deux des grotesques qu'il avait déjà vus à la noce du docteur : le vieux petit comte de Pressayre avec ses prétentions d'archéologue, et le grand monsieur à l'air profond qui avait été le condisciple de Renan au séminaire. La ménagerie s'était enrichie aussi de nouveaux types, qu'on présenta cérémonieusement à l'hôte célèbre dont le pays était honoré. D'abord monsieur le doyen, un vieillard à la fois très sec et très sanguin dont la figure disséquée par la maigreur et enluminée de plaques rouges et violettes ressemblait à une tête de lapin écorché. Près de lui, dans le remous de sa soutane, frétillait le premier vicaire, souriant, grassouillet, onctueux. Puis venait le propriétaire de la grande sucrerie, monsieur Badernot, une sorte de commis-voyageur devenu patron, un gros homme dont la panse se gonflait orgueilleusement sous des breloques brimballantes. Il traînait derrière lui sa femme, une niaise effarée qui avait l'air d'une brebris conduite par ce bou-

cher à l'abattoir. Le rejeton de ces deux souches
montrait sous l'énorme patte de son père sa tête
d'hydrocéphale. Le percepteur des contributions
regardait d'un air d'envie ce petit garçon bou-
diné dans sa tunique. Il était pour son compte
affligé de deux grandes bringues qui avaient
passé la trentaine, et qui pleuraient leur triste
sort avec leurs anglaises mélancoliques. Son
éternel regret était de ne pas avoir un fils, dont
il aurait fait un officier comme lui, pétard de
Dieu ! A part ce regret et ses filles, c'était un
bon vivant, rond et carré, comme il disait. Sa
moustache en brosse cachait d'ailleurs une
bouche assez goguenarde. Il avait gardé son franc-
parler militaire, qui paraissait presque spirituel
dans ce tas de bêtises. Avec cela, un des quatre
décorés de Landry-la-Ville, et le seul bon, hein ?
Car le docteur, le doyen et le comte, c'étaient
des croix de civil. Aussi embarrassé que celui-ci
paraissait sans-gêne, arriva ensuite avec des
contorsions d'échine le rédacteur en chef du
Veilleur picard, un malheureux qui végétait
grâce aux subsides des tout-puissants notables
et qui gagnait son pain à la sueur de ses plati-
tudes. On l'avait invité surtout en faveur de Lucien, parce que lui aussi faisait des vers. On voulait montrer que Paris n'est pas seul à produire
des poëtes. Les autres donnaient à rire, et celui-
là causait de la peine. Il faisait penser au pauvre poisson qu'on voit dans les aquariums au
milieu des crabes, et qui doit leur servir de
pâture, et qui n'évite son sort qu'à force de
cabrioles inquiètes et de souplesse effarée.

— Ah ! çà, se disait Lucien, je ne verrai donc que cet ancien capitaine qui ait à peu près l'air d'un homme ! Et surtout je ne verrai donc pas une femme, une vraie !

En ce moment le domestique annonça :

— Monsieur et madame Dennesset et leur demoiselle.

Enfin ! ceux-là, on pouvait les regarder. Le Dennesset, une bonne face de bourgeois honnête et intelligent, un sourire fin. Sa femme, sans prétention, simple et affable, mise avec un goût de Parisienne qui donnait une belle allure à sa maturité. La fille paraissait absolument charmante. Un peu mince encore, un peu longuette, la mine trop naïve pour paraître une femme. Mais cette naïveté n'était pas jouée. Jolie toilette, sobre et distinguée comme celle de sa mère. La robe montante, d'un bleu clair et très tendre, presque gris, faisait valoir la chair rose ; une coiffure légère de bluets pâles se perdait dans les ondes des cheveux châtains. Les yeux pétillaient de jeunesse.

— Ce sont les propriétaires du château de Sermoise, dit madame Fresson à l'oreille de Lucien. Ils ne sont installés dans le pays que depuis quatre ans; mais ce sont des gens parfaits. Ils ont au bas mot trente mille livres de rente.

Lucien comprit immédiatement que mademoiselle Dennesset lui était réservée par madame Fresson. Il ne s'attendait pas à un choix aussi plaisant. Il en fut ravi. On les plaça à table à côté l'un de l'autre. Elle était enjouée, franche,

un peu enfant gâtée peut-être, mais véritablement aimable. Lucien, grâce à elle, put supporter
sans ennui et sans trop grande envie de rire
les dialogues stupides ou ridicules des autres
convives.

— Mon Dieu ! disait le vicaire à chaque plat,
quelle excellente cuisinière vous avez, madame
Fresson !

— Le vin est parfait, répondait le doyen.

— Eh ! eh ! faisait le receveur, avec du pinaud
comme celui-là, on passerait bien sa vie à dire
la messe, n'est-ce pas ?

Ces trois phrases, avec quelques variantes,
revinrent bien sept ou huit fois pendant le dîner,
excitant toujours autant de gaieté. On eût dit un
refrain obligatoire. Entre temps, on entendait
la voix criarde de monsieur Badernot, qui expliquait ses procédés de fabrication au grand monsieur grave.

— Vous savez, répondait invariablement cet
homme profond, moi je ne discute pas. Je ne
suis pas de la partie. Ce que je vous demande,
c'est uniquement pour me rendre compte. J'aime
à me rendre compte.

Une fois il se tourna vers Lucien pour ajouter :

— Ainsi, voilà monsieur, qui est un poëte, un
romancier, un auteur dramatique, et dont le
talent a été couronné par les acclamations du
public. Eh bien ! j'interrogerais monsieur sur
son art comme je vous interroge sur la sucrerie.
Pour moi, c'est quelque chose de nouveau à apprendre. Je me rends compte. Chaque profession

a ses secrets que le vulgaire ne cherche pas à pénétrer, mais dont le philosophe veut se rendre compte.

— Mais alors, interrompit le comte de Pressayre de sa voix bredouillante, pourquoi me souteniez-vous l'autre jour que l'arrêt de François Ier sur les ivrognes, arrêt imprimé précisément à Landry-la-Ville, n'est pas de 1536 ? Ah ! je vous prends en contradiction avec vos principes.

— Pardon, répondait le philosophe, je ne comprends pas votre objection. Je parle idées, vous me ripostez faits.

Et toute la table s'arrêta de manger pour assister à ce tournoi d'imbéciles que l'on prenait au sérieux. Le rédacteur du *Veilleur* essayait de placer une flatterie pour chaque adversaire, et disait que de tels débats n'étaient possibles qu'à Landry-la-Ville, cette Athènes du Nord.

— Voyons, monsieur, dit brusquement le comte en s'adressant à Lucien, qu'en pensez-vous, vous qui vous occupez de littérature ?

— Ma foi ! monsieur, répondit Lucien en se mordant la lèvre pour ne pas éclater de rire, j'avoue que je suis incompétent.

— Oui, oui, fit le monsieur profond, et vous faites bien. Le poëte n'a pas à se rendre compte comme le philosophe ou le savant. Il plane au-dessus des détails. Je ne me rappelle plus le nom de l'auteur ancien qui a si bien exprimé cela dans une comparaison célèbre. Le poëte est représenté comme un alcyon. Je me souviens que j'ai traduit ce passage précisément dans une composition où je fus placé avant Renan, vous savez bien, mon condisciple Renan, cet homme remarquable qui a si mal tourné.

Puis le bruit des conversations particulières couvrait les filandreuses confidences du monsieur profond. Au milieu du brouhaha, Lucien communiquait à sa voisine quelques-unes de ses impressions, et trouvait un écho dans les critiques malicieuses de la jeune fille. Il la trouva même tellement piquante dans ses observations qu'un moment il eut peur de lui paraître lui-même ridicule. C'est pendant la soirée, quand le monsieur profond demanda si le poëte ferait à ses admirateurs l'honneur de leur dire quelqu'une de ses dernières productions. Il refusa d'abord ; mais tout le monde se récria. Fresson lui-même, qui, pendant tout le repas, avait autant que possible évité à Lucien les corvées d'une conversation souvent ennuyeuse, ne put faire autrement que de se joindre à ses convives. Madame Fresson aussi insista. Elle montrait un peu sa bête curieuse. Enfin Lucien fut obligé de céder. Il chercha dans sa mémoire, et instinctivement il y choisit une pièce qui pouvait plaire à sa voisine. Sans y prendre garde, il ne pensa qu'à elle en disant ses vers, et au milieu des félicitations grotesques, ampoulées, ineptes, qu'on lui prodiguait de toutes parts, il ne fit attention qu'à la voix de la jeune fille, qui lui disait naïvement :

— Oh ! c'est joli, joli comme une fleur.

Il lui fallut cependant s'arracher au plaisir que lui causait ce simple mot, pour écouter les réflexions du monsieur grave, qui étalait sur la poésie les tartines de son éloquence gâteuse. Il

lui fallut surtout prendre un air attentif pour
recevoir en pleine figure ce compliment versifié
sur commande par le rédacteur du *Veilleur
picard* :

Comme un oiseau lassé par de lointains orages,
Vient chercher le repos près des calmes rivages,
Le poëte est venu, fatigué de Paris,
Chez son ami Fresson chercher de doux abris.
Il chante, et de sa voix l'harmonie agréable
Fait retentir l'écho de ce pays aimable.
Près de lui sont groupés comme dans un tableau
Tous les doctes amants de l'utile et du beau,
Le fin archéologue et le penseur austère,
L'industriel puissant et l'ancien militaire,
Et les dignes soutiens de la religion.
Ainsi sont réunis chez le docteur Fresson
Dans un temple du goût dont la muse est sa femme,
Ceux qui soignent le corps et ceux qui charment l'âme,
Et l'on voit à Landry ce qui n'est nulle part :
La Science et la Foi donner la main à l'Art.

— Parfait ! s'écria le percepteur. Qu'en dites-
vous, monsieur le vicaire ? La Foi est grasse *à
lard*. On le voit bien à vos trois mentons.

— Farceur de capitaine, dit monsieur Badernot.
Cela n'empêche pas que ces vers sont fort bien.
Il y a un mot juste sur l'industrie. L'industrie
est la puissance du jour.

— Oh ! oh! bredouilla le comte, je crois que
l'archéologie...

— Et la pensée donc ! fit le monsieur grave.
Vous oubliez la pensée. Notre poëte, lui, n'a eu
garde de tomber dans une telle lacune. Je le remercie d'avoir songé au penseur austère.

Mais on attendait l'opinion de Lucien, qu'on avait voulu un peu étonner. Il vit bien qu'il fallait dire quelque chose.

— C'est charmant, charmant, fit-il avec des inclinations de tête. Je vois qu'on cultive la poésie à Landry-la-Ville et qu'elle y fleurit comme dans un parterre.

Il était écœuré des paroles qu'il prononçait. Il avait honte de lui-même. Il se trouvait aussi ridicule que cette bande de niais. Voilà maintenant qu'il parlait comme eux ! Est-ce que la bêtise s'attrapait ? Il se consola de cette mauvaise impression en regardant sa voisine, et en pensant qu'il pouvait faire quelques concessions au monde où vivait cette jolie enfant. Après tout il faut bien ouvrir des huîtres pour y trouver une perle.

— Eh bien ! lui dit madame Fresson quand le salon fut vide, que pensez-vous de mademoiselle Dennesset ?

— Elle est exquise, répondit-il.

— Quel beau couple vous ferez ! dit-elle. Ah ! j'y perdrai mon nom, ou vous l'aurez. Avant un mois elle sera votre femme et vous serez débarrassé de votre vieille.

LVIII

En moins de huit jours, madame Fresson mit tout en œuvre pour arriver à ses fins. Monsieur et madame Dennesset, précisément à cause de leur honnêteté, prêtaient le flanc aux manœuvres habiles qu'elle dirigea contre leur esprit. Elle n'eut pas de peine à les circonvenir. Elle fit briller à leurs yeux les avantages du parti qu'elle proposait. Lucien ne possédait pas de fortune ; mais sa plume représentait un capital qui rendait plus que la meilleure propriété. D'ailleurs il apportait en dot sa gloire. En outre, un jeune homme doué de toutes les qualités qui font un bon mari : doux, généreux, affectueux. Le docteur Fresson le connaissait depuis son enfance et répondait de lui. Elle était sûre que mademoiselle Dennesset ne pouvait rester insensible aux avantages d'une pareille union. Sans doute sa fortune, la position de ses parents, lui permettaient d'aspirer au plus bel avenir. Mais où trouverait-elle même dans les familles les mieux posées de la province, un plus bel avenir qu'avec Lucien?... Les deux braves gens furent éblouis.

En même temps elle sondait les sentiments de la jeune fille. Il ne lui fallut pas une demi-heure de causerie, en se promenant dans le parc de

Sermoise, pour voir que Lucien produisait sur elle une vive impression. Elle savait d'autre part que monsieur et madame Dennesset obéissaient aveuglément à leur fille.

Lucien fut invité avec les Fresson à venir dîner au château de Sermoise. Là, n'étant plus gêné par les grotesques de Landry-la-Ville, il parut encore plus aimable que chez le docteur. Fresson raconta comment il avait été le camarade de collège de Lucien, comment il était devenu son ami intime après la mort de monsieur Ferdolle. Lucien parla avec émotion des soins de ce frère aîné, auquel il restait toujours reconnaissant. Il montra ainsi la bonté de son cœur. En dépeignant quelques scènes de la vie littéraire, il fit éclater son esprit, et toutefois sut demeurer modeste. Madame Fresson, avec un tact extraordinaire, le fit valoir sans qu'il s'en doutât. Elle avait des colloques à voix basse avec madame Dennesset, des phrases adroites où elle soulignait les idées et les sentiments de Lucien. Elle le détaillait physiquement et moralement, adroite et enjôleuse comme un maquignon.

Quand on sortit du château de Sermoise, la place était conquise. Le surlendemain madame Fresson en eut la certitude dans une visite qu'elle fit en tête-à-tête à madame Dennesset.

— Nous avons discrètement interrogé Pauline, dit madame Dennesset, et je dois vous avouer que monsieur Fredolle lui plaît beaucoup. Mon mari et moi n'en sommes pas fâchés. Au contraire ; car à nous aussi il nous plaît. C'est vraiment un parti très convenable pour Pauline.

— Eh bien ! répondit madame Fresson, il n'y a plus qu'à les fiancer.

— Oh ! ce serait peut-être aller un peu vite en besogne, fit madame Dennesset.

— Pourquoi ? répondit madame Fresson. Quand tout convient, il ne faut pas remettre. Moi, quand j'ai épousé le docteur, on a mené ça tambour battant, et pourtant nous avions à débattre des questions d'intérêt assez embrouillées. Ici, pas d'obstacle de ce genre, n'est-ce pas ? Alors, marchons rondement. Ces pauvres enfants s'adorent.

Monsieur Dennesset, appelé en consultation, tomba d'accord avec les deux femmes. Naturellement madame Fresson ne souffla mot de madame André. Pauline accueillit les premières ouvertures avec une joie enfantine. Donc, aucune objection. Grâce à l'habileté de la marieuse, l'affaire se trouva bâclée comme par enchantement. Les fiançailles commenceraient la semaine même. Il s'agissait de battre le fer pendant qu'il était chaud.

Maintenant la victoire, sûre de ce côté, restait le plus difficile à faire. Il fallait obtenir le sacrifice et le silence de madame André. Comme disait le docteur, il n'y avait plus qu'à employer le chloroforme avant de pratiquer l'amputation. De cela, il se chargeait. C'était sa partie.

Lucien se laissait faire lâchement. Au fond, il avait conscience de sa lâcheté. En vain essayait-il de réagir contre ses remords, et se prêtait-il à tous les sophismes de madame Fresson ; il n'arrivait pas à se convaincre pleinement de ne pas commettre une action mauvaise. Il se rappelait le dévouement absolu de sa maîtresse, et il s'avouait sa noire ingratitude. Mais le féroce égoïsme de ses amis s'infiltrait peu à peu dans ses veines. Il respirait leur air empesté de calculs d'intérêt, et communiait avec leur pain de morale pratique. Il était enveloppé de bassesse hypocrite. On faisait sans cesse miroiter devant lui l'avenir délicieux qu'on lui préparait, le bien-être d'un intérieur tranquille, les joies légitimes du foyer. On engourdissait sa loyauté dans un bain de philosophie bourgeoise. Il s'y abandonnait, débile et honteux. Certes, il n'aurait pas eu le courage cynique de se décider franchement pour le mal qu'il allait faire ; mais il s'y prêtait passivement. Il ressemblait à ces criminels d'intention qui cèdent à leurs complices plus hardis, qui n'osent pas mettre la main dans le crime, mais qui le regardent perpétrer à leur profit ; qui ne tuent pas la victime, mais qui en partagent les dépouilles. C'est ainsi qu'ayant peur d'aller affronter sa maîtresse et lui dire qu'il la quittait, il se laissa dicter la lettre suivante, que Fresson emporta à Paris :

« Ma chère amie,

« Je ne sais comment vous expliquer une
« chose pourtant nécessaire à vous faire savoir.
« L'affection que vous m'avez toujours témoi-
« gnée me rend extrêmement pénible l'aveu que
« je vous dois. Depuis longtemps déjà, nos rela-

« tions ont perdu cette vivacité qui en assurait
« la force, et elles s'acheminaient, de votre plein
« gré d'ailleurs, vers un sentiment plus accommo-
« dant de part et d'autre. Je crois que le jour est
« venu où ce sentiment ne demeure plus entre
« nous qu'une amitié profonde. Je fais appel à
« votre bonté généreuse pour ne pas m'accuser
« d'un dénouement dont la vie seule est coupable.
« Je ne me sens pas l'énergie de vous annoncer
« moi-même cette conclusion fatale. Je me re-
« procherais comme une méchanceté gratuite de
« provoquer une scène qui serait déplorable pour
« nous deux. C'est pourquoi j'ai préféré charger
« mon excellent ami Fresson de ce message pé-
« nible. J'espère que sa raison jointe à votre
« sagesse dévouée vous feront accepter sans
« trop de douleur le sacrifice que nous devons
« accomplir d'un amour devenu désormais im-
« possible. Je n'ai pas besoin d'ajouter que je
« n'oublierai jamais le tendre lien qui nous a
« unis, et que je vous garderai une éternelle
« reconnaissance du bonheur que nous avons
« goûté ensemble. Adieu pour toujours.

« LUCIEN FERDOLLE. »

LIX

Mûni de cette lettre platement cruelle, Fresson se présenta chez madame André. Elle était occupée à corriger une nouvelle comédie. Elle eut un fâcheux pressentiment en voyant entrer le docteur tout seul. Il faisait l'impression du hibou qui annonce une mort.

— Lucien est donc malade ? s'écria-t-elle vivement.

— Non, répondit Fresson, mais il m'a chargé d'une commission qu'il ne peut faire lui-même.

Elle le dévisagea d'un coup d'œil rapide, anxieux et pénétrant. Elle comprit tout.

— Il va se marier, dit-elle en devenant toute pâle.

— Mon Dieu ! madame, reprit le docteur d'un ton cauteleux, il ne faut pas vous émouvoir ainsi. Soyez calme, je vous en conjure. J'ai à vous donner des explications.

— Il ne s'agit pas d'explications, interrompit-elle d'une voix brève. Oui ou non, venez-vous m'annoncer le mariage de Lucien ?

— Voici une lettre de lui. Je vous répondrai quand vous l'aurez lue.

Elle la dévora, retenant des larmes de rage. Elle ne voulait pas montrer sa souffrance à ce misérable, qui la regardait avec une placidité d'exécuteur.

— C'est bien, dit-elle en jetant la lettre sur la table. Je ne veux pas en savoir davantage.

Elle était d'un calme effrayant, les yeux secs, les dents serrées. Elle sentait qu'elle ne pourrait dire un mot sans laisser éclater des cris. Fresson crut devoir interrompre ce silence formidable, qu'il prit pour un consentement. Il assura sa parole et dit :

— Je vois avec plaisir, madame, que vous êtes raisonnable. Hélas! oui! c'est un coup qui est rude. Je conçois qu'une liaison comme la vôtre ne peut pas finir sans déchirement. Vous me voyez tout peiné de la triste mission que je remplis. Mais il fallait un jour ou l'autre en venir là. Vous-même le sentiez, j'en suis sûr. Vous êtes trop habituée au dévouement pour ne pas comprendre les choses. Je n'attendais pas moins de cette haute sagesse à laquelle Lucien fait appel dans sa lettre.

Elle l'avait écouté sans faire un mouvement, sans même baisser les yeux, debout et fière. Elle bondit sous la dernière phrase.

— Cette lettre, dit-elle, c'est vous qui l'avez dictée. Je connais Lucien. Il est incapable d'écrire et de penser aussi bassement.

— Madame, fit le docteur, vous vous laissez emporter.

— Eh bien! oui, s'écria-t-elle. Il faut que je vous dise tout ce que j'ai sur le cœur. Et sachez bien qu'en ce moment, ce n'est pas ma douleur qui me fait parler, mais mon honnêteté toute seule. Le coup qui me frappe, je le supporterai sans me plaindre. J'aime Lucien au point de mourir pour lui. Je lui ai toujours tout sacrifié. Aujourd'hui il m'abandonne, c'est une affaire entre lui et sa conscience. Mais je n'admets pas qu'il ait pris pour intermédiaire de sa mauvaise action un misérable tel que vous. Ou plutôt, si, je me trompe. Pour commettre une lâcheté, il ne pouvait mieux choisir qu'un pareil complice. Ah! vous m'entendrez, vous ne sortirez pas d'ici la tête haute. Je suis encore trop bonne quand je vous appelle son complice. Le seul coupable, c'est vous. C'est vous, je le devine, qui voulez marier Lucien. C'est vous qui avez mené toute cette intrigue contre son bonheur. Car il ne sera pas heureux, voyez-vous! On ne quitte pas une maîtresse après quatorze ans, quand on est homme de cœur, sans garder des souvenirs gênants et des remords. Non, il ne sera pas heureux. Mais que vous importe? Est-ce que vous l'aimez, vous? Est-ce que vous l'avez jamais aimé? Est-ce que vous vous êtes seulement dérangé quand il était à l'agonie? Vous vous êtes cru quitte envers un ami mourant en lui envoyant une mesquine aumône. Vous l'auriez laissé crever comme un chien. Tout le temps qu'il a été pauvre, qu'il a lutté obscurément contre la misère, est-ce que vous vous êtes inquiété de lui? Vous ne vous êtes rappelé votre amitié que le jour où il est devenu riche et célèbre. Et vous êtes trop petit, trop vil, pour avoir jamais vu ce qu'était notre amour. Vous ne savez pas quel crime vous faites en le brisant. Je ne m'abaisserai pas à le raconter, cet amour tout de dévouement, que vous ne pouvez comprendre.

Je ne jetterai pas les morceaux de mon cœur en pâture aux pourceaux.

— Madame, essaya de balbutier Fresson, vous m'insultez !

Il avait peur. Il écoutait humblement cette voix violente, dont les cris le cinglaient comme des coups de cravache. Madame André était superbe d'indignation. Le verbe impérieux, le geste coupant, elle s'avançait par moments vers lui et le faisait reculer sous ses phrases qui avaient l'air de soufflets. Dans la chaleur de son action, une mèche grise s'était envolée de son bandeau, et, à chaque mouvement de tête qui accentuait le discours, elle se tordait comme un serpent. Le corps, droit et presque rigide, prenait des attitudes de statue vengeresse.

— Oh ! ne tremblez pas ! fit-elle tout à coup avec un rire strident. Je ne suis pas une furie. Tenez, me voici tout à fait calme. Vous êtes venu pour chercher une réponse. Je réponds. Dites à Lucien que je suis à ses ordres. Je ne le gênerai en rien. Il peut se marier comme si j'étais morte.

En prononçant ce renoncement suprême, elle sentit ses forces l'abandonner et fut obligée de s'asseoir. Fresson fit machinalement un pas pour la soutenir. Mais elle le cloua en place d'un regard terrible. Elle se releva, hautaine, et lui montrant du doigt la porte :

— Je vous ai dit qui vous êtes, fit-elle d'une voix grave. Je vous défends d'avoir pour moi la moindre pitié, je m'en croirais salie. Sortez ! je ne vous fais pas l'honneur de vous haïr. Je vous méprise trop.

LX

Fresson n'avait pas encore digéré ce mépris en arrivant à Landry-la-Ville. On osait donc lui parler ainsi, à lui, le docteur Fresson, le maire décoré, l'homme honorable et solennel devant qui tout le monde se taisait d'habitude ! On l'avait traité de misérable ! On lui avait jeté à la figure sa bassesse et sa vilenie ! Et obligé de tout entendre, lui ! et sans répondre ! Oui, il avait eu peur, il s'était laissé écraser comme une bête venimeuse sans même cracher son venin. Ce venin rentré lui tournait sur le cœur en bile furieuse. Il lui montait à la tête une de ces monstrueuses colères de gredin démasqué et impuissant. Il se complaisait à se répéter que madame André souffrait une torture ineffable et qu'elle en mourrait. En ce moment il aurait voulu la tenir râlante devant lui et lui mettre le pied sur la bouche pour étouffer dans la boue le dernier souffle de cette voix implacable. Il en sentait encore les cuisantes blessures ; il en emportait les paroles acérées qui vibraient encore dans sa chair et le faisaient saigner en pleurs de rage. Son premier mot à Lucien fut un cri de vengeance.

— C'est une mégère, dit-il. Elle m'a agoni de sottises, d'insultes. J'ai cru qu'elle allait me sauter aux yeux, comme une poissarde.

— Il fallait appeler la police, interrompit madame Fresson.

Lucien était dans l'angoisse. Il se représentait cette scène terrible. Il avait peur, lui aussi. Est-ce que sa maîtresse voudrait le reprendre de force ? Il se sentait incapable de résister. En même temps, douloureusement ému, il songeait que, pour s'être emportée à des violences si extraordinaires, la malheureuse avait dû recevoir un coup bien grave.

— Cela lui a donc fait beaucoup de peine ? dit-il avec compassion.

— Oh! oui! répondit joyeusement Fresson. C'est cela qui me console de ses grossièretés. Elle écumait. Elle grinçait des dents pour comprimer ses sanglots. Elle a failli se trouver mal. Elle est touchée à fond. C'est bien fait. Si elle pouvait crever de fureur !

— La pauvre femme ! dit Lucien tout honteux en se cachant la figure.

Il avait les nerfs horriblement excités, comme lorsqu'on voit un homme écrasé dans la rue. Il se révoltait contre la haine brutale de Fresson. Il prenait à part lui le parti de madame André. Il se jugeait coupable d'un crime, comme s'il l'avait fait assassiner par un goujat.

— Il ne s'agit pas de s'irriter ni de s'apitoyer, dit vivement madame Fresson. Tu déboutonneras ta rancune plus tard. Tu vois bien que ton ami n'est pas encore assez fort pour supporter le récit de cette opération dans tous ses détails. Au fait! arrive au fait! dépêche-toi. Qu'as-tu obtenu, en somme ?

— Elle consent, parbleu ! dit le docteur. J'aurais bien voulu qu'elle osât refuser son consentement !

— Eh bien ! c'est tout ce qu'il nous faut, répondit-elle.

Et, prenant la main de Lucien, elle changea brusquement sa voix sèche pour prendre un ton de câlinerie.

— Voyons, disait-elle, mon cher enfant, ayez du courage. Le plus dur est fait. Vous l'aimez donc encore un peu, cette vieille gueuse ?

Le mot n'était pas habile dans un pareil moment, et madame Fresson comprit sa maladresse en le laissant échapper, mais sans avoir la force de le retenir.

— Ce n'est pas une vieille gueuse, riposta Lucien avec un geste énergique. Je ne veux pas qu'on en parle ainsi. Je n'ai déjà que trop de reproches à me faire de ma conduite envers elle. Au moins j'entends qu'on respecte son malheur.

— Est-ce qu'elle m'a respecté, moi ? s'écria Fresson. Quand je pense qu'elle m'a appelé misérable ! qu'elle m'a dit : je vous méprise ! Comment ! nous travaillons, ma femme et moi, pour t'arracher de ses griffes, et tu veux que nous nous laissions outrager par elle sans lui rendre ses outrages ! Non, non. Je ne lui passerai pas ce qu'elle a eu l'audace de me dire. Et rien ne m'empêchera de penser d'elle ce que j'en pense. Je te répète que c'est une gueuse.

— Je t'en prie, tais-toi, dit Lucien en marchant sur lui les poings crispés.

— Pierre, Lucien, vous êtes fous ! disait madame Fresson en se jetant entre eux. Puisque tout est fini, arrangé !

Le docteur courut tout à coup à son secrétaire, l'ouvrit rapidement, fouilla d'une main fiévreuse dans un tiroir et en retira une lettre, celle où madame André le priait de laisser croire à Lucien qu'il leur envoyait de l'argent.

— Tiens ! dit-il à Lucien, lis cette lettre-là, et tu verras ce qu'elle était, ta maîtresse.

Lucien tremblait en lisant. Il se rappelait, comme s'il y était, la scène qu'il avait faite à cette époque à madame André, les soupçons qui le dévoraient alors, la jalousie qu'il éprouvait à l'égard du docteur Burpitt, l'argent qu'il voyait à la maison et dont il ignorait la source. Tous ces cauchemars de la fièvre typhoïde, qui s'étaient envolés à l'explication fournie par sa maîtresse, à la certitude que Fresson prêtait cet argent, toutes les angoisses de ce délire passé le reprenaient à la gorge. Elle avait donc menti ! Elle l'avait donc trompé ! Il n'en pouvait croire ses yeux ; il lisait et relisait ces phrases pleines de preuves accablantes ; les mots lui semblaient danser devant lui.

— Pourquoi ne m'as-tu jamais montré cette lettre ? s'écria-t-il soudain.

Fresson fut interdit de cette apostrophe. Il comprenait que l'honnêteté foncière de Lucien exigeait une réponse honnête, et il ne savait laquelle trouver. Il balbutia :

— Mais je ne voulais pas troubler ta vie. Tu paraissais heureux. Je n'avais pas le droit de compromettre ton bonheur.

— Et mon honneur, qu'en faisais-tu ? dit Lucien. Allons, parle, il me faut une explication.

Madame Fresson essaya de détourner l'orage sur elle par quelques phrases patelines.

— Je ne vous fais pas l'injure de vous interroger, madame, interrompit Lucien. Je regrette même de vous voir assister à cette discussion. J'aime à croire que vous n'étiez pas dans le secret de cette lettre. Il y a là une question d'honneur qui ne doit se débattre qu'entre hommes. C'est à Fresson que je demande compte de la honte dans laquelle il m'a laissé vivre, et de l'opinion qu'il a de moi.

— Eh ! reprit-elle impatientée, vous le prenez vraiment de trop haut avec des amis qui n'ont voulu que votre intérêt. Voilà ce que c'est que de s'occuper à faire du bien aux gens ! Il n'y a pas tant de choses à raisonner. Vous ne devez vous en prendre qu'à vous si vous viviez dans une position ambiguë. Ce n'est pas notre faute.

— C'est vrai, ajouta le docteur, on dirait que c'est nous qui sommes responsables de la conduite de cette femme.

— Eh bien ! oui, s'exclama Lucien, c'est vous qui êtes responsables de mon déshonneur. Oui, si ma position est ambiguë, c'est votre faute. Vous vous dites mes amis ; vous mentez.

Madame Fresson ne se tenait plus de colère. Elle éclata.

— Vous n'allez pas nous insulter, n'est-ce pas ? et nous menacer, chez nous ? C'est bien assez que votre maîtresse ait vomi des injures contre mon mari.

— Elle a eu raison, reprit Lucien. Elle disait son fait à un complice. Tu es un misérable !

Et il voulut se jeter sur Fresson pour le souffleter.

— Va-t-en, va-t-en, fit madame Fresson en poussant le docteur derrière une porte qu'elle ferma à clef. Il pourrait se porter à des voies de fait ! Et maintenant, monsieur, fit-elle à Lucien, j'espère que vous n'aurez pas la lâcheté de continuer à déblatérer contre moi. Ce que mon mari ne peut pas vous dire, moi je vous le dirai parfaitement. Nous savions tout, et, qui plus est, nous pensions que vous ne l'ignoriez pas. Mais par indulgence, nous fermions les yeux sur les habitudes d'un monde qui n'est pas le nôtre. Par égard pour un ami mal conseillé, nous imposions silence à nos préjugés d'honnêtes gens. Car nous sommes des honnêtes gens, nous, monsieur. Si nous avons de la boue aux ongles, c'est parce qu'on se salit les doigts quand on veut tirer quelqu'un du bourbier.

Elle sifflait comme une vipère à qui on a mis le pied sur la queue. Lucien eut un moment l'envie de l'écraser contre le mur. Mais il se contint, n'osant lever la main sur une femme. Il commença seulement un mouvement de menace qui la fit taire, et il sortit sans même lui jeter un dernier outrage, pendant qu'elle courait dire à Fresson :

— Va, il ne reviendra plus. Je lui ai réglé son compte. Quelles crapules que ces artistes !

LXI

Il prit le premier train qui partait, et fila sur Paris. Il avait gardé la lettre. Il allait chez sa maîtresse. Des projets insensés roulaient dans sa tête. Des images sanglantes passaient sous ses paupières closes. Il pensait rouge. Il ne réfléchissait même pas à la violence renaissante d'un amour qu'il avait cru éteint. Il ne s'apercevait pas que cet amour lui resaisissait le cœur dans les tenailles de la jalousie. Et laquelle? Une jalousie rétrospective. Ce qui le rendait fou, ce n'était pas seulement le sentiment de la honte où il avait vécu, c'était bien plutôt le spectacle épouvantable de la trahison passée. Les images du délire d'autrefois ressuscitaient plus vives, plus atroces. Il voyait le tableau infâme dans tous ses détails : lui malade, insensé, agonisant; derrière les rideaux, sa maîtresse et le docteur Burpitt, parlant d'amour; d'amour, non pas même! mais de sale débauche; ce quasi-vieillard accepté pour son argent; madame André vendue comme une prostituée; leurs étreintes, là, près de lui; cette chambre presque mortuaire devenue chambre de lupanar. Il écumait de rage à cette idée. Cette femme, ce corps qu'il croyait avoir possédé lui seul, un autre en savourait la beauté, touchait cette chair, baisait ces lèvres, se pâmait sur cette poitrine... Oh! une arme! un couteau! pour les tuer! Lucien poussa un grand cri. Il était seul dans son wagon. Le train filait. Plus vite! plus vite donc!

Il arriva à Paris dans la nuit. Onze heures sonnaient quand il ouvrit la porte de l'appartement. Madame André y était encore. Elle venait de se coucher dans sa chambre, où il entra comme un fou.

— Pourquoi es-tu venu? fit-elle.

— Pour te punir, pour me venger, répondit-il d'une voix sourde.

Elle se leva d'un bond.

— Comment! me punir! te venger! De quoi donc? Je ne comprends pas.

— Je vais te parler froidement, reprit-il. Je le sais, en ce moment, je dois avoir l'air d'un énergumène. Je tâcherai d'être calme. Je viens te demander l'aveu de ta faute.

Madame André demeura stupéfaite. Elle ouvrait de grands yeux et avait les mains croisées sur la poitrine. Elle essayait de se rendre compte de ce qui se passait, et ne pouvait y parvenir. Elle crut d'abord Lucien en proie à un délire de fièvre. Mais en le voyant devenir en effet très grave, en examinant les regards assurés qu'il fixait sur elle, elle sentit qu'il possédait toute sa raison. Cela lui rendit son sang-froid.

— Voyons, dit-elle bien posément, il y a un malentendu terrible entre nous. Et d'abord, de quel droit exiges-tu un aveu, une explication quelconque de moi qui ne suis plus ta maîtresse?

— Si, si, répondit Lucien d'un ton impérieux,

tu es encore ma maîtresse. La démarche de Fresson est non avenue. La lettre qu'il t'a remise était dictée par lui. Ce n'est pas vrai, je ne me marie pas. Je suis ton amant, et je veux que tu t'expliques, je le veux. Je t'aime toujours. Il faut que tu me répondes. Parle, dis-moi la vérité, demande-moi pardon du crime que tu as commis.

— Lucien, répondit-elle avec un accent de sincérité absolue, je te répète qu'il y a un malentendu entre nous. Je ne te comprends pas.

— Le docteur Burpitt! s'écria-t-il.

Malgré son angoisse, elle éclata de rire. Et c'était si naturel, si franc, que cela valait toutes les réponses possibles et que Lucien en fut ébranlé.

— Fresson m'a montré ta lettre, dit-il en la lui tendant.

Elle la laissa tomber sans y jeter les yeux, et dit simplement, mettant toute son honnêteté dans cette affirmation :

— Fresson est un coquin!

Puis elle souleva le couvercle d'un chiffonnier, et tira d'un petit portefeuille une lettre qu'elle présenta à Lucien du bout des doigts, comme si elle touchait à une ordure.

— Tiens! fit-elle, si tu ne crois pas qu'il est un coquin, tu vas voir au moins ce qu'il a de cœur. Voilà ce qu'il m'a répondu quand je lui ai demandé de venir à ton secours, au moment de ta fièvre typhoïde. Je ne t'aurais jamais montré cette lettre odieuse, sachant que tu souffrirais d'avoir eu pour ami un tel hypocrite, un tel égoïste. Mais comme je connaissais la bassesse de sa nature, je me réservais cette arme contre lui. Je ne m'en sers que pour me défendre, puisque tu exiges que je me défende.

Et comme Lucien finissait de lire la lettre, elle lui raconta d'un trait, sans réticence, sans hésitation, avec une voix tranquille et souveraine, toute l'histoire de la fièvre typhoïde, sa visite insensée et désespérée au docteur Burpitt, la générosité de cet excentrique, ses boutades de bourru bienfaisant. Elle montra le billet d'adieu qu'il avait laissé avec les deux mille francs. Elle rappela la jalousie étrange de Lucien, l'accusation bizarre qu'il avait lancée juste au moment où elle allait lui apprendre la provenance de cet argent, la peur qu'elle avait eue de ne pouvoir faire entendre raison à un malade qui délirait, le subterfuge imaginé, ses regrets impuissants quand elle avait vu ce mensonge provisoire devenir définitif par la force des circonstances. Et tout cela respirait une telle loyauté, était dit d'un cœur si profondément bon et honnête, qu'il n'y avait pas moyen de n'y pas ajouter foi. D'ailleurs elle ne faisait pas même un reproche à Lucien de l'avoir crue coupable ; elle n'essayait pas non plus de l'émouvoir au souvenir des sacrifices qu'elle s'était imposés pour lui, de la merveilleuse affection qu'elle lui avait témoignée, du bonheur connu l'un par l'autre. Elle se contentait de narrer les choses, et elle disait tout uniment la vérité, brandissant ce glaive nu qui égorgeait tous les soupçons.

— Pardon ! pardon ! fit Lucien en se jetant dans les bras de la noble femme. Il sera donc dit que je te ferai toujours du mal, et que toujours tu me pardonneras. Et tu ne sais pas encore combien je suis criminel. Oui, poussé par ces infàmes Fresson, laissant flatter par eux mes mauvais instincts d'égoïste, j'ai failli t'abandonner. J'en avais des remords, et pourtant je le faisais. Je voulais me marier. Je voulais t'oublier. Mais tu sais bien que je ne le peux pas. Tu sais bien que je t'aime malgré tout. Je ne vivrais pas sans toi. Ah! je t'en supplie, redeviens ce que tu étais, ma maîtresse, ma femme, mon sang, mon tout.

Ils s'embrassèrent dans une étreinte désespérée. Leurs deux êtres se pénétraient comme deux métaux en fusion qui s'amalgament pour ne plus former qu'un corps indissoluble. Pour la première fois ils se ruaient ensemble à ce besoin d'union profonde et absolue qui fait qu'on s'abîme l'un dans l'autre.

LXII

Par le bizarre concours des circonstances, ce retour d'amour coïncidait chez madame André avec l'approche du retour d'âge, et il en résulta une singulière transformation pour son cœur et pour son corps. Sans la violence renaissante de sa passion, livrée à sa froideur coutumière, elle eût sans doute traversé doucement cette époque critique, où les derniers charmes de la femme s'effeuillent comme des pétales de fleurs tardives. Mais il se produisit ici une réaction vigoureuse qui arrêta brusquement la descente dans ce maëlstrom de la vieillesse d'où les plus jolies et les plus solides reviennent avec une pâleur de grand'mères. Madame André aimait d'une ardeur trop jeune pour ne pas s'accrocher de toutes ses forces à ses suprêmes lambeaux de jeunesse. Elle le fit d'ailleurs instinctivement, sans calcul, sans coquetterie, ou plutôt la nature le fit en elle pour elle, et la traita comme ces arbres qui reverdissent encore avant l'hiver. Ainsi que son cœur, son corps s'épanouit dans un merveilleux été de la Saint-Martin.

Ces arrière-saisons causent toujours des surprises et n'en paraissent que plus belles. Certes on n'y trouve pas la fraîcheur délicate des ciels d'avril, le renouveau tendre, les promesses joyeuses des jeunes pousses, et on est obligé en les goûtant de songer à la brièveté du bonheur qu'elles donnent; mais cela même les rend plus savoureuses. Rien d'intense et de troublant comme ces fins d'automne, retour d'âge de l'année. La lumière plus fondue coule dans l'air plus chaud. Les brises se chargent d'effluves lourds et capiteux, et traînent des tourbillons de parfums et des courants magnétiques. Le firmament brouillé d'orages laisse tomber comme des pluies de désirs. On sent une ivresse éparse dans toute la nature. Les couchers de soleil deviennent étranges, emplissent les yeux de couleurs merveilleuses et l'esprit d'imaginations délirantes. Parmi les nuages traversés de flammes vertes, déchirés de

lueurs jaunes, s'écroulant en décombres rouges,
l'astre a l'air d'un dieu qui va mourir et qui fête
ses propres funérailles dans un massacre immense mêlé d'orgie au milieu d'un incendie co-
lossal. On dirait qu'on voit défoncer des cuves
de vin fumeux, décapiter des corps de femme,
et flamber tout le palais céleste avec ses trésors,
ses lambris de bois odorants, ses tentures de velours et de soie, ses coffres pleins de sequins,
ses saphirs, ses émeraudes, ses rubis, ses diamants, ses perles, tandis que le dieu agonisant
et calme, étendu sur son bûcher comme sur un
divan, s'enveloppe la tête dans un pan de sa
robe lamée d'or et constellée de pierreries, et
laisse nonchalamment couler son sang rose.

L'esprit poétique de Lucien comparait naturellement à ces fins d'automne et à ces couchers de
soleil la beauté de sa maîtresse. Dans cette maturité troublante, dans cette passion plus intense
que jamais, il retrouvait cette lumière fondue,
cet air chaud, ces effluves grisants, ces orages,
ces incendies du ciel d'octobre. Sans y apporter
la moindre recherche artistique, il se complaisait
dans ces analogies qui s'imposaient à son imagination. Les yeux profonds de madame André ne
ressemblaient-ils pas aux soirs ardents pleins
d'électricité? Ses caresses énervantes roulaient
aussi des tourbillons de parfums. Si son corps
ne se raidissait plus dans des contours de marbre dur, il s'abandonnait, s'alanguissait, avec
une enveloppante mollesse. Sa chair prenait le
moelleux d'un fruit prêt à tomber tout seul de
la branche, et fondait sous le baiser comme une

pêche dans la bouche. Sa peau déveloutée gardait cependant une fleur légère, d'autant plus suave qu'elle semblait plus fragile, à la façon des peaux de raisin que le seul contact rend lisses. Mais au premier coup de dent, quel suc, quelle pulpe juteuse, comme on sent bien dans la grume qui s'écrase les rosées et les souffles dont elle a été imprégnée, le soleil qui dort en elle, le sang des pampres qui la gonfle! Comme on y boit délicieusement l'âme de la vigne! Ainsi Lucien buvait sur les lèvres de sa maîtresse toutes les forces, toutes les ardeurs, toute la passion accumulées en elle par la vie, et qui, mûries tardivement dans cet automne d'amour, fermentaient aujourd'hui, cuisaient, bouillonnaient, voulaient s'épanouir et crever à la lumière sous le dernier coup de soleil de la Saint-Martin.

Madame André subissait sans y prendre garde ces influences étranges, et son esprit aussi avait reçu le coup de soleil. Des désirs inconnus, des soifs inextinguibles s'éveillaient en elle. Sa raison, sa solide raison d'autrefois, trébuchait dans une sorte d'ivresse. De ses sens troublés montait une fumée capiteuse qui lui brouillait l'imagination et la remplissait de rêves voluptueux. Ces rêves, elle ne se contentait pas de les voir passer devant ses yeux; elle y portait la main, elle les étreignait dans ses bras, elle les voulait vivants et réels. La réalité, la vie, c'était Lucien, et elle s'y attachait désespérément, comme si chaque caresse devait être la dernière. Plus de prudence! plus de soucis maternels! La passion seule, ef-

frénée, terrible, absorbante. Lucien n'était plus
un enfant à soigner, plus même un ami à ché-
rir, mais bien une proie à manger. La compagne
tendre et dévouée, la maitresse tranquille devenant une façon d'épouse, la femme même, dis-
paraissaient. Il restait une femelle fauve, dévo-
rée d'appétit et dévorante. Elle semblait vouloir
rattraper tout le temps perdu. Convive longtemps
trop sobre au festin des caresses, elle mettait
maintenant les bouchées doubles. Tant pis si
l'indigestion menaçait! Les heures comptées, il
fallait engloutir la table avant de partir. Tout
pour la minute présente! Après nous le déluge!
Mourons au besoin dans un embrassement suprême! Et tout cela, sans réfléchir, sans le
moindre égoïsme, naturellement. C'est l'instinct
qui poussait madame André, l'instinct plus fort
que la raison. Elle obéissait en aveugle à une
puissance inconnue. Elle ne se sentait pas libre
de résister. Elle n'avait plus conscience d'elle-
même. Grisée, effarée, éperdue, elle se ruait à
l'amour avec rage, avec folie, comme ces cavales
sans cavalier que ne modèrent plus la bride ni
l'éperon, et qui galopent à corps perdu dans la
bataille, sans rien voir, sans rien entendre, la
crinière au vent, les étriers vides sonnant sur
leurs flancs en sueur, les naseaux grands ouverts
et soufflant du feu, et qui traversent la fumée,
les balles, les coups de sabre, la mitraille, pour
aller enfin dans un dernier bond se crever le poi-
trail contre un obus ou s'éventrer sur les baïonnettes.

LXIII

Du coup Lucien exigea que madame André rompît avec ses habitudes claustrales, et il voulut porter son bonheur aux yeux de tout Paris, avec la grandeur auguste d'un prêtre croyant qui élève aux yeux de la foule l'hostie qu'il vient de consacrer

— Pourquoi nous cacher? disait-il. Pourquoi garder à notre amour l'apparence d'une honte? J'agissais en lâche, de souffrir cette obscurité à laquelle tu te condamnais. Tu es ma vie, tu es ma force, tu es ma gloire. Je veux qu'on le sache. Nous ne sommes pas de ceux qui font pitié, mais de ceux qui font envie. Ayons le courage de notre joie.

Et madame André était si bien changée qu'elle céda sans aucune résistance. Elle aussi, elle se sentait lasse d'une contrainte qu'elle-même avait forgée et trouvée douce autrefois. Elle aussi, elle éprouvait le besoin d'afficher leur passion. Elle ne pensait plus à l'opinion que pour la braver. Elle y voyait une citadelle hérissée de canons devant laquelle il serait lâche de reculer, et où il fallait planter un drapeau.

Un soir de première aux Français, ils firent héroïquement leur entrée dans une loge de face, à la lumière étincelante du lustre, sous le feu des lorgnettes.

Lucien était pâli, fatigué, et cela lui donnait une figure plus sérieuse que de coutume. Admirablement correct dans son frac, le camélia à la boutonnière, l'allure à la fois fière et aisée, il représentait la plus parfaite incarnation de l'homme de lettres dont la gloire a fait un gentilhomme. Rien maintenant de trop juvénile, rien qui sentît le débutant dégrossi par un premier succès. Son front s'élargissait, un peu dégarni aux tempes. Son teint ne brillait plus de cet éclat fleuri qui lui prêtait encore, il y a seulement six mois, des airs d'adolescent rose. Enfin, pour employer une expression toute parisienne et d'artiste, il avait une tête, il avait sa tête. Il pouvait désormais prendre rang dans cette galerie d'hommes du monde et d'hommes célèbres où l'on n'a plus d'âge, où des jeunes gens de vingt-cinq ans, et des vieillards de soixante, les uns n'étant déjà plus jeunes et les autres ne devenant jamais vieux, paraissent des camarades et des contemporains. Il comptait dans ce carré de Waterloo de la vie parisienne, carré qui se reforme toujours, qui ne se rend jamais, et dans lequel la fumée de la bataille empêche de distinguer les conscrits des grognards, et ne laisse voir que des héros.

Madame André fit sensation. Toilette à la fois originale et simple : une robe décolletée de faille blanche avec des agréments jaunes ; deux topazes aux oreilles ; un diadème d'argent et de topaze dans les cheveux. Ces cheveux, elle avait eu la coquetterie audacieuse de ne point les poudrer pour y dissimuler la poudre du temps. Ils s'étageaient en une coiffure opulente, lourde, un édifice de boucles et de bandeaux inventé par elle, et qui ressemblait à une mitre écrasée. Dans les deux plaques qui couvraient le front et venaient finir en cachant le haut de l'oreille, les mèches blanches s'étalaient orgueilleusement en évidence comme les rubans d'une cocarde de défi. Au-dessus d'elles la masse épaisse des torsades en paraissait plus noire, presque bleue, et les pierres du diadème y piquaient des étoiles fauves. Le buste se redressait avec une élégance étonnante dans le corsage étranglant la taille. Les épaules, la gorge, les bras apparaissaient en vigueur sur le fond rouge sombre de la loge. Dans la richesse de leurs contours, aucune lourdeur. La peau, d'un grain menu, ne semblait pas veloutée comme celle des toutes jeunes femmes, ni trop satinée par la pierre ponce de la vie. Pas plus pêche que vélin. Ferme, bien tendue, mate, elle ne s'irisait pas aux feux du gaz, ne les réfléchissait pas non plus, mais en absorbait la lumière. De là une blancheur éclatante, crue même, presque sans modelé, et qui accrochait les regards. Pourtant les yeux s'en détournaient pour admirer surtout la tête. Madame André n'avait employé aucun artifice à se rajeunir, et ne cherchait même pas à atténuer sa gravité de femme mûre par la grâce d'un sourire aimable. Elle conservait son masque sévère, un peu hautain, sans rien détendre de sa majesté. La bouche, légèrement arquée en deux plis méprisants, ne daignait montrer que de temps en temps les dents toujours belles. Ce n'étaient point des perles de nacre bleuâtre, ainsi qu'en ont la plupart des femmes de cet âge qui les ont gardées, point de ces bijoux fragiles qui semblent artificiels. C'étaient encore ses solides quenottes d'autrefois, petites et bien rangées, dents de louveteau qui parfois mordillaient la lèvre rouge comme de la chair saignante. Le nez droit, sans empâtement, délicat, humait l'air avec des ailes palpitantes et fines. Le menton se portait en avant, dégageant le cou aux attaches à la fois puissantes et gracieuses, et se reliait à la gorge par une ligne coupée d'un seul pli de graisse qui en accentuait l'autorité. Les yeux illuminaient d'une flamme sombre toute cette figure lavée et polie par le flot des années à la façon des galets usés par le frottement des lames. Ceux qui voyaient de profil le dessin net de ce visage croyaient contempler un camée dur taillé dans une veine blanche d'agate ; et de face, sous sa tiare de cheveux et son diadème de topazes, cette tête superbe, despotique, et pourtant charmante de ton fané, adoucie d'amour heureux, apparaissait dans une gloire auguste d'amazone et d'impératrice.

Lucien lui-même en fut ébloui. Il n'avait jamais admiré sa maîtresse sous cet aspect dominateur. Il se rappelait les soirées du parc Monceau, où elle avait l'air d'une petite bourgeoise prenant le frais, les promenades à Saint-Ouen où elle se serrait contre lui avec des mutineries de grisette, et surtout les jours de travail où elle se courbait quelquefois sur les pages de la copie, dans l'attitude presque pénible à voir d'un employé qui fait des écritures. Aujourd'hui il se sentait en proie à un être nouveau, et comme emporté dans un ciel inconnu par les griffes d'une Chimère. C'était pour lui une révélation véritable. Il ne savait pas encore, et il apprit ce soir-là, que la femme moderne, que la Parisienne, finit ainsi par trouver dans son existence, fût-ce au dernier moment, une heure suprême où toute sa beauté, toute sa puissance, toute son essence se ramassent dans un éclair prodigieux qui l'enveloppe et l'illumine soudain d'une lueur d'apothéose.

Toute la salle reçut ce coup de foudre. Les femmes, surtout les jeunes, qui rayonnaient dans l'éclat de leur printemps, s'avouaient éclipsées par cet astre qui emplissait l'horizon de son couchant prodigieux. Elles essayaient bien de s'en consoler en commentant l'âge de cette souveraine nouvelle qui n'aurait pas longtemps à tenir le sceptre. Mais au fond du cœur elles rendaient hommage et se sentaient vassales. Les hommes admiraient sans arrière-pensée. Pour résister à l'admiration, ils étaient trop de ce Paris merveilleux qui comprend tout, et qui envie, au lieu de les blâmer, les amants quinquagénaires. Même, en constatant la suprématie de cette femme, ils ne concevaient aucun mépris pour l'homme qu'elle dominait cependant d'une évidente supériorité. Ils l'admiraient aussi, sachant qu'il faut une singulière audace pour se laisser enlever par l'aigle sans crainte d'être lâché à travers l'espace.

Lucien comprit le sentiment qu'il inspirait.

Pour la première fois il reconnut sa faiblesse
auprès de cette reine, dont on le croyait peut-
être le chevalier, et dont il n'était que le page.
Mais, loin d'en être humilié, il s'en montrait
fier. Il s'avouait que son obéissance faisait sa
force ; il savait que ce démon victorieux lui servait d'ange gardien ; il abdiquait sans souffrance
entre les mains de sa maitresse. Il l'en aimait
davantage, et rentra encore plus fou d'elle,
comme un avare qui a laissé voir son trésor se
plonge avec plus de délices dans la joie d'être
seul à le posséder.

LXIV

Cependant, à Landry-la-Ville, tout était sens
dessus dessous. Pour la première fois depuis
qu'elle gouvernait le pays, la toute-puissante
madame Fresson venait de subir un échec. Elle-
même avait imprudemment, avec une audace
insolente, mis tout le monde dans le secret du
mariage qu'elle machinait. Tout le monde partageait l'ivresse de sa future victoire. Au fond,
on n'était pas fâché de voir, dans la personne
de madame Fresson, la province battre Paris.
On avait donc attendu le retour du docteur avec
l'impatience de gens qui vont recevoir la nouvelle de la déroute de l'ennemi. Puis on avait
appris la scène presque violente arrivée chez les

Fresson, et on avait vu monsieur Ferdolle partir immédiatement pour Paris. Chacun en tirait naturellement la conclusion que la maîtresse demeurait la plus forte, et que madame Fresson était vaincue. On lui en voulait d'autant plus de s'être laissé damer le pion (comme on disait), qu'elle s'était crue et proclamée plus sûre du triomphe. L'humiliation qu'elle subissait, c'est le pays entier, c'est la province qui la partageait avec elle, avec ce champion débile obligé de céder devant la Parisienne. Mais cette redoutable madame Fresson, à qui l'on obéissait si platement, elle trouvait donc son maître, elle n'était donc pas invincible! Du coup on redressait la tête, on allait secouer le joug, on ne voulait plus se laisser commander par ce général qui s'était rendu.

Elle sentit que le pouvoir lui échappait, et elle en fut outrée de dépit. Elle ne pouvait en rester là : elle était en quelque sorte engagée d'honneur à ne pas baisser pavillon. Eh bien! oui, elle perdait la première bataille; mais elle prendrait sa revanche. Le dernier mot n'était pas dit. On allait bien voir! On ne savait pas de quoi elle était capable!

Tout d'abord il fallut expliquer aux Dennesset le fâcheux contre-temps qui venait se jeter à la traverse et qui semblait tout ruiner. Elle le fit avec une habileté merveilleuse. Elle ne dissimula pas qu'il y avait une maîtresse qui ne voulait point se laisser arracher Lucien. Mais c'était là, dit-elle, le suprême effort d'une liaison à l'agonie. En réalité cette femme n'aimait plus Lucien,

et surtout n'en était plus aimée; elle tenait
beaucoup moins à la personne même qu'à la
situation du jeune homme; elle ne résisterait
pas devant une proposition d'argent qui lui assurerait un sort; il s'agissait donc de parlementer,
de patienter; mais rien ne devait faire perdre
l'espoir; le principal, c'est que Lucien était las
de cette chaîne, voulait la briser à tout prix, et
aimait mademoiselle Dennesset; il ne fallait pas
lui garder rancune d'une ancienne passion qu'il
sacrifiait; monsieur et madame Dennesset étaient
des personnes trop intelligentes, trop au-dessus
des préjugés, pour faire au pauvre garçon un
crime d'une faute si ordinaire; cela n'empêche-
rait pas leur fille d'être heureuse; il n'y avait
qu'à lui laisser tout ignorer.

Les Dennesset commencèrent par jeter les hauts
cris. Malgré les assurances de madame Fresson,
ils gardaient des craintes pour le bonheur de leur
chère Pauline dans une union pareille. Ils pré-
féraient que, dès aujourd'hui, tout fût rompu.
Mais la méchante femme avait encore d'autres
arguments en réserve, et en blessa le cœur de
ces deux braves gens.

— Vous avez tort de ne pas m'écouter, disait-
elle. La question est grave et demande à être
résolue avec réflexion, sans céder au premier
mouvement. Songez-y. On sait dans le pays que
mademoiselle Dennesset et monsieur Ferdolle
étaient fiancés. On supposera peut-être de fâ-
cheuses raisons à une rupture. Vous n'ignorez
pas comme on est mauvaise langue à Landry-la-
Ville. Il ne manquera pas de vilains esprits pour

attaquer l'honneur même de la pauvre enfant.
Elle sera ainsi compromise par votre faute. Puis
êtes-vous bien sûrs qu'elle-même n'ait pas à souffrir en apprenant que tout espoir est perdu ?
Elle est jeune ; elle doit aimer son fiancé avec
toute la force d'une jeunesse pure. Il faut avouer
qu'il est aimable. Elle a eu le temps de s'é-
prendre. Ne craignez-vous pas, sous prétexte de
tendresse pour elle, de lui briser le cœur ?

Elle effraya de la sorte ces deux bonnes âmes,
et finit par obtenir ce qu'elle désirait, à savoir
qu'on resterait sur le *statu quo*, et qu'on n'ins-
truirait Pauline de rien, se contentant de lui for-
ger un mensonge pour la faire attendre : monsieur Ferdolle avait été forcé de partir brusquement pour des affaires de famille très impor-
tantes ; il était désolé ; il reviendrait bientôt ; il
l'aimait toujours.

En machinant ainsi les choses, madame Fresson ne savait d'ailleurs pas encore comment elle
se tirerait d'embarras. Certes, elle ne croyait
plus le mariage possible ; et après la scène qui
avait eu lieu avec Lucien, elle ne comptait
évidemment pas, à supposer qu'il revînt, pouvoir reprendre elle-même la conduite des affaires.
Mais elle voulait se fabriquer des armes à la fois
contre lui, contre madame André, contre les
Dennesset, contre Landry-la-Ville. En gardant un
pied au château de Sermoise, en continuant à
tenir le fil de toute cette histoire, elle espérait se
trouver toujours à même de l'embrouiller, quand
le moment serait venu, de façon à entraîner
quelqu'un, peut-être tout le monde, dans sa chute.

Elle fut plus machiavélique encore avec la jeune fille. Tandis que monsieur et madame Dennesset, fidèles à la convention, avaient fait le mensonge arrangé, elle-même se servait de la vérité pour enflammer et empoisonner le cœur de Pauline.

— Il ne faut pas dire à vos parents que je vous ai confié cela. On tient à ce que vous l'ignoriez. Mais moi, j'aime mieux que vous sachiez tout, afin de vous aider et de pouvoir aider Lucien à vous conquérir. Lucien vous adore. Avec cette assurance, vous serez forte, n'est-ce pas ? A nous trois, sans mettre personne dans le secret, nous viendrons à bout de cette femme qui n'a aucun droit sur l'amour de votre cher fiancé. Mais pas un mot à vos parents, c'est entendu. Croyez-vous qu'ils voulaient tout rompre à cette nouvelle ! Il m'a fallu des efforts inouïs pour leur faire prendre patience. Maintenant je me charge du reste.

Et elle entourait la jeune fille de prévenances mielleuses, de promesses encourageantes, la compromettant dans ces confidences et ces cachotteries comme on roule un oiseau dans de la glu. A tout hasard, elle se réservait le malheur de cette enfant à défaut d'autre proie.

Toutes ces dispositions prises, elle attendit l'occasion qui ne pouvait manquer de se présenter, l'occasion de faire partir dans les jambes de Lucien, ou des Dennesset, ou du premier ennemi venu, une des bombes qu'elle avait préparées et semées sous tous les pas. Elle ne se pressait point, cuvant et distillant son fiel, savourant d'avance le

moment de se venger de tout le monde. Avec
ses longues pattes maigres, au milieu de ces intrigues tramées dans l'ombre, elle avait l'air
d'une araignée venimeuse qui vient de tendre sa
toile dans une encoignure de cave.

Un matin, en lisant le *Journal de Paris*, elle
tomba sur le compte rendu de la première représentation où Lucien avait assisté avec madame André. On ne citait pas le nom de la
femme ; mais on décrivait sa toilette, on parlait
de sa beauté singulière qui avait fait sensation ;
on la dépeignait à côté du poëte, en les com-
blant d'éloges tous les deux, en constatant le
grand effet produit sur la salle. Il n'y avait pas
à en douter : non seulement madame André reprenait Lucien ; mais elle se montrait avec lui,
chose qu'elle n'avait jamais osé faire ; elle affichait leur amour, et, loin de paraître ridicule,
elle était glorifiée. Elle se pavanait dans son
triomphe. Madame Fresson en fut crispée de
rage. Cette fois, c'était bien la défaite, et la plus
complète, et la plus honteuse. Il ne restait plus
qu'à risquer le tout pour le tout, si l'on voulait
faire sauter ce bonheur insolent. Elle le risqua.

— Ma chère petite, dit-elle à Pauline, j'ai peur
que cette bête de proie n'ait remis la griffe sur
le pauvre Lucien. Il est faible. Il aura peur de
l'esclandre dont elle l'a sans doute menacé s'il
vous épousait. Il a dû baisser la tête momentanément pour l'amadouer. Nous aurons besoin de
recourir aux grands moyens.

— Lesquels ? répondit ingénûment la jeune
fille. Dites-les moi. Je suis prête à tout entre-

prendre pour le sauver, puisque vous m'assurez qu'il m'aime.

Madame Fresson tenait son plan, et elle n'hésita pas à commettre l'abominable mensonge qui devait le faire réussir. Sans aucun remords, elle reprit :

— Il vous aime plus que jamais, ma mignonne. Ce matin, j'ai reçu une lettre de lui où il me parle d'un ton navré de la peine qu'il vous cause involontairement. Il dit qu'il faut prendre patience, qu'il arrivera peu à peu à ses fins, mais qu'il ne veut rien brusquer, et cela pour vous éviter des désagréments, uniquement par tendresse pour vous. Il vous supplie de ne pas lui retirer votre affection, il vous jure un amour sincère. Le pauvre garçon! il doit bien souffrir.

— Mais que faire? répondit Pauline. Que me conseillez-vous? Y puis-je quelque chose?

— Attendons. Dieu vous éclairera peut-être, insinuait la mégère, qui savait Pauline dévote.

En réalité, elle ne voulait rien moins que déterminer la jeune fille à aller se jeter en travers du bonheur de Lucien. Mais elle n'osait prendre sur elle de la pousser directement à une action aussi folle, aussi dangereuse. Elle savait bien que cela causerait une catastrophe épouvantable, que tous ses mensonges seraient brusquement dévoilés dans une explication entre Lucien et Pauline, que celle-ci sortirait d'une telle démarche irrémédiablement compromise; et elle ne voulait point en paraître responsable, même aux yeux de la malheureuse dont elle complotait la honte. Mais elle imagina un biais admirable

pour décider la pauvre innocente à cette entreprise qu'une jeune fille, surtout en province, devait considérer comme monstrueuse et dont elle
ne pouvait même concevoir l'idée : c'est par
l'intermédiaire du vicaire que la proposition fut
faite à Pauline. Le vicaire était l'âme damnée de
madame Fresson, qui lui avait fait obtenir la
place qu'il occupait et qui lui promettait de le
pousser vigoureusement jusqu'aux plus hauts
emplois. Il obéissait en aveugle aux ordres de
sa protectrice, à la façon des jésuites, sans discuter, *perinde ac cadaver*. Soufflé par elle, il sou-
tira à mademoiselle Dennesset l'aveu de l'amour
qu'elle éprouvait pour Lucien, les détails qu'elle
croyait véritables de la situation terrible où il
se trouvait, le désir qu'elle avait d'y porter remède. Il loua cette intention toute pure, parla
du danger que courait monsieur Ferdolle, du
mérite qu'il y aurait à le ramener hors du bourbier parisien ; il insinua que peut-être une âme
héroïque verrait là un devoir à remplir. Comme
elle demandait des explications, il compara la
jeune fille à ces vierges martyres qui ne crai-
gnaient pas de descendre dans la fosse aux
lions pour y affirmer leur foi. Il lui fit entendre
que Paris était cette fosse aux lions, et qu'elle
pouvait, qu'elle devait presque, y aller pour lutter
en face contre le démon qui possédait son
fiancé. Sans doute cela paraissait étrange,
absurde au premier abord, cela choquait les
idées de réserve que donne une bonne éducation ;
mais il ne fallait pas trop s'arrêter aux moyens,
quand la fin était glorieuse. Et ici il y avait non

seulement un mari, mais aussi et surtout une âme à sauver.

Mademoiselle Dennesset fut extraordinairement troublée par ces conseils. En même temps son amour pour Lucien grandissait avec la difficulté de le conquérir. Puis elle avait le cœur hardi, elle se sentait forte de son honnêteté, soutenue aussi par la pensée que ses parents lui pardonneraient l'étrangeté de sa conduite en faveur du résultat. Elle en arrivait à s'exalter jusqu'à croire que réellement elle avait mission d'arracher son fiancé, son époux, aux griffes du mauvais ange.

— Qu'en pensez-vous? dit-elle un jour à madame Fresson. Ai-je le droit de tenter cette aventure?

— Mon enfant, répondit la béguine en baissant les yeux, il ne faut pas demander les conseils du monde dans ces questions où il s'agit d'être sublime en bravant les préjugés. Moi, comme femme, comme amie de votre mère, je ne puis approuver une telle imprudence. Mais mon avis n'est rien au tribunal de votre conscience. Il faut que vous débattiez avec vous seule la conduite que vous avez à tenir. C'est une affaire entre Dieu et vous.

Mademoiselle Dennesset vécut huit jours dans une cruelle anxiété, n'osant prendre une décision entre les deux devoirs qui la sollicitaient. Elle hésitait entre sa pudeur de jeune fille et son héroïsme de fiancée. Et cependant Lucien ne revenait pas! Voilà trois semaines déjà qu'il était parti, qu'il restait là-bas en proie à son vampire.

Plus le temps passait, plus il devenait évident qu'il faudrait aller l'arracher au piége dont il ne pouvait se délivrer lui-même. Tout en approuvant hypocritement la réserve de Pauline, madame Fresson la torturait de soupçons douloureux, de suppositions désespérantes, lui laissait vaguement entrevoir la possibilité d'un rapprochement durable entre Lucien et sa maîtresse. Cette Parisienne était si forte, si terrible! On lui abandonnait le champ libre, elle en profitait à son aise pour empoisonner chaque jour plus sûrement sa victime.

— Oh! la coquine, dit-elle un jour à Pauline. Tenez, ma pauvre enfant, lisez ces lignes.

Elle montrait un entrefilet de journal où on annonçait que le poëte Lucien Ferdolle venait d'être frappé à l'improviste d'une méningite aiguë.

— La coquine! répétait-elle en essuyant des larmes absentes. Voilà ce qu'elle a fait du pauvre garçon! Plutôt que de le rendre vivant, elle est en train de le tuer. Et dire qu'on aurait pu le sauver peut-être! Hélas! maintenant, il est trop tard sans doute!

— Non, répondit fièrement la jeune fille. Je le sens, c'est la voix de Dieu qui m'appelle. Je le sauverai.

LXV

Lucien était malade, en effet, et presque irrémédiablement. Il n'avait pu supporter l'alcool bouillant de la passion qu'il buvait depuis près d'un mois. Cette fois-ci madame André, loin de s'opposer à la fièvre amoureuse, l'avait nourrie et accrue de sa propre exaltation. Dans sa furie de cavale lâchée à travers la bataille, tout en risquant de s'éventrer elle-même sur les baïonnettes, elle avait oublié que l'ennemi qu'elle chargeait c'était Lucien, et elle se retrouva au bout de son galop, vivante encore, mais piétinant l'agonie de son bien-aimé.

Plus brusquement encore que la fièvre typhoïde, la méningite avait éclaté par une céphalalgie intense. Le même jour s'était déclaré le délire, exigeant dès le début la camisole de force. Dans les rares intervalles des accès, Lucien marmottait d'une façon continue des mots inintelligibles. Puis, soudain, il s'arrêtait, la gorge serrée comme si on l'étranglait, les mâchoires convulsées à se briser les dents, la nuque raide, la tête violemment renversée en arrière, les yeux dilatés et louchant horriblement. Trois docteurs, appelés en toute hâte, avaient constaté une méningite qui pardonne rarement : elle occupait la partie inférieure des hémisphères cérébraux et la base du cervelet. A moins d'un miracle, c'était la mort à courte échéance.

Madame André, dans son amour, parvint à comprendre le délire inintelligible de Lucien. Ainsi, ayant distinctement entendu qu'il répétait souvent le nom de Nargaud, elle envoya chercher le bohème et le supplia de rester avec elle auprès de Lucien. Nargaud fut épouvanté de la violence de passion qu'elle manifestait. Il n'aurait jamais cru qu'on pût aimer ainsi. Il la trouvait sublime. Lui-même se montrait sans y penser un ami admirable. Il n'avait pas peur de ce maniaque dont les mouvements et les soubresauts, quoique comprimés par la camisole, vous donnaient des coups furieux.

Le lendemain, il y eut une éclaircie inattendue. Le délire tomba tout à coup. Le strabisme disparut. Le marmottement devint intelligible. Lucien reconnut madame André, puis Nargaud.

— Ah ! dit-il, les deux seuls êtres sincères !

Madame André l'embrassait, le croyant hors de danger, suffoquant de joie.

— Nargaud, écoute-moi bien, fit-il d'une voix tout à fait claire. Personne ne connaît ma vie. Toi, tu dois la connaître, pour la dire. Il faut qu'on sache la vérité. Ce n'est pas moi qui ai fait mes œuvres. C'est elle qui a du génie.

— Il délire encore, dit tout bas Nargaud à madame André.

Mais elle était si heureuse de voir que non, qu'elle avoua tout à Nargaud. Oui, elle avait écrit les livres de Lucien, collaboré avec lui; il

disait vrai, il ne délirait pas, il possédait toute
sa raison ; il allait guérir.

Et Lucien racontait brièvement, avec les
phrases substantielles qu'on trouve dans ces
moments-là, son existence près de madame
André, l'histoire de leurs amours, de leurs
misères, de leurs travaux. Elle-même, quand
il s'arrêtait un peu las, continuait. Il leur semblait que cette confession, en leur faisant revivre
leur vie, rendait à Lucien ses forces.

— Comme c'est beau ! s'écriait à chaque
instant Nargaud ébloui.

Et il contemplait cette femme, dont il
n'avait vu que la passion, maintenant illuminée
d'héroïsme. Il en oubliait même la maladie de
Lucien. Il ne songeait plus, lui artiste, qu'a
l'art glorifié par ces deux êtres.

— Et tu veux que je raconte cela au monde ?
s'écria-t-il enfin. Mais le rêve splendide que vous
avez rêvé ne lui appartient pas. Il est à vous.
D'ailleurs, on ne peut pas le montrer aux autres.
Le Dante a dépeint l'Enfer, mais raté son
Paradis. Puis, quand même je trouverais des
mots pour ce poëme, on ne me croirait pas. On
dirait que j'exagère ; qu'après avoir rôti ma pan-
toufle au coin de votre feu, je veux me faire
passer pour un revenant de l'Etna. Car c'est un
volcan, ce roman-là, et on ne me prendra jamais
pour Empédocle. Vous êtes des héros, des dieux.
Moi, je ne suis qu'un pître.

Nargaud s'exaltait en parlant. Son imagination folle, encore troublée par le spectacle du
récent délire de Lucien, et excitée par les mer-

veilles de sentiment qu'il avait vues dans l'histoire racontée, s'emportait en déclamations
lyriques. Lucien et madame André étaient éton-
nés eux-mêmes de leur grandeur qu'il leur révélait. Ils planaient tous trois en plein ciel, quand
la porte s'ouvrit toute grande, donnant passage
à une femme qui entrait malgré la bonne et qui
disait à haute voix :

— Je vous dis que je veux le voir. Je suis sa
fiancée.

Lucien tomba dans un accès effrayant.

— Je viens le sauver, s'écria Pauline en se
jetant sur lui.

Et, se tournant vers madame André, elle
ajouta :

— Je viens vous le prendre, à vous qui voulez
le tuer.

Madame André eut un rire convulsif, et saisissant la jeune fille par les poignets, elle la fit
tomber à genoux en disant d'une voix éclatante :

— Me le prendre ! mon Lucien ! mon enfant !
Mais vous ne savez donc pas qui je suis ?

Pauline s'était relevée, mais en reculant. Elle
tremblait devant cette lionne échevelée, blessée,
rugissante.

— Vous ne savez donc pas, reprit madame
André, que toute ma vie est en lui, qu'on ne
peut me l'enlever qu'en m'arrachant les en-
trailles ? Qu'est-ce que vous avez fait, vous,
pour le mériter ? Vous l'avez rencontré chez ces
immondes Fresson, vous avez cru qu'ils possé-
daient le droit de disposer de lui. Vous êtes une
gamine insensée ! Moi, je l'ai aimé pendant qua-

torze ans. Moi, j'ai vécu de son obscurité, de sa
misère, de ses angoisses. Moi, je l'ai déjà sauvé
une fois de la mort. Je suis sa maîtresse et sa
mère. Pour lui j'ai tout souffert, tout oublié, j'ai
abandonné ma fille, et sans le moindre remords.
Vous voyez bien qu'il est à moi, n'est-ce pas ?

Pauline demeurait écrasée sous cette impérieuse revendication. Elle s'était attendue à trouver une courtisane rusée, discutant, et qu'un mot
honnête ferait taire ; elle rencontrait, et face à
face, une femme aux cheveux gris, hautaine,
éloquente, passionnée, qui ressemblait à une
mère défendant le corps de son fils. Du coup la
pauvre enfant se sentait vaincue, toute petite
devant la grandeur d'un tel amour. Elle n'avait
pas la force de répondre.

— Et vous ne l'aimez même pas ! continuait madame André. Votre folle démarche,
votre apparition brutale, regardez-en l'effet.
Voilà que mon Lucien délire encore ! Et tout à
l'heure, là, presque guéri, il parlait, il avait sa
raison. Non, vous ne l'aimez pas. C'est vous qui
voulez le tuer. Allez-vous-en !

Violente, hors d'elle à cette idée, madame
André marcha vers la jeune fille avec un geste
de menace. Cette apparence de danger rendit le
courage à Pauline, qui se raidit d'ailleurs sous
le reproche de ne pas aimer Lucien. Ce fut au
tour de madame André de rester stupéfaite et
de garder le silence, devant la ferme attitude de
cette enfant qui retrouvait toute son énergie
en songeant à sa passion méconnue et à son
devoir qu'il fallait remplir.

— Mais je l'aime, s'écria Pauline, je vous jure que je l'aime. Je ne savais pas lui faire tant de mal en me montrant ainsi à l'improviste. Je l'aime de toute mon âme. Je vous demande pardon d'avoir cru que vous ne l'aimiez pas. Mais moi aussi, je l'aime. Moi aussi, j'ai fait quelque chose pour le mériter. J'ai eu le courage de partir seule, sans même prévenir mes parents, et je suis d'une famille honorable que je compromets en agissant ainsi. J'ai consulté mon cœur, ma conscience, et c'est la voix de Dieu qui m'a poussée. Je dois sauver Lucien. Je veux le sauver. C'est mon fiancé, mon mari. Il m'aime.

— Il vous aime ! rugit madame André. Ah ! folle, pauvre folle ! Et comment et pourquoi vous aimerait-il ? Est-ce vous qui l'avez chéri, choyé, soigné quand il était malade, bercé quand il souffrait ? Est-ce vous qui l'avez aidé à gagner son pain dans la misère, à s'endormir pendant les nuits sans sommeil ? Est-ce vous qui lui avez soufflé la vie entre les lèvres quand il agonisait ?

— Est-ce moi aussi qui l'ai mis dans cet état ? répondit Pauline en montrant Lucien qui gisait maintenant inerte et convulsé.

La jeune fille, en disant ces mots, n'en comprenait pas toute la portée, et ne faisait que traduire une phrase de madame Fresson. Elle ne savait pas la cruauté d'une telle riposte. Le coup fut terrible pour madame André : un coup droit en pleine poitrine. La malheureuse femme vit brusquement passer devant ses yeux la dernière rageuse période de son amour pour Lucien ;

elle mesura d'un regard la profondeur de ce
gouffre de volupté où ils avaient roulé dans les
bras l'un de l'autre jusqu'à ce que l'un fût brisé;
elle s'avoua que c'était elle-même qui avait
voulu cette chute suprême, cette frénésie à corps
perdu; elle se sentit coupable en somme de cette
fin épouvantable. Toute son honnêteté se dressa
en elle contre elle à cette pensée. Dans cette discussion où jusqu'à présent elle tenait le beau
rôle, où tout lui donnait raison, voici qu'elle
se trouvait avoir un tort, et quel tort ! Rien à
répondre à une aussi formidable accusation.
Muette, la bouche grande ouverte, les prunelles
fixes, les deux bras étendus en avant dans un
geste d'horreur, madame André demeura stupide, accablée sous ce reproche sanglant qu'elle
recevait avec honte comme un soufflet mérité.

Nargaud avait assisté sans rien dire à cette
rapide et terrible scène. Encore en proie à son
enthousiasme pour madame André, il tenait
pour elle dans ce duel de passion, et il fut
touché par le coup qui la frappait.

— Mademoiselle, dit-il à Pauline, vous venez
de prononcer une parole imprudente et cruelle.
Vous ne connaissez pas le cœur de la noble
femme que vous insultez. Si vous saviez ce que
je sais, vous tomberiez à genoux.

— Non, non, interrompit madame André. Mademoiselle a raison. C'est vrai, je suis coupable,
je suis criminelle. Mon pauvre Lucien ! C'est vrai,
c'est moi qui le tue.

Et, s'exaltant dans une extraordinaire violence
de repentir, avec des pleurs et des sanglots, elle

s'accusait de ses fougueux désirs, de ses caresses
énervantes, de ses baisers absorbants ; elle se
traitait de méchante, d'insensée, d'égoïste.

— Oui, criait-elle, oui, mon amour n'était
plus qu'égoïsme. Parce que j'avais sauvé Lucien,
parce qu'il était à moi, j'en ai usé et abusé hon-
teusement. Pardon, mon Lucien, pardon ! Je me
sentais vieillir, et je t'ai volé ta jeunesse. Je me
suis saoulée de toi, de ton sang, de ta vie. Je
t'ai vidé comme un verre, sans remords. Je n'ai
pensé qu'à moi. C'est infâme. C'est monstrueux.
Et te voilà mourant ! C'était bien la peine de te
soigner jadis, de t'arracher à la misère, à la maladie, pour finir par te manger comme une bête
mange sa proie. Ah ! vous dites vrai, mademoiselle. C'est moi, moi seule qui l'ai mis dans cet
état, qui l'ai jeté sur ce lit de douleur où je l'ai
serré dans mes bras jusqu'à l'étouffer. Oui, voilà
ma victime, et je ne suis qu'un bourreau. Mon
Dieu ! mon Dieu ! mon Lucien agonise, et c'est
ma faute, c'est ma faute...

Rien ne pouvait arrêter ce flux de paroles
amères qui montaient comme une marée, et
noyaient peu à peu la raison de la pauvre femme.
Elle s'animait de plus en plus, s'exagérait son
crime, déblatérait violemment contre elle-même,
perdait pied dans ce repentir trop profond, et
laissait sa tête s'en aller à vau-l'eau dans la folie. Nargaud et Pauline prenaient peur, et n'o-
saient tendre la perche à cette furieuse démence
de remords. Elle ne les voyait seulement pas, ne
regardait que Lucien, se frappait la poitrine en
poussant des cris. Enfin, les yeux rouges, la

gorge serrée, la voix rauque, effroyable et tragique comme une *Mater dolorosa*, elle prit à poignée ses longs cheveux noirs pleins de mèches grises, et se jeta la face en avant sur le corps du jeune homme comme on se précipite du haut d'une maison pour se briser le crâne sur le pavé. Elle y resta inerte, frappée d'un coup de sang. On eût dit deux cadavres qui s'embrassaient encore.

LXVI

Pauline et Nargaud demeurèrent muets, immobiles, épouvantés, croyant à une double mort.

La jeune fille se sentait la tête pleine d'idées confuses. Pour la première fois de sa vie qu'elle se trouvait en face d'une passion, elle en voyait une si poignante, si formidable, qu'elle en avait les yeux et le cœur éblouis. En même temps l'extraordinaire violence de ce sentiment la terrifiait. Tout au fond d'elle, cependant, grouillaient les mauvaises pensées de madame Fresson, qui embrumaient la splendeur tragique d'un tel spectacle. Malgré son admiration pour l'amour de madame André, Pauline ne pouvait s'empêcher de le condamner puisque Lucien en était victime. Évidemment cet amour outré amenait seul une telle catastrophe, et madame André, en dépit de son expiation, paraissait coupable. L'es-

prit de Pauline n'était pas à la hauteur du drame
dont elle ne considérait que le dénoûment atroce
et dont elle ne comprenait point la marche. Pour
elle, elle restait convaincue d'avoir eu raison en
entreprenant de sauver Lucien ; elle ne se repentait pas de sa démarche inutile ; elle concluait
fièrement par la conscience d'un devoir accompli
et qu'elle accomplirait encore si c'était à refaire.
Toutefois cette conscience ne lui donna pas la
force de supporter une pareille vue, que d'ailleurs ses sens eux-mêmes ne pouvaient contempler sans effroi. Aussi, après le premier moment
de stupeur, elle quitta la chambre et passa dans
la pièce voisine, où elle se laissa choir dans un
fauteuil en se cachant la tête entre ses mains.

Nargaud ne l'y suivit pas tout d'abord. Il regardait les deux corps gisant sur le lit, et il pleurait. Son esprit bouleversé s'agitait en pensées
rapides, qui dansaient en lui silencieusement
sans qu'il eût la faculté de les traduire par des
paroles. Lui, le déclamateur fantasque, l'acro-
bate du paradoxe lyrique, il se sentait écrasé
par un fait brutal. Lui qui professait d'ordinaire
que le vrai, l'intense, le paroxysme, se rencontrent
seulement dans les rêves, il comprenait aujour-
d'hui que les plus flamboyantes imaginations ne
sont rien au prix de la réalité toute nue. Il songeait aux petites choses, aux menus détails, obscurs, inconnus, impossibles à analyser, d'où
sortent en fin de compte les coups de théâtre
grandioses de la vie, comme sort de mille influences atmosphériques le souffle énorme de la
tempête. Il reconnaissait combien l'on se trompe

à juger les gens sans en connaître le fond. Il se
rappelait ce Lucien, qu'il avait considéré toujours
comme un charmant poëte, et rien de plus, et
qui maintenant semblait à la fois l'autel et l'hostie d'un prodigieux sacrifice. Il comparait surtout cette madame André qu'il avait vue autrefois au Luxembourg, sorte de petite bourgeoise
donnant le bras à son amant et la main à sa fillette, et la madame André d'aujourd'hui, la
Madeleine sublime et saignante qui prenait pour
croix les bras même de son Christ. Quel rêve
valait ces deux existences? Et cependant personne
ne connaissait la trame dont elles avaient été
tissues. On ne voyait d'elles que l'éclair suprême
dans lequel elles venaient de se consumer. Cet
éclair brûlait les yeux de Nargaud. La grandeur
de cette passion le terrassait. Quand il quitta la
chambre, lui, il ne s'en alla pas furtivement
comme Pauline, mais pas à pas, avec une religieuse horreur, ainsi qu'on sort d'un sanctuaire.
Sa présence lui semblait presque un sacrilége.

Une fois dehors et en face de Pauline, délivré
du poids de silence que lui imposait le spectacle
des deux corps inanimés, il ne put résister au
besoin de jeter en paroles incohérentes les mots
et les images qui bouillonnaient en lui. Même
tout seul, il eût parlé. Sans réfléchir à l'inexpérience de la jeune fille qui l'écoutait et qui ne
devait pas le comprendre, il se laissa emporter
par sa nature expansive et déclamatrice. Il éclata.
Mais, sous la forme apocalyptique que son esprit affectait par habitude, il pensait réellement
et profondément ce qu'il disait.

— Ah! s'écria-t-il, quels pauvres êtres nous faisons, mademoiselle, quels faux vivants, à côté de ces grands morts ! Vous qui n'êtes qu'une enfant, et moi qui ai roulé dans tous les coins de l'existence parisienne, nous sommes des ignorants l'un comme l'autre, et d'une ignorance crasse. Qu'est-ce que je sais, moi ? Rien de rien. Peut-être votre innocence en connaît-elle plus long que mon orgueil. Voyez-vous, la vie, la vraie, ce n'est pas de penser, ni même de rêver, ni d'exprimer ce qu'on pense ou ce qu'on rêve, ni d'avoir du génie; c'est d'aimer. Aimer, banalité, oui, au regard superficiel. Mais le reste ! Du vent et de la mousse. Moi je suis un vidé, et vidé de rien; car je n'avais rien au fond. Vidé tout de même ! J'ai usé mes jours à fumer des images et à cracher des mots. Je n'ai point vécu. La belle avance ! Vivre, voilà le secret de la vie. C'est bête, ce que je dis là. Aussi bête que le soleil. L'éternité, l'immensité, l'idéal, toutes ces bulles d'or avec lesquelles je jonglais, tout cela tient dans une minute de passion. C'est le baiser qui touche seul le fond de l'infini. Voilà deux êtres qui ont pris pied, ne fût-ce qu'une seconde, dans l'absolu. Pendant l'éclair de leurs souffles unis, ils ont condensé tout l'être en eux, ils ont été le Dieu qui n'est pas. Toute la vie est là. Tout le ciel rayonne dans une goutte d'eau.

Il pleurait à chaudes larmes. Il continua violemment à déclamer, marchant de long en large, s'arrêtant devant la jeune fille et fixant sur elle des yeux hagards pleins de questions métaphysiques. Pauline effarée ne démêlait rien dans ce déluge de phrases brouillées et illuminées à la fois, comme la pluie dans le soleil.

— Il est fou, pensait-elle. Ah! comment le pauvre Lucien pouvait-il durer, lui si doux, si sage, si raisonnable, entre cette femme semblable à une bête fauve et cet ami qui parle comme un aliéné?

Et la jeune fille s'affermissait de plus en plus dans la conviction qu'elle avait bien agi en essayant de sauver son fiancé. La folie de Nargaud lui faisait paraître suspecte la passion de madame André, et elle en arrivait à se considérer elle-même comme la seule personne sensée dans ce lieu habité par des insensés ou des spectres.

LXVII

Tous deux furent arrachés, l'un à son lyrisme, l'autre à sa conscience tranquille, par des gémissements sortis de la chambre mortuaire. D'un bond ils se rendirent à ce funèbre appel. Lucien et madame André vivaient encore. Ils n'avaient point eu le suprême bonheur de mourir ainsi, foudroyés ensemble, sur leur lit d'amour. La méningite et le coup de sang les laissaient assommés, mais non tués. Le néant ne voulait pas d'eux pour cette fois.

Instinctivement, Nargaud se porta d'abord au

secours de madame André, et Pauline courut à Lucien. Nargaud prit la pauvre femme dans ses bras et la coucha sur un divan qui se trouvait près du lit. Pauline prit les mains du jeune homme et les serra dans les siennes comme pour le tirer hors de la nuit où il avait failli se noyer. A l'idée qu'il pouvait encore être sauvé, elle ramassa toute son énergie et résolut de tout faire pour le sauver absolument, et de la mort et de madame André, et par tous les moyens. Tandis que Nargaud s'occupait de mander à la hâte des médecins, elle envoya aux Fresson un télégramme qui relatait le double coup de foudre, affirmait sa volonté de mener à bien son entreprise, et leur ordonnait de venir l'aider coûte que coûte, quitte à avertir ses parents.

Quatre heures après, pendant la nuit, les deux malades étant installés chacun sur un lit, tous deux en proie au délire, la veillée de Nargaud et Pauline fut interrompue par l'arrivée du docteur Fresson, accompagné de sa femme et de madame Dennesset.

Madame Fresson, au reçu du télégramme, avait immédiatement conçu le plan de campagne qui devait tout terminer en lui assurant la victoire. Sans perdre de temps à discuter avec son mari, qu'elle menait tambour battant, elle avait signifié qu'il devait obéir; puis elle s'était rendue chez les Dennesset, les avait mis brièvement au courant de la situation, convaincus sans peine que Pauline resterait irrémédiablement compromise si elle n'épousait pas Lucien, et décidés à tout faire pour conclure ce mariage. Il fallait

partir sur-le-champ, profiter de l'état de madame André pour ravir Lucien, ramener le malade à Landry-la-Ville, ramener en même temps
Pauline avant qu'on ne connût son escapade, et,
une fois en sûreté loin de la maîtresse mou-
rante, pousser vigoureusement la guérison du
jeune homme et le mariage des fiancés. Elle
exposait tout cela rapidement, sûrement, comme
un général qui sent le triomphe dans sa main,
et, aussitôt fait que dit, elle entraînait tout le
monde à sa suite. Elle agissait avec la hâte
et la hardiesse qu'on porte dans les coups
d'Etat.

Nargaud se trouva seul pour s'opposer à ce
dix-huit Brumaire sur l'agonie de Lucien. Que
pouvait-il faire? Comme tous ceux qui résistent
en pareil cas, il fut vaincu par le nombre et par
la force du fait brutal. Le docteur Fresson se
présentait en ami de Lucien et parlait haut
comme docteur; madame Dennesset était la
mère de Pauline; Pauline réclamait fièrement
son fiancé; madame Fresson prouvait que la
raison, le bon droit, l'intérêt même de Lucien,
exigeaient qu'on l'emportât. Nargaud n'avait
rien à répondre que des phrases dénuées de
sens pour ses adversaires. Il s'emporta en paroles profondes, éloquentes, sublimes même,
mais incomprises. Il essaya en vain d'expliquer
la vie et la passion de ces deux êtres qu'on voulait séparer à jamais. On lui riposta par des arguments pratiques qui lui clouaient la bouche.
On cassa les ailes à son lyrisme avec les coups
de bâton du bon sens.

— Qui êtes-vous, lui disait-on, pour imposer votre avis sur le sort de Lucien ou de madame André ? Un camarade ! donc, un étranger. De notre côté, au contraire, Pauline a des droits sur Lucien ; Fresson aussi ; Fresson l'a connu enfant ; madame Dennesset remplit un devoir en ramenant le fiancé de sa fille compromise. Les grands mots de passion et de sentiment sont des mots, et rien de plus. Nous, nous parlons au nom de la famille, de la société, de la morale. Lucien nous appartient.

— Non, non, mille fois non, criait Nargaud. Lucien et madame André s'appartiennent l'un à l'autre. Le même sang coule en eux. Ils ont bu la vie et peut-être trouvé la mort sur les lèvres l'un de l'autre. Dieu lui-même, s'il existait, serait sans droits sur eux. Ils demeurent plus grands que lui, plus grands que tout, liés à jamais, ne faisant qu'un. La morale n'a rien à voir là-dedans. Ils sont en dehors de la société, comme les miracles en dehors des lois naturelles. Vous ne les comprenez point, vous ne pourrez pas les comprendre. Avez-vous gravi cet Himalaya, pour en comparer les fleurs étranges aux plantes banales de votre herbier ? Moi seul, j'ai qualité pour en dire quelque chose. J'en descends. J'y ai respiré l'air qui touche à l'éther. J'y ai contemplé le soleil de près. Je m'y suis baigné dans le sang de l'aurore. Moi seul j'ai vu l'apothéose. J'en ai encore la poitrine en feu, les yeux poignardés. Qu'est-ce que vous venez me chanter avec votre famille, votre société, votre morale ? La morale, un peigne pour les

poux qu'on appelle les hommes. Ce peigne-là se
casse dans les crins d'or des comètes.

— Ta, ta, ta, ripostait madame Fresson. Il
s'agit de raisonner ici, et non de faire des vers.
Monsieur est poëte sans doute?

— Oui, madame, et je m'en glorifie, et d'autant plus grand que je n'écris pas.

— Mais vous parlez de reste.

— Ne nous égarons pas, interrompit le docteur. Nous sortons de la question. Causons posément.

Et, avec un geste solennel, il ajouta :

— Songeons que deux cadavres peut-être nous
écoutent.

Cette phrase stupide, prononcée d'une voix
grave, imposa silence à tout le monde, même à
Nargaud.

— Comme médecin, reprit sentencieusement
le docteur, j'affirme que Lucien ne peut être
sauvé que si je l'emmène. Il lui faut le repos
absolu, le bon air, la campagne.

— Il faut surtout, continua madame Fresson,
l'enlever à cette atmosphère malsaine de passion
et de folie.

— De folie! s'écria Nargaud. Mais les fous
sont les seuls sages. La folie, c'est la vie. Que
les zoophytes végètent, soit! Mais laissez voler
dans l'azur les oiseaux et les anges.

— Il est saoul, dit tout bas madame Fresson
à son mari. Impossible de discuter avec un pareil polichinelle. Laisse-moi faire : je vais l'occuper. Profitez-en pour enlever Lucien.

Puis, se tournant vers Nargaud, qui ne pouvait soupçonner un rapt aussi audacieux :

— Monsieur, lui dit-elle, j'ai à vous confier une chose qui vous fera changer d'avis. Mais je ne puis vous le dire devant madame et mademoiselle Dennesset. Venez à côté, avec moi, je vous prie.

Nargaud la suivit sans méfiance, et, tandis que madame Fresson l'engluait de confidences entortillées, insignifiantes d'ailleurs, pour gagner du temps, on emporta Lucien comme un paquet.

— Comment! Qu'est-ce que cela signifie? dit Nargaud quand il revint dans la chambre, maintenant silencieuse, où madame André gisait seule.

— Cela signifie, monsieur, répondit madame Fresson, que mon mari, madame Dennesset et sa fille ont fait leur devoir. Nous avons sauvé Lucien.

— Volé! vous l'avez volé! s'écria Nargaud. Ah! les misérables!

— De grâce, monsieur, interrompit ironiquement madame Fresson, ne poussez pas la folie jusqu'à la folie furieuse. Songez qu'on vous laisse quelqu'un à soigner. Madame André vous reste, et je souhaite que votre singulière façon de raisonner n'augmente pas sa maladie.

Comme elle sortait après ces mots dits d'une voix pincée, elle entendit encore Nargaud qui, désespéré de son impuissance, se reprenait à déblatérer :

— Volé son corps, oui! disait-il. Mais son

cœur, non. Ils ne pourront pas désaimanter
l'aiguille. Moi, je garde le pôle. L'aiguille et le
pôle se retrouveront. On n'éteint pas l'étoile du
Nord.

LXVIII

Eh bien! si, mon pauvre Nargaud, on éteint
l'étoile du Nord!

Pourtant Lucien ne perdit pas la raison. L'aiguille qui devait retrouver le pôle ne fut point
cassée. Mais doucement et patiemment on la
désaimanta. Quand le malade se réveilla de sa
méningite dans une convalescence lucide, son
esprit fut aussitôt circonvenu par des câlineries
captieuses qui l'endormirent. Madame Dennesset
et Pauline veillaient à son chevet avec madame
Fresson, et la mauvaise impression qu'aurait dû
produire la vieille hypocrite se noya dans le
rayonnement des deux autres figures, si douces,
si bonnes, si sincères. Lucien immédiatement se
sentit aimé. En même temps il s'abandonnait à
la félicité toute physique de la santé renaissante,
il se laissait bercer dans cette béatitude spéciale
que cause la vie rentrant dans un être et le pénétrant fibre à fibre. Fondu dans ce bien-être et
cette langueur, il n'avait pas la force de se rappeler sa haine contre les Fresson, la scène abominable sur laquelle il s'était séparé d'eux

naguère, ni les mots ni les actes où ils avaient montré à fond leur sale nature. Il n'éprouvait point de colère, pas même d'étonnement à se revoir chez eux, soigné par cet imbécile doublé d'un plat misérable, dorloté par cette mégère qui puait la tartufferie. Il reprenait pied dans ce bain fadasse de bonheur tranquille et bourgeois où jadis il s'était mollement trempé une fois déjà. Toute sa lassitude se délectait à cette tiédeur de cataplasme. Il ne fut seulement pas troublé par l'âpre besoin de parler de sa maîtresse. L'orage sensuel de son dernier mois de passion était bien passé, bien fini, et il n'en percevait même plus ce sourd roulement de tonnerre qui ordinairement remplit encore le ciel après la brusque convulsion de la foudre. Il ne pensait à cette période violente que comme on pense à un rêve, presque sans y croire. Son retour à Paris, la nuit de réconciliation fougueuse, la bataille d'amour acharné, la soirée de triomphe aux Français, toute cette apothéose fulgurante s'estompait et s'assombrissait pour lui dans une brume vague, dans un lointain quasi sans réalité. La réalité, c'était cette chambre de malade, cette atmosphère un peu lourde où le baume des médicaments et le chanci de la province se mêlaient à l'odeur fraîche du linge qui fleurait bon la lessive. La réalité, c'était cette lumière tamisée à travers les rideaux de cretonne à grands ramages violets, cette paix de la rue muette, ce silence de la maison où l'on ne marchait que sur la pointe des pieds. La réalité, c'étaient ces bourgeois calmes et heureux ; ces

Fresson, si méprisables pourtant, mais qui semblaient si dévoués, et qui avaient pour Lucien
des attentions de parents ; cette madame Dennesset à la figure avenante, cette petite Pauline,
ingénue, confiante, délicate, dont les bons yeux
promettaient un avenir doré de jeunes espérances.
La réalité, ce n'était plus le passé terrible, étrange,
avec ses jours de misère, ses nuits d'insomnie,
ses accès d'orgueil fou et de découragement
absurde, ses rages de passion exaltées jusqu'au
délire et crevant en catastrophes, ses jalousies,
ses rancœurs, ses folies. La réalité, c'était cet
avenir sage, aimable, sans secousses, ce port à
l'abri de toutes les tempêtes, cette famille possible, ce bonheur assuré. Tous les obscurs désirs
de calme, de bien-être bourgeois, qui autrefois
avaient poussé Lucien vers le mariage avec
madame André, lui revenaient plus nets, plus
précis, plus faciles à satisfaire auprès de cette
fiancée véritablement charmante. L'affaissement
de la maladie, l'influence de l'âge à cette heure
où se flétrissait sa première et verte jeunesse,
l'effroi des crises formidables qu'il venait de
traverser, tout contribuait à lui donner la nausée de ce passé brûlant et la soif de ce frais
avenir. Ses pensées à ce sujet ne trouvaient
d'ailleurs que des encouragements dans les conversations insinuantes dont on l'enveloppait,
comme on réchauffe un noyé dans des couver-
tures. On le roulait, on le berçait dans la plume
molle de lâches conseils qui lui semblaient le
dernier mot de la sagesse. Et comment y eût-il
résisté, lui qui autrefois approuvait ces conseils

dans la bouche des Fresson, en les écoutant
maintenant parler par la douce raison de madame Dennesset et chanter sur les lèvres roses
de Pauline, ces lèvres qui se fronçaient légèrement dans le sourire et montraient des dents
mignonnes semblables aux gouttes de lait de
l'enfance? Il s'y laissait donc aller, et sans peine,
avec délices. Il oubliait peu à peu l'ancien
amour, l'ancienne vie, pour ne plus songer
qu'au renouveau. Cet oubli l'envahissait si sua-
vement! Il n'éprouvait ni remords, ni regrets
même. Il se trompait naïvement en prenant pour
l'angelus d'un bonheur futur le glas de son
bonheur passé. Il n'y mettait ni fourberie, ni
méchanceté, ni ingratitude. Il cédait inconsciem-
ment, et avec la naturelle lâcheté de la vie, à
ce cours irréparable des choses qui entraîne
tout, qui efface tout, si bien qu'on ne se baigne
jamais deux fois dans les mêmes flots. Il obéissait à cette loi de l'existence, la seule vraie, la
seule éternelle, à savoir qu'il n'y a point de lois,
que rien n'est vrai sinon la figure de l'heure qui
passe, et que surtout rien n'est éternel. Il subissait cette fatalité qui veut que le monde s'écoule
et change, et que le cœur change comme le
monde, comme tout ce qui vit, comme tout ce
qui traverse le tourbillon des formes, depuis
l'éphémère assez petit pour danser entre deux
rayons de soleil, jusqu'à l'astre flamboyant qui
semble incendier tout le temps et tout l'espace...

Hélas! oui, mon pauvre Nargaud, on éteint
l'étoile du Nord.

LXIX

Et madame André aussi vécut.

Pourtant elle n'y mit point du sien, et elle reçut en se réveillant assez de blessures pour en mourir. Elle apprit de Nargaud comment on avait emporté Lucien chez les Fresson, et elle devina aussitôt pourquoi. Un mot du bien-aimé pouvait lui rendre l'espoir : elle écrivit, et ce fut le docteur qui répondit. Réponse sèche, péremptoire. Plus de doute à garder : on voulait lui arracher Lucien. Elle écrivit de nouveau, ne voulant pas encore désespérer : cette fois elle n'obtint de réponse de personne. Donc on la repoussait absolument. Elle demeurait abandonnée, dans la solitude, dans son amour trahi. Mais peut-être Lucien agonisant ne pouvait-il point parler ! Peut-être Fresson prenait-il toute la responsabilité du crime qu'on commettait ! La pauvre femme ne se rendit que devant l'évidence. Un beau matin, elle connut par les journaux la guérison complète et le mariage de monsieur Lucien Ferdolle. Tout était fini. Elle n'avait plus qu'à mourir. Alitée, incapable de lutte, à peine rétablie physiquement, elle fut frappée par cette nouvelle en plein cœur, elle s'enfonça son désespoir dans l'âme jusqu'à la garde, elle voulut tomber sous ce coup de grâce, et tout de même elle vécut.

Elle vécut, mais assommée tout d'abord, engourdie par sa douleur, sans réflexion, sans idée, en brute. Tous les ressorts de son énergie, tendus par les crises dernières, se cassèrent sous ce coup de poing. Elle ne se révolta pas. Elle n'eut seulement pas la force de maudire. Elle baissa la tête, sa tête maintenant vieillie, soudainement glacée sous la neige des cheveux blancs. Elle ferma les yeux, ses yeux maintenant éteints, que cernaient de rides des paupières plissées, lourdes, flétries, mangées de larmes. Elle subit la torture épouvantable avec une sorte d'atonie. Elle passa les jours et les jours, les nuits et les nuits, dans une inertie morne, accablée, gisante, à écouter tomber les heures une par une et à compter machinalement ces gouttes de pluie dont se forme le cours du temps. Elle n'y fit pas le plongeon, dans ce fleuve qui l'emportait malgré tout, et elle s'y abandonna sans résistance comme on se laisse aller à la dérive. Elle sentit qu'elle vivait, réveillée en dépit d'elle-même, et alors elle pensa. A quoi, sinon au bonheur perdu ? Après l'abattement abêti, elle éprouva les regrets impuissants. Elle but à longs traits, et jusqu'au fond, et avec toute sa lie, le calice des souvenirs d'autant plus amers qu'ils sont doux. Elle se rappela minute par minute le passé, passé pour jamais. Et elle usa encore des jours et des jours, des nuits et des nuits, à écouter pleurer les heures, les heures d'autrefois qui revenaient comme des fantômes adorés, mais puant la tombe. Elle vécut en revivant avec ces morts.

Et cependant le temps marchait toujours, et
l'emportait toujours. Avec quelle monotonie,
sous quel ciel lugubre, vers quel horizon désen-
chanté, sur quels flots noirs comme de l'encre
et lents comme de l'huile ! Mais il allait, et elle
allait aussi. Elle vécut. Peu à peu elle s'habitua
à l'idée que le bonheur perdu ne se retrouvait
pas, et que les regrets étaient inutiles. Au lieu
de ranimer ses souvenirs, elle les étouffa donc.
Elle finit par ne plus pleurer. Alors elle réfléchit. Elle arrivait à ce moment que rencontre
tout être pensant qui a épuisé la douleur et la
jouissance, et qui fatalement cherche le pourquoi de ce qu'il a éprouvé. Naturellement, sans
vouloir philosopher, elle regarda autour d'elle
et en elle, et s'aperçut que le fond de tout n'est
qu'un rien. Elle s'arrêta d'elle-même à ce som-
met de la sagesse humaine d'où l'on voit la vie
comme un tourbillon sans pôle, comme un mouvement sans loi, comme une marche sans but.
Elle n'avait point de croyance religieuse qui pût
lui donner le mirage d'un centre où tout con-
verge. Elle contempla d'un regard clair l'univer-
sel néant des choses. Elle comprit. Après avoir
compris, il ne lui restait qu'à se soumettre. Elle
vécut. Cette machine de l'existence, dont on
connaît la stupidité, elle vous tient dans son
engrenage et on y demeure en la méprisant.
Qu'on ait pris le ciel à pleine main avec l'amour,
qu'on l'ait trouvé vide avec la raison, après la
minute où on a eu conscience du tout et la minute où on a eu conscience du rien, il faut rentrer dans le train-train banal des minutes ordi-

naires, il faut recommencer à s'écouler avec le
monde entier qui s'écoule, et on se remet à la
queue leu-leu dans ce petit bonhomme de chemin qui s'appelle la vie. Voilà pourquoi madame André vécut.

Sans doute elle aurait pu la vomir par le suicide, cette existence désormais sans goût pour
elle, et si nulle. Mais le mal de vivre lui sembla
trop bête pour valoir même un effort si facile.
Elle préféra l'endormir dans une dédaigneuse
mélancolie. Elle vécut, lasse, désabusée, calme.
Elle ne chercha seulement pas de remèdes qui
pussent lui laisser croire qu'elle ne souffrait
point. Une autre eût songé à ~~ fille, et se fût
raccrochée au sentiment maternel. Mais quoi !
Reprendre Henriette, c'était se redonner un but
dans la vie et se préparer une nouvelle et sûre
désillusion. D'ailleurs, madame André ne sentit
rien battre dans sa poitrine au souvenir de son
enfant. Elle avait pendant quinze ans renoncé à
la maternité, et ce renoncement était devenu
chez elle une seconde nature. Elle le constata
sans remords, et goûta même une joie amère
à se reconnaître le cœur aussi vide. Oui, la vie
demeurait impuissante à se greffer désormais
sur cet arbre mort ! Aucun mensonge d'espérance, aucune chimère ne devait plus chanter
dans cette solitude ! Le retour même de Lucien
n'eût pas rallumé une étincelle sous ce tas de
cendres ! Eh bien ! tant mieux ! Maintenant, plus
d'absurdes souffrances ! plus de désenchante-
ments abominables ! Vivons, puisqu'il faut vivre ;
mais vivons sans y prendre garde. Toute la

sagesse consiste à tuer le temps pendant qu'il passe, pour ne pas sentir qu'il nous tue en passant.

Et Madame André se pelotonna de plus en plus dans une existence obscure et monotone. Elle prit, rue Guy-de-la-Brosse, un petit logement tranquille, de bourgeoise fuyant le monde, et elle s'y accagnarda dans sa chambre de vieille femme. Un être amoureux de l'existence y fût mort d'ennui. La maison, sévère et morne comme un couvent, suait la tristesse. La pièce où se tenait d'ordinaire madame André, donnant sur le derrière, offrait à la vue un des plus sinistres horizons de Paris. Sous les fenêtres, une grande cour étalait ses pavés encadrés d'une herbe rare et verdie par l'humidité. Au-delà du mur de cette cour, quelques maigres jardins s'étalaient comme des mares stagnantes entre les hautes bâtisses des environs. Plus loin, vers la droite, le cèdre du Jardin des Plantes étageait ses branches sombres pareilles à des bras de potence. En face, la gare d'Orléans plaquait ses toits rectilignes au-dessus des feuillages du jardin et le faisait ressembler à un plat d'épinards dans un cadre de bois noir. Plus loin, le dôme de la Salpêtrière avec ses vitres accrochant des rayons de soleil, s'arrondissait comme une tête de supplicié avec des yeux sans paupières. A gauche, les tuiles rouges de l'Entrepôt balafraient le ciel d'une coupure saignante. Là-bas, tout là-bas, au bout de l'horizon, pour reposer les yeux et l'esprit, le Père-Lachaise. Et tout le long du jour on était forcé de contempler ce lugubre tableau. Et quel silence dans les alentours ! Ni bruit de voitures, ni voix de passants. De temps à autre un joueur d'orgue venait moudre dans la cour un refrain banal, quelque aveugle râclait son crincrin accompagnant l'aigre chanson d'une petite pauvresse, et la demande d'aumône montait vers les fenêtres comme un râle du fond d'une fosse. Le soir seulement, dans l'apaisement mystérieux de la rumeur parisienne, on percevait des bruits plus clairs, d'une pénétrante mélancolie, la retraite sanglotant sous les arbres du Jardin des Plantes, le rauquement étouffé d'un fauve captif, le sifflet lointain d'une locomotive. Madame André respirait à l'aise dans cette atmosphère d'ennui. Elle se sentait plus triste encore que toute cette tristesse. Pourtant elle ne se plaignait pas. A quoi bon ? Elle usait son temps à feuilleter des livres, à jouer du piano, à broder. Elle aimait à bavarder avec Nargaud, qui venait souvent lui rendre visite, qui l'amusait de ses paradoxes, mais que parfois elle trouvait trop vibrant, trop vivant. Elle ne regardait même plus à la qualité de ses distractions. Elle connut les riens imperceptibles qui emplissent la longueur monotone des journées, la lecture des journaux depuis le *Premier-Paris* jusqu'à la dernière annonce, le calcul attentif des points d'une tapisserie, le papotage avec sa bonne sur la pluie et le beau temps, les réussites. Elle força Nargaud à jouer aux cartes. Et tout cela sans ironie, sans amertume apparente, pendant près de deux ans. Deux ans elle vécut ou plutôt végéta ainsi. Elle se sui-

cida lentement à coups d'épingle. D'ailleurs elle
n'en voulait à personne, ne réclamait contre
rien, ne se défendait pas, ne paraissait même
point ennuyée. Nargaud seul pouvait comprendre cette hautaine et profonde résignation.
Lui aussi à la longue dut la croire consolée,
apaisée, sereine. Il réussissait à la voir presque
gaie. Il ne l'entendait jamais pousser un soupir.
Aux yeux d'un étranger, elle aurait passé pour
une vieille aimable, un peu maniaque, un peu
égoïste, très casanière, ne s'occupant que de
futilités insignifiantes, sans souvenirs, sans pensée même. Elle riait quelquefois comme un enfant et de bon cœur, en marquant le cinq-cents
au bezigue.

LXX

Lucien, confortablement installé dans son cabinet de travail au château de Sermoise, ter-
mine avec nonchalance un chapitre de roman
commandé par un grand journal parisien. C'est
maintenant un auteur à la mode dans un certain monde. Ce monde n'est à vrai dire qu'une
coterie, la petite aristocratie bourgeoise qui se
pique de représenter la morale et le bon goût;
mais parmi ces aveugles, il est le roi. On apprécie fort son talent honnête et gris. Ses vers
et ses nouvelles font l'ornement de quelques

feuilles sages et d'une Revue ennuyeuse où l'on recherche avant tout les écrivains qui se laissent lire sans danger. Sans doute il n'est point populaire, et ses deux derniers livres, un recueil de contes anodins et une gerbe de poëmes incolores, n'ont obtenu que les suffrages modestes d'un succès d'estime ; mais il s'en contente et se console de la gloire irrémédiablement perdue par la considération doucement établie. Il a renoncé aux chimères ambitieuses, aux grands rêves artistiques, à ces envolées folles vers les Amériques inconnues et l'idéal inaccessible. Le torrent fougueux de ses aspirations juvéniles, qu'il prenait jadis pour du génie, coule aujourd'hui comme un bon petit ruisseau canalisé. Il est agréable et utile. Que peut-on demander de plus à un poëte ? Aussi travaille-t-il tout à son aise, sans fièvre, la figure souriante, le cœur épanoui. Il n'a que des idées aimables, douces, même un peu douceâtres, faciles à servir, comme elles seront faciles à digérer. Aucun effort ! Aucune amertume ! Une besogne soignée d'ailleurs, proprette. Rien là-dedans pour le vrai public, le public vivant. Rien non plus pour les artistes. Il écrit à la papa. Il sera certainement décoré à la prochaine occasion.

— Lucien, ton courrier, dit Pauline qui entre en robe de chambre. As-tu bien travaillé ce matin, mon chéri ?

— Oui, j'ai fini mon chapitre, reprend Lucien en embrassant tendrement sa jeune femme. Est-ce que j'ai le temps de parcourir les journaux avant le déjeuner !

— Oh! oui. Encore une bonne demi-heure, au moins. Et je me sauve! Je te prépare une surprise pour ton dessert.

— Ah! ah! quelle surprise, mignonne?

Et Lucien fait clapper sa langue avec gourmandise, et Pauline s'enfuit en clignant de l'œil :

— Tu verras! tu verras!

Parmi les journaux, une feuille nouvelle attire les regards de Lucien, une de ces feuilles comme il en naît et en meurt à chaque automne parisien, un organe de jeunes gens sans doute, l'*Indépendance artistique et littéraire*. Il l'ouvre. C'est toujours curieux, pour un homme arrivé, de voir ce que déclament et réclament les débutants. La jeunesse est si folle! Qu'est-ce qu'ils vont chanter aujourd'hui, ces étourneaux? Oh! oh! des vers! Naturellement. Pauvres petits! Ça ne sait pas encore le métier. Des couleurs crues, des mots violents, de la passion. Pas de plan! Manque d'ordre! Il y a quelque chose tout de même. Allons! bon! une grande tartine à présent! Tiens, mon nom! Celui de madame André! Qui diable a fait cela? Lucien tourne la page, avant de lire l'article. Il voit au bout : *Jacques Nargaud*.

Ses yeux s'obscurcissent, son cœur se serre. Il lit.

UN GRAND POËTE EST MORT

« Hier, après deux ans d'épouvantable et lente « agonie, un grand poëte est mort. La littéra-

« ture française vient de perdre madame André,
« l'auteur des *Coquins de Lettres* et l'auteur de
« Lucien Ferdolle.

« Ce dernier mot est incompréhensible et je
« vais l'expliquer. Je veux éclairer l'obscur. Tant
« pis si ma lanterne sert de potence à quel-
« qu'un !

« Madame André fut la maîtresse de Lucien
« Ferdolle. Mais comment ? Moi seul, j'ai connu
« cette aventure et moi seul j'ai le droit d'en
« parler. Je la crierai. Maîtresse en art comme
« en amour. La Muse, voilà le réel titre de cette
« femme de génie. Pour son amant elle fut le
« charbon ardent sur les lèvres ; elle fut la manne
« aussi. Je ne veux pas être méchant. Il me
« suffit d'être juste. Qu'on me comprenne ! je
« ne jette pas de la boue ; je lapide à coups
« d'étoiles. Le lapidé saura ce que j'entends, s'il
« lui reste assez de ciel pour que mes étoiles s'y
« incrustent. Les livres de Lucien Ferdolle, ceux
« d'avant les deux dernières années, c'est ma-
« dame André qui les a vécus, inspirés, fait
« vivre. Je lance cette parole au temps, et le
« temps la ramassera. Il faut qu'on connaisse la
« vérité.

« Quinze ans de luttes, de misères communes,
« d'amour absorbant et rayonnant, voilà la forge
« d'où était sorti ce glaive d'archange qui tailla-
« dait si bien la face des *Coquins de Lettres*.
« Madame André l'avait trempée dans ses larmes,
« cette Durandal du paladin moderne. Et quel
« tranchant ! Quelles damasquinures ! Quels
« éclairs ! La gloire en revint à celui qui frappa.

« Moi, je la rends à l'armurière. Roland sans
« Durandal n'est plus Roland. Je m'agenouille
« seulement devant la fée qui a donné le fer.
« C'est elle qui a fendu les Pyrénées.

« A quoi bon raconter le roman ? Il y faudrait
« un volume et je n'en écris pas. Je ne pourrais
« d'ailleurs pas l'écrire. Comptez donc, et es-
« sayez d'analyser toutes les gouttes d'eau qui
« font une vague, toutes les vagues qui font une
« marée !

« Pourtant j'ai besoin de citer des faits, si je
« veux être cru. On me criera : la preuve ? La
« preuve se fera d'elle-même. Elle se fait déjà.
« Depuis que Lucien Ferdolle a renié sa Muse,
« où sont ses œuvres ? Deux livres plats, ternes,
« sans âme. Aujourd'hui cet homme nage en
« plein médiocre. Il y fait la planche, soit ! Heu-
« reux, dit-on, estimé, honorable, recomman-
« dable. Mais qu'il tâche de plonger, pour voir,
« et de rapporter des perles comme autrefois !
« Il se noierait. Même en faisant la planche, il
« se noiera. Il coulera du médiocre au nul. C'est
« son droit, j'en conviens, et sans doute s'il boit
« un coup, c'est que cette eau fade lui paraît
« sucrée ; mais il boit. Et ce n'est pas le cas de
« dire que le roi boit ! Le roi s'est fait moine de
« l'abbaye de Thélème. Non pas Chartreux, en-
« tendez-vous, mais châtré. La preuve ? Chaque
« nouveau livre de cet homme la donnera, je
« vous le jure. Ce joaillier qui sertissait des dia-
« mants ne polit déjà plus que du strass. Demain
« il vendra des verroteries. Après-demain il
« quittera son auréole, trop lourde et dont les

« pointes rentrent en dedans comme des épines,
« et il la changera pour un bonnet de gâte-
« sauce, et il roulera des boulettes de mie de
« pain. Il a fait des diadèmes et finira par des
« godiveaux. Les familles honnêtes s'en lèche-
« ront les doigts. Mais à nous, les grands sei-
« gneurs de l'esprit, cela donnera des hauts-le-
« cœur. Quant au peuple, il préfère le pain
« frotté d'ail et il a raison. A bas le godiveau !
   « Voilà des faits, j'espère. Voilà la preuve, et
« aussi le châtiment. Lucien Ferdolle a été mon
« ami, et je ne voudrais point passer pour un
« traître. Cependant j'ai dû parler. Madame An-
« dré s'en va sans qu'on sache quel astre a
« disparu. Je crève le nuage et je montre l'astre.
« Et maintenant que ce soleil est couché, ce
« n'est pas ma faute si la lune qui le reflétait
« apparaît noire et morne. Cette lune n'avait
« qu'à garder son soleil ! Elle le pouvait. Mais
« elle a cru qu'elle brillait de son éclat propre,
« elle a voulu illuminer à elle seule le firma-
« ment, et elle a tué son soleil. Qu'elle s'éteigne
« donc. Elle mérite l'évanouissement. Oui, elle
« a tué son soleil. Lucien Ferdolle a oublié les
« quinze ans de passion, les sacrifices, les en-
« couragements, le génie de la Béatrice, et il
« a tout quitté. La Béatrice en est morte. Mais
« qu'y a-t-il gagné, le pauvre garçon, le lamen-
« table ingrat ? Il a lâché la vraie poule aux
« œufs d'or pour un œuf dur, et il s'étouffe.
« Il a renoncé au frisson divin pour boire un
« coup de vin de Fresson, et il s'empoisonne.
« A bon entendeur, salut ! Il me comprendra.

« Mais il est trop tard maintenant. Et voilà
« pourquoi j'ai poussé ce cri : *Un grand poëte*
« *est mort !* De quelque façon qu'on le prenne,
« il est irremédiablement vrai. Car, si ma-
« dame André est morte, qui donc osera dire
« que Lucien Ferdolle soit vivant ?

                « JACQUES NARGAUD. »

Lucien sentit de gros pleurs rouler dans ses
yeux. Il regardait fixement le journal et demeurait immobile comme devant une apparition. Au
milieu des mots pétaradant, des images faisant
la culbute, parmi cette mascarade de phrases
que lui seul au monde pouvait comprendre, il
voyait distinctement se dresser et grandir la
belle et noble figure de madame André. Il la
voyait dans la prairie d'Ablon, au bord de la
Seine, svelte dans sa robe flottante à la brise ;
dans le bateau, avec sa main pendant au fil de
l'eau ; au Luxembourg, souriant entre Henriette
et Lucien ; dans leur petit appartement des
Batignolles, penchée sur les livres et les manuscrits ; aux bains de mer, rayonnante dans la
majesté de la nature ; à son chevet, quand elle
baisait les lèvres noires du bien-aimé agonisant ;
à la besogne acharnée, quand ils se colletaient
avec la misère ; aux Français, quand tous deux
s'épanouissaient dans le triomphe de leur coup
d'Etat glorieux ; et il la voyait surtout pendant
ce mois de suprême passion, alors qu'elle le
tenait à bras-le-corps sur ce bûcher d'amour où
tous deux étaient en train de se consumer dans

un incendie d'apothéose. Il avait failli certes y mourir ; mais pourtant il en était revenu, et il pouvait y rester encore, et il en serait sorti dieu, et il n'avait point voulu. Il fuyait l'infini, il demeurait à terre, lâchement. Et maintenant tout était consommé, la flamme éteinte, la minute perdue. De toute cette splendeur possible, il ne restait plus qu'un peu de cendres, et dans l'esprit de Lucien comme sur le corps de madame André on pouvait écrire un ci-gît.

— Eh bien ! tu ne viens pas déjeuner ? fit la voix un peu impatiente de Pauline. Il est onze heures dix. C'est donc bien intéressant, ce journal-là !

— Peuh ! répondit Lucien gêné. Des vers de jeunes gens ! Une feuille de chou !

Et il jeta le journal au feu.

Le déjeuner lui parut long. Les prévenances des Dennesset et de Pauline elle-même lui pesaient. On s'aperçut de sa mauvaise humeur.

— Qu'est-ce que tu as donc ? dit la jeune femme. Tu as l'air contrarié ce matin. Et moi qui t'ai préparé une si gentille surprise ! Tu ne penses même pas à me demander quoi !

Elle avait des larmes dans ses yeux d'enfant, ses jolis yeux clairs comme un ciel d'avril. Lucien l'attira vers lui, et l'embrassa sur le front.

— Voyons, dit-il, quelle est cette fameuse surprise ?

— Eh bien ! répondit-elle avec une moue charmante, je t'ai fait moi-même une crème comme tu les aimes tant, tu sais, avec des feuilles de pêcher. Tiens ! elle est là, cachée sous une serviette. Mais tu n'en auras pas si tu ne veux pas nous dire pourquoi tu es triste.

— Oh! pour rien, fit-il. Une chose sans importance ! une mauvaise nouvelle littéraire !

— Quoi donc? un article contre toi?

-- Non, non. La mort d'un écrivain que j'ai... rencontré souvent autrefois. Un inconnu, d'ailleurs, qui n'a rien publié.

— Oh! quelque barbouilleur sans talent! interrompit étourdiment Pauline. Pas un auteur comme mon Lucien, dis?

Lucien tressaillit. Un sanglot lui montait à la gorge. Mais il se contint pour répondre, et la vérité sortit malgré lui de sa bouche. Il dit lentement :

— Si, si, c'était un vrai talent, peut-être un génie. L'article dit qu'un grand poëte est mort, et je crois qu'il a raison.

Lucien ferma les yeux pour cacher une larme. En ce moment sans doute il vit en plein son propre vide, et il répéta tristement :

-- Oui, un grand poëte est mort.

— Allons, allons, fit gaiement Pauline. Tu ne vas pas t'affecter pour une nouvelle. N'en parlons plus. Il ne faut pas que cela t'empêche de manger. Goûte ma crème, comme elle est bonne.

Et Lucien goûta la crème, et il trouva qu'elle était bonne.

FIN.

ÉVREUX, IMPRIMERIE DE CHARLES HÉRISSEY